인문학, 노래로 쓰다

독문학자 정경량의 시와 노래 산책

개정판

인문학,
노래로 쓰다

정경량 지음

태학사

노래 속의
아름다운 시와
음악

1968년 겨울 성탄절, 내가 열네 살 때 부모님은 나에게 크리스마스선물로 기타를 사주셨다. 그 후 지금까지 43년 동안 나는 변함없이 클래식 기타를 연주하며 노래하고 있다. 세월이 흘러 나이가 들어갈수록 점점 더 연주와 노래, 시와 음악은 나에게 소중해진다. 어린 시절 그때의 크리스마스를 회상하니 지나온 세월만큼이나 가슴이 애틋하게 저려온다.

시와 음악은 노래 속에서 서로 만난다. 노래는 시와 음악이 한데 어우러진 통합예술이다. 시와 음악은 옛날부터 동·서양을 막론하고 서로 밀접하게 연관되어 있다. 이 책은 다양한 노래 속에 들어 있는 시와 음악의 가치를 인문학과 문화예술의 차원에서 새롭게 밝혀낸다.

우리에게 감상할 수 있는 시와 음악이 있고, 노래하며 연주할 수 있는 아름다운 곡들이 있다는 것은 얼마나 행복한 일인가! 시와 음악을 감상하고 연주하는 활동은 우리 몸과 마음을 건강하게 해주고, 삶을 행복하게 해준다. 그리고 시와 음악은 우리의 상상력과 창의력, 표현력을 길러준다. 또한 감성과 정서를 풍요롭게 하여 우리를 위로하고 치유해주며 아름다운 삶으로 이끌어준다.

이 책에서 다루는 대표적인 노래 장르는 자장가, 동요, 민요, 요들송, 대중가요, 사회참여 노래, 가곡, 기독교 노래 등 다양한 국내외의 노래들이다. 노래는 각 장르마다 모두 특별한 매력과 의미를 지니고 있다. 또한 노래 속에 담긴 아름다운 시와 음악에는 저마다 우리 삶에 없어서는 안 될 소중한 가치들이 담겨 있다. 악보와 함께 다룬 총 65개의 노래들은 모두 하나같이 아름다운 시로 만든 훌륭한 명곡들이다. 이 책을 통해 우리는 그동안 잊고 지냈던 다양한 시와 노래들이 얼마나 소중한 의미와 가치를 지니고 있는지 새로이 깨닫게 될 것이다.

이 책은 나의 지난 8년 동안의 기록이라 할 수 있다. 2004년 봄부터 나는 '아름다운 시와 음악'이라는 강의를 해왔다. 담당 교수가 직접 기타를 치면서 하는 강의에 학생들은 큰 호응을 보였다. 학기 때마다 매번 강의실 수업과 인터넷 수업에서 만난 수백 명의 학생들과 더불어 아름다운 시와 음악, 노래와 연주의 감동을 나누었다. 이처럼 학생들과 함께 독일 시와 노래를 비롯하여 국내외 아름다운 시와 노래를 연주하고 가르치며 즐기고 있으니, 나는 더할 나위 없이 행복하다.

노래와 연주를 통한 시와 음악의 생활화와 대중화! 이것이 바로 내가 이 책에 거는 기대이자, 내 평생의 꿈이다. 이 책이 아름다운 시와 음악, 노래와 연주가 주는 감동과 행복을 함께 나누는 소중한 통로가 되기를 기대한다. 더불어 이 책에서 미처 다루지 못한 수많은 국내외 시와 노래들이 언제나 우리를 기다리고 있다는 것도 기억했으면 한다.

2007년 여름 독일 아욱스부르크 대학에서 '시와 음악'을 집중 연구하도록 지원해준 훔볼트 재단에 감사의 뜻을 전한다. 그리고 이 책이 출간되도록 도와주신 지현구 사장님과 편집부원들에게 감사드린다. 끝으로 이 모든 삶의 여정을 인도하신 하느님께 시와 노래로 감사와 찬양을 드린다.

2012년 2월 금광 호숫가에서 정경량

  나는 이 책의 초판에 원래 90개의 명곡을 수록하려 했으나, 당시 준비해놓
았던 25개의 좋은 곡들을 함께 싣지 못해 늘 아쉬웠다. 이제 애초 계획대로
90개의 국내외 아름다운 명곡을 개정판에 모두 담아 펴내게 되어 기쁘다.

  이 책은 그동안 나의 '시와 음악' 수업에 참여하는 수강생들을 비롯하여 일반
독자들에게도 큰 호응을 얻었다. 그래서 지난 3년간 나의 생활에도 적지 않은
변화가 있었다. 대학에서뿐만 아니라 이제는 중·고등학교와 여러 사회 기관
및 교회에 이르기까지 '노래하는 인문학' 공연을 다채롭게 펼치게 된 것이다.

  인문학의 대중화 시대를 맞이하여 이 책과 더불어 생활 속에서 시를 낭송
하고, 노래를 부르며, 연주하기를 기대한다. 남녀노소를 막론하고 시와 노
래를 통하여 건강하고 즐겁고 행복하게 산다면 얼마나 좋을까. 그리하여 시
와 노래에 담긴 아름다운 인문학의 향기가 우리 삶과 사회에 울려 퍼질 수만
있다면……

  21세기는 인문학과 문화예술의 시대이다. '클래식 기타와 함께하는 아름
다운 시와 노래'로 진행하는 공연과 강의는 이제 내 남은 삶의 꿈과 목표가
되어버렸다. 그리하여 세상의 모든 아름다운 곡을 기타로 연주하고, 노래하
고, 죽는 것이 나의 바람이다.

2015년 5월

1부

시와 음악

시와 음악의 만남

시와 음악의 만남

 시와 음악은 서로 어떤 관계일까? 오늘날 우리는 시와 음악이 별개의 독립된 예술이라고 생각할지 모르지만, 사실상 이 두 예술은 옛날부터 동·서양을 막론하고 서로 밀접하게 연관되어 있다. 오랜 역사 속에서 통합적으로 진행되어 온 시와 음악은 그 예술적인 성격상 본질적으로 깊은 상호관련성을 지니고 있다.

 시는 무엇으로 만든 예술품인가? 두말할 나위 없이 시는 우리가 사용하는 언어, 즉 말을 가지고 만든 언어예술 작품이다. 그런데 우리가 사용하는 말인 언어에는 기본적으로 음악적인 요소가 들어 있다. 어떤 것들일까? 예를 들어 말소리의 강약이나 높낮이, 혹은 말소리의 속도나 리듬 및 음색 등이 바로 음악적인 요소들이다. 이처럼 우리가 사용하는 말에는 이미 이러한 음악적 요소들이 들어 있으니, 시에도 자연스레 음악적인 특성이 나타날 수밖에 없다.

 시뿐만 아니라 말과 언어를 사용하여 만든 모든 문학작품에는 정도 차이가 있을지라도 말이 지니고 있는 음악적 성격에 따라 기본적인 음악적 요소가 들어 있다. 사실상 음악이 언어와 관련된 것은 오래전의 일이다. 문학과 음악은 문자가 처음 사용된 때부터 분명히 밀접한 관계를 맺고 있었다. 고대 그리스 지리학자 슈트라본[1]은 "예전에는 말한다는 것과 노래한다는 것이 같은 것이었다."[2]고 천명했다. 그런가하면 5세기에 성 아우구스티누스는 《음악 De Musica》이라는 책을 썼는데, 그 내용은 주로 시에 관한 것이었다.

문학작품 중에는 음악을 소재로 하거나 음악적인 것을 주제로 하는 경우도 있고, 또 음악적인 기법을 활용한 작품들도 있다. 반면에 음악도 문학작품을 소재 혹은 주제로 삼거나, 또는 문학과 연관되어 작곡한 곡들도 많이 있다. 그러나 시문학은 다른 어떤 문학 장르보다 강한 음악성을 띠고 있으며, 무엇보다 노래와 가곡에는 시인들의 시를 노랫말로 활용하여 만든 곡들이 많이 있다.

시와 음악 사이에는 구체적으로 어떤 공통점이 있을까? 우선적으로 시는 언어(말소리)를 소재로 하고, 음악은 말소리를 포함한 소리(악기)를 소재로 하기 때문에 소리 예술이라는 공통점이 있다. 이러한 관점에서 "음악의 길과 시의 길은 교차한다."[3]고 폴 발레리는 말했다. 또한 헤겔도 "음악은 시문학과 가장 유사하다. 왜냐하면 양쪽 다 감각적 질료인 음을 사용하기 때문이다."[4]라고 말했다.

이처럼 시와 음악이 '소리'를 사용하는 공통점과 더불어 서로 상통하는 점은 감정을 고조시키는 예술이라는 것이다.[5]

이와 같은 관점에서 칸트는 "정서를 자극시키고 움직이게 하는 것과 관련되어서는 시의 예술 다음으로 음의 예술을 꼽겠다. 음의 예술은 말로 하는 예술과 가장 가까운 곳에 있으며 서로 자연스럽게 통할 수 있다."[6]고 말했다.

---

1 기원전 64년경에 출생하여 기원후 23년 이후에 사망함.

2 *Der Literatur Brockhaus*, Bd. 2., Herausgegeben und bearbeitet von Werner Habicht, Wolf-Dieter Lange und der Brockhaus-Redaktion, Mannheim, 1988, p. 498.

3 장기송, 《독일 낭만주의 문예사상과 Lied의 형성 연구(Schubert, Schumann, Brahms, Mahler의 Lied를 중심으로)》, 조선대학교 교육대학원 석사학위논문, 1997, p. 14.

4 빌헬름 프리드리히 헤겔, 두행숙 옮김, 《헤겔 미학 III》, 나남출판, 1996, p. 356.

5 August Wilhelm Ambros, 《음악과 시의 한계(Die Grenzen der Musik und Poesie)》, 국민음악연구회 옮김, 1976, p. 54.
서정시는 시인의 개인적이고 주관적인 감정을 고조된 감정 상태에서 표현하기 일쑤이다. "시란 평정 상태에서 회고한, 강력한 감정의 자연스러운 분출"이라고 한 저 유명한 윌리엄 워즈워스의 말이나, "과학과는 달리 시는 정서를 표현한다."라는 새뮤얼 콜리지의 말은 한결같이 서정시의 이러한 특성을 말한 것이다.(김욱동, 《문학이란 무엇인가》, 문예출판사, 1996, p. 158)

6 Immanuel Kant, *Kritik der Urteilskraft*, 홍정수 옮김, 한독음악학회 편, 《음악미학텍스트》, 세종출판사, 1998, p. 137.

이외에도 시와 음악은 또한 둘 다 시간의 흐름을 통하여 그 예술적 의미와 가치가 표출되고 전달되기 때문에 시간예술[7]이라는 공통점도 있다.

1. 시와 음악의 관계

시와 음악이 서로 밀접하게 연관되어 있다는 것은 그동안 많은 사람들이 지적하였다. 예를 들어 아리스토텔레스는 시를 가리켜 '율어(律語)'에 의한 모방이라고도 하면서, 시의 형식적 요인 중에서 율동과 같은 음악성을 각별히 강조했다.[8] 애드거 앨런 포 역시 시란 '아름다움의 율동적 창조'라고 정의를 내리며, 아우구스트 빌헬름 슐레겔은 "시란 언어를 통해 마음의 움직임을 음악적으로 표현한 것"[9]이라고 말한다. 오봉옥은 "음악을 모르고서 시를 안다고 할 수 없다. 시를 모르고서 음악을 안다고도 할 수 없다. 시와 음악은 쌍둥이와 같은 존재이다."[10]라고 지적한다.

'서정적 문학예술'을 일종의 장르로서 이해하는 첫 번째 발걸음을 보여준 것은 이 장르를 특정한 시행형태와는 무관하게 '노래' 혹은 '노래로 부를 수 있는 성향'으로 규정하려는 시도였던 것으로 생각된다. 술처[11]는 "이 장르의 일반적인 특성"을 "모든 서정시는 노래하도록 결정되어 있다"는 사실을 통해서 설명하고 있다.[12] 그런가 하면 슈타이거도 서정시는 노래로 가장 순수하게 실현된다는 결론에 도달했었다.[13]

서양의 문학사에서 특히 시의 음악성을 중시한 문학사조는 낭만주의와 상징주의이다. 낭만주의자들과 상징주의자들은 시의 음악적 특성을 각별히 강

---

7 우리는 그림이나 조소, 건축물 등 정지 상태인 조형예술을 공간예술이라 하고, 문학과 음악, 무용과 연극 등 시간의 흐름 속에서 표출되는 동적인 예술을 시간예술이라 한다.
8 송희복, 《시와 문화의 텍스트 상관성》, 월인, 2000, p. 24.
9 노태한, 《독일시: 운율론과 시사》, 한국문화사, 2004, p. 7.
10 오봉옥, 〈좋은 시를 쓰기 위한 낙서〉, 유종화 엮음, 《시 창작 강의 노트》, 당그래, 2004, p. 352.
11 요한 게오르크 술처(1720~1779)는 독일의 철학자이자 교육학자로 예술적 아름다움의 기능을 도덕적 관점에서 파악하였다. 아름다움은 지혜로 나아가야 한다고 주장한 그의 대표 저술은 《아름다운 예술의 일반 이론》이다.
12 디터 람핑, 《서정시: 이론과 역사. 현대 독일시를 중심으로》, 장영태 옮김, 문학과지성사, 1994, p. 92.
13 위의 책, p. 127.

조했다. 낭만주의는 시와 음악의 결합을 강하게 추구하였으며, 상징주의는 말의 뜻을 소리에 종속시키고 소리에 우위성을 부여하면서 음악의 상태를 지향하였다.

독일 낭만주의의 대표시인인 노발리스는 시의 음악성을 중시하여 "시는 오직 울림이 좋고 아름다운 말이 풍부하게 담겨 있어야 한다. 그러나 의미와 전혀 연관이 없어도 상관없다."[14]라고까지 했다. 프랑스 상징주의 시인 폴 베를렌은 〈작시법〉이라고 하는 시에서 "무엇보다도 먼저 음악을"이란 구호를 내세우면서, 시에서는 무엇보다도 음악적 아름다움을 표출하자고 주장하였다.[15]

시에서 음악성은 크게 두 가지 구실을 한다. 첫째, 아름다운 소리는 그 자체로서 우리에게 즐거움을 준다. 넓은 의미에서 시의 형태를 취하고 있는 자장가나 동요는 바로 이러한 경우를 보여주는 가장 좋은 본보기가 될 수 있다. 흔히 이 노래들이 주는 감흥은 어떤 의미나 내용보다는 소리의 음악성에서 생겨난다. 둘째, 아름다운 소리는 의미나 내용을 분명하게 해주고 의사소통을 쉽게 해준다. 속담이나 격언이 바로 그러하다.[16]

14 노태한, 앞의 책, p. 186.
15 폴 베를렌은 자신의 시창작적 화두로 '무엇보다도 먼저 음악을(De la musique avant toute chose)' 강조한 시인이다. 베를렌에게 음악은 영원한 시 정신 바로 그것이었다.(송희복, 앞의 책, p. 73) 그런가 하면 말라르메는 '시는 더할 나위 없는 음악'이라고까지 하였다.(김경란, 《프랑스 상징주의》, 연세대학교 출판부, 2005, p. 54)
16 김욱동, 《문학이란 무엇인가》, 문예출판사, 1996, p. 145.

2. 시와 음악이란?

시

우리는 시를 다양하게 정의 내릴 수 있다. 일반적으로 시는 문학의 영역에서 가장 오랜 역사를 지닌 문학 장르로서, 작가의 사상과 정서를 상상력을 통해 운율적인 언어로 압축하여 표현한 문학이다. '시(詩)'라는 말은 말씀 '언(言)' 자와 절 '사(寺)' 자를 합쳐서 만든 문자로 어떤 사람은 시라는 글자에 '언어의 집'이라는 의미가 있다고 풀이하곤 한다. 그러나 이것은 '절 사(寺)' 자의 뜻풀이를 잘못하여 나온 오해이다. '사(寺)'는 "손을 움직여 일한다"는 뜻의 '가질/잡을/지닐 지(持)'로서, "마음이 무엇을 향하여 나아간다"는 의미의 '뜻 지(志)'와 같다.[17]

따라서 이러한 한자의 어원적 뜻을 놓고 볼 때, 시란 마음의 움직임을 말로 나타낸 것이라는 어원적 의미가 있다. 그러므로 우리가 위에서 정의를 내린 것처럼, 시란 시인의 생각과 감정을 언어로 표현해 놓은 예술작품인 것이다. 《시경(詩經)》[18]에서도 "시자 지지지소지야 재심위지 발언위시(詩者 志之所之也 在心爲志 發言爲詩)"라 하여, "시는 마음이 흘러가는 것을 적은 것이다. 마음속에 있으면 지(志)라 하고, 말로 표현하면 시가 된다"고 하였다.

그런데 우리의 경우 문학사 책들을 살펴보면 시라는 표현 대신에 운문 문학의 총칭으로 '시가(詩歌)'라는 용어를 쓰고 있다. 이는 우리가 시(詩)를 노래(歌)와 같은 것으로 본다는 것을 의미한다. 그런가 하면 《서경(書經)》[19]에서도 "시(詩)는 뜻을 말하는 것이고 노래는 그 말을 길게 뽑는 것(시언지 가영언(詩言志 歌永言))"이라 하면서 시와 노래의 상관성을 지적하였는데, 동양 시

---

17 조두환, 《독일시의 이해》, 한국문화사, 2000, p. 32.
18 《시경》은 고대 중국의 시가(詩歌)를 모아 엮은 책으로 3경(三經) 중의 하나이다. 기원전 12세기 말부터 500여 년 간의 작품 305편을 수록하였다. 공자(孔子)가 편찬 하였다고 하며, 당시 3,000여 편 가운데서 엄선하여 인생의 지침이 될 만한 교양서로 만든 것이다.(오세영·장부일, 《시 창작의 이론과 실제》, 한국방송통신대학교 출판부, 2006, p. 3)
19 《서경》은 유교 5경(五經) 중의 하나로 《시경(詩經)》과 함께 고전 중의 고전으로 일컬어지며, 편자는 공자(孔子)라고 전해지고 있다.

의 전범이라 할 수 있는 《시경(詩經)》[20] 역시 당시의 중국 노래가사를 모아 추린 것이다. 한국 고유의 정형시인 '시조(時調)'를 비롯하여 향가, 가사, 경기체가, 고려가요, 판소리 등도 모두 문학과 음악이 결합된 노래이다. 이렇게 중국과 한국을 중심으로 시의 개념 및 어원적 기원을 놓고 보면, 시와 노래는 원래 근원적으로 서로 같은 예술로 간주되었다는 것을 알 수 있다.

한편 서양의 경우 시를 가리키는 영어의 '포엠(poem)'이나 '포트리(poetry)', 그리고 독일어의 '포에지(Poesie)'라는 말들은 모두 그리스어 '포이엔(poiein)'이라는 말에서 유래했다. 그러면 서양 시의 어원인 이 '포이엔'은 무슨 뜻일까? '포이엔'은 그리스어 동사로 '행하다' 또는 '만들다'는 뜻이다. 따라서 이 '포이엔'에서 유래된 서양 시의 용어는 어원적으로 인간이 만들거나 창작한 작품이라는 뜻을 지니고 있다.

서양에서 시를 가리키는 말로써 '포엠' 이외에 자주 쓰는 다른 용어가 있다. 대체로 짧은 시로 노래와 같은 서정적 시를 가리킬 때 주로 쓰이는데, 영어의 '리릭(lyric)'이나 독일어의 '뤼릭(Lyrik)', 프랑스어의 '리리크(lyrique)' 등이다. 이 말들은 어디에서 유래한 것일까? 앞에서 살펴본 용어 '시(poem)'가 그리스어에서 유래했듯이, 이 말들도 모두 마찬가지로 그리스어에서 유래했다. 이 '리릭'은 그리스어의 어떤 말에서 유래했을까? 그것은 바로 '리라(lyra)'이다. 리라는 고대 그리스의 현악기 이름으로 영어의 '라이어(lyre)', 독일어의 '라이어(Leier)', 프랑스어의 '리르(lyre)', 이탈리아어의 '리라(lira)' 등에서 파생되었다.

리라는 고대 그리스에서 사용되었던 악기로 작고 가벼운 하프와 비슷한 일곱 줄의 현악기이다. 그렇기 때문에 우리는 이 악기를 가리켜 '칠현금'이라고 번역하여 부르기도 한다. 리라는 공명상자에 두 개의 지주를 세우고 여기에 가로목을 건너질러 줄을 엮어 무릎 위에 세우고 손가락으로 연주하거나 손톱으로 튕겨 연주를 한다. 리라가 어떻게 오늘날 서양의 (서정)시를 가리키는

---

20 "공자는 '사무사(思無邪)!'라고 극찬해 마지않으면서 시 삼백 편을 가려 《시경》을 엮어 내고는 인간답게 되려는 사람은 모름지기 이를 읽으라고 가르쳤다. 《시경》 가운데 절반이 넘는 시편은 '풍(風)'이라고 하는 민요이며, 민요이기에 우리가 지금껏 살펴 온 노래의 본질인 리듬과 삶의 마음이 진솔하면서도 알뜰하게 거기 담겨 있는 것이고, 공자처럼 인간의 품성을 중시하는 눈에 그것은 도달해야 할 목표와 같은 것으로 보였을 것이다."(유종호·최동호 편저, 《시를 어떻게 만날 것인가》, 작가, 2005, p. 471)

말이 되었을까? 고대 그리스에서 리라와 시가 도대체 어떤 관계를 맺고 있었던 것일까?

고대 그리스에서 시인들이 시를 낭송할 때는 바로 이 리라의 반주에 맞춰 시를 읊었다. 그러한 연유로 이 리라가 오늘날 서양에서 쓰는 시의 어원이 된 것이다. 따라서 역사적으로 살펴볼 때 서양의 시는 시낭송과 악기 연주가 함께 한 공연예술로 표출된 것으로서, 시와 음악이 밀접하게 연관되어 있다는 것을 보여준다.

고대 그리스에서 음악 수업은 체육 및 읽기, 쓰기 공부와 함께 어린이 교육의 주요 과목이었다. 이때 리라는 학교에서 전통적으로 배우는 악기였다. 그리하여 리라는 '리라 수업'이라고 불릴 정도로 음악 수업의 결정적인 악기였다. 이 수업의 주된 목표는 학생들이 스스로 리라를 연주하면서 전통적인 노래를 부를 수 있도록 하는 것이었다.[21] 그러나 시낭송을 위한 반주 악기로 리라만 사용한 것은 아니었다. 아울로스[22], 키타라[23] 등을 비롯하여 여러 다른 악기들도 사용하였다. 다만 당시에는 리라가 가장 적합한 악기였기 때문에, 시가 이 리라의 이름을 취하게 된 것이다.[24]

리라를 켜고 있는 고대 그리스 무사

시는 이처럼 역사적으로 볼 때 동·서양 모두 그 어원적 기원부터 노래 혹은

21 Herwig Görgemanns, Zum Ursprung des Begriffs "Lyrik", Albrecht, Michael von u. Werner Schubert(Hrsg.), Musik und Dichtung : neue Forschungsbeiträge, Viktor Pöschl zum 80. Geburtstag gewidmet, Frankfurt am Main : Bern ; New York ; Paris, 1990, p. 56.
22 아울로스는 2개의 관을 V자형으로 연결한 관악기로, 정열과 도취를 나타내는 디오니소스적인 요소를 지닌 것으로 간주되었다.
23 키타라는 고대 그리스의 현악기로 그 이름의 원뜻은 '가슴'이다. U자형의 굵은 나무로 된 공명통 위쪽에 있는 7개의 줄을 손가락 또는 피크로 퉁겨 연주한다. 오늘날의 기타는 이 키타라에서 유래한다.
24 위의 책, p. 54.

음악과 불가분의 관계를 맺고 있으며, 노래 및 음악에 가장 가까운 문학 형식이다. 사실상 시 장르가 소설이나 희곡 등 다른 문학 장르와 다른 것은 음악성 때문이다. 그리하여 '서정시'라고 하면 으레 가장 음악적인 장르, 아니면 노래와 가장 가까운 장르로 인식되고 있는 것이다.[25]

우리가 오늘날 문학용어로 사용하고 있는 '비극'이라는 용어 'tragedy'도 그리스어 동사 '아에이데인(aeidein)' 즉 '노래하다'라는 뜻을 내포하고 있으며, '송가(ode)'나 '찬가(hymn)'와 같이 여러 종류의 시를 가리키는 그리스어 대부분의 단어들은 대부분 음악용어이다.[26]

음악

음악은 박자, 선율, 화성, 음색 등을 일정한 법칙과 형식으로 종합해서 사상과 감정을 나타내는 예술이다. 음악은 크게 두 가지로 나눌 수 있는데, 하나는 악기로 표출하는 기악이고, 또 하나는 사람의 목소리로 표출하는 성악이다.

그러면 '음악'이라는 말은 어떤 뜻을 지니고 있는 용어일까? 시와 마찬가지로 '음악(音樂)'이라는 말도 '소리 음(音)' 자와 '풍류 악(樂)'/'즐길 락(樂)' 자를 합친 말이다.

그러나 처음부터 음악이라는 말이 쓰인 것은 아니다. 중국 및 한국에서는 옛날부터 음악이라는 말보다 '악(樂)'이라는 말을 일반적으로 썼다. 이 말은

---

25 예를 들어 독일에서도 옛날에는 '시(Lyrik)'를 가리켜 '노래(Lieder)'라고 불렀다. 그러므로 독일 사람들도 분명 노래와 같은 성격, 노래로 부를 수 있는 성격을 시문학 장르의 본질로 본 것이다.(Herwig Görgemanns, 앞의 책, p. 51)
26 위의 책, p. 7.

원래 악기 및 악기를 거는 걸게[27]를 나타내는 상형문자였다.

서양에서 음악을 가리키는 말은 무엇일까? 영어로는 '뮤직(music)'이며, 독일어로는 '무직(Musik)', 프랑스어로는 '뮤지크(musique)'이다. 비슷하게 들리는 이 말들은 모두 어디에서 유래한 것일까? 시의 개념이 그리스어에서 유래된 것과 마찬가지로 이 말들도 그리스어에서 왔는데, 그것이 바로 '무지케(mousike)'이다.

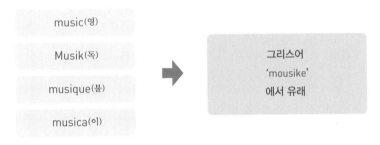

music(영)

Musik(독)

musique(불)

musica(이)

그리스어
'mousike'
에서 유래

무지케(mousike)는 그리스 신화에서 예술의 신 아폴론을 섬기는 시(詩)의 여신 '무사(musa)[28] / 뮤즈(muse)'의 이름에서 유래한다. 무사는 그리스 신화의 주신(主神) 제우스가 기억의 여신 므네모시네에게 낳게 한 9명의 여신이었으며, 각기 서사시, 서정시, 비극, 희극, 무용, 역사, 천문 등을 맡았다.[29]

고대 그리스에서 무지케는 무사들이 관장하는 기예(技藝)라는 뜻으로 시와 음악 그리고 춤 등이 합쳐진 통일체였다. 그런만큼 고대 그리스 음악은 원시적 연극, 춤, 낭송조의 억양과 매우 밀접한 관계를 가지고 있었으며,[30] 거의 항상 말이나 춤 혹은 이 두 가지 모두 조합되어 있다.[31] 그러므로 서양의 '음

27 시렁 가(架). 이 시렁 '가(架)'는 책을 얹어 놓는 '서가(書架)'의 경우에도 사용되고 있다.
28 무사의 복수는 '무사이(mousai)'이다.
29 그리스 신화의 뮤즈들은 제우스가 낳은 아홉 자매로, 잔치에서 음악과 시로 신들을 즐겁게 하는 임무를 맡고 있었다. 아홉 명의 뮤즈는 제각기 특기를 갖고 있었다. 에우테르페는 플루트를 발명했고, 모든 관악기의 후원자이다. 에라토는 송가와 연애시에 영감을 주는 여신으로, 항상 류트와 활을 가지고 다녔다. 테르프시코레는 춤의 뮤즈로 하프와 탬버린을 연주했다. 탈리아와 멜포메네는 각기 희극과 비극의 뮤즈였다. 고대에는 음악과 연극이 긴밀하게 연결되어 있었던 것이다. 끝으로 폴리힘니아는 찬가의 여신이었고, '아름다운 음성'이라는 뜻의 이름을 가진 칼리오페는 노래의 여신이었다. 칼리오페는 오르페우스의 어머니이기도 하다. 베아트리스 퐁타넬, 《새롭게 이해하는 한 권의 음악사》, 최애리 옮김, 마티, 2005, p. 6.
30 김대호·김순옥·신현남·양재무·정진행, 《음악사》, 교학사, 2005, p. 139.
31 Donald Jay Grout, 《서양음악사(상)》, 세광음악출판사, 1984, p. 5.

악(music)'이라는 말의 어원인 그리스어 '무지케'를 놓고 볼 때 시와 노래, 시와 음악은 오랫동안 춤과 함께 통합적으로 진행되어온 예술활동이었다는 것을 알 수 있다.

이러한 사정은 동양의 경우에도 마찬가지였다. 《시경》이 편찬되던 시기에 중국에서는 '시(詩)'와 '가(歌)'와 '무(舞)'가 하나의 종합적 행위로서 이루어지던 예술의 시대가 있었다. 그것은 춤이자 노래이고, 노래이자 시였다.[32] 한국의 시와 노래의 역사에서도 가무(歌舞), 즉 노래와 춤은 중국과 마찬가지로 오랫동안 통합예술적으로 진행되어 왔던 것이다. 결국 노래는 시와 음악과 춤의 통합예술이다.

이렇게 볼 때 동·서양의 경우 모두 시와 노래, 시와 음악은 춤과 밀접한 관계였으며, 서로 같은 원천에서 태동된 통합예술이다.

3. 시의 음악적 요소

행갈이와 연 나눔

그러면 시의 음악성, 즉 시에 나타나는 음악적 요소에는 구체적으로 어떤 것들이 있을까? 시가 지니고 있는 음악성은 무엇보다도 소리나 말의 반복성을 통해 나타난다. 시에서 반복적으로 되풀이되는 언어적 형상은 바로 음악성을 표출하는 데 필수적인 요소[33]라고 유종호는 말한다.

시에서 반복되는 것은 무엇인가? 이것을 알기 위해서는 우리가 먼저 시와 산문의 차이점을 생각해보면 좋다. 우선 외형적으로 볼 때 시와 산문은 어떻게 다른가? 산문은 율격이나 행과 같은 규범에 얽매이지 않고 문장을 나열하여 쓴 글이며, 시는 호흡과 형식을 갖춰 행갈이를 한다.

시가 지니는 행갈이의 특성과 관련하여 '시는 밭고랑쌓이다'라는 말이 있

32 최동호 외, 《서정시가 있는 21세기 문학강의실》, 도서출판 청동거울, 2003, p. 162.
33 유종호, 《시 읽기의 방법》, 민음사, 2005, p. 195.

다.[34] '시구(詩句)'라는 말의 영어 '버스(verse)'나 독일어 '페어스(Vers)' 등은 모두 라틴어 '베르수스(versus)'에서 유래한다. 그러면 이 베르수스라는 말은 무엇을 뜻할까? 베르수스는 고대 로마시대에 밭갈이를 할 때 쟁기가 밭의 끄트머리에 이르러 다시 되돌아오는 동작을 가리키는 말로서, '다시 되돌아오다', '돌아옴', '반복' 등을 의미한다. 그러므로 서양에서 운문을 뜻하는 시구인 'verse'는 밭갈이를 할 때처럼 매번 행갈이를 하는 시의 특성과 관련된 용어이다.

행마다 다양한 길이의 호흡을 운용하면서 매 행을 바꾸는 행갈이는 다양한 호흡과 시간의 반복성을 활용하여 적절한 박자와 리듬을 살리는 음악의 기본 속성에 해당한다. 이처럼 시는 일차적으로 행갈이의 반복적 리듬을 통하여 시의 음악성을 형성한다.

반면 산문을 가리킬 때 쓰는 영어 '프로즈(prose)'나 독일어 '프로자(Prosa)'는 라틴어 '프로수스(prosus)'에서 유래하는데, 이 '프로수스'는 '앞으로 똑바로 나가다'라는 뜻을 지니고 있다. 그러므로 이 프로수스라는 산문의 어원은 되돌아오지 않고 한 방향으로 계속 이어지는 산문의 특성을 보여준다.

시에서는 '둘 이상의 시행이 합쳐 하나의 덩어리를 이룬 것'을 '연(聯)'이라 하며, 영어로는 스텐자(stanza), 독일어로는 '쉬트로페(Strophe)[35]'라고 부른다. 시 중에는 연의 구분 없이 시 전체가 하나의 연으로 된 통연시도 있지만, 대부분의 시는 여러 개의 연으로 구성되어 있는 것이 일반적이다. 행갈이가 비교적 짧은 호흡의 리듬을 형성한다면, 연을 나누어가면서 진행하는 연 나눔은 행갈이보다는 비교적 긴 호흡의 리듬을 형성한다. 그러므로 연 나눔 역시 행갈이와 마찬가지로 외형적 리듬을 형성하여 시의 음악적 성격을 드러낸다.

운율

행갈이와 연 나눔을 통한 반복적 리듬의 음악성과 더불어 사용하는 시어(詩

---

34 G. 발트만, 《독일 서정시 입문. 창작, 이해 그리고 수용》, 채연숙 옮김, 담론사, 1996, p. 197.
35 독일어로 연을 가리키는 '쉬트로페(Strophe)'는 그 어원이 그리스어 '스트로페(strophe)'에서 온 것으로 원래는 '방향 전환'을 뜻한다. 이는 고대 그리스에서 시를 낭송할 때 시의 한 대목이 끝났다는 것을 상징적으로 알려주기 위해 합창대가 몸의 방향을 돌리는 데에서 연유하였다.

語)로도 음악성을 드러낸다. 시어의 음악성은 자음과 모음 등의 소리 자체가 지니는 성질이나, 의성어 등의 음성 상징, 그리고 소리의 반복이나 교묘한 배열 등을 통해서 이루어진다. 이때 시의 음악성을 결정짓는 반복성은 무엇보다도 운율과 리듬으로 나타난다.

그러면 먼저 시의 운율에 대해 알아보자. 시에서 운율은 소리의 규칙적인 질서를 바탕으로 낭송자나 독자에게 정서적 쾌감을 느끼게 하고, 시의 분위기 및 어조와 결합되어 시의 주제를 더욱 효과적으로 부각시킨다. 운율은 대체적으로 말이 지니고 있는 음성적 요소의 규칙적 배열, 특정한 음보의 반복, 음성 상징어의 구사, 일정한 음절의 규칙적 배열과 반복, 통사구조의 규칙적 배열 등에 의해서 이루어진다.

운율(韻律)은 구체적으로 말해서 '운'과 '율격'을 함께 말하는 개념으로 '소리의 규칙적 질서'를 의미한다. 말하자면 '운'은 같거나 비슷한 성질의 소리가 규칙적으로 반복되어 음악성을 형성하는 것이고, '율격'은 음의 고저, 장단, 강약 등의 규칙적이거나 주기적 반복에 의해 음악성을 형성하는 것이다.

그러면 먼저 운에 대해 자세히 알아보자. 운은 압운(押韻)이라고도 하며 소리의 반복 현상으로 두운, 각운·요운·자음운·모음운 등이 있다. 두운은 단어의 첫 자음 반복, 각운은 시행 끝에서 강음절의 모음과 자음의 반복, 요운은 시행 내에서 하나 이상의 압운어가 반복되면서 이루어지는데, 자음운은 자음의 반복, 모음운은 모음의 반복으로 형성된다.

이처럼 다양한 운 중에서도 각운은 대표적인 압운이다. 각운은 특히 중국의 한시나 서양의 시에서 발달하였다. 한시나 서양 시에서는 소리의 부분적 동일성에 의해 각운이 생겨나는 것에 비해 우리 시에서는 어휘나 형태소의 단순한 반복에 의해 생기는 경우가 대부분이다. 부착어인 우리말의 특성상 조사나 접미사가 각운의 자리에 오게 되는데, 이는 엄밀히 말해서 각운이라고 하기 힘들다. 우리의 언어구조에서는 한 문장이나 문절에서 끝음절의 음상이 빈약하기 때문에 음절의식이 강한 압운의 효과가 미약한 것으로 나타

난다.[36]

서양의 경우 운을 가리키는 영어의 '라임(rhyme)'이나 독일어의 '라임(Reim)'은 원래 완전히 동일한 혹은 아주 유사한 음으로 연결된 시행들을 의미했고, 12세기에 프랑스어 '림(rime)'에서 차용한 말이다. 1100년경 이후로 프랑스 남부 프로방스 지방의 음유시인들인 트루바두르의 시에서 생겨난 '운'이라는 개념은 모든 유럽 시문학 속에 도입되어 명백한 특징이 되었다. 원래 초기 게르만 시대의 독일 시에서는 주로 '두운(頭韻)', '머리운'[37]을 사용하였다. 그러다가 5세기의 기독교 찬양시에 '각운(脚韻)', '미운(尾韻)'이 등장하면서 점차적으로 유럽의 주요 언어권 시문학에 각운이 나타나게 되었다.[38]

운은 총체적으로 시구를 서로 연결하여 시에서 의미를 체현하는 시구를 가장 인상적으로 결속시킨다.[39] 그러므로 운이라는 것은 외적인 것일 뿐만 아니라 시 한 편의 의미구상일 수도 있다. 운은 원칙적으로 시에 있어서 의미를 전달하는 근본적인 요소이다.[40] 따라서 운은 음향적 관계뿐만 아니라 더 강한 의미적 관계를 만들어낸다. 반복적으로 만나게 되는 운은 규칙적인 박자와 리듬감을 형성해 줌으로써 다양한 음악적 효과를 주게 된다.

이러한 운과 더불어 시구가 반복되는 것도 음악성을 표출하는데, 에밀 슈타이거는 독일의 이별 노래 〈정녕 나는, 정녕 나는(Muss i denn, muss i denn)〉[41]을 예로 들면서 "그처럼 반복되는 것도 오직 시적인 언어에서만 가능하거나, 아니면 달리 표현하여 그러한 반복성으로 그 대목을 시적이라고 느끼게 된다"[42]고 말한다. 적절한 되풀이나 후렴은 시에서 서정적 에너지의 원천이 되

---

36 유종호·최동호 편저, 《시를 어떻게 만날 것인가》, 작가, 2005, pp. 77~78; 김대행, 《한국 시가 구조 연구》, 삼영사, 1982, pp. 57~58.
37 두운은 연속되는 두 개 이상의 낱말에서 강세가 있는 어간 음절의 첫소리가 같은 자음으로 되는 현상을 말한다. 일종의 자음운으로서 표현력이 강하고 장중한 분위기를 나타내는 이 두운은 게르만 문학 또는 독일 고대 문학에서 사용된 가장 오래된 형식의 운이다.(G. 발트만, 앞의 책, p. 161.)
38 Bernhard Asmuth, *Aspekte der Lyrik. Mit einer Einführung in die Verslehre*, 6., durchgesehene Aufl. Westdeutscher Verlag, 1981, p. 62.
39 G. 발트만, 앞의 책, p. 173.
40 위의 곳.
41 이 독일 노래는 한국에서 "노래는 즐겁구나 산 너머 길……"로 시작되는 동요 〈노래는 즐겁다〉로 잘 알려져 있다.
42 Emil Staiger, *Grundbegriffe der Poetik*, 1946, p. 37.

는 것이다.[43]

이처럼 시인은 일차적으로 같은 소리의 반복을 통하여 운을 형성하면서 음악적이고 음향적인 효과를 얻는다. 이와 더불어 소리의 강약, 고저, 장단 등을 반복시켜 율격을 형성하여 리드미컬한 효과도 얻는다. 율격 중에서 고저율은 소리의 고저가 규칙적으로 반복되는 것으로서 한시가 대표적이다. 강약율은 강세가 강한 음절과 약한 음절이 규칙적으로 반복되는 양상에서 비롯되며 주로 서양 시에서 잘 나타난다. 장단율은 길거나 짧은 소리의 길이가 규칙적으로 반복되는 것으로서 특히 고대 로마의 시에서 나타났다.

리듬

반복을 통하여 음악성을 표출하는 시에서 운율과 더불어 가장 중요한 음악적 요소로는 또 무엇이 있을까? 바로 리듬이다. 리듬은 가장 폭넓은 개념으로 모든 반복적인 현상을 통칭한다.[44] 다시 말해 "리듬은 같은 형태로 반복되는 움직임이다."[45] 리듬은 시에서 반복성이 느껴지는 음악적 현상을 모두 포함한다. 시는 특히 소리의 강약으로 구성되는 율격과 더불어 적절한 호흡의 길이를 염두에 두면서 리듬을 형성한다. 율격적인 리듬은 시와 관련되어 오직 시 안에서만 만나게 된다.[46]

'리듬(rhythm)'이라는 말의 어원은 그리스어 '리트모스(rhythmos)'로서, 이 말은 '흐르다', '흐름'의 뜻을 지니고 있다. 그런데 리듬이란 도대체 무엇일까? 리듬은 지각가능태로 나뉜 음악적 시간의 양상[47]으로 우리를 둘러싸고 있는 환경을 이해하고 지각하는 한 가지 방법이다. 그 방법은 시간을 분할하여 우리의 감각으로 지각할 수 있는 작은 단위로 쪼개는 것이다. 긴 시간을 작은 단위의 시간으로 분할하기 위해서 소리를 무리지어야 하는데, 이때에 무리

---

43 유종호, 앞의 책, p. 185.
44 유종호·최동호 편저, 앞의 책, p. 75.
45 Wolfgang Kaiser, *Geschichte des deutschen Verses*, 3. Aufl. München, 1981, p. 112.
46 Martin Lott, *Dichtung, Lyrik und Musik. Bemerkungen zum Rhythmus und der Sprache in der Dichtkunst*, Hamburg, 1996, p. 32.
47 이강숙, 《음악의 이해》, 민음사, 1996, p. 50.

짓는 수단은 그 소리의 길이와 강세가 된다.[48]

'똑똑똑똑' 하는 똑같은 소리를 내는 시계 소리나 물방울 소리의 경우 그 음들의 길이나 음의 높이나 강세가 완전하게 같다고 하더라도 우리는 그 소리를 '똑딱똑딱'이라고 듣게 되거나 '똑딱딱 똑딱딱' 하는 소리로 무리를 지어서 듣게 된다.[49] 시계는 균일하게 '똑-똑-똑-똑' 하면서 움직이거나 '쨱-쨱-쨱' 하면서 움직인다. 그러나 우리는 '똑-딱-똑-딱' 하거나 '쨱-깍-쨱-깍'으로 표현한다.

왜 우리는 시계 소리를 그렇게 들을까? 사람이 하는 일의 대부분은 대립적인 짝 맞추기로 되어 있다. 숨을 들이쉼-내쉼, 걸음의 왼발-오른발, 심장의 수축-이완 등이 그러하다. 이처럼 사람의 생리 자체가 대체로 대립적 짝 맞추기로 되어 있기에, 그와 동질적인 구조로 세상을 인식하려는 경향을 지닌다. 그만큼 자연 현상과 몸의 리듬은 깊이 연관되어 있다. 따라서 시의 리듬은 바로 자연 현상이나 몸의 리듬에 그 뿌리를 두고 있다.[50] 리듬이란 인간의 심상에 근원적으로 내재된 현상인 것이다. 한 예로 교육과 문화의 영향 없이도 어머니는 아기를 재우는데 리듬을 사용하는 것을 볼 수 있다. 리듬은 어떤 면에서 인간 생존의 기본이라고 할 수 있다.[51] 소리의 강약과 높낮이 그리고 호흡의 길이를 규칙적으로 활용하면서 적절한 리듬을 만들어내는 시는 소리의 강약을 규칙적, 반복적으로 사용하는 박자와 음의 높낮이 및 장단을 적절하게 활용하면서 다양한 리듬을 창출하는 음악과 그 성격이 너무도 유사하다.

4. 노래 속의 시와 음악

시와 음악이 서로 만나 이루어진 통합예술은 무엇일까? 바로 노래이다. 시와 음악은 오랜 역사 속에서 무엇보다도 '노래'라는 통합예술 장르를 통하여

48 서우석,《시와 리듬》, 문학과 지성사, 1983. p. 11.
49 위의 곳.
50 김욱동,《문학이란 무엇인가》, 문예출판사, 1996. p. 149.
51 최병철,《음악치료학》, 학지사, 2008. p. 104.

한데 어우러져 진행되었다. 노래란 무엇인가? 노래는 대체로 운문으로 된 가사에 곡을 붙여 부르는 악곡으로 사람의 목소리가 들어간 음악을 통틀어 이르는 말이다. 다시 말해서 노래는 노랫말과 음악, 시와 음악이 결합되어 만들어진 통합예술이다. 이것을 수학적인 용어로 표현한다면, 노래는 시와 음악의 교집합이라고 할 수 있겠다.

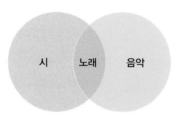

시 ∩ 음악 = 노래

그러면 노래라는 말의 어원은 무엇일까? 노래는 시나 음악과 달리 순수한 우리말인데, 우리말의 '놀다'라는 말에서 나왔다. '놀다'라는 동사의 어간 '놀'에 명사화된 접미사 '애'가 붙어서 '놀애'라는 명사가 탄생되었다가 '노래'라는 말로 정착이 된 것이다.[52]

놀(다) + 애 → 놀애 → 노래

이러한 노래의 어원을 보면 우리 조상들이 노래를 어떻게 생각했는지를 알게 되는데, 예부터 한국인은 노래한다는 것을 논다는 것, 즉 즐겁게 논다는 것으로 생각한 것이다.[53]

노래에는 어떤 종류가 있을까? 자장가를 비롯하여 동요, 민요, 요들송, 대중가요, 트로트, 포크송, 발라드, 록, 랩, 댄스음악, 사회참여 노래, 가곡, 찬송가, 오라토리오, 성탄절 노래, 복음성가, CCM 등 아주 다양하다.

---

52 김지평, 《한국가요정신사》, 아름출판사, 2000, p. 23. '놀다'에서 생겨난 다른 명사(노래의 형제간 되는 말)로 '놀음'과 '놀이'가 있다.
53 음악을 좋아하지 않는 민족은 없겠지만, 특히 우리 민족은 음악을 좋아한다. 이것은 어제 오늘의 일이 아니고 아주 오랜 전통이다. 최초의 역사 기록은 우리 민족이 '먹고 마시고 춤추고 노래하며' 즐겼다는 내용으로 시작한다. 기원전 2, 3세기경 중국 진나라의 진수가 펴낸 《삼국지》〈위지〉'동이전'에는 다음과 같은 기록이 있다. "부여 사람들은 정월에 많은 사람이 모여 며칠 동안 마시고 먹고 노래하며 춤춘다. 이것을 영고라고 한다. 어린이나 어른 할 것 없이 모두 노래를 부르고 하루 종일 노랫소리가 끊이지 않았다."(김정환, 《클래식은 내 친구 (1)》, 웅진출판주식회사, 1996, pp. 342~343)

제2장
시와 음악의 감상과
연주와 창작

제2장

시와 음악의 감상과
연주와 창작

1. 시와 음악의 감상

시와 음악이 아무리 훌륭한 예술이라고 해도, 또 좋은 시와 음악이 아무리 많이 있다고 해도, 시와 음악 작품을 활용하지 않는다면 무슨 소용이 있겠는가? 궁극적으로 우리에게는 시와 음악을 적극적으로 활용하는 '시와 음악 활동'이 중요한 것이다. 그러면 시와 음악 활동을 어떻게 하면 되는 것일까? 시와 음악 활동은 크게 세 가지로 나뉘는데, 시와 음악을 감상하고, 연주하고, 창작하는 것이다.

먼저 시와 음악의 감상 활동은 시나 악보를 읽거나 시낭송, 노래, 음악 연주 등을 보고 들으며 감상하는 것이다. 여기에는 시낭송을 듣거나 시낭송회를 관람하는 것, 직접 노래를 듣거나 음악회에 가서 시와 노래, 음악을 감상하는 것 등을 비롯하여, 다양한 도서와 오디오 및 비디오 매체를 통하여 시와 노래 및 음악을 감상하는 활동이 모두 포함된다.

그러면 우리는 왜 시와 음악을 감상해야 할까? 우리가 시와 음악을 감상하면 어떤 점이 좋을까? 공자는 《논어》에서 "시를 통해 순수한 감정을 불러일으키고, 예의를 통해 도리에 맞게 살아갈 수 있게 되며 음악을 통해 인격을 완성한다(興於詩, 立於禮 成於樂)[1]고 하였다. 그런가 하면 문학의 경우에 고대 로마의 시인 호라티우스(B.C. 65~B.C. 8)가 문학이 우리에게 즐거움과 교훈을 주는 두 가지 기능을 지니고 있다고 하였다. 말하자면 좋은 문학 작품은 문학적 아름다움의 즐거움을 주고, 이와 더불어 바람직한 삶의 지혜와 교훈까지 준다는 것이다.

시는 여러 문학 장르 중에서도 언어를 가장 함축적으로 정선하여 사용하는 장르이기 때문에 언어적으로 표출되는 아름다움이 가장 뛰어나다. 시를 감상함으로써 시의 아름다움을 접하게 되고, 그러한 언어예술적 아름다움으로부터 미적 감동을 받아 행복해 지는 것이다.

한편 시인 도종환은 "아름다운 마음, 따뜻한 심성을 되찾기 위해서 시를 읽고 감상하는 것이라고 생각한다."[2] 이처럼 시는 우리의 감성과 정서에 호소함으로써 우리의 심성을 성찰하게 하여 아름다운 마음을 갖도록 한다.

그러나 시를 감상하는 이유가 오직 이것들만은 아니다. 예를 들어 독일의 현대 시인 브레히트(1898~1956)는 "시는 우리에게 올바른 판단력과 비판력을 가져다주어야 한다."고 한다. 말하자면 우리가 시를 읽어야 하는 이유는 사회비판적 실천능력을 기르기 위한 것이라는 게 브레히트의 지론이다.

이처럼 시는 그 종류와 기능과 의미가 다양한 만큼 시를 읽고 감상해야만 하는 이유도 그만큼 다양한 것이다.

그러면 음악의 경우는 어떤가? 우리가 음악을 감상해야만 하는 이유는 무엇일까? 우선 노래는 언어예술과 소리예술이 통합된 장르이기 때문에, 노래를 듣고 감상할 때에는 언어와 소리의 통합예술적인 아름다움과 의미를 접하게 된다. 그러므로 노래의 경우에는 그 노래의 가사에 해당되는 시나 노랫말 부분에서 시문학적인 작품을 감상하는 셈이다. 동시에 그 노래의 악곡과 악기 연주 등의 음악적인 면도 아울러 감상할 수 있다.

노래가 아닌 순수 기악곡의 경우는 어떠할까? 기악곡은 가사가 없기 때문에 소리예술에 해당하는 음악적인 면만을 감상한다. 이와 같은 순수 기악곡

1 공자,《논어》, 김형찬 옮김, 홍익출판사, 2011, p.99.
2 도종환,《선생님과 함께하는 시창작 교실》, 실천문학, 2007, p.331.

의 경우에도 그 종류와 기능이 다양하여 감상할 이유도 다르며, 작곡가나 곡마다 감상하는 사람마다 각기 다양하다. 그렇다면 다양한 음악을 감상해야만 하는 공통적인 이유는 무엇일까? 첫 번째 이유는 음악이 우리에게 즐거움을 준다는 것이다. 그리고 음악은 그 종류가 다양한 만큼 우리에게 다채로운 정서적 행복과 예술적 감동 및 비판적 사고를 제공해준다.

그런데 시와 음악을 감상하는 것은 단순히 수동적인 활동일까? 혹 그렇게 생각하는 사람이 있을지 모르지만, 사실은 그렇지 않다. 왜냐하면 감상하는 사람에 따라 저마다 각기 다양한 감수성과 이해력 및 상상력으로 그 시와 음악을 다양하게 이해하고 수용하기 때문이다. 이는 다른 예술작품의 경우에도 마찬가지이다. 시와 음악을 감상하는 활동은 사실상 감상자의 감식력과 이해력을 바탕으로 하는 독자적이고도 창의적인 예술감상 활동이며, 경우에 따라서는 감상자의 비판적 이해가 수반되는 비평적인 연구 활동이 되는 것이다.

우리에게는 한평생 시와 음악만을 감상한다고 해도 도저히 다 감상할 수 없는 국내외의 많은 시와 음악 작품들이 있다. 그렇기에 우리는 시와 음악 작품을 선별하여 감상할 수밖에 없는데, 감상해야할 시와 음악을 어떤 기준으로 어떻게 선별하는 게 좋을까?

먼저 시의 경우부터 생각해보자. 우리가 각자 좋아하는 시인이나 시가 있다면, 그러한 작품부터 읽어나가면 된다. 그리고는 점차 다양한 시를 접하면서 시에 대한 선호도와 관심도를 넓히면 좋다. 특별히 선호하는 취향이 없다면 일단 시문학사에서 훌륭한 시로 평가 받은 시들을 모아 놓은 시집을 읽거나 시 전문가들이 추천하는 시집부터 읽는 것이 좋다. 왜냐하면 취향에 따른 시 감상도 좋겠지만, 음식도 골고루 먹어야 몸에 좋듯이 시 감상도 가능한 한 좋은 시들을 다양하게 감상하는 것이 바람직하기 때문이다.

그러면 좋은 시란 어떤 시를 말하는 걸까? "우선 다른 말로 대체할 수 없는 말들로 짜여서 팽팽한 긴장을 유지하고 있는 것이 좋은 시"[3]이다. 그러니까

---

3 유종호,《시 읽기의 방법》, 민음사, 2005, p. 48.

"말을 아낄수록 좋은 글, 좋은 시가 된다."⁴ "일단 하나하나 모두 설명하거나 직접 다 말해 버린다면 시라고 할 수가 없다. 좋은 시는 직접 말하는 대신 읽는 사람이 스스로 깨달을 수 있도록 해 주어야 한다."⁵ "왜 서정시는 길이가 짧은가. 여운을 주기 위해서이다. 생활의 작은 세부를 통하여 전체를 보여 주어야 하기 때문이다. 하나의 작은 사실로 많은 것을 연상시켜 줄 수 있어야 하기 때문이다."⁶

자, 이제 그러면 한 권의 시집을 손에 들었거나 한 편의 시를 접하게 되었을 때, 우리는 그 시를 어떻게 감상하면 좋을까? 독자는 각각 자기 방식대로 시를 감상하고 음미하겠지만, 다음과 같은 시 감상법을 제안한다.

시를 감상할 때는 먼저 그 시의 제목을 음미하는 것이 일차적으로 필요하다. "표제는 대체로 작품 이해에 유력한 지표"⁷이기 때문이다. "노골적으로 드러나든 그렇지 않든, 시의 제목과 본문은 통일적인 전체를 위하여 서로 밀접한 관계 속에 있다. 제목이 본문을 직접적으로 설명하는 것과 같이 그 연관성이 뚜렷이 드러나는 경우도 있고, 그 관련성이 숨겨져 있어 탐색되어야 할 경우도 있다. 어떤 경우든, 제목과 본문은 일단 그것이 환기하거나 의미하는 바가 상호 침투하고 내통하는, 유추적인 동질성의 관계에 있다고 할 수 있다."⁸

제목은 시작품에서 다른 장르와 비교할 수 없을 정도로 큰 비중을 차지한다. 한마디로 제목은 작품을 대표한다.⁹ 제목은 시에서 머리말이면서 맺는말이고, 서론이면서 결론이다. 그래서 다른 장르의 작품을 읽을 때와 달리 시를 읽는 경우에는 특히 제목을 거듭 되새기면서 본문을 읽어나가는 것이 작품의 이해에 효과적이다.¹⁰

이렇게 하여 만약 묵독으로 감상을 했다면 다음 단계는 입으로 소리를 내어 낭송을 하며 청각적으로 느끼고 감상하는 것이다. 이러한 시 낭송은 예술

4 정민, 《정민 선생님이 들려주는 한시 이야기》, 보림, 2003, p. 154.
5 위의 책, p. 45.
6 오봉옥, 〈좋은 시를 쓰기 위한 낙서〉, 유종화 엮음, 《시 창작 강의 노트》, 당그래, 2004, p. 353.
7 유종호·최동호 편저, 《시를 어떻게 만날 것인가》, 도서출판 작가, 2005, p. 406.
8 손병희, 《한국 현대시 연구》, 국학자료원, 2003, pp. 17~18.
9 강연호 외, 《시창작이란 무엇인가》, 화남, 2003, p. 27.
10 위의 책, p. 28.

활동으로 자연스럽게 이어진다. 이처럼 시낭송은 감상자가 직접 시를 낭송하면서 감상할 수 있고, 다른 사람이 낭송하는 시를 듣거나 혹은 시낭송을 듣는 동시에 시를 보면서 감상할 수도 있다. 이렇게 시낭송으로 시를 감상하면 시각과 청각을 함께 사용하여 통감각적으로 감상하기 때문에, 시의 본질에 더욱 가까이 다가가게 된다.

또한 감상하거나 낭송한 시를 종이나 컴퓨터에 옮겨 적으면서 그 시의 의미와 가치를 더욱 심화시키거나, 옮겨 적은 시를 늘 소지하면서 외워 암송하는 단계로까지 나아간다면 더욱 바람직하다. 그리고 시를 감상하면서 느낀 점을 메모하거나 자신의 독자적인 생각을 기록하는 감상 습관을 들인다면 더욱 풍성하고 창의적인 시 감상 생활이 될 것이다.

그러면 음악의 경우에는 어떤 음악을 감상하는 것이 좋을까? 음악도 시와 마찬가지로 우선적으로 자기가 좋아하거나 관심이 있는 음악부터 감상해 나가면 좋다. 좋은 시를 선별하여 감상하는 것이 좋듯이, 음악의 경우에도 좋은 음악을 다양하게 선별하여 감상하는 것이 바람직하다. 그렇다면 우리는 어떻게 좋은 음악을 선별할 수 있을까?

음악작품을 서로 비교해 볼 때 분명히 잘 된 작품과 그렇지 않은 작품의 구별은 있다. 그러나 음악평론가 김순배는 "우리에게 좋은 음악으로 다가오는 작품들에는 만든 이나 그것을 연주하는 이의 '진정성'이 스며들어 있을 수밖에 없다. 시간의 흐름에서 성공적으로 살아남은 음악이란 그것이 고전이건 팝이건 가요이건 작곡가의 혼이 녹아들어 있는 음악이고 그것이 바로 '좋은 음악'"[11]이라고 평가한다.

공자는 좋은 음악과 나쁜 음악을, 그 음악이 인간에게 감각적 즐거움만을 주려고 하는가 그렇지 않은가에 기준을 두고 구분하였다. 그래서 '악(樂)'의 반대는 '비악(非樂)'이나 '불악(不樂)'이 아니라 '음성(淫聲)', 즉 음란한 소리라고 하였다. 공자는 그 나라의 음악을 들으면 그 나라의 세태를 알 수 있다고 했다. 다시 말하면, 음성이 지배하는 사회는 패덕과 무례가 난무하고 자애

---

11 김순배, 〈김순배의 음악미학 플러스. 좋은 음악 vs. 나쁜 음악〉, 《스트링 앤 보우》, 2010, p. 87.

롭지 못한 사회라는 것이다.[12]

우리에게 다양한 음악이 있다는 것은 그만큼 우리가 다양한 음악을 필요로 하고 또 그만큼 다채로운 음악을 즐기고 있다는 것을 말해준다. 각자 좋아하는 음악의 성격이나 종류도 각자의 개성이나 취향만큼 다양할 것이다. 감상하는 음악이 일단 즐거움을 주고, 또 각자의 취향과 어우러지는 예술적 감동과 정서적 행복을 더해 준다면, 그 음악은 감상하고 즐길만한 충분한 음악인 것이다. 여기에 우리의 삶과 정서를 고양시키고, 사회적 판단력과 비판력까지 증진시킬 수 있는 음악을 감상한다면 더 바람직하다.

그러면 음악감상은 어떻게 하는 게 좋을까? 음악감상의 상황도 시대에 따라 많은 변화를 겪는다. 오늘날에는 음악을 감상할 수 있는 다양한 매체들이 발달되어 있기 때문에, 이러한 매체들을 활용하여 음악을 감상하는 경우가 많다. 그러나 가능하다면 직접 노래하거나 연주하는 음악회에서 감상을 하게 된다면 좋은 음악 감상이 될 것이다.

2. 시와 음악의 연주

시와 음악을 감상하는 것도 창의적이고 비평적인 예술 활동이지만, 시를 낭송하거나 노래를 부르거나 악기를 연주하는 연주활동은 더욱 감성적이고 독창적인 예술활동이 된다. 이 경우 만약 청중이 있다면, 그 청중에게 작품의 감동과 의미를 전달하고자 하는 열정이 추가될 수 있기 때문에 적극적이고 다양한 공연예술로 표출된다. 시와 음악의 연주활동으로는 대체로 시낭송[13], 노래 부르기, 악기 연주 등을 꼽을 수 있다.

---

12 전인평,《우리가 정말 알아야 할 우리 음악》, 현암사, 2007, p. 202.
13 시낭송 이외에 시를 표출하는 예술 활동으로 시를 연극적으로 표출하는 시극과 시화전, 시와 그림 및 시낭송이 동영상으로 함께 어우러지는 시 동영상 등을 꼽을 수 있다.

시낭송

시낭송의 생활화와 대중화

시는 개인적으로 감상하거나 음미할 수 있는 문학작품이지만, 시로부터 더욱 깊은 감동을 받거나 그 감동을 함께 나누기 위해 시낭송[14]을 할 수 있다. 시낭송은 대체로 시 속에 담긴 의미와 시적 감동을 청중에게 전달하기 위하여 시를 소리 내어 읊는 예술 행위이다. 말하자면 시를 소리 내어읽되, 시가 지니고 있는 의미를 전달하기 위해 시적 감동이 묻어나게 읽어 시의 음악성을 극대화하는 것이다.[15]

시를 독자들에게 소개할 수 있는 방법은 여러 가지이지만, 시낭송은 시를 일반 대중에게 폭넓게 알리는 대단히 효율적이고 훌륭한 방법 중 하나이다. 시낭송은 시의 대중화를 위해 적극적으로 활성화되어야 한다. 시낭송이 대중화되면 시의 아름다운 음악성도 회복되고, 시문학 애호가 인구의 저변이 확대되어 시의 영향력도 확산될 것이다.

작곡가들이 만든 악보를 노래하고 연주하여 소리로 표출해내는 것이 본질적이고 궁극적인 음악의 단계이듯이, 시의 경우도 낭송하는 것이 시문학 예술의 본질적인 의미가 표출되는 단계이다. 시는 낭송을 통하여 그 시의 언어적·청각적 효과와 의미가 구체적으로 나타난다.

프랑스에서는 고등학교를 졸업할 때쯤 되면 대체로 100편 정도의 시를 암송한다고 한다. 이 얼마나 멋진 일인가! 이것 하나만으로도 프랑스는 훌륭한 문화예술 선진국이라 할 수 있다. 우리의 경우는 어떠할까? 안타깝게도 대학 입시에 억눌린 교육현실 속에서 우리나라 청소년들은 시를 그저 학습의 대상으로만 보는 게 아닐까? 학교에서 시를 공부하고 알아가는 것도 중요한 일이지만, 어린 시절부터 시를 감상하고 즐겨 늘 시를 낭송하거나 암송하는 생활로까지 이어져야 한다. 그래야 대중도 아름다운 시를 많이 암송하고 낭송하여

---

14 '시낭송(詩朗誦)'의 '낭(朗)' 자는 '높은 소리로 또랑또랑하게 랑'이고 '송(誦)'은 '외울 송'이다. 따라서 시낭송은 한자의 뜻풀이대로 하면 시를 높은 소리로 또랑또랑하게 외우는 것이다.
15 송현,《시낭송 잘하는 법》, 집문당, 1996, p. 17.

시낭송이 생활화되어 사회적으로 대중화될 수 있다. 그렇게 되면 아름답고 훌륭한 시문학의 영향이 우리의 삶에 더욱더 깊고 넓게 펼쳐질 것이다.

그러면 시를 잘 암송하기 위해서는 어떤 방법들이 있을까? 하나는 외우고자 하는 시를 베껴 쓰거나, 늘 소지하고 다니면서 틈틈이 외우는 것이다. 예를 들어 대중교통으로 이동하는 경우에도 시를 묵상하면서 외우거나, 시를 녹음하여 반복적으로 듣는 것도 방법이다.

다른 문화예술 선진국들에 비해 우리나라는 대체로 시낭송이 크게 발달하지 못했는데, 1980년대부터 시낭송 운동이 일어나기 시작하여 이제는 점차 시낭송이 활성화되고 있다. 요즘에는 여러 '시낭송(대)회'가 다채롭게 열리고 있으며, 한국문화예술위원회 문학나눔사무국도 '전국 청소년 시낭송 축제'를 주관하여 개최하고 있다. 이러한 시낭송 행사들로 인하여 앞으로 우리나라에 시낭송이 확산되고 대중화될 전망이 커지고 있다.

시낭송이 발전하려면 무엇보다도 시를 향유하는 독자와 대중들이 시낭송의 예술적 가치를 인식하고, 시낭송에 대한 관심과 사랑을 가지는 것이 중요하다. 먼저 모든 학교에서 선생님이나 교수님들이 시낭송이 노래나 악기 연주 못지않게 훌륭하고 아름다운 예술이라는 것을 학생들과 대중에게 알려야한다. 시 전문가[16]나 애호가를 비롯하여 일반 독자까지도 널리 시낭송의 예술적 가치를 깊이 인식하게 되는 날이 속히 오기를 기대한다.

시낭송의 활성화를 위해서 시 전문가나 독자 외에도 방송매체 관련자들이나 문화예술 관계자들이 시낭송의 중요성과 의미를 제대로 인식하는 것 또한 중요하다. 왜냐하면 그들을 통해서 시낭송이 대중적으로 소개되어 시낭송·암송의 대중화가 실현될 수 있기 때문이다.

시낭송 잘하는 법

그러면 시는 어떻게 낭송하는 것이 좋을까? 시낭송을 잘 하려면 우리는 다

---

16 시낭송·암송과 관련하여 신경림 시인은 1,000 편의 시를 암송한다고 하며, 장사익 소리꾼은 한 곡의 노래를 숙달시킬 때 그 노래의 노랫말인 시를 깊이 음미하고 체득하여 노래하기 위해 1,000번을 낭송한다고 한다. 이러한 열정과 몰입의 경지가 참으로 놀랍다.

음과 같은 사항들을 고려해야만 한다.

(가) 정확한 발음

시의 일차적 기능이 언어를 통한 의사전달이라고 한다면, 소리를 내어 시의 의미를 전달하고자 하는 시낭송은 청중을 위해 정확한 발음으로 낭송을 하는 것이 일차적으로 중요하다. 정확한 발음으로 낭송하지 않는다면 청중은 그 시의 뜻과 내용을 정확하게 이해하기가 어렵다. 노래의 경우도 마찬가지로 가사의 내용을 제대로 전달하기 위해 정확한 발음으로 노래해야 하며, 특히 시낭송의 경우에는 언어적 의미 전달 기능이 노래보다 더 중요하기 때문에 더욱 정확한 발음으로 낭송을 해야 한다.

(나) 소리의 강약과 높낮이

또한 시낭송은 소리의 강약과 높낮이를 잘 조절하여 시의 내용과 의미가 적절하게 전달되도록 하는 것이 중요하다. 소리의 강약과 높낮이는 대체로 하나의 단어나 구 그리고 문장에서 정확하게 조절돼야 한다. 우리말은 대체적으로 단어나 구의 앞부분에 강세가 있기 때문에, 어느 음절과 어느 부분에 강세를 두어야 하는지 정확하게 파악해야 한다. 그리고 어느 부분을 강조하느냐에 따라 문장의 의미가 달라지기 때문에, 시의 문맥에 맞게 전체 문장에서 어느 부분이 강조되어야 하는지를 파악하여 강약과 높낮이를 조절해야 한다.

대체적으로 중요한 음소나 어휘를 강하고 높게 하여 그 중요성을 부각시키는 방법이 일반적이다. 또한 이와 반대로 중요한 대목에서 오히려 소리를 약하고 낮게 내면서 그 의미를 상대적으로 부각시킬 수도 있다.

일반적인 경우의 예로 "아버지가 방에 들어가신다."라는 시 구절이 있다고 가정하자. 그러면 '아버지'와 '방' 두 단어 중 어느 단어를 강조해야 할까? 정답은 둘 다 가능하다. 왜 그럴까? 만약 이 구절이 '누가 방에 들어가시는가?'라는 문맥과 연관되어 있다면 '아버지'가 강조될 것이고, '아버지가 어디에 들어가시는가?'라는 문맥과 관련 된다면 '방에'가 강조될 것이다. 그러므로 같은 문장, 같은 시 구절이라 하더라도 어떤 문맥에서 어떤 의미를 부각시키느냐에 따라 강조되는 대목이 다르게 되는 것이다.

(다) 띄어 읽기

글을 낭독하거나 시를 낭송할 때 띄어서 읽어야할 곳을 제대로 띄어 읽는 것이 의미를 정확하게 전달하는 데에 아주 중요하다. 예를 들어 "아버지가 / 방에 / 들어가신다"라는 시구가 있다고 가정할 때, "아버지 / 가방에 / 들어가신다"라고 잘못 띄어 낭송하면 어떻게 되겠는가? 그렇게 되면 그 구절은 엉뚱하게도 전혀 다른 의미로 바뀌어 전달될 것이다. 그러므로 시낭송을 할 때 띄어 읽기를 제대로 하지 못하면 시의 내용과 의미를 올바르게 전달할 수 없을뿐더러, 엉뚱하게 전혀 다른 의미로 전달될 수 있다.

그렇다면 신동엽 시인의 시 제목을 낭송할 때 어떻게 띄어 읽어야 할까?

누가 ① 하늘을 ② 보았다 ③ 하는가

이 구절을 낭송할 때 띄어 읽기의 가능성이 있는 곳을 ① ② ③의 번호로 표시했다. 예전에 이 구절을 낭송할 때 세 곳을 모두 똑같은 길이의 간격으로 띄어 낭송한 학생을 본 적이 있다. 과연 제대로 낭송한 것일까? 아니다. 그러면 ① ② ③ 중 어느 곳을 붙여 읽고 어느 곳을 띄어 읽어야 할까?

이 문장은 구문상 두 개의 문장을 한데 엮어 놓은 것이기 때문에, 띄어 읽기와 붙여 읽기를 통하여 그 두 개의 문장이 어떻게 구성되어 있는지를 밝혀주는 것이 중요하다. 그렇다면 위의 문장은 어떻게 두 문장으로 구성되어 있는가? 이 문장을 알기 쉽게 풀어보면 "누가 (말)하는가"의 주문장과 "하늘을 보았다(고)"의 부문장으로 나눌 수가 있다. 그러므로 우리는 이 문장을 낭송할 때 "하늘을 ② 보았다"의 ②는 붙여 읽어야 하고, ①과 ③은 띄어 읽어야 듣는 사람에게 그 의미가 적절하게 전달될 수 있다.

(라) 장·단음

또한 시낭송에서 장음과 단음, 말하자면 긴 음과 짧은 음을 정확히 구별하여 발음하지 않는다면, 이것 또한 시의 정확한 내용을 전달하기 어렵다. 특히 우리 한국어 특성상 서양 언어와 비교해 볼 때 훨씬 더 장·단음의 구별이 중요하다. 만약 시낭송에서 장·단음을 제대로 구별하지 못한다면, 그것은 흡사 노래나 연주할 때 음표의 길이를 제대로 맞추지 못하는 것과 같다. 말하자면 4분음표를 2분음표로 길게 소리 내거나, 2분음표를 4분음표로 잘못 연주하거나 노래하는 격이 되는 것이다. 장·단음의 예를 한번 들어보자.

이육사 시인의 시 〈광야〉의 첫 행을 장·단음에 유의하여 낭송해보자.

까마득한 날에 하늘이 처음 열리고

이 시 구절의 첫 단어 "까마득한"에서 '까'와 '득' 중 어느 글자를 길게 장음으로 발음해야 할까? 이 단어는 '까마득:한'이라고 낭송해야 옳다.

이처럼 우리말은 낭송할 때 장·단음을 구별하는 것이 상당히 어려운 편이다. 그래서 우리나라 시의 경우도 장·단음을 제대로 맞추어 낭송하려면 수시로 사전을 찾아 장·단음을 확인해야하는데, 장음이냐 단음이냐에 따라 뜻이 달라지기도 하는 단어들이 많은 편이기 때문이다. 예를 들어 '눈에 눈이 들어가니 눈물이 난다.'라는 문장에서 어느 '눈'자를 길게 발음해야 할까? 앞의 '눈'과 뒤 '눈물'의 '눈'은 짧게 발음하고 가운데 '눈'은 길게 발음하여, '눈에 눈:이 들어가니 눈물이 난다.'로 낭송해야 한다.

(마) 낭송의 속도

그러면 시낭송의 속도는 어느 정도가 적당할까? 대체적으로 평상시에 말하는 것보다 느린 속도로 낭송하는 것이 좋겠다. 왜냐하면 함축적인 시문학의 특성상 청중에게 그 내용과 의미가 충분히 전달되고 음미할 수 있게 하려면, 일반적으로 말하는 속도보다 좀 더 느리게 낭송하는 것이 바람직하다. 그러나 예외적인 경우도 있다. 만약 급박하거나 격정적인 내용을 표출하는 대목이 있다면, 그야말로 휘몰아치듯이 빠른 속도로 낭송을 해야 한다. 결국 시낭송의 속도는 무엇보다도 청중에게 시의 의미가 충분히 전달되는 속도가 적당하되, 시의 내용과 분위기에 따라 적절한 속도로 조절하여 낭송하는 것이 바람직하다.

(바) 감정이입

노래나 연주도 마찬가지겠지만 시낭송의 최종적인 예술적 아름다움은 낭송자의 감정이입에 의해 이루어진다. 시가 표출하고자 하는 감정을 소리의 음색이나 분위기를 조절하여 낭송을 하면, 그 시가 전달하고자 하는 내용의 감정이나 정서적 분위기를 효과적으로 나타낼 수 있다. 이렇게 하여 낭송자의 의도에 따라 적절하게 감정을 조절하여 시를 낭송한다면 최상의 시낭송이 될 것이다.

시 낭송을 잘하기 위해 고려해야 할 항목들

정확한 발음

소리의 강약

감정 이입

시 낭송 잘하는 방법

소리의 높낮이

낭송의 속도

띄어 읽기

장·단음

시문학이 발전하려면 무엇보다도 시인들이 계속해서 좋은 시를 써야 하고, 그와 더불어 많은 사람들이 시를 감상하고 즐길 수 있는 시낭송이나 시화전 등을 비롯한 다양한 기회와 매체의 활동이 활성화되어야 할 것이다. 이와 관련하여 최동호 교수는 무엇보다도 시낭송, 즉 "구술적인 연행을 염두에 두고 창작되지 않은 시는 이제 더 이상 자기 한계를 극복하기 어렵다"[17]라는 판단을 내린다. 그리고 "시라는 예술 양식은 시와 노래, 춤은 물론 다양한 매체를 종합하는 방향으로 나아갈 것이다."[18]라고 전망한다. 아울러 그는 "특히 명상과 사색의 시편들을 음악에 실어 노래로 유행시킬 수 있는 음유시인들이 등장할 것"[19]이라고 예상한다.

그런가하면 고형진은 "기존의 시화전이 아니라, 시와 음악과 영상이 한데 어우러지는 소위 멀티미디어 시화전"의 경험을 통하여 "시의 말이 노래성을 획득하여 멀티 매체에 참여할 때, 진정한 멀티미디어 시화전이 될 수 있겠다는 생각을 새삼 하게 되었다."[20]고 하면서, "시가 새로운 시대에도 여전히 생명력을 지니기 위해서는 언어의 청각적 예술성을 높이는 일에 특별히 주의를 기울여야 할 것이다."[21]라고 주장한다.

이처럼 앞으로 시는 소리로 표출되는 언어예술이라는 본질적 특성을 되살려 시낭송을 중심으로 다양한 매체와 연계시켜 발전시켜 나가는 것이 바람직하다. 오늘날 시낭송회의 조직적 확산은 이러한 시적 환경의 변화와 무관하지 않다. 이것은 멀티미디어 시대를 맞이하여 활자 매체에 갇힌 시 장르를 종합적인 무대의 장으로 끌어올려, 시를 활성화하고 시의 활로를 모색해보려는 시도의 일환으로 받아들여진다. 낭송회의 빈번한 개최는 우리 시의 운의 개발과 음악성 향상에 도움을 줄 수 있다.[22] 앞으로 시의 활성화와 대중화를 위해 다양하고도 창의적인 시 관련 예술, 연구, 교육, 봉사활동이 기대된다.

17 최동호 외, 《서정시가 있는 21세기 문학강의실》, 청동거울, 2003, p. 162.
18 위의 책, p. 165.
19 위의 책, p. 166.
20 위의 책, p. 180.
21 위의 책, pp. 180~181.
22 위의 책, p. 181.

시낭송 해보기

이제 앞에서 살펴본 시 낭송법을 참고하여 몇 편의 시들을 함께 감상하면서 낭송해보자.

청산별곡

살어리 살어리랏다 靑山에 살어리랏다
멀위랑 다래랑 먹고 靑山에 살어리랏다
  얄리얄리 얄라셩 얄라리 얄라

〔중략〕

살어리 살어리랏다 바라래 살어리랏다
나마자기 구조개랑 먹고 바라래 살어리랏다
  얄리얄리 얄라셩 얄라리 얄라[23]

작자와 연대 미상인 〈청산별곡〉은 고려가요 중 가장 창작성이 짙은 작품으로 알려져 있다. 〈청산별곡〉은 우리의 전통 시가 중 운의 효과가 매우 잘 드러난 시로 꼽힌다. 'ㄹ'음의 반복으로 조성되는 경쾌한 화음은 청산과 바다에서 안빈낙도의 생활을 하겠다는 시인의 마음이 매우 유쾌한 것임을 정서적으로 환기시킨다.

참고로 대학가요제 제1회 은상 수상곡인 이명우의 〈가시리〉 전반부는 고려가요 〈가시리〉로, 후반부는 이 고려가요 〈청산별곡〉의 가사로 이루어진 노래이다. 이 〈가시리〉 노래의 곡조는 원래 "이스라엘 민요라고 알려진 〈밤에 핀 장미〉"[24]이다.

23 〈청산별곡〉 제1연과 6연. 김희보 엮음, 〈악장가사〉, 《증보 한국의 옛시》, 가람기획, 2005, p. 69.
24 이영미, 《홍남부두의 금순이는 어디로 갔을까》, 황금가지, 2009, p. 201.

가시리

가시리 가시리잇고 나난
바리고 가시리잇고 나난.
　위 증즐가 대평성대

날러는 엇디 살라 하고
바리고 가시리잇고 나난.
　위 증즐가 대평성대

잡사와 두어리마나난
선하면 아니 올셰라.
　위 증즐가 대평성대

셜온 님 보내압노니 나난
가시난 닷 도셔 오쇼셔 나난.
　위 증즐가 대평성대[25]

〈가시리〉는 전 4연으로 이루어진 고려 속요의 절창으로 작자는 미상이다.
각 연은 2구로 되어 있고, 3·3·2조의 3음보를 기본 율조로 하고 있다. 현존
하는 고려가요 중 전통적 민요의 특징과 한의 정서가 가장 잘 표현된 작품으
로 우리 문학사에 등장한 이별의 노래 중 최고의 수준으로 평가되고 있다.

---

25 박경신·김태식·송백헌·양왕용, 《고등학교 문학(상)》, 금성출판사, 2002, p. 76.

진달래꽃

김소월

나 보기가 역겨워
가실 때에는
말없이 고이 보내 드리오리다

영변에 약산
진달래꽃
아름 따다 가실 길에 뿌리오리다

가시는 걸음걸음
놓인 그 꽃을
사뿐히 즈려 밟고 가시옵소서

나 보기가 역겨워
가실 때에는
죽어도 아니 눈물 흘리오리다[26]

〈진달래꽃〉은 1922년 잡지 《개벽》에 처음 수록되었던 김소월의 대표작이자
한국 현대 서정시의 대표작으로 전통적인 소재와 민요조의 3음보 율격이 민족
적 정한과 가장 잘 결합된 작품이다. 고려 속요 〈가시리〉의 맥을 잇고 있는 이
〈진달래꽃〉은 한국적 정서의 핵심인 한(恨)을 축복으로 승화시켜 부정적 어법
이 도리어 강력한 긍정으로 전환되는 역설을 가장 극명하게 보여 준 작품이다.
  이 시는 우리의 가곡으로 작곡이 되었으며, 가수 마야가 시의 내용을 변형
하여 불러 우리에게 대중가요로도 많이 알려져 있다.

---

26 김희보 엮음, 《한국의 명시》, 가람기획, 2005, pp. 45~46.

김소월 (1902~1934) 본명은 정식이며, 소월은 아호이다. 평북 곽산 출생으로, 오산학교 중학부를 거쳐 배재고보를 졸업하고 도쿄상대에 입학하였으나 중퇴하고 귀국하였다. 당시 오산학교 교사였던 김억의 지도와 영향 아래 시를 쓰기 시작하여 1920년 문단에 데뷔하였다. 김소월은 순수한 우리말 시어와 민요조의 특이하고 아름다운 율조로 우리 민족의 보편적 정서인 한, 그리움, 이별 등을 애절하게 표현했다.

서시

윤동주

죽는 날까지 하늘을 우러러
한 점 부끄럼이 없기를,
잎새에 이는 바람에도
나는 괴로워했다.
별을 노래하는 마음으로
모든 죽어가는 것을 사랑해야지.
그리고 나한테 주어진 길을
걸어가야겠다.

오늘 밤에도 별이 바람에 스치운다.[27]

윤동주의 〈서시〉는 해방 후 간행된 윤동주의 유고 시집《하늘과 바람과 별과 시》(1948)의 서두에 놓인 시이다. 이 시에는 시인 자신의 전 생애가 양심 앞에 정직하고자 했던 번민과 의지가 보인다. 자아에 대한 끊임없는 부끄러움이 인식의 바탕이 되어 일제 치하에 사는 한 지성인의 고뇌와 섬세한 감정을 표출하면서도, 주어진 길을 걸어가야겠다는 소명의식이 핵심을 이룬다.

---

27 위의 책, p. 254.

윤동주 (1917~1945) 북간도 출생으로 용정의 은진중학, 연희전문학교를 거쳐 일본으로 건너가, 1942년 릿쿄 대학 영문과에 입학했다가 동년 가을 도시샤 대학 영문과로 전학했다. 1943년 여름방학을 맞아 귀향하다가 사상범으로 일본 경찰에 체포되어 2년형을 언도받고, 규슈와 후쿠오카 형무소에서 복역중 옥사했다.

청산도

박두진

산아. 우뚝 솟은 푸른 산아. 철철철 흐르듯 짙푸른 산아. 숱한 나무들, 무성히 무성히 우거진 산마루에, 금빛 기름진 햇살은 내려오고, 둥 둥 산을 넘어, 흰 구름 건넌 자리 씻기는 하늘. 사슴도 안 오고 바람도 안 불고, 넘엇 골 골짜기서 울어오는 뻐꾸기…….

산아. 푸른 산아. 네 가슴 향기로운 풀밭에 엎드리면, 나는 가슴이 울어라. 흐르는 골짜기 스며드는 물소리에, 내사 줄줄줄 가슴이 울어라. 아득히 가버린 것 잊어버린 하늘과, 아른아른 오지 않는 보고 싶은 하늘에, 어쩌면 만나도 질 볼이 고운 사람이, 난 혼자 그리워라. 가슴으로 그리워라.

티끌 부는 세상에도 벌레 같은 세상에도 눈 맑은, 가슴 맑은, 보고지운 나의 사람. 달밤이나 새벽녘, 홀로 서서 눈물 어릴 볼이 고운 나의 사람, 달 가고, 밤 가고, 눈물도 가고, 틔어 올 밝은 하늘 빛난 아침 이르면, 향기로운 이슬밭 푸른 언덕을, 총총총 달려도 와줄 볼이 고운 나의 사람.

푸른 산 한나절 구름은 가고, 골 넘어, 골 넘어, 뻐꾸기는 우는데, 눈에 어려 흘러가는 물결 같은 사람 속, 아우성쳐 흘러가는 물결 같은 사람 속에, 난 그리노라. 너만 그리노라. 혼자서 철도 없이 난 너만 그리노라.[28]

28 박두진, 《한국 현대시 감상》, 신원문화사, 1996, pp. 47~48.

박두진의 시 〈청산도〉의 시적 화자는 청자인 '청산'에게 자신의 간절한 염원을 호소하고 있다. 그 대상인 청산은 화자가 꿈꾸는 순수한 세계이지만, 한편으로는 고운 사람을 그리워하고 슬픔을 호소하는 대상이기도 하다. 순수하고 아름다운 자연(청산) 그리고 아귀다툼하며 살아가는 인간세상, 이 상반된 질서 사이에서 시적 자아는 자신을 구원해 줄 수 있는 '메시아'인 임을 영원히 기다리고 그리워할 것임을 다짐하고 있다. 이러한 관점에서 "박두진은 광명과 긍정 지향의 시인"이며, "기독교적 유토피아에 대한 염원을 줄기차게 노래하였다."[29]

박두진 (1916~1998) 경기도 안성 출생으로 호는 혜산(兮山)이다. 1939년 문예지 《문장(文章)》에 추천되어 시단에 등단하였다. 1946년부터 박목월, 조지훈 등과 함께 청록파 시인으로 활동한 이래, 자연과 신의 영원한 참신성을 노래한 30여 권의 시집과 평론, 수필, 시평 등으로 문학사에 큰 발자취를 남겼다. 연세대, 우석대, 이화여대, 단국대, 추계예술대 교수와 예술원 회원을 역임했다.

가을의 기도

김현승

가을에는
기도하게 하소서……
낙엽들이 지는 때를 기다려 내게 주신
겸허한 모국어로 나를 채우소서.

가을에는
사랑하게 하소서……

---

29 유종호, 《시 읽기의 방법》, 민음사, 2005, p. 126.

오직 한 사람을 택하게 하소서.

가장 아름다운 열매를 위하여 이 비옥한

시간을 가꾸게 하소서.

가을에는

호올로 있게 하소서……

나의 영혼,

굽이치는 바다와

백합의 골짜기를 지나,

마른 나뭇가지 위에 다다른 까마귀같이……[30]

　이 시는 가을이 되면 늘 인상적으로 떠오르는 시 중 하나이다. 김현승 시인
은 이 시와 관련하여 다음과 같이 말했다. "이러한 시에도 나의 기독교적 기
질이 어느 정도는 나타나 있다. '다소곳한 겸허', '쓸쓸한 감상', '반성의 기
도'들은 인간으로서의 나의 본질이었다."[31] 이 시에서 느낄 수 있는 바와 같
이, 김현승의 시는 정갈하고 담백하고 여운이 있다.[32]

김현승 (1913~1975) 평양에서 태어나 일곱 살 때부터 광주에서 자랐으며, 호는 다형(茶兄)
이다. 목사인 아버지를 따라 평양에 이주하여 숭실중학과 숭실전문학교 문과를 졸업했다.
1957년에 첫 시집 《김현승시초》를 발간했으며, 1963년에 간행한 제2시집 《옹호자의 노래》
에서는 초기의 자연예찬적 낭만시를 벗어나 사색과 지성이 깃들인 정신세계를 보여 주었다.

---

30 김희보 엮음, 앞의 책, p. 223.
31 위의 곳.
32 유종호, 앞의 책, p. 68.

귀천

천상병

나 하늘로 돌아가리라
새벽빛 와 닿으면 스러지는
이슬 더불어 손에 손을 잡고,

나 하늘로 돌아가리라
노을빛 함께 단둘이서
기슭에서 놀다가 구름 손짓하면은,

나 하늘로 돌아가리라
아름다운 이 세상 소풍 끝내는 날,
가서, 아름다웠더라고 말하리라……[33]

천상병의 시 〈귀천〉은 "나 하늘로 돌아가리라"라는 귀천의 의지를 매 연의 첫 행 세 번에 걸쳐 반복하면서, 미련과 집착을 버리고 나들이하는 것처럼 자연과 함께 이 세상에서 살고난 후 하늘로 돌아가겠다는 소박한 삶과 귀환의 정서를 인상적으로 노래하였다. 이 시의 화자는 이 세상의 삶을 하늘에서 잠시 지상으로 떠난 아름다웠던 소풍의 여정이라고 여긴다. "천상병 시인은 독실한 가톨릭 신자로서 이 시는 바로 독실한 신앙심의 표현이라고 말했지만, 나는 지금도 이 시가 삶의 페이소스를 쉬운 말과 평이한 형식에 담은 가장 아름다운 우리 시의 하나로 읽고 있다."[34]고 신경림은 평가한다.

---

33 김희보 엮음, 앞의 책, p. 413.
34 신경림, 《신경림의 시인을 찾아서》, 우리교육, 2002, p. 349.

천상병 (1930~1993) 일본 효고현에서 출생했다. 1952년에 《문예》지에 〈강물〉, 〈갈매기〉가 추천되어 등단하였다. 1967년 동백림 사건에 연루되어 옥고를 치른 뒤 고문의 후유증으로 기행과 음주를 일삼아 기인(奇人)으로 알려졌다. 우주의 근원, 죽음과 피안, 인생의 비통한 현실 등을 간결하게 압축한 시를 썼다.

방랑길에 − 크눌프를 회상하며

헤르만 헤세

슬퍼하지 말아라, 곧 밤이 되리니,
그러면 우린 창백한 땅 위에
몰래 웃음 짓는 싸늘한 달을 바라보며,
손에 손을 잡고 쉬게 되리라.

슬퍼하지 말아라, 곧 때가 오리니,
그러면 우린 쉬게 되리라. 우리의 작은
십자가 둘이 밝은 길가에 나란히 서면,
비가 오고 눈이 내리며,
바람이 또한 오고 가리라.

Sei nicht traurig, bald ist es Nacht,
Da sehn wir über dem bleichen Land
Den kühlen Mond, wie er heimlich lacht,
Und ruhen Hand in Hand.

Sei nicht traurig, bald kommt die Zeit,
Da haben wir Ruh. Unsre Kreuzlein stehen

Am hellen Straßenrande zu zweit,

Und es regnet und schneit,

Und die Winde kommen und gehen.[35]

헤세의 시 〈방랑길에〉는 무엇보다도 두 연의 첫머리에서 각각 "슬퍼하지 말라"고 우리에게 반복하여 권면한다. 시간은 빨리 지나가 하루도 금방 저물어 밤이 되고, 세월도 빨리 흘러 인생도 금방 죽음에 이르게 되니 슬퍼하지 말라는 것이다. 짧은 인생에 반해 비가 오고, 눈이 내리며 바람이 오고 가는 자연 현상은 영원토록 지속된다는 것을 말하고 있는 이 시의 마지막 대목에서는 독자로 하여금 허무하고 짧은 인생에 대한 애처로운 마음을 갖도록 한다.

헤르만 헤세는 한국에서 가장 사랑받는 외국 작가이다. 젊은 시절 그의 초기 문학은 낭만주의적인 서정시와 소설이 주를 이루고 있으며, 《데미안》 이후의 중기·후기 문학은 진정한 자기를 찾아가는 '자기실현'이 핵심적인 주제를 이루는 가운데, 심오한 동·서양의 신비주의 종교철학을 형상화하는 특징이 있다.

헤르만 헤세 (1877~1962) 독일의 시인이자 소설가인 헤세는 고향 칼브와 바젤에서 유년기를 보낸다. 라틴어학교를 거쳐 신학교에 입학하지만 7개월 만에 도망친다. 서점에서 일하며 1898년 첫 시집 《낭만의 노래》를 발표한다. 《페터 카멘친트》(1904)로 명성을 얻었으며, 1919년 《데미안》을 발표하였고, 1946년에 《유리알 유희》로 노벨문학상을 수상한다.

떠나가는 배

박용철

나 두 야 간다

나의 이 젊은 나이를

---

35 Hermann Hesse, *Die Gedichte. Bd. 1.*, Frankfurt/M., 1977, p. 322.

눈물로야 보낼 거냐
나 두 야 가련다

아늑한 이 항구-ㄴ들 손쉽게야 버릴 거냐
안개같이 물 어린 눈에도 비치나니
골짜기마다 발에 익은 묏부리모양
주름살도 눈에 익은 아- 사랑하던 사람들

버리고 가는 이도 못 잊는 마음
쫓겨가는 마음인들 무어 다를 거냐
돌아다보는 구름에는 바람이 희살짓는다
앞 대일 언덕인들 마련이나 있을 거냐

나 두 야 가련다
나의 이 젊은 나이를
눈물로야 보낼 거냐
나 두 야 간다[36]

  박용철이 1925년에 쓴 〈떠나가는 배〉는 3·1운동 실패 이후 절망적인 1920
년대의 시대적 배경에서 나왔다. 박용철은 첫 연과 마지막 연을 동일한 어구
로 반복하는 것과 동시에 "나 두 야 간다"라는 의도적인 띄어쓰기로 시적 화
자의 안타까움과 비장함을 강조했다. 이 시는 고향과 정든 사람들을 두고 떠
나는 심정을 주제로 절망적인 현실을 벗어나려는 노력과 "앞 대일 언덕" 같
은 희망이 없는 상황에 대한 비애가 박용철 시의 주제적 특징이다.
  이 시는 "나의 이 젊은 나이를/눈물로야 보낼 거냐/나 두 야 가련다"라고
하면서 긍정적 미래에 대한 의지도 함께 표명한다.

36 박용철, 《떠나가는 배》, 미래사, 1991, p. 11.

박용철 (1904~1938) 전남 광산 출생으로, 일본 동경 외국어 학교 독문과를 거쳐 연희 전문학교에서 수학하였다. 1930년 김영랑과 함께 《시문학》을 창간했으며, 이 잡지 창간호(1930.3)에 그의 대표작인 〈떠나가는 배〉를 발표하였다. 그는 독일 시인 하이네와 릴케 시의 번역에도 크게 기여하였다.

노래 부르기

노래는 우리에게 어떤 행복을 줄까? 우리가 행복하기 때문에 노래하는 것일까, 아니면 노래하기 때문에 행복한 것일까? 행복하기 때문에 노래하기도 하겠지만, 음악심리학자들의 견해에 따르면 노래하기 때문에 행복한 것이라고 한다. 성 암브로시우스[37]는 "슬픔과 곤고함에 빠지지 않도록 노래를 하라"고 우리에게 권면한다.[38] 모든 예술가는 타인에게 기쁨을 주고 싶은 욕구와 의도를 가지고 있다. 따라서 가장 단순하면서도 일반적으로 예술을 정의한다면, 예술은 곧 마음을 기쁘게 하는 형식을 창조하려는 어떤 시도이다.[39]

노래를 부르면 정신건강뿐만 아니라 육체적 건강도 좋아진다고 독일 《데페아 통신》이 2005년 11월 28일 보도했다. 독일 프랑크푸르트 대학 연구팀이 31명의 아마추어 가수들의 건강상태를 조사한 결과, 정기적으로 노래를 부르면 호흡이 개선돼 산소 흡입량이 늘어나고 순환기에 자극을 줘 신체 균형과 아울러 활력도 더하는 것으로 나타났다. 베를린 샤리테 병원의 볼프람 자이드너 교수는 "노래를 부르면 표현력이 향상되고 창의력이 발휘되는 등 정신적으로도 긍정적인 결과를 얻을 수 있다."며, "또 노래는 신체의 노화 진행을 늦추는 효과도 있다."고 말했다.[40]

또한 이 연구팀은 노래를 부르면 면역체계가 강화된다는 연구결과를 낸 바도 있다. 연구팀은 성가대가 〈레퀴엠〉 리허설을 하기 1시간 전후 두 차례에 걸쳐 혈액성분을 검사한 결과, 항체로 작용하는 단백질인 '면역 글로빈 A' 등 체내 면역 물질의 농도가 리허설 도중 현저하게 증가했다고 밝혔다. 하지만

37 성 암브로시우스(339?~397)는 밀라노의 주교였으며, 고대 가톨릭 교회의 4대 교회박사 중 한 사람이다.
38 베아트리스 퐁타넬, 《새롭게 이해하는 한 권의 음악사》, 최애리 옮김, 마티, 2005, p. 14.
39 허버트 리드, 《예술의 의미》, 임산 옮김, 에코리브르, 2006, p. 17.
40 《한겨레》 2005. 11. 29.

이 연구팀은 남이 부르는 노래를 듣는 것만으로는 이 같은 효과가 나타나지 않았다고 덧붙였다.[41]

전문적인 가수나 성악가뿐만 아니라, 일반인들도 나이에 상관없이 노래 부르는 것을 생활화 한다면 더 건강하고 행복하게 살 수 있다. 물론 개인의 취향이나 노래 부르는 실력의 수준 차이는 있겠으나, 중요한 것은 노래를 사랑하고 노래 부르는 것을 생활화하는 것이다. 이러한 개인적인 노래 생활이 중창이나 합창의 대중화로까지 이어진다면 더 바랄 나위가 없을 것이다.

페스탈로치는 도덕성 교육과 정서 교육의 가장 중요하고 효과적인 방법으로 음악교육을 꼽았다. 그가 말하는 효과적인 음악은 자국의 역사에서 중요한 사건을 연상케 하는 음악, 또는 국내 상황의 절실한 내용을 노래하는 것을 의미한다. 이러한 노래들은 부르는 사람의 감성과 혼에 호소하는 힘이 크기 때문이다. 그는 "장엄하고 단순한 음악은 인간의 순수한 마음을 정화시키고 승화시키는 데 가장 좋은 방법이다."라는 루터의 말을 빌려 설명하고 있다.

페스탈로치는 어린이들에게 학교와 기숙사를 걸어 다닐 때도 노래를 부르도록 요구하여, 학교는 어린이들의 노래가 끊이질 않았다. 노래를 부르거나 음악을 듣는 동안 학생들은 항상 마음의 평안을 갖게 되고, 긴장을 해소시킬 수 있었다.[42]

노래를 잘하려면 어떻게 해야 할까?[43] 너무도 당연한 이야기지만 우선적으로 건강해야 한다. 건강한 신체를 유지하는 것이 건강한 목소리[44]를 내는 데 필요한 첫걸음이기 때문이다. 건강하고 좋은 목소리를 내기 위해서는 어떻게 해야 할까? 무엇보다도 물을 자주 많이 마셔야 한다. 물을 자주 마시면 성대가 촉촉해져 노래를 잘 할 수 있는 상태를 만드는 데 도움이 되기 때문이

41 《중앙일보》 2004. 1. 20.
42 최시원, 《음악교육 어떻게 할 것인가—세계를 향한 음악교육》, 다라, 1996, p. 186.
43 가수 조용필은 "노래를 잘 하려면 많이 불러야 한다. 목은 계속 써줘야 노래가 좋게 나온다. 생각날 때 가끔씩 해선 잘 안된다."고 말한다.(《국민일보》 2008. 4. 17.)
44 매년 4월 16일은 '세계 음성의 날(World Voice Day)'이다. 건강한 목소리를 지키는 것이 얼마나 중요한지를 세계인에게 알리기 위해 제정된 날로 1999년 브라질 의사들의 주창으로 시작됐으며 2003년 각국의 후두학 교수들이 4월 16일을 기념일로 공식화했다. 전문의들은 건강한 목소리를 유지하기 위해서는 고함, 수다, 음주, 흡연, 카페인 음료, 과식, 기름진 음식 등 '7적(敵)'을 피하라고 조언한다.(《경향신문》 2011. 4. 16.)

다.[45] 물을 마신 뒤 성대가 촉촉해지기까지 최소한 두 시간 정도 걸린다고 하니 수시로 물을 가지고 다니면서 챙겨 먹는 수밖에 없다.[46]

그러면 새로운 노래를 부르고자 할 때 어떤 방식으로 숙달시키면 좋을까? 첫 단계는 먼저 가사를 정확한 발음으로 낭송해보는 것이 좋다. 우리가 노래를 통하여 전달하고자 하는 내용이나 의미는 우선 정확한 발음으로 노래를 해야만 제대로 전달될 수 있기 때문이다. 이와 더불어 노래를 할 때는 모음을 마지막 순간까지 유지하다가 순간적으로 자음을 소리 낸 후 즉시 다음 모음으로 재빠르게 연결하여 진행해야 한다는 것을 잊지 말아야 한다. 노래는 짧은 자음에 방해를 받아 모음을 지속시키는 동작이기 때문이다.[47]

또한 낭송이나 말을 할 때도 띄어 말하기를 잘해야 하듯이, 노래할 때에도 구절을 떼어 프레이징을 잘해야만 노래 가사의 의미가 잘 전달될 수 있다.[48] 이처럼 정확한 가사 발음, 발성 및 프레이징과 더불어 노래의 뜻을 전달하고자 하는 열망이 있어야 한다.

음악 작품은 곡을 해석하는 사람의 노래나 연주로 존재한다. 그 아무리 정밀하고 완벽한 악보여도 그 자체일 수는 없다.[49] 음악에서 작품이라고 간주되는 것은 연주자의 실제적인 노래나 연주이다.

소중히 여겨져야 할 것은 악곡이 아니라 연주이며, 연주의 목적은 인간적 만남의 가치를 고양시키고 그 만남에 질서를 부여하여 추억할 만한 것으로 만드는 데 있다. 악곡은 이런 일들을 가능케 하는 만큼의 가치를 지니며, 더 이상 그러지 못할 때에는 거리낌 없이 폐기된다. 가치를 부여해야할 것은 창

---

45 Karen Farnum Surmani, 《노래하는 법을 배우세요》, 상지원, 2003, p. 3.
46 오한승, 《실용보컬 가이드북》, SRM, 2008, p. 128.
47 위의 책, p. 20.
48 프레이징이란 악곡의 각 프레이즈를 파악하여 음악적 의미에 알맞게 표현하는 것을 뜻한다. 프레이즈는 악구(작은 악절, 보통 4마디) 또는 악구의 반(보통 2마디)을 가리키는 말로, 문장에서의 '구'와 같이 하나의 악곡에서 독자적인 아이디어를 가지는 최소의 음악적 단위가 된다. 그리고 음악 연주에서 프레이즈별로 바르게 단위지어 표현하는 것을 프레이징이라고 한다. 프레이즈를 바르게 단위 지어 표현해야 하는 까닭은 문장을 의미 단위로 바르게 끊어 읽어야 그 뜻이 정확하게 소통되듯이, 악곡도 음악적 의미 단위를 바르게 나누어 연주해야 전체적으로 작품의 의도에 합당한 음악적인 상(想)을 갖추기 때문이다. 문장이 의미를 지닌 '구'와 '절'로 이루어지듯이, 악곡도 음악적인 의미를 담은 작은 악절이나 큰 악절이 모여서 악곡을 만들어 낸다.
49 니콜라스 쿡, 《음악이란 무엇인가》, 장호연 옮김, 동문선, 2004, p. 79.

조직 작업이지 창조된 대상이 아닌 것이다.[50] 프랑스의 위대한 시인이자 철학자인 폴 발레리는 "음악 작품은 한편의 원고일 뿐이고, 훌륭한 연주자의 재능이라는 재단에게 발행한 보증 수표와 같은 것이다."라고 적절하고도 유머스럽게 표현하였다.[51]

그런데 우리가 노래하거나 연주를 할 때 꼭 악보대로만 해야 할까? 우리는 같은 악보를 가지고 노래하거나 연주할 때도 저마다 다르게 노래하거나 연주한다. 바로 이 점에 노래와 연주의 특성과 매력이 있다. 노래하거나 악기를 연주할 때 악보를 기본 바탕으로 하지만 노래하는 사람과 연주자의 개성 및 해석에 따라 노래와 연주가 조금씩 창의적으로 다르게 표출되는 것이다.

따라서 악보를 어떤 식으로든 변경해서는 안 된다거나, 작곡가 당대에 연주되던 방식과 거의 비슷하게 연주해야할 의무는 없다. 공연이란 연주자와 청중을 위한 것이지, 작곡가들과 그들의 작품을 위한 것이 아니다. 연주자가 작곡가에게 지켜야 할 의무와 작품에 대한 의무도 없으며, 굳이 있다면 그 자신의 즐거움과 청중을 위한 의무가 있을 뿐이다.[52]

노래 부르는 여건과 상황도 시대와 사람에 따라 다양하다. 아카펠라처럼 무반주로 노래하는 경우도 있고, 악기 연주나 반주에 맞춰 노래할 수 있으며, 노래방처럼 음향기기의 반주에 맞춰 노래할 수도 있다. 이 세 가지 모두 그 나름대로의 의미와 예술적 가치가 있지만, 이 중에서 권장하고 싶은 것은 악기 연주에 맞춰 노래를 하거나 직접 악기를 연주하면서 노래하는 것이다. 물론 누구나 악기를 연주할 수 있는 상황은 아닐 것이며, 직접적인 악기 연주에 맞춰 노래하는 것이 마냥 쉽지는 않을 것이다. 하지만 가능하다면 직접 악기를 연주하면서 노래를 부르거나, 연주와 함께 노래하길 권장한다. 이 경우가 가장 높은 예술적 경지를 표출할 수 있고, 또 그만큼 가장 깊은 감동과 행복을 함께 나눌 수 있기 때문이다. 물론 공연장이나 음향기기의 여건에 따라 MR 등과 같은 반주를 효과적으로 활용할 수도 있다.

---

50 크리스토퍼 스몰, 《뮤지킹 음악하기》, 조선우·최유준 옮김, 효형출판, 2004, p. 240.
51 심선화 편저, 《프랑스어 딕션과 가곡 연구》, 청림출판, 2001, p. 43.
52 위의 책, p. 447.

우리는 독창으로 또는 청중이 없더라도 노래할 수 있다. 하지만 혼자만 노래하면 무슨 재미일까. 노래는 많은 청중과 함께하거나 중창이나 합창으로 함께 노래할 때, 즐거움과 행복이 몇 배로 커진다.

오늘날 노래를 부를 때에는 노래방[53]을 이용한다. 노래방은 어떤 장·단점이 있을까? 노래방은 커다란 부담과 어려움 없이 노래를 부를 수 있는 여건을 제공한다. 노래방 기기를 이용할 경우 가사가 화면에 제시되면서 기계의 반주에 맞춰 쉽게 노래할 수 있는 장점이 있다. 그래서 어떤 사람은 "자족적인 즐거움이 노래방이 가진 가장 큰 매력"[54]이라고 하기도 한다. 또한 노래방에서는 직접적인 악기 연주의 도움을 받지 않으면서, 여러 사람이 함께 흥겨운 분위기에서 노래를 즐길 수 있다.

반면 노래방을 활용하는 경우에는 어떤 단점이 있을까? 먼저 건강상의 단점이 있다. 대체로 "노래방은 주로 지하에 위치해 건조하고 먼지가 많으며 시끄러운 데다 주변에서 담배를 피우는 경우가 많아 성대에 최악의 환경이라 할 수 있다."[55]고 이승원 교수는 지적한다.

또한 노래방 기기를 활용하면 가사가 화면에 나오기 때문에, 사람들은 대체로 노래가사를 외우려고 하지 않는 경향이 발생한다. 시를 외워서 암송하는 것이 중요하듯이, 노래의 경우도 가사를 외워서 부르는 것이 상당히 중요하다. 게다가 노래방이 확산되어 많은 악기 연주자들이 경제적으로 어려움을 겪게 되었다는 것도 아쉬운 점이다.

그렇다면 노래를 잘하기 위해서는 어떤 방법이 있을까? 우선 목을 좋은 상태로 관리, 유지해야 한다. 목 혹은 성대를 보호하는 물리요법으로 다음 몇 가지 항목을 제안한다.

(1) 냉수 기상 후에 냉수를 마신다. 성대의 탁음을 막아준다.

---

53 노래방은 일본의 가라오케가 건너와 우리 문화로 자리 잡은 것이다. 가라오케란 '空(カラ)+Orchestra'의 합성어로 악단 연주인이 없다는 의미로서, 기계적인 반주 음악에 맞춰 노래하는 상황을 말한다. 우리나라에서는 '노래방'이라는 이름을 달고 1991년 부산에서 처음 문을 열었다.

54 위의 책, p. 72.

55 《경향신문》 2010. 1. 28.

(2) **소금물** 아침에 약 5% 정도의 소금물로 목을 헹군다. 발성 연습 후에도 소금물로 헹궈
   주면 성대의 충혈을 풀어준다.

(3) **식초물** 약 10% 정도의 농도인 양조식초로 입 안을 헹군다.

(4) **오미자차** 성대 보호에 좋으므로 연습 후에 마시면 좋다.[56]

하지만 가장 중요한 것은 하루에 단 30분이라도 시간을 할애하여 하는 연
습이다. 일정한 시간 동안 반복적으로 연습하는 것이 무엇보다 중요하며,[57]
노래하기 3시간 전에 몸의 근육을 이완시키는 것도 좋다. 늘 생활 속에서 가
능한 한 자주 맨손체조를 하거나 간단한 스트레칭을 하는 것이 건강에도, 노
래를 부르기에도 좋다.

악기 연주

작품을 소리로, 즉 청각적으로 표출하는 행위를 연주라 한다. 연주의 경우
에는 기타나 피아노처럼 악기를 연주하면서 노래를 할 수도 있고, 아니면 노
래 없이 그냥 연주만 하는 경우도 있다. 어느 경우든지 악기를 연주한다는 것
은 그야말로 멋지고 훌륭한 음악 예술 활동이다.[58]

연주는 일차적으로 작곡가의 의도를 재현할 수 있고, 연주자 자신의 독자
적 표현 행위로 새로운 음악을 재창조할 수도 있다.[59] 설사 연주되는 곡들이
아무리 하찮게 보일지라도 연주하는 행위는 결코 하찮지 않다. 또한 연주를
할 때 실수를 두려워하거나, 자신의 연주 실력을 비하하여 청중 앞에서 연주
를 꺼려하는 사람이 있을 수 있다. 그러나 악기를 연주한다는 것 자체가 얼마

56 재능시낭송협회 엮음, 《시낭송. 이론과 실제》, 재능인쇄, 2002, p. 113.
57 박선주, 《박선주의 하우쏭》, 위즈덤하우스, 2010, p. 37.
58 바이올린 연주도 수준급이었던 아인슈타인은 실내악을 워낙 좋아해서 외국에서 온 과학자들과 회의 시간을
바꿔가면서까지 친구들과 하는 실내악 연주를 즐겼다고 한다.(이원숙·정명근, 《음악이야기》, 김영사, 1993, p.
98)
59 이와 관련하여 금난새는 다음과 같이 말한다. "제가 이렇게 때로 작곡가의 의도와 달리 곡을 해석하는 것은
작곡가의 생각에 꼭 얽매이기만 할 필요는 없다고 생각하기 때문입니다. 음악을 만든 사람은 분명 작곡가이지만,
그것을 느끼고 향유하는 주체는 바로 우리들이기 때문입니다. 따라서 저는 여러분도 음악을 감상할 때 작곡가의
설명이나 전문가의 해석에만 의존하지 않기를 바랍니다. 마음껏 음미하고 자유롭게 상상할 때 비로소 음악의 참
된 맛을 느낄 수 있을 테니까요."(금난새, 《금난새와 떠나는 클래식 여행》, 생각의 나무, 2006, p. 125)

나 소중하고 아름다운 일인가?[60]

그러면 우리는 어떤 악기를 연주하는 게 좋을까? 만약 여러분이 현재 어떤 악기를 배우고 있거나 연주하고 있다면 그 열정을 지속적으로 심화시켜야 한다. 어떤 악기든지 각각 아름다운 특성과 매력이 있기 때문이다. 그러나 만약 아무런 악기도 연주할 줄 모른다면 자신의 음악적 취향과 여건을 고려하여 적어도 악기 하나를 선택하여 배워보기를 권장한다.

그중 클래식 기타를 강력히 추천하는데, 클래식 기타는 휴대가 간편하고 악기의 음량이 크지 않아 언제든지 큰 무리 없이 연주할 수 있다는 장점이 있

클래식 기타

다. 게다가 클래식 기타는 악기의 음색이 서정적이고 아름다우며, 연주와 함께 노래하기에는 최상의 악기이다.

베토벤은 "기타는 작은 오케스트라다!"라고 클래식 기타를 예찬하였는데, 이탈리아 출신의 유명한 기타 연주자이자 작곡가였던 줄리아니의 기타연주를 들은 후 한 말이라고 한다. 이는 기타가 곡조를 연주하는 동시에 다양한 화음을 연주할 수 있다는 장점을 두고 찬사를 보낸 말이다. 가난하여 피아노를 살 돈이 없었던 슈베르트 또한 작곡할 때 기타를 활용했는데, "기타는 이상적이고 훌륭한 악기이나 그 훌륭함을 이해하는 사람은 극히 드물다."라고 말했다.

모든 악기는 각각의 매력이 있다. 그러므로 중요한 것은 적어도 악기 하나 정도는 평생 동안 친구로 삼아 즐겨 연주하면서 연주의 즐거움과 행복을 심화시켜 나가는 일이다. 악기 연주도 독주로 연주할 때보다 중주나 합주로 함께 연주하면 그 즐거움과 행복이 몇 배로 커진다. 나는 지난 10여 년에 걸친

---

60 이와 관련하여 첼리스트인 카잘스는 다음과 같이 말한다. "우둔하고 멍청한 사람들이나 남들의 잘못을 꼬집는 것이지, 나는 한 음부가 아름답고 한 악구가 훌륭하면 그것이 감격스러운 것이야."(이원숙·정명근, 앞의 책, pp. 24~25)

'내전기타오케스트라'의 클래식 기타 연주 활동으로 중주와 합주의 즐거움과 행복이 얼마나 큰 지를 잘 안다. 그 기쁨의 정도를 정확하게 수치로 계산해 내기는 어려운 일이지만, 독주를 할 때보다 2~3배 정도 더 즐겁고 행복하다.

우리는 우선 개인적인 차원에서 시와 음악을 감상하고 연주 활동을 즐긴다. 시와 음악의 개인적인 활동, 즉 '시와 음악의 생활화'를 통해서 즐겁고 행복하게 살게 된다면 좋은 일이리라. 그러나 개인적인 즐거움과 행복으로만 그치면 너무 아쉬운 일이다. 시와 음악, 노래와 연주를 통해서 많은 사람들과 이 즐거움과 행복을 나누게 된다면 더욱 좋으리라. 그리하여 시와 음악을 통한 기쁨과 행복이 사회적으로 대중화되기를 기대한다.

시와 음악은 우리의 심성을 순화시키고 정서를 함양시키며, 더 나아가 상처받은 심성과 영혼을 치유할 수 있는 힘도 있다.[61] 특히 시와 연주 활동, 즉 시낭송, 노래 부르기, 악기 연주 등을 통해서 치유 및 봉사 차원의 활동을 할 수 있다. 이러한 일은 전문가이든 비전문가이든 상관없이 시와 음악 연주활동이 가능한 사람들은 누구나 가능하다. 그리하면 시와 음악이 폭넓게 대중화되고 나아가 그 숭고한 의미가 사회적으로 널리 확산될 것이다.

3. 시와 음악의 창작

시와 음악을 감상하거나 시낭송·노래 부르기·악기 연주 등의 활동을 하는 것도 창의적인 예술 활동이지만, 시를 쓰고 곡을 만들어내는 창작활동도 그야말로 창조적인 예술 활동이다.

---

61 이와 관련하여 유종호는 다음과 같이 말한다. "슬픔의 시건 삶의 송가이건 독자들의 마음을 쓰다듬어주면서 삶의 의욕을 돋우어준다. 슬픈 노래라고 해서 사람을 피로하게 하고 삶의 의욕을 떨구게 하는 것은 아니다. 모두 삶에 긍정적으로 기여한다."(유종호, 《시 읽기의 방법》, 민음사, 2005, p. 96)
또한 로베르 주르뎅은 다음과 같이 말한다. "음악은 세상에 대한 우리의 반응을 아름답고 더욱 완벽한 것으로 만들어준다. 그리하여 우리의 평범한 경험은 음악으로 인해 소중한 경험으로 바뀐다. 심지어는 부정적인 감정에도 기쁨을 느낄 수 있도록 함으로써 크든 작든 우리가 겪는 고통마저도 나름대로 의미를 지닌다는 것을 의식하게 한다."(로베르 주르뎅, 《음악은 왜 우리를 사로잡는가》, 채현경·최재천 옮김, 궁리출판, 2002, p. 507)
그런가 하면 성경에서는 "여리고의 성벽은 음악소리에 무너졌다"고 하면서 음악의 신묘한 힘을 보여주었고, "다윗은 사울 왕의 우울증을 치료하기 위해 수금을 연주했다"는 음악치료의 예를 보여주었다.

시를 쓰고 작곡을 한다는 것이 물론 쉬운 일은 아니다. 그러나 전문적인 시인이나 작곡가가 아닐지라도 시와 음악의 창작에 적극적으로 도전하기를 바란다. 시를 쓰거나 곡을 만드는 시도나 노력조차 하지 않는다면, 잠재되어 있는 시적·음악적 예술성이 어떻게 표출되어 나타날 수 있겠는가?

그러면 우리가 시를 잘 쓰고 싶다면 어떻게 해야 할까? 일찍이 중국 당송 팔대가 중의 한 사람인 구양수는 좋은 글(시)을 쓰기 위한 세 가지 조건을 제시한 바 있다. 즉, 그는 3다(多), 즉 많이 읽고[다독(多讀)], 많이 생각하고[다상량(多商量)], 많이 쓰는 일[다작(多作)]이야말로 글쓰기 향상의 지름길이라 했다. 오늘날에도 우리가 충분히 공감할 수 있는 이야기이다. 안도현 시인 역시 "시 한 줄을 쓰기 전에 백 줄을 읽어라"고 하면서, "많이 쓰기 전에, 많이 생각하기 전에, 제발 많이 읽어라. 시집을 백 권 읽은 사람, 열 권 읽은 사람, 단 한 권도 읽지 않은 사람 중에 시를 가장 잘 쓸 사람은 누구이겠는가? 좋은 시를 접하지 않고서는 좋은 시를 선별할 수 없으며, 좋은 시를 쓸 수도 없다"[62]고 말한다.

좋은 시를 쓰려면 평소에 다양한 체험, 치밀한 관찰, 깊은 사색, 그리고 폭넓은 독서 등을 통해 구체적인 소재들을 풍부하게 축적시켜 놓아야 하며 문학적 상상력의 폭도 확대시킬 필요가 있다.[63] 그리고 시를 쓸 때에는 가장 적절한 말을 골라서 쓸 줄 아는 능력, 즉 어휘력이 중요한데, 뛰어난 작품을 많이 읽는 것이 어휘력 향상의 가장 바람직한 방법이다. 또한 어휘력과 더불어 문장력과 구성력도 바탕이 되어야 좋은 작품을 쓸 수 있다.

또한 좋은 시를 쓰기 위해 중요한 것은 퇴고를 잘하는 것이다. 우선 시 창작자는 시를 반복해서 여러 차례 읽어볼 필요가 있다. 여러 차례 반복하여 읽으면서 거추장스러운 토씨, 리듬감을 깨는 발음, 부정확한 어휘들을 골라 고치거나 삭제하는 작업은 결코 소홀히 여길 작업이 아니다.[64] 여러 번 읽는 것과 함께 시를 자꾸 옮겨 써 보는 것도 좋을 것이다. "시가 완성되고 원고지에 옮

62 안도현, 《가슴으로도 쓰고 손끝으로도 써라, 안도현의 시작법》, 한겨레출판, 2006, p. 13.
63 강연호 외, 《시창작이란 무엇인가》, 화남, 2003, pp. 18~19.
64 김형수, 〈시 창작 출발에서 완료까지〉, 유종화 엮음, 《시 창작 강의 노트》, 당그래, 2004, p. 343.

겨지기까지 나는 수십 번이고 종이를 바꿔가며 쓴다"[65]고 김용택 시인은 말한다. 구양수는 송나라의 유명한 문장가다. 그는 글을 쓸 때 벽에 붙여 놓고 고치고 또 고쳤다.[66]

훌륭한 시가 노래의 가사로 활용되어 다양한 장르의 노래로 재탄생하는 경우를 자주 볼 수 있다. 시와 더불어 작사 활동도 크게 활성화되어 전문적인 작사가는 물론이거니와 시와 노래에 관심과 재능이 있는 사람들이 멋진 시나 노랫말을 써서 아름다운 노래로 만들어지기를 기대한다.

한편 다채로운 노래 생활을 위해서 우리말 노래뿐만 아니라 외국의 시와 가사를 우리말로 번역하여 다양한 번역 시와 노래도 즐겨야 한다. 이에 외국의 시나 노래 가사를 우리말로 번역하는 번역가의 활동이 중요하다. 물론 한국어를 외국어로, 외국어를 한국어로 번역하는 것은 결코 쉬운 일이 아니다. 특히 가사의 경우에는 원문 가사와 노래의 박자나 리듬과도 서로 상응해야 하기 때문에 더 어렵고 창의적인 작업이다. 그렇기 때문에 가사 번역은 제2의 창작이라고도 할 수 있을 것이다. 국내외의 시와 노래가 서로 활발하게 번역, 소개되어 아름다운 시와 노래가 국제적으로 풍성하게 교류되기를 희망한다.

시는 본질적으로 애매모호한 점이 있다. 시 속에서 시인이 일부러 분명하게 말하지 않을 때가 있기 때문이다. 따라서 시는 '말하고자 하는 내용'을 직접 드러내지 않고 의도적으로 우회하여 드러내는 양식이라고 할 수 있다.[67] 시인은 생략, 우회 등을 통하여 의도적으로 시의 즉각적인 이해를 지연시킨다. 그 이유는 무엇일까? 시의 모호성은 독자가 들어갈 빈 공간을 만들어 준다.[68] 정말 해야 될 말은 마음속에 넣어두고 그와 관련된 다른 말들을 함으로써 사람들로 하여금 스스로의 상상력으로 시의 의미를 완성시키도록 한다.[69] 그러니 시를 쓰는 것이나 시를 감상하는 것 모두가 창의적인 예술 활동이다.

---

65 김용택, 〈나는 이렇게 쓴다〉, 위의 책, p. 373.
66 정민, 《정민 선생님이 들려주는 한시 이야기》, 보림, 2003, p. 152.
67 유종호·최동호 편저, 《시를 어떻게 만날 것인가》, 작가, 2005, p. 201.
68 정민, 앞의 책, p. 120.
69 유종호·최동호 편저, 앞의 책, p. 205

2부

시와 노래

자장가

제3장

자장가 아기에 대한 영원한 사랑노래

1. 자장가의 목적과 의미

태아는 엄마 배 속에 있을 때부터 이미 느끼고 인식할 수 있기 때문에 노래
나 음악을 감상할 수 있다. 그래서 오늘날에는 태아에게 들려주기 위한 태교
음악도 있다. 그러나 아기가 이 세상에 태어나서 가장 먼저 듣게 되는 노래는
자장가일 것이다.

자장가는 일차적으로 아기를 재우기 위해 부르는 노래이다. 모든 노래에는
제각기 정서를 표출하고 의사소통을 하는 기능이 있는데, 자장가는 우선 아기
에게 잠을 잘 자라고 권유하는 의사전달의 기능을 수행한다. 세상의 모든 신생
아들은 보호자들의 부드러운 자장가나 어르는 소리에 반응한다.[1]

언젠가 학생들이 〈자장가〉를 연구발표 하면서, "자장가는 아기를 잠재우기
위해 엄마가 부르는 노래"라고 정의를 내린 적이 있다. 자장가를 부르는 주
체를 엄마로 국한시킨 것이다. 그런가 하면 또 다른 학기에 발표한 학생들은
자장가를 부르는 주체를 여성으로만 한정시켰다. 과연 자장가는 엄마나 여성
들만 부르는 노래일까?

---

1 윌리엄 데이비스·케이트 그펠러·마이클 타우트, 《음악치료학 개론 이론과 실제》, 김수지 옮김, 권혜경음악치
료센터, 2004, p. 69.

　시대와 생활 여건에 따라 약간씩 다르겠지만, 자장가를 가장 많이 부르는 사람은 누구보다도 아기의 엄마일 것이다. 그렇다고 하여 꼭 엄마만 부를 수 있는 노래는 아니다. 또 여성들만 부르는 노래도 아니다. 가족을 비롯하여 남녀노소 누구나 아기에게 자장가를 불러줄 수 있다.

　만약 잠재우려는 아기가 없는 상태에서 자장가를 부르면 이상할까? 예를 들어 어느 공연장에서 가수나 성악가가 자장가 한 곡을 불렀을 때, 그 자장가는 분명 아기를 재우기 위해 부른 것은 아니다. 언젠가 소프라노 조수미가 부른 자장가를 감상한 적이 있다. 그 자장가를 들으면 그 노래의 높은 음역과 현란한 곡조 때문에 잠이 오던 아기마저도 오히려 잠이 깰 것처럼 느껴졌다. 자장가에는 아기를 잠재우고자 하는 일차적인 목적 이외에 또 다른 기능과 목적으로 자장가로 아기에 대한 사랑을 예술적인 아름다움으로 표출하는 목적이 있는 것이다.

　이외에 자장가의 또 다른 목적이나 의미는 없을까? 자장가에는 언제나 놓칠 수 없는 또 하나의 중요한 의미가 담겨 있다. 그것은 무엇일까? 자장가에 담겨 있는 아기에 대한 사랑이다. 이것이 바로 우리가 자장가를 부를 때 잊지 말아야 할 중요한 점이다.

2. 한국의 자장가

한국의 대표적 자장가

우리나라에는 여러 자장가가 있지만, 전라도에서 유래한 자장가가 가장 널리 알려진 자장가이다.

우리나라의 자장가

전라도 자장가, 노동은 채보

자장 자장 자장 자장 우리 애기 잘도 자네
자장 자장 자장 자장 마리(마루) 밑에 검둥이도
우리 애긴(아기는) 잘도 자네 자장 자장 자장 자장

경험해 본 이들은 잘 알겠지만, 아이를 재운다는 실용적 목적을 달성하는 데는 이 전래 자장가가 최고다.[2] 어떤 이유로 이 자장가를 불러주면 아기가 잠을 잘 자게 되는 걸까?

자장가에는 아기가 쉽게 잠들도록 하기 위하여 가사나 리듬이 단순하면서 반복적인 경우가 많다. 이 자장가의 가사와 곡조에서도 가장 먼저 눈에 띄는 특징이 반복성이다. 이 노래의 가사에서 가장 많이 쓰인 어휘가 '자장'이라는 단어인데, 전체 노랫말 중 절반이 이 '자장'이라는 단어로 되어 있다. 다른 노래에서는 쉽사리 찾아볼 수 없을 정도로 대단히 반복적인 어휘와 음향으로 가득 차 있는 것이다.

그러면 오직 가사에만 이러한 반복적인 특징이 나타나는가? 노래 곡조와 리듬에는 어떠한 반복성이 있을까? 먼저 이 노래의 리듬을 한번 살펴보자. '자장'이라는 노랫말에 붙어 있는 음표를 보면 '따다안'으로 8분음표와 4분음표로 되어 있으며, 이 음표로 구성된 리듬이 거의 노래 전체에 걸쳐 반복 진

2 최유준,《예술 음악과 대중 음악, 그 허구적 이분법을 넘어서》, 책세상, 2004, p. 126.

자장가

자장 자장 자장 자장 우리 에기 잘도 자네

자장 자장 자장 자장 마 리 밑에 검둥 이 도
(마 루)

우 리 애긴 잘 도 자 네 자 장 자 장 자 장 - 자 장
(아기는)

행되고 있다. 악곡에 나타나는 '따다안'이라는 리듬은 '자장'이라는 노랫말보
다 더 많이 반복되고 있다.

　노랫말과 리듬 이외에 이 자장가의 곡조에서 또 다른 반복적 특징은 없을
까? 이 자장가는 우리 전통 음악의 근간이 되는 음정, 즉 완전4도 진행으로
출발하여 한국인의 음악적 정서에 잘 맞는 곡조로 되어 있다.[3] 이 곡조가 지
니고 있는 음정을 한번 살펴보자. 그 음정에는 어떤 특징이 있는가? 이 노래
에는 곡조마저도 음정적인 면에서 반복되고 있다. 말하자면 음정이 서로 크
게 차이가 나지 않는 몇 개의 음정이 반복적으로 오르내리면서, 거의 비슷한
음정의 곡조와 프레이징이 반복되고 있는 것이다.

　이처럼 이 자장가는 규칙적인 노랫말과 반복되는 리듬 및 곡조로 진행되고 있
기 때문에, 음악적 효과가 극대화된다. 노래의 리듬에 맞춰 아기의 가슴을 토닥
토닥 두드려주면 그 리듬의 음악적 효과로 아기는 스르르 잠든다. 이처럼 자장가
는 아기를 잠재우면서 아기에게 사랑을 전하는 영원한 사랑 노래인 것이다.

3 위의 책, p. 168.

김대현의 자장가

앞에서 살펴본 한국의 대표적인 전래 자장가 외에 작사, 작곡자가 밝혀져 있는 자장가도 여러 곡 있다. 그 중에서 가장 널리 알려진 아름다운 자장가가 있는데, 바로 김영일 작사, 김대현 작곡의 자장가이다.

자장가

김영일 작사, 김대현 작곡

1절

우리 아기 착한 아기 소록소록 잠들라

하늘 나라 아기별도 엄마 품에 잠든다

둥둥 아기 잠 자거라 예쁜 아기 자장(2절 생략)

김대현의 자장가는 한국의 자장가 중 외국에서도 가장 유명한 곡이다. 1964년에 만들어진 이 자장가는 김대현이 29세 때 지은 작품으로 독립군 병사와 간호원의 사랑 이야기를 그린 해방 직후 연극의 마지막 장면을 위해 작곡한 곡이다.[4] 6·25 전쟁을 겪은 후 간신히 멜로디만 기억되었다가 김영일 시인이 김대현에게 부탁을 받고 〈자장가〉라는 제목으로 가사를 지었다고 한다.

조용하고, 애잔한 분위기가 특징인 이 자장가는 전체적인 악곡의 통일과 안정, 그리고 자장가로서의 아늑하고 포근한 악상을 그리고 있다. 소프라노 이관옥은 "멜로디가 우리 민족정서에 꼭 어울린다."고 말했다. 이관옥이나 작사자 김영일은 김대현의 〈자장가〉를 세계적인 수준의 명곡으로 꼽는다. 한마디로 김대현의 〈자장가〉는 한국적인 멜로디가 돋보이는 작품이다.[5]

---

4 김점덕,《한국가곡사》, 과학사, 1989, p. 64.
5 지철민·심상곤,《에피소드 한국 가곡사》, 가리온, 1980, p. 67.

김대현의 자장가

1.우 리 아 기 착 한 아 - 기 소 록 소 록 잠 들 라
2.우 리 아 기 금 동 아 - 기 고 요 고 요 잠 잔 다

하 늘 나 라 아 기 별 - 도 엄 마 품 에 잠 든 다
바 둑 이 도 짖 지 마 - 라 곱 실 아 기 잠 깰 라

둥 둥 아 기 잠 자 거 - 라 예 쁜 아 기 자 - 장
오 색 꿈 을 담 뿍 안 - 고 아 침 까 지 자 - 장

김영일 (1914~1984) 아동 문학가 겸 시인이며, 황해도 신천에서 태어나 일본대학 예술과를 졸업했다. 매일신보 신춘문예에 동요 〈반딧불(1934)〉이 당선되고, 《아이생활》이라는 아동잡지에 동요 〈방울새〉가 당선되어 문단에 데뷔했다. 작품으로 동시집 《다람쥐(1953)》를 비롯하여 《은방울꽃(1968)》 등 수십 권의 동시집과 동화집이 있다.

김대현 (1917~1974) 함경남도 흥남에서 목사의 아들로 태어났다. 일본 데이고꾸 고등음악학교 졸업 후에 관북 관현악단과 원산 실내악단 지휘자를 거쳐, 해군 정훈 음악대와 중앙대학교 음악대학 교수를 역임하였다. 주요 작품에 오페라 〈콩쥐 팥쥐〉, 경가극 〈사랑의 신곡〉, 동요 〈자전거〉 등이 있고 작품집으로 《김대현 가곡집》이 있다.

3. 독일의 자장가

세계적으로 널리 알려진 유명한 자장가는 공교롭게도 모두 독일의 자장가
로 슈베르트와 브람스의 자장가, 플리스의 자장가 등이 있다. 이 독일의 자장
가들 중 슈베르트와 브람스의 자장가를 살펴보자.

슈베르트의 자장가

자장가

마티아스 클라우디우스 작시
슈베르트 작곡, 홍순혁 개사

1절
잘 자라 잘 자라 노래를 들으며
옥같이 어여쁜 우리 아가야
귀여운 너 잠잘 적에
하느적 하느적 나비 춤춘다(2절 생략)

사랑스럽고 아름다운 선율이 돋보이는 이 자장가는 슈베르트가 19살 때 작
곡한 곡으로, 가사는 독일의 시인 클라우디우스가 썼다. 이 노래의 우리말 가
사는 독일어 가사를 변형한 번안가사이다.[6]

뭔가를 먹어야 했던 가난한 슈베르트는 무작정 어느 비엔나 식당에 들어가
서 자리에 앉았다. 식탁 위에는 잡지 하나가 놓여있었고, 슈베르트는 그 잡
지를 여기저기 들쳐보았다. 그러다 그는 작은 시 한편을 보게 되었고, 몇 분
안에 그 시에 작곡을 하여 주인에게 건네주었다. 슈베르트를 알고 있던 이 주
인은 감사의 표시로 그에게 감자가 딸린 커다란 송아지 구이를 주었다. 슈베
르트가 죽은 지 30년 후에 4만 마르크에 팔린 이 노래가 바로 슈베르트의 자

6 정경량,《노래로 배우는 독일어》, 문예림, 2000, p. 131.

슈베르트의 자장가
Wiegenlied

1. 잘 자라 잘 자라 노 래를 - 들 - 으 며 옥같이 어 여 쁜
2. 잘 자라 잘 자라 노 래를 - 들 - 으 며 꽃같이 어 여 쁜
Schla - fe, Schla - fe, hol - der sü -ßer - Kna -be, lei - se wiegt dich

우 리아 - 가 - 야 귀 여운 - 너 잠 - 잘 적 에
우 리아 - 가 - 야 귀 여운 - 너 잠 - 잘 적 에
dei - ner Mut - ter -Hand; sanf - te Ru - he, mil - deLa - be

하 느 적 하 느 적 나 비 춤 - 춘 - 다
하 나 씩 둘 - 씩 꽃 떨 어 - 진 - 다
bringt - dir schwe - bend die - ses Wie - gen -band.

장가이다.

마티아스 클라우디우스 (1740~1815) 독일의 시인으로, 뤼벡 근교 라인펠트에서 목사의 아들로 태어나 예나 대학에서 신학과 법학을 공부했으며, 1771년부터 1775년까지 잡지 《반츠베커의 사자(使者)》를 발행했다.

프란츠 슈베르트 (1797~1828) '가곡의 왕' 슈베르트는 오스트리아의 작곡가로서 빈 출생이다. 슈베르트는 기타를 매우 좋아했으며, 그의 친구이자 시인이며 기타리스트였던 쾨르너의 기타 연주에 매료되어 그에게 기타를 배웠고, 단기간에 높은 수준까지 마스터했다. 그후 슈베르트는 산책을 할 때 항상 기타를 가지고 다녔고, 악상이 떠오르면 기타로 그 곡의 반주를 쳐보곤 했다.[7]

7 김명표 편저, 《카르카시 기타 교본》, 삼호 ETM, 2009, p. 32.

브람스의 자장가

브람스의 자장가는 자장가라는 장르를 넘어서 독일 사람들이 가장 좋아하
는 노래라고 한다.

자장가

독일 민요집 가사
브람스 작곡, 홍난파 번역

1절
잘 자라 내 아기 내 귀여운 아기
아름다운 장미꽃 너를 둘러 피었네
잘 자라 내 아기 밤새 편히 쉬고
아침이 창 앞에 찾아올 때까지(2절 생략)

"좋은 저녁, 잘 자거라(Guten Abend, gute Nacht)"는 브람스의 〈자장가〉이다.
브람스는 일생 동안 380곡에 달하는 가곡을 썼는데, 그 많은 가곡 중에서 가
장 널리 애창되는 것이 이 〈자장가〉이다. 브람스는 가사를 독일 민요집《소년
의 마술피리》에서 취했는데, 제2절 가사는 곡이 유명해진 뒤 브람스의 친구
쉐러의 동요에서 개작한 것이다. 이 자장가는 브람스가 지휘하던 함부르크
여성합창단 단원인 베르트 파버를 위해 작곡했다. 파버는 빈 스타일의 왈츠
를 즐겨 불러 브람스에게 한층 강한 인상을 주었다. 그녀가 1863년에 두 번
째 아들을 낳았을 때, 한때 좋아했던 왈츠를 조금 바꿔 반주부에 두고, 자장
가 선율을 얹어서 선물했다. 이 노래가 바로 브람스의 〈자장가〉이다. 이 자장
가의 독일어 가사 제1절에는 "내일 아침, 하느님이 원하시면 / 너는 다시 깨
어나리라(Morgen früh, wenn Gott will, / wirst du wieder geweckt)"라는 구절이 있다.
독일을 비롯한 서양의 여러 나라는 대부분 오랜 기독교 전통을 지니고 있어
서, 그들의 생활과 사고방식에 기독교 신앙과 정신이 뿌리 깊이 스며들어 있

브람스의 자장가
Guten Abend, gute Nacht

잘 자라 내 아 – 기 내 – 귀 여 운 아 기 아름
잘 자라 내 아 – 기 내 – 귀 여 운 아 기 오늘
Gu – ten A – bend, gu – te Nacht, mit Ro – sen be – dacht, – mit –

다 운 장 미 꽃 너 를 둘 러 피 었 네 잘 자
저 녁 꿈 속 에 천 사 너 를 보 호 해 잘 자
Näg – lein be – steckt, schlüpf' un – ter die Deck'. Mor – gen

라 내 아 기 밤 새 편 히 쉬 고 아 침
라 내 아 기 밤 새 고 이 고 이 낙 원
früh, wenn Gott will, wirst du wie – der ge – weckt. Mor – gen

이 창 앞 에 찾 아 올 때 까 지
의 단 꿈 을 꾸 며 잘 자 거 라
früh, wenn Gott will, wirst du wie – der ge – weckt.

다. 브람스 자장가에도 그러한 기독교 신앙을 찾을 수 있다. 우리가 매일 아침 잠에서 깨어나는 것을 당연한 것으로 여길지 몰라도, 하느님이 허락을 하셔야 내일 하루를 시작할 수 있다는 것이다. 이처럼 독일인의 오랜 기독교적 인생관이 브람스 자장가의 가사에도 나타나 있는 것이다.

요하네스 브람스 (1833~1897) 독일 함부르크 출생으로 독일 낭만주의 음악을 대표하는 음악가이자 고전주의적인 조형감을 중시하는 독일 전통 음악의 계승자이다. 관현악을 위한 교향곡과 피아노를 위한 많은 작품 외에 노래는 브람스 작곡 활동 중에서 가장 중요한 영역을 차지한다. 예술가곡 외에 민요를 새롭게 작곡하거나 개작하는 데 몰두했다.

플리스의 자장가

대체로 모차르트의 자장가로 잘못 알려져 있는 이 〈자장가〉는 모차르트가 작곡한 것이 아니라는 판명이 났으며, 이 자장가는 베를린의 의사였던 에리히 플리스 박사가 1796년에 작곡한 것으로 추정되고 있다.

자장가

에리히 플리스 작곡, 김성태 번안

1절
잘 자라 우리 아가
앞뜰과 뒷동산에
새들도 아가양도
다들 자는데
달님은 영창으로
은구슬 금구슬을
보내는 이 한밤
잘 자라 우리 아가
잘 자거라(2절 생략)

이 자장가의 독일어 제목인 'Schlafe, mein Prinzchen'은 '자거라, 나의 귀여운 왕자'라는 뜻이다. 그러므로 이 독일 자장가 원곡은 남자 아기에게 불러주는 것으로 되어 있다. 그러나 이 아름다운 자장가를 남자 아기들에게만 불러주면, 여자 아기들이 서운할 것이다. 그러니 남녀를 구별하지 말고 모든 아기에게 사랑의 마음을 담아 이 자장가를 불러주도록 하자. 마침 이 자장가를 우리말로는 '아가'라고 번역해놓았으니 얼마나 좋은가. 아가들이 모두 행복해할 것이다.

플리스의 자장가

Schlafe, mein Prinzchen

1. 잘 자라 우리 아 가 ─ 앞 뜰 과 뒷 동 산 에 ─
2. 온 ─ ─ 누 ─ 리 는 ─ 고 요 히 잠 ─ 들 고 ─

새 들 도 아 가 양 도 ─ 다 들 자 ─ 는 데 ─
선 반 에 새 앙 쥐 도 ─ 다 들 자 ─ 는 데 ─

달 님 은 영 창 으 로 ─ 은 구 글 금 구 슬 을 ─
뒷 방 서 들 려 오 는 ─ 재 미 난 이 야 기 만 ─

보 내 는 이 ─ 한 밤 ─ 잘 자 라 우 리 아
적 막 을 께 ─ 치 네 ─ 잘 자 라 우 리 아

가 ─ 잘 자 ─ ─ ─ ─ 거 ─ 라 ─
가 ─ 잘 자 ─ ─ ─ ─ 거 ─ 라 ─

제**4**장

동요

동요 동심으로 부르는 노래

1. 동요의 의미와 가치

자장가를 듣고 자란 아이가 자라서 가장 많이 듣고 부르는 노래는 무엇일까. 아이의 취향과 생활환경에 따라 다소 차이가 있겠지만, 대부분의 어린이가 가장 많이 배우고 부르는 노래는 동요일 것이다.

'동요'는 '아동가요'의 준말이다. 일반적으로 어린이의 노래, 혹은 어린이를 위한 노래로서, 어린이들의 생활 감정이나 심리 상태 등을 아동문학 용어로 표현한 노래이다. 동요는 크게 전래 동요와]창작 동요(또는 예술 동요)로 구분되는데, 전래 동요는 예로부터 입에서 입으로 전해 내려온 동요이며, 창작 동요는 서양 음악의 영향을 받아 새롭게 창작된 동요이다.[1]

1910년대에 접어들면서 창가(唱歌)가 어린이 입에 오르내리다가, 1920년대에 들어서서야 비로소 예술 동요라 할 수 있는 동요가 나타났고, 1923년에는 소파 방정환(1899~1931)이 '어린이'[2]란 낱말과 더불어 5월 1일을 '어린이

---

1 민경찬,《청소년을 위한 한국음악사〔양악편〕》, 두리미디어, 2006, p. 93.
2 한국에서 '어린이'라는 말은 1920년 천도교단에서 출간한 《개벽》지 통권 제3호에 최초로 등장한 신조어였는데, 그 창안자는 방정환이었다. 그는 '애놈', '애새끼', '자식놈'이라 불러오던 일반적 관습을 '젊은이'와 마찬가지로 승격시켜서 '어린이'로 대접해 부르기 시작했다.(한용희,《창작동요 80년》, 한국음악교육연구회, 2004, p. 255)

날로 지정하였다.

1927년에 '어린이 날'은 5월의 첫 월요일로 변경되었고, 해방 뒤인 1946년 에는 5월 5일로 변경되었다. 정부는 1957년 어린이 날에 '어린이 헌장'을 공 포한 데 이어, 1961년에 어린이 날이 '아동복지법'에 법제화되고, 1973년에 는 기념일로, 1975년에는 공휴일로 변경됐다.

윤극영 (1903~1988) 우리나라 창작동요의 창시자라 할 수 있는 윤극영은 서울 출생의 동요 작곡가로서 1924년에 한국 최초의 창작동요인 〈반달〉을 작곡하였다. 1980년대 초 중국 길 림성 연변예술학교 교수 기진도가 윤극영을 찾아와 중국에서는 〈반달〉을 〈쇼바이 찬(小白 船)〉(하얀 쪽배라는 뜻)이라고 고쳐서 학생들에게 가르치고 있다고 전했다.[3]

그렇다면 동요는 어린이에게 어떤 교육적인 효과가 있을까? 대체로 다음과 같은 효과가 있다.

(가) 정서함양에 도움이 되며 감수성을 풍부하게 해준다.

(나) 감성과 상상력을 고무시킴으로써 인성교육의 기초를 마련하게 된다.

(다) 모국어의 아름다움을 느낄 수 있는 좋은 기회가 된다.

(라) 시의 운율과 리듬으로 감각적인 즐거움을 경험할 수 있다.

(마) 적절한 언어와 함축된 시어를 통해 언어의 아름다운 기능을 체득하 게 된다.

(바) 자연과 사물, 인생에 대해 올바르고 예리한 직관력을 길러준다.

(사) 자신의 감정을 자연스럽고 정확하며 멋있게 표현할 수 있는 능력을 길러준다.

일반적인 관점으로 동요를 어린이의 노래, 혹은 어린이를 위한 노래라고 설 명하였다. 그러면 동요는 어린이만 즐기고 어린이만 부를 수 있는 노래일까?

---

3 위의 책, p. 179.

아니다. 자장가처럼 동요도 육체적인 나이를 떠나 남녀노소를 불문하고 누구나 즐겨 부를 수 있는 노래이다. 어린 시절에도 동요를 부를 때면 즐겁고 행복했지만, 나이가 들수록 동요가 주는 순수한 행복을 더 깊이 느끼게 된다. 이는 아마도 동요에는 동심, 즉 어린이의 마음이 담겨 있고, 나이가 들수록 이 동심이 더욱 소중하게 느껴지기 때문이 아닐까 한다.

동요에 대한 인식과 정의를 바꿀 때가 되었다. 우리는 동요를 어린이의 노래라고만 생각하는 고정관념에서 벗어나 남녀노소 누구나 즐겨 부르는 소중한 노래로 생각하자. 그렇다면 동요는 '어린이의 노래'라기 보다는 '동심으로 부르는 노래', 나이에 상관없이 어린이의 순박한 마음으로 부르는 노래가 바로 동요인 것이다.

시인은 어린이의 순진함과 마술사의 솜씨를 동시에 지녀야 한다는 말이 있다. 시란 본질적으로 동심적 발상을 철학적 사고로 연결시켜 주는 통로의 언어라는 측면이 있다.[4] "문학 교육에서 가장 기본적으로 중시되어야 할 장르는 동요와, 동시와, 소박한 어휘로 구성된 단형의 서정시이다.[5] 소박하고 순박한 심성을 표출하고 회복시켜주는 동요와 동시, 서정시야말로 언제나 우리의 삶과 정서에 가장 먼저 필요한 시가 아니겠는가?

2. 동심에 대한 찬미

어린이의 순진함은 이 세상에서 가장 중요한 신의 뜻이라고 타고르[6]는 말한다. 그는 더불어 순수함이 단순히 좋은 품성만이 아니라 지혜라고 시에 적고 있다. 가장 순수한 자연의 상태인 동심이야말로 시심의 원천이다. 그런데 탈속한 단순성이 쉽게 얻어지는 것은 아니다. 그것은 많은 것을 거르고 잘라

---

4 신경림, 《신경림의 시인을 찾아서(2)》, 우리교육, 2005. p. 227.
5 송희복, 《시와 문화의 텍스트 상관성》, 월인, 2000. p. 217.
6 타고르는 20세기 초 인도의 시인으로 시와 음악의 관계에 대해 실천적인 해명의 열쇠를 갖고 있었다. 그는 노벨상 수상시인이자 사상가로 잘 알려져 있지만, 그가 한때 인도의 유명한 음악가였다는 사실은 잘 알려져 있지 않다.(위의 책, p. 74.)

어렵사리 얻은 귀한 품성이다.[7] 또한 명나라 말기의 사상가 이지(李贄)는 '동심설'에서 진정한 인간의 모습은 어린아이의 마음에 있다고 말한다. 그리고 이 세상에서 가장 훌륭한 글은 모두 동심에서 우러나온 것이라고 했다. 결국 동심이야말로 '시적인 것'의 본질이라 할 수 있다.[8]

월리엄 워즈워스(1770~1850)의 시 〈무지개〉를 눈으로 읽거나 낭송해보자.

무지개

월리엄 워즈워스

하늘의 무지개를 보면

내 마음은 뛰노나:

내 삶이 시작되었을 때 그랬고:

어른이 된 지금도 그러하니:

내 늙어서도 그러할 지어라,

그렇지 않으면 날 죽게 해주오!

어린이는 어른의 아버지:

그러니 나날이 나의 하루하루가

자연스런 경건으로 이어지길 바라노라.

My heart leaps up when I behold

A rainbow in the sky:

So was it when my life began:

So is it now I am a man:

So be it when I shall grow old,

Or let me die!

7 유종호, 《시란 무엇인가》, 민음사, 2003, p. 311.
8 안도현, 《가슴으로도 쓰고 손끝으로도 써라. 안도현의 시작법》, 한겨레출판, 2006, p. 47.

The child is father of the man ;

And I could wish my days to be

Bound each to each by natural piety.[9]

워즈워스는 이 시를 통해 무얼 말하려는 것일까? 이 시에서 오랫동안 잊히지 않는 구절이 있다. 바로 "어린이는 어른의 아버지(The child is father of the man)"라는 구절이다. 어떻게 어린이가 어른의 아버지가 될 수 있단 말인가? 상식과 논리에서 벗어난 말이지만, 시적인 표현이기에 가능하다. 이 구절은 역설법[10]으로 표현되었기 때문에 독자들에게 더욱 인상적인 감동을 준다.

시인 워즈워스가 이렇게 역설적인 표현으로 전달하고자 하는 것은 무엇일까? 워즈워스는 이 시에서 어린이의 심성이야말로 존중하며 추구해야 할 심성이라는 것을 강조하고 있다. 무지개를 볼 때 마음이 뛰는 것이 뭐가 그리 중요하기에 그렇지 않으면 죽게 해달라고 시인은 말하는 걸까? 이것은 다름 아닌 바로 동심의 소중함을 말하는 것이다. 동심을 잃어버리면 죽은 것이나 다름없고, 또 동심을 잃어버릴 바에는 차라리 죽는 게 더 낫다는 것이다.

이 시의 맨 끝 구절 "자연스러운 경건"은 무슨 의미일까? 무지개를 소재로 동심을 노래한 후, 시인은 이제 하루하루를 자연스럽고 경건한 마음으로 살기를 바란다고 시를 끝맺고 있다. 여기에서 "경건"이라는 말은 종교적인 용어로 워즈워스가 〈무지개〉에서 노래한 동심이 궁극적으로 기독교적인 의미와 연관된다. 무지개는 창세기에서 커다란 홍수가 지난 후 하느님의 언약과 축복의 상징으로 나타난다.[11] 결국 동심의 소중함을 노래한 이 시의 마지막 구절은 그 동심과 더불어 하느님의 축복과 약속을 늘 염두에 두고 경건하게 살기를 바라는 '순수한 동심의 기독교 신앙'을 표출한 것이다.

동심과 관련하여 예수님은 "진실로 너희에게 이르노니 너희가 돌이켜 어린 아이들과 같이 되지 아니하면 결단코 천국에 들어가지 못하리라"(마태복음

---

9 William Frost, *Romantic and Victorian Poetry*, Englewood Cliffs, 1961, pp. 95~96.

10 역설(paradox)은 어원적으로 '넘어선(para)'과 '의견(doxa)'의 합성어이다. 오세영, 장부일, 《시 창작의 이론과 실제》, 한국방송통신대학교출판부, 2006, p. 190.

11 《구약성경》〈창세기〉9:12~16 참고.

18:3)고 하였고, 맹자는 "대인(大人)은 어린 아이의 마음을 잃지 않는다"라고
하였다.

3. 한국 동요의 역사

그러면 한국에서 동요는 어떤 역사를 거쳐 왔을까? 시대별로 간략히 살펴
보기로 하자.

(가) 1920년대

1920년대를 흔히 한국 근대 동요의 태동기라 부른다. 1921년 방정환의 어
린이 사랑운동을 시작으로 '색동회'가 결성되고, 사람들은 우리 동요의 필
요성을 인식하기 시작했다. 한국 근대 동요의 시작을 알리는 1920년대 작곡
가는 윤극영과 박태준이다. 윤극영은 1924년에 한국 최초의 창작동요인〈반
달〉을 발표했고, 박태준은 1925년에〈오빠생각〉을 발표했으며, 1927년에
경성방송국이 개국되면서 동요는 전파를 타기 시작했다. 1920년대 중반부
터 홍난파도 동요 창작을 시작해 1931년과 1933년 각각《조선동요 100곡
집》을 출판했다. 박태준도 1929년에《중중 때때중》, 1931년에《양양 범버
궁》을 출판하고, 정순철도 1929년에《갈잎피리》라는 이름으로 개인 동요집
을 출판했다. 1920년대는 새로운 우리 동요의 탄생과 경성방송국의 개국으
로 우리 동요가 빠르게 보급되기 시작한 시기로 동요가 예술적 장르로 자리
잡기 시작하였다.

(나) 1930년대

1930년대를 가리켜 많은 이들이 한국 동요의 '황금시대'라 부른다. 1920년
대에 성공적으로 출발한 동요의 튼튼한 토대 위에 1930년대는 더욱 가속이
붙은 시기라고 할 수 있다. 1930년대 초반 경성에서는 '녹양회'라는 동요 동

극 단체의 활약이 있었고, 1933년에 결성된 서울의 '녹성 동요회'의 활동은 특히 두드러져 레코드 취입까지 하게 된다. 1932년에는 윤석중의 첫 동요집 《윤석중 동요집》이 출간되고 많은 어린이 잡지가 등장하면서, 많은 아동 문학인들의 고운 동요작품이 이들 잡지에 실리게 된다. 1930년대에 또 하나 주목할 사실은 교회 주일학교의 역할이 매우 컸다는 점인데, 어린이 성가대는 어린이 찬송가 이외에 동요 보급에 큰 역할을 담당하게 된다.

이 시기에 등장한 동요 작곡가를 살펴보면, 〈꽃동산〉의 이흥렬, 〈가을〉의 현제명, 〈방울새〉의 김성태, 〈산바람 강바람〉의 박태현, 〈자전거〉의 김대현, 〈어린 음악대〉의 김성도 등을 들 수 있다. 1930년대에는 이처럼 많은 작곡가와 아동 문학인이 등장해 질적·양적으로 동요가 풍성해진 시기로 동요를 통해 민족문화운동으로까지 발전된 동요의 황금기였다.

(다) 1930년대 후반~1945년(일제 암흑기)

이 시기는 일제가 가장 혹독하게 우리 민족을 억압한 시기로 우리말뿐 아니라 우리의 동요 또한 전혀 부르지 못했던 암흑기였다.

(라) 1945년~1950년

광복을 맞이하자 우리 동요는 그 전과는 다른 모습을 보이기 시작한다. 우울하고 어두운 심성의 노래에서 밝고 씩씩한 노래들로 전환되어 동요의 인식도 교육적이고 음악적인 개념으로 정립되기 시작한다. 이러한 인식은 학교에서의 정상적인 음악교육으로 체계화되었고, 이때부터 음악교과서가 등장하게 된다. 이 시기에 또 하나 주목할 사항은 어린이 노래단체들이 많이 생겨났다는 점이다. 1945년 '봉선화 동요회'를 시작으로 '노래 동무회', '방송 어린이 동요회', '종달새 동요회'와 같은 노래단체들이 행사와 방송을 통해 동요를 보급시켰다.

이 시기에 등장한 동요 작곡가를 살펴보면, 〈과꽃〉의 권길상, 〈우리의 소원〉의 안병원, 〈어머님 은혜〉의 박재훈, 〈가을맞이〉의 장수철, 〈어린이 행

진곡〉의 정세문 등을 들 수 있다. 이 시기는 광복의 기쁨과 감격을 동요에
담아 보다 밝아진 희망의 노래가 많이 만들어진 시기이다.

(마) 1950년대

우리 동요에는 다른 나라에서 찾아볼 수 없는 특이한 전시동요라는 것이
있다. 1950년 6·25전쟁이 발발하자 〈공산주의 노래〉가 불리면서 이에 대
항해 전쟁의 승리를 기원하는 이른바 〈멸공승공의 노래〉가 등장한다. 휴전
이후 1950년대에는 전쟁으로 받은 상처를 치유하는 것이 급했던 시기로 마
음을 순화시키는 노래들로 동요는 재도약한다. 이 시기의 가장 중요한 점은
KBS의 '방송동요'이다. '종달새 동요회'를 이끌던 한용희가 PD로 오게 되
면서, '새 시대의 새로운 동요'라는 이름아래 동요보급 운동이 방송을 통해
본격적으로 이뤄지게 된다. 수많은 작사자와 작곡자가 이 동요운동에 참여
해 오늘날까지 불리는 주옥같은 동요들을 쏟아낸다.

이때의 동요 작곡가들을 살펴보면 〈나뭇잎 배〉의 윤용하, 〈파란마음 하얀
마음〉의 한용희, 〈초록바다〉의 이계석, 〈무궁화 행진곡〉의 손대업 등을 들
수 있다. 1950년대는 동요의 방송활동으로 모든 문학인과 작곡가들이 한마
음으로 동요보급에 힘쓴 시기였으며, 우리 동요의 예술성을 질적·양적으
로 한차원 끌어올린 우리 동요의 '전성시대'였다.

(바) 1960년대

이 시기는 방송사들이 하나 둘 생기면서 상업시대가 시작되고, 가요·팝·
CM송 등의 자극적인 음악이 등장해 동요의 위기가 대두됐던 시기였다. 이
런 위기 상황을 극복하기 위해 각 사회단체에서는 동요행사를 개최하였다.
그 중 1963년에 동아일보 소년판에 '이주일의 동요'란이 생겨나며 방송으
로까지 이어지면서 동요를 보급시켰다. 특히 1960년대는 어린이 합창단이
그 어느 때보다 활발했던 시기로 각종 동요행사는 어린이 합창단의 수준을
높인 것뿐만 아니라, 동요의 보급에도 큰 영향을 미쳤다. 1966년에는 손대

업이 '한국동요작곡 통신 교실'을 열었는데, 현재 '한국동요연구회'로 발전하였다.

1960년대는 상업화 시대의 도래로 동요 보급에 많은 어려움이 있었지만, 어린이 합창운동을 중심으로 동요의 가창력 수준이 높아지고, 음악적 기법이 다양해져 동요 지도자의 활약도 두드러진 시기였다.

(사) 1970년대

이 시기는 흑백 텔레비전이 급속히 보급되어 1960년대 보다 더욱 상업화가 거세진 상황 속에 '동요부흥운동'이 일어난 시기였다. 1973년 동요창작 50주년을 맞아 동요보급운동의 의욕을 다시 다졌고, 1970년대 후반부터는 동요가 시대적 감각을 표출해야 한다는 주장이 대두되면서 새로운 시도가 이뤄지기도 하였다. 이 시기는 각 방송사마다 어린이 프로그램들이 매우 많았는데, 특히 KBS의 '누가 누가 잘하나'는 1970년대의 상업적인 물결 속에서도 동요를 지켜주었던 보배 같은 프로그램이었다. 1970년대의 동요는 약동하는 당시의 사회상을 담은 노래들이 등장한 시기로 이수인의 〈앞으로〉가 그 대표적인 노래이다.

(아) 1980년대

1980년부터 컬러 방송이 시작되면서 그 어느 때보다 상업적인 물결이 거세졌고, 동요계는 큰 위기의식을 가지게 된다. 이때 이 위기 돌파구를 열어준 것이 '방송창작동요대회'이다. 1983년 문화방송에서 시작된 '방송창작동요대회'는 기존 동요 작곡가가 아닌 일선 학교 선생님들의 곡들이 방송됐는데, 초창기부터 아이들의 사랑을 많이 받으면서 현재까지 동요의 주축을 이루고 있다. 또한 이 시기에는 아동문학단체도 속속 등장해 동요창작에 이바지했다. 1980년대의 MBC 방송창작동요는 아이들의 현실적인 모습을 담아 시대에 맞는 동요로 많은 이들의 사랑을 받은 우리 동요의 전환기였다.

(자) 1990년대

1992년 이후로 동요는 새로운 암흑기를 맞이한다. 각 방송사들의 시청률 지상주의로 모든 어린이 프로그램이 폐지되면서 동요 프로그램들도 전멸하였다. 동요대회도 하나둘 사라졌으며 아이들은 동요대신 랩이나 힙합을 자신의 노래인 양 부르기 시작했고, 동요는 그들에게서 잊혀졌다. 그러던 중 IMF라는 경제의 한파 속에서 가족의 중요성이 인식되고, 가장들에게 힘을 줄 수 있었던 것은 그때 자녀들이 불러준 〈아빠 힘내세요〉(유정 작사, 이승무 작곡)라는 동요였다.

(차) 2000년대

2000년대에 들어서 조금씩 동요가 다시 태동하려는 분위기가 일었고, 동요 전문가와 애호가들의 노력으로 동요가 다시 중흥하기 시작했다. 2000년대에 발표된 동요들은 이전 노래보다 길어졌고, 가요의 리듬도 일부 도입되면서 동요 변화가 급속하게 이뤄지고 있다. 또한 인성동요, 학습동요, 테마동요, 유아동요 등 새로운 장르와 형식으로 변화하고 있다. 어린이 동요를 가르치는 전문학교도 생겨나고, 우리의 동요를 영어로 번역하여 출간하기도 했다. 동요를 부르는 주체도 어린이에게 한정되지 않고, 모든 연령층으로 확산되고 있다.

과거 동요교육은 초등학교 교사들이 주도했지만, 최근에는 전문인력들이 가세하면서 전문적인 영역으로 자리 잡고 있다. 동요를 가르치는 음악학원과 초등학교의 방과 후 활동도 인기를 누리고 있다. '창작동요제' 등을 통한 신작동요의 발표 및 크고 작은 동요대회도 꾸준히 이어지고 있다. 그런가하면 〈올챙이송〉, 〈당근송〉, 〈우유송〉, 〈숫자송〉 등 재미있고 흥겨운 동요들이 애니메이션 동영상과 함께 인터넷으로 보급되어 다채로운 동요의 시대가 전개되고 있다. 한편 리듬과 가락이 단순했던 과거와 달리 오늘날의 동요는 다양하고 복잡한 양상을 보이기도 한다. 그리고 노래가 담고 있는 주제도 자연과 개인적 정서보다는 우리생활의 모든 현상과 관심거리로 확장되는 추세다.

앞으로도 아름답고 훌륭한 동요가 꾸준히 창작, 발표되어 동요의 생활화와 대중화가 이루어지기를 기대한다.

4. 동요 부르기

이제 한국의 동요들 중에서 대표적인 동요 몇 곡을 함께 살펴보자. 먼저 윤석중 작사의 동요 〈옹달샘〉이다.

옹달샘

윤석중

1절
깊은 산속 옹달샘 누가 와서 먹나요
깊은 산속 옹달샘 누가 와서 먹나요
새벽에 토끼가 눈 비비고 일어나
세수하러 왔다가 물만 먹고 가지요

2절
맑고 맑은 옹달샘 누가 와서 먹나요
맑고 맑은 옹달샘 누가 와서 먹나요
달밤에 노루가 숨바꼭질 하다가
목마르면 달려와 얼른 먹고 가지요

수업 시간에 학생들과 함께 〈옹달샘〉을 불러 보면 대부분 1절 가사만을 외워 부르고, 2절까지 외워 부를 수 있는 학생들은 드물다. 하지만 〈옹달샘〉은 1, 2절 가사를 함께 연이어 노래할 때 더욱 깊은 인상과 감동을 받는다. 깊은

옹달샘

Arm aber froh und frei

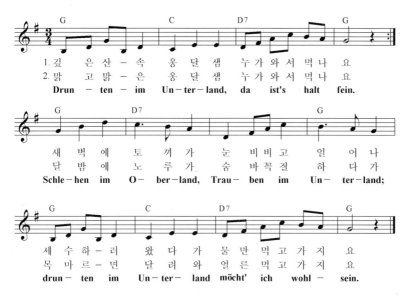

```
1. 깊  은  산 - 속    옹  달  샘    누 가 와 서  먹 나    요
2. 맑  고  맑 - 은    옹  달  샘    누 가 와 서  먹 나    요
   Drun - ten - im   Un-ter-land,  da  ist's  halt  fein.

   새  벽  에    토  끼 가    눈    비 비 고    일    어 나
   달  밤  에    노  루 가    숨    바 꼭 질    하    다 가
   Schle-hen  im    O- ber-land,  Trau-ben  im   Un-  ter-land;

   세  수  하 - 러    왔  다 가    물  만  먹 고 가 지    요
   목  마  르 - 면    달  려  와    얼  른  먹 고 가 지    요
   drun - ten  im    Un-ter-  land möcht' ich  wohl -  sein.
```

산속 옹달샘을 중심으로 새벽과 달밤에 펼쳐지는 정겨운 광경이 머릿속에
그려지지 않는가? 가사에서 새벽의 토끼와 달밤의 노루가 서로 상응하고 있
으니, 이 노래를 접하는 독자나 청자는 하루 동안에 펼쳐지는 숲속의 정경을
떠올리게 된다. 참으로 정겨운 동요이다.

  그러나 〈옹달샘〉은 원래 독일의 민요로, 원제는 〈가난하지만 즐겁고 자유
롭게(Arm aber froh und frei)〉이다. 윗마을과 아랫마을 사람들을 서로 비교하는
내용인 이 노래는 윗마을 사람들은 부자이지만 인정이 메말라 사랑을 베풀
지 않고, 아랫마을 사람들은 비록 가난하지만 인정이 많고 서로 사랑을 나눠
즐겁고 행복한 아랫마을에 살고 싶다는 내용의 가사이다.[12]

윤석중 (1911~2003) 한국의 아동문학가로 한국 동요의 아버지라고 불린다. 1932년 첫 동

---

12 정경량,《노래로 배우는 독일어》, 문예림, 2000, pp. 28~32.

시집 《윤석중 동요집》을 출간하였고, 방정환의 뒤를 이어 잡지 《어린이》의 주간을 맡았다. 〈옹달샘〉을 비롯하여 〈퐁당퐁당〉, 〈기찻길옆 오막살이〉, 〈새나라의 어린이〉, 〈우산 셋이 나란히〉 등 아름다운 우리말 동시 1,200여 편을 발표하였고, 그 가운데 800여 편이 동요로 만들어졌다.

산바람 강바람

윤석중 작사, 박태현 작곡

1절
산 위에서 부는 바람 서늘한 바람
그 바람은 좋은 바람 고마운 바람
여름에 나무꾼이 나무를 할 때
이마에 흐른 땀을 씻어준대요.

2절
강가에서 부는 바람 시원한 바람
그 바람도 좋은 바람 고마운 바람
사공이 배를 젓다 잠이 들어도
저 혼자 나룻배를 저어간대요.

윤석중이 작사한 〈산바람 강바람〉은 박태현이 1936년에 평양의 숭실전문학교 졸업반 때 작곡했던 노래이다.[13] 이 노래의 가사는 거의 7·5조의 음수율과 3음보의 리듬과 음악성이 돋보인다.

이 노래는 산과 강에서 부는 바람을 소재로 하여 자연에 대한 고마움을 순박한 동심으로 노래한 동요이다. 이 노래처럼 산이나 강에서 부는 바람에 고

---

13 한용희, 《창작동요 80년》, 한국음악교육연구회, 2004, p. 80.

산바람 강바람

마워할 줄 아는 마음, 그 마음은 이미 자연의 아름다움과 고마움을 아는 심성이요, 자연과 하나가 되는 기쁨을 아는 심성이다. 이 동요를 즐겨 부르면 자연에 대한 고마움과 사랑 또한 깊어질 것이다.

박태현 (1907~1993) 평남 평양 출생으로 일본 동양음악학교(현 동경음악대학의 전신)에서 첼로를 전공하였다. 귀국 후 서울 백조합창단, 경성관현악단을 지휘하였고, 1937년에 동요집을 발행하였다. 덕성여대, 한양대, 경희대, 숙명여대 강사였고, 문교부 예술위원, 서울특별시 문화위원, 서울 중앙방송국 편성과장, 서울시립관현악단 기획위원, 동경세계음악회의 대표 등을 역임하였다.

엄마야 누나야

김소월 작시, 김광수 작곡

엄마야 누나야 강변 살자,
뜰에는 반짝이는 금모랫빛,
뒷문 밖에는 갈잎의 노래
엄마야 누나야 강변 살자.[14]

이 노래는 한국인이 가장 널리 애송하는 김소월의 시 〈엄마야 누나야〉에 김광수가 1967년에 곡을 붙인 노래이다. 이 시와 노래는 우리가 잊을 수 없는 명시이자 명곡이다.

김소월은 한국인이 가장 사랑하는 시인이며, 통계에 의하면 김소월의 시가 가장 많이 노래로 만들어져 불리고 있다.[15] 그만큼 김소월의 시는 노래와 강한 친화력을 지니고 있다. 〈엄마야 누나야〉는 4행의 간결한 시형식에 자연과 더불어 평화롭게 살고자 하는 염원을 소박하고 따뜻하게 엮어놓았다. 이와 같은 "순정 소곡이 사실은 서정시의 고향이요, 연원인 것이다. 그러므로 김소월, 정지용, 윤동주, 박목월 같은 우수한 시인들이 저마다 동시 흐름의 순정 소품을 남겨놓고 있다는 것은 기억해 두어야 할 것이다."[16]

"엄마야 누나야"라는 호칭에서 우리는 이 시의 화자를 남자 어린이로 추정할 수 있다. 그렇다고 이 시의 화자를 마냥 어린이라고만 생각하는 것은 무리이다. 엄마와 누나에게 강변에서 살자고 요청하는 시적 화자는 강변의 "뜰에는 반짝이는 금모랫빛" 모래사장과 "뒷문 밖에는 갈잎의 노래"가 들려오는 갈대숲을 그리고 있다.

이처럼 아름다운 강변의 풍경이 또 사랑스럽게 느껴지는 것도 그렇거니와, 뒷문 밖에 갈대 잎이 바람에 흔들리며 내는 소리를 "갈잎의 노래"라고 표현

14 김소월, 《진달래꽃》, 미래사, 1991, p. 93.
15 윤여탁, 《시 교육론. 시의 소통 구조와 감상》, 태학사, 1998, p. 226.
16 유종호, 《시 읽기의 방법》, 민음사, 2005, p. 171.

엄마야 누나야

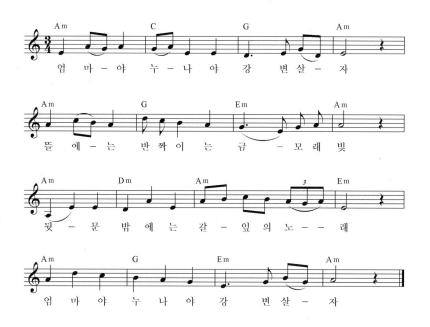

하는 것이 과연 어린아이에게 가능한 일일까? 결코 쉬운 일은 아니리라. 결국 이 시의 화자는 자연의 아름다움과 평화를 마음 깊이 느낄 줄 아는 성숙한 시각과 심성을 지니고 있는 사람이리라. 한마디로 이 시는 자연에 가까이, 그리고 자연과 더불어 평화롭게 살고자 하는 아름다운 소망을 순박한 동심으로 노래한 절창이다.

김소월 (1902~1934) 평안북도 출생으로, 본명은 정식이며 '소월'은 아호이다. 그의 작품발표가 본 궤도에 오른 것은 1922년 『개벽』지를 통해서이며, 그의 대표작으로 손꼽히는 〈금잔디〉, 〈엄마야 누나야〉, 〈진달래꽃〉 등 50여 편이 대부분 이 무렵 전후에 발표된 것이다. 1925년 그의 시집 《진달래꽃》은 한국 시문학사상 가장 널리 읽힌 시집이다.

인문학, 노래로 쓰다

김광수 (?~1993) 일본 명치대학 음악과를 졸업하고, 1950년대부터 작곡가 윤이상 등과 함께 활동하였으며, 그 후에는 현인, 김정구 등과 음악 활동을 했고, 국내 경음악단장(KBS, MBC 등)으로도 활동하였다.

나뭇잎 배

박홍근 작사, 윤용하 작곡

1절
낮에 놀다 두고 온 나뭇잎 배는
엄마 곁에 누워도 생각이 나요
푸른 달과 흰 구름 둥실 떠가는
연못에서 사알살 떠다니겠지.

2절
연못에다 띄워논 나뭇잎 배는
엄마 곁에 누워도 생각이 나요
살랑살랑 바람에 소근거리는
갈잎 새를 혼자서 떠다니겠지.

〈나뭇잎 배〉의 가사는 정확하게 7·5조의 음수율과 3음보로 리듬감과 음악성이 뛰어나며, 서정적인 가사와 정겨운 리듬 그리고 아름다운 곡조가 어우러져 동요 중의 명곡으로 평가된다.

박홍근 (1919~2006) 아동문학가이자 시인으로 동시 〈나뭇잎 배〉와 〈모래성〉, 장편 《해란강이 흐르는 땅》 등을 남겼다. 대한민국 은관문화훈장, 대한민국 문학상, 소천아동문학상 등을 수상하였으며, 한국아동문학가협회 회장을 역임하였다.

나뭇잎 배

1. 낮 에 놀 다 두 - 고 온 나 뭇 잎 배 는 -
2. 연 못 에 다 띄 - 워 논 나 뭇 잎 배 는 -

엄 마 곁 에 누 - 워 도 생 각 이 나 요 -

푸 른 달 과 흰 - 구 름 둥 - 실 떠 - 가 는 -
살 랑 살 랑 바 - 람 에 소 - 근 거 - 리 는 -

연 못 에 서 사 - 알 살 떠 다 - 니 겠 - 지 -
갈 잎 새 를 혼 - 자 서 떠 다 - 니 겠 - 지 -

윤용하 (1922~1965) 황해도 출생의 작곡가로, 만주 가톨릭교회 합창단원 시절에 작곡과 화성학의 기초를 습득한 후 선양을 중심으로 작품 활동을 하였다. 8·15 해방 후 박태현, 이흥렬 등과 음악가협회를 중심으로 국민개창운동(國民皆唱運動)을 벌였다. 대표작으로는 가곡 〈보리밭〉, 〈동백꽃〉, 〈한가윗달〉 등이 있고, 동요로는 〈나뭇잎 배〉와 〈무지개다리〉 등이 있다.

섬집 아기

한인현 작사, 이흥렬 작곡

1절
엄마가 섬 그늘에 굴 따러 가면
아기가 혼자 남아 집을 보다가
바다가 불러 주는 자장노래에
팔 베고 스르르르 잠이 듭니다.

2절
아기는 잠을 곤히 자고 있지만
갈매기 울음소리 맘이 설레어
다 못 찬 굴 바구니 머리에 이고
엄마는 모랫길을 달려옵니다.

한인현 작사, 이흥렬 작곡의 〈섬집 아기〉(1950)는 바닷가 집에 살고 있는 아기와 아기를 향한 엄마의 사랑을 그린 노래이다. 이 노래는 인터넷 설문 조사에서 대학생들이 좋아하는 동요 2위를 차지한 노래이다.

엄마가 굴을 따러 바닷가에 일하러 간 사이에 돌보아줄 사람도 없이 아기가 혼자 집에 남아 있는 상황은 결국 가정적으로 혹은 경제적으로 넉넉하지 못한 처지의 집안 상황이라는 것을 전해준다. 게다가 이 노래는 곡조마저 애잔한 분위기를 자아내기 때문에, 이 노래를 듣거나 부를 때 어딘지 모르게 애틋한 마음을 갖게 된다.

한인현 (1921~1969) 함경남도 원산에서 태어나 함흥사범학교를 졸업하고, 서울 은석초등학교에서 글쓰기 지도에 힘썼다. 1933년 무렵부터 동시 쓰기를 시작해 《아이생활》, 《어린이》같은 잡지에 많은 동시를 발표하였고, 동요집으로는 《민들레》가 있다.

섬집 아기

1. 엄마가 섬 그늘 에 – 굴 따러 – 가면 –
2. 아 기 는 잠을 곤 히 – 자 고 있 – 지 만 –

아 기 가 혼자 남 아 – 집 을 보 – 다 가 –
갈 매 기 울 음 소 리 – 맘 이 설 – 레 어 –

바 다 가 불 러 주 는 – 자 장 노 래 에 –
다 못 찬 굴 바 구 니 – 머 리 에 이 고 –

팔 베 고 스 르 르 르 – 잠 이 듭 – 니 다 –
엄 마 는 모 랫 길 을 – 달 려 옵 – 니 다 –

이흥렬 (1909~1980) 가곡 〈바위고개〉, 〈섬집 아기〉 등 많은 애창곡을 남긴 작곡가로 함경
남도 원산에서 태어나 1931년에 일본 도요음악학교(도쿄 음대)에서 피아노를 전공하였다.
1934년에는 작품집 《이흥렬작곡집》을 출간했으며, 동요와 가곡 430여 곡을 남겼다. 8·15
해방 후 서라벌예술대학·숙명여자대학교 교수, 한국작곡가협회장, 예술회원 등을 지냈다.

고향의 봄

이원수 작사, 홍난파 작곡

1절

나의 살던 고향은 꽃피는 산골

복숭아꽃 살구꽃 아기 진달래

울긋불긋 꽃 대궐 차리인 동네

그 속에서 놀던 때가 그립습니다.

2절

꽃 동네 새 동네 나의 옛 고향

파란 들 남쪽에서 바람이 불면

냇가에 수양버들 춤추는 동네

그 속에서 놀던 때가 그립습니다.

〈고향의 봄〉은 이원수가 1925년 마산공립보통학교 졸업반 때(15세) 지은 시에 홍난파가 1929년에 곡을 붙여 만든 노래이다. 마산에서 소년회 활동을 하던 이원수는 어린이 운동의 선구자인 방정환을 만난 것이 인연이 되어, 잡지 《어린이》에 이 〈고향의 봄〉 원고를 보냈고, 다음 해인 1926년 《어린이》에 이 시가 소개되어 널리 알려지게 되었다. 이원수의 시를 본 홍난파는 하룻밤 사이에 곡을 완성했다고 한다.

〈고향의 봄〉의 배경이 된 곳은 경남 창원이다. 이원수는 《월간 소년》 1980년 10월 호에 '자전 회고록—흘러가는 세월 속에'라는 제목으로 기고한 글에서 다음과 같이 술회했다. "내가 난 곳은 양산이라고 했다. 양산서 나긴 했지만 1년도 못 되어 창원으로 왔기 때문에 나는 내가 난 곳에 대해서는 아는 것이 없다. (……) 마산에 비해서는 작고 초라한 창원의 성문 밖 개울이며 서당 마을의 꽃들이며 냇가의 수양버들, 남쪽 들판의 푸른 보리 (……) 그런 것들

고향의 봄

이 그립고 거기서 놀던 때가 한없이 즐거웠던 것 같았다. 그래서 쓴 동요가 〈고향의 봄〉이었다."

〈고향의 봄〉은 산과 냇가가 한데 어우러진 한국의 아름다운 산골 고향의 모습을 소박한 노랫말로 한 폭의 그림처럼 보여주는 노래이다. 언제 불러도 아름다운 한국의 시골 정경이 떠오르는 노래이다.

이원수 (1911~1981) 경남 양산 출생의 아동문학가이며, 1926년 방정환 주재 《어린이》에 동요 〈고향의 봄〉을 발표하여 등단하였다. 윤석중 등과 '기쁨사' 동인으로 작품 활동을 하였다. 1947년에 '박문사' 편집장, 1954년에 한국아동문학회 창립 부회장에 취임하였다. 고마우신 선생님상, 한국문학상, 문화예술상 등을 수상하였다.

홍난파 (1897~1941) 작곡가, 바이올리니스트, 지휘자로서 일제강점기에 널리 애창되었던 가곡 〈봉선화〉의 작곡자이기도 하다. 1913년 근대 이후에 설립된 최초의 전문 음악기관인 조선정악전습소 서양악과에 입학하여 1년 동안 김인식에게 바이올린을 배웠고, 졸업 후 조선정악전습소의 교사로 활동하였다. 1936년 경성방송 현악단의 지휘자, 빅터레코드의 양악부장을 역임했으며, 평론집 《음악만필》 등을 통하여 음악문화의 계몽 발전에 기여하였다.

노을

이동진 작사, 안호철 작곡

바람이 머물다간 들판에
모락모락 피어나는 저녁연기
색동옷 갈아입은 가을 언덕에
빨갛게 노을이 타고 있어요
허수아비 팔 벌려 웃음 짓고
초가지붕 둥근 박 꿈꿀 때
고개 숙인 논밭의 열매
노랗게 익어만 가는
가을바람 머물다간 들판에
모락모락 피어나는 저녁연기
색동옷 갈아입은 가을 언덕에
붉게 물들어 타는 저녁놀

〈노을〉은 오늘날 한국의 젊은이들이 가장 좋아하는 동요이다. 이 노래의 가사는 가을의 전형적인 시골 풍경을 그리고 있으며, 어렵지 않은 가사로 시골의 정겨운 가을 저녁 풍경이 우리 마음에 곱게 그려진다. 곡조도 가사와 더불어 평화롭고 아름다운 가을의 정경을 그려낸 명곡이다. 이동진이 작사하

노을

| 바 - 람 이 머 물 다 간 들 판 에 모 락 모 락 피 어 나 는 저 녁 연 기 |
| 색 - 동 옷 갈 아 입 은 가 을 언 덕 에 빨 갛 게 노 을 이 타 고 있 어 요 |
| 허 수 아 비 팔 벌 려 웃 음 짓 고 초 가 지 붕 둥 근 박 꿈 - 꿀 - 때 |
| 고 개 숙 인 논 밭 에 열 매 노 랗 게 익 어 만 가 는 - |
| 가 을 바 람 머 물 다 간 들 판 에 모 락 모 락 피 어 나 는 저 녁 연 기 |
| 색 - 동 옷 갈 아 입 은 가 을 언 덕 에 붉 - 게 물 들 어 타 는 저 녁 놀 |

고 안호철이 작곡한 이 노래는 1984년 제2회 MBC 창작동요제에서 대상을
받은 노래이다.

이동진 함경북도 청진에서 태어나 서울고등학교와 홍익대학교 미술대학을 졸업했다. 평택

에서 교사 생활을 하며 아이들에게 그림과 글을 가르쳤고, 작업실에서 그림을 그리고 글을 썼다. 《바보 이야기》(전10권), 《세계명작그림동화》(전3권)가 있다.

우리의 소원

안석주 작사, 안병원 작곡

우리의 소원은 통일

꿈에도 소원은 통일

이 정성 다해서 통일

통일을 이루자

이 겨레 살리는 통일

이 나라 살리는 통일

통일이여 어서 오라

통일이여 오라

1947년에 발표된 〈우리의 소원〉은 반세기가 넘도록 남북을 가리지 않고 거족적으로 애창되어온 노래로 우리 민족의 숙원인 통일을 염원하는 노래이다. 이 노래는 당시 중앙방송국 8·15 경축 기념 드라마를 썼던 안석주가 드라마 주제가로 만든 가사에 그의 아들 안병원이 작곡하였다. 사실 이 노래의 가사 중 '통일'은 원래 '독립'이었다. 이 곡을 만들 당시 미군정 시대에서 아직 독립이 되지 않았기 때문에 안석주는 독립을 염원하며 가사를 썼다. 그 뒤 1950년에 교과서에 실리면서 문교부에서 '통일'로 하면 좋겠다고 하여 바꾸게 되었다고 한다.[17]

〈우리의 소원〉은 1970년대부터 1980년대에 걸쳐 민주화 운동이 고조되었을 때 해외에서도 많이 애창되었다. 그때 1절밖에 없는 원래 가사에 2, 3절을

---

17 박찬호, 《한국가요사(2)》, 안동림 옮김, 미지북스, 2009, p. 65.

우리의 소원

우 리 의소원은 통 일　꿈 에도소원은 통 - 일 이

정 성 다 해 서 통 일　통 일을이 루 자 - 이

거 레 살 리 는 통 일　이 나 라 살 리 는 통 - 일 통

일 이 여 어 서 오 라　통 일 이 여 오 라 -

붙였는데, '통일' 부분에 '민주'와 '자유'를 각각 넣어 만들었다. 북한에서는 '자주'와 '민주'를 넣어 부른다. 이 노래와 관련하여 안병원은 다음과 같이 말했다.

"아무튼 선친께서 가사를 잘 써주신 덕분에 작곡을 할 수 있었고, 지난 45년간 우리 민족의 소원인 통일을 대변하는 노래가 된 것에 작곡가로서 큰 보람을 느낍니다. 그러나 제 노래가 '흘러간 노래'가 되길 바랍니다. 통일이 되면 제 노래가 더 이상 필요 없지 않겠습니까."[18]

애절한 가락으로 통일에 대한 소망을 담은 이 노래는 부를 때마다 남북한의 평화통일을 염원하는 애타는 심정을 금할 길 없다. 저자가 어린 시절부터 한국의 통일을 염원하며 불러온 이 노래를, 수십 년이 지난 지금까지도 애타게 불러야만 하는 한국 분단의 현실이 너무나 가슴 아프다. 이 노래와 더불어, 우리 민족의 최대 숙제인 남북한 평화통일이 이뤄지기를 간절히 기원한다.

안석주(1901~1950) 서울에서 출생하여 삽화가, 문필가, 영화감독, 서양화가, 무대장치 미술가, 미술평론가, 만화, 시, 소설, 희곡, 시나리오 작가 등 다방면에서 폭넓게 활동했다. 1921년 휘문고등보통학교 미술교사로 있으면서 〈동아일보〉에 연재된 나도향의 소설 〈환희〉의 삽화를 맡아 그리면서 우리나라 신문소설 삽화계의 선구자가 되었다.

안병원(1926~2015) 안석주의 아들로, 서울대학교 음악대학에 진학하여 1945년에 봉선화 동요회를 조직하고 회장을 맡는 등 동요에 지속적인 관심을 기울였다. 1974년에는 캐나다로 이민을 떠나 토론토에 정착하였다. 토론토 YMCA 합창단과 한국복지재단 토론토 후원회 등에서 일하며 합창 지도를 계속하였으며, 남북송년통일음악회, 남북한겨레음악회, 통일음악회 등에서 지휘자로 참가하였다.

---

18 위의 책, p. 69.

제5장

민요

민요 시와 음악의 원천

'민요(民謠)'라는 용어는 영어의 '포크송(folk song)'과 독일어의 '폴크스리트 (Volkslied)'[1]를 19세기 말에 일본어로 번역한 것이다. 이것이 우리나라에 전해 져, 그 이전까지만 해도 '소리', '잡가' 등으로 불리던 것이 '민요'라는 하나의 장르로 독립하여 발전하게 되었다.[2]

민요란 어떤 노래인가? 민요는 민중 속에서 자연적으로 발생하여, 민중의 생활감정이 소박하게 담겨져 오랫동안 전해 내려오는 노래를 말한다. 따라서 민요는 민족이나 지역의 특성을 지니고 있으며 대개는 작곡가와 작사자가 미 상인 경우가 많다. 그리고 민요는 어버이에게서 자식으로, 자식에게서 손자로 전승되며, 그 전승도 오랜 세월 동안 문자나 악보가 아닌 입에서 입으로 전해 졌기 때문에, 가사와 곡조가 시대에 따라 약간씩 변화하는 특징이 있다.

민요는 노래로 불릴 수 있는 서정시의 기초로 보통 그 나라 언어로 쓴 운문 의 진수가 가장 단순하면서도 소박하게 드러난다. 민요에는 노래와 시가 분 화되지 않고 하나로 남아 있으며 무엇보다도 가장 쉽게 노래로 불릴 수 있는 성질, 가창성(歌唱性)이 큰 특징이다. 민요는 이 가창성에 의해 그 나라 말로

---

1 독일어 'Volkslied'라는 말은 'Volk(민족)'라는 말과 'Lied(노래)'라는 말을 합쳐서 만든 합성어로 '민족의 노 래'라는 뜻을 지니고 있다.
2 민경찬,《청소년을 위한 한국음악사(양악편)》, 두리미디어, 2006, p. 333.

쓴 모든 서정시와 음악의 마르지 않는 원천이 되며, 막힘없이 자연스럽게 '흐
르는 리듬'의 전형을 이룬다.

1. 한국 민요의 종류와 특성

한국의 민요는 전파범위와 세련도에 따라 토속민요와 통속민요로 구분된
다. 먼저 토속민요와 통속민요의 차이점을 간단히 알아보자.

토속민요는 어느 특정한 지방에 국한되어 불려지는 소박하고 향토적인 노
래로 민중이 부르던 노래이다. 따라서 토속민요는 통속민요와 달리 전국적
으로 유행하지 못한 민요이다. 이 토속민요는 어떤 연유로 생겨났을까? 이
토속민요는 옛날에 주로 집단노동의 상황에서 리듬에 맞춰 일을 수월하게
하기 위해 생겨났다. 그렇기에 일과 관련된 노동요가 대부분을 차지하고 있
으며, 〈상여소리〉, 〈김매기 소리〉, 〈모내기 소리〉, 〈집터 다지는 소리〉 등이
그 대표적인 예이다.

반면 통속민요는 흔히 창(唱)이라고 불리는데, 대체로 전문적인 소리꾼에게
불리어져 세련미가 있으며, 토속민요와 달리 널리 전파된 민요이다. 이 통속
민요는 음악적인 짜임새나 사설의 구성이 훌륭하며, 〈아리랑〉, 〈진도 아리랑〉,
〈밀양 아리랑〉, 〈도라지타령〉, 〈방아타령〉, 〈강원도 아리랑〉, 〈농부가〉, 〈육자
배기〉, 〈수심가〉, 〈천안삼거리〉 등이 대표적인 예이다.

한국의 민요를 지역에 따라 분류하면 대개 경기도 민요, 남도민요, 서도민요,
동부민요, 제주도 민요로 나눈다. 각 지역의 민요에 대해 간단히 살펴보자.

　　(가) 경기도 민요: 경기도와 충청도 일부 지방의 민요이다. 서정적으로 부
　　　　르기 때문에 부드럽고 유장하며 맑고 깨끗한 음색에 경쾌한 특징이 있
　　　　으며, 〈아리랑〉, 〈경복궁타령〉, 〈군밤타령〉, 〈노들강변〉, 〈노랫가락〉,
　　　　〈닐리리야〉, 〈도라지타령〉, 〈방아타령〉, 〈베틀가〉, 〈사발가〉, 〈양류

가〉, 〈양산도〉, 〈오봉산타령〉, 〈자진방아타령〉, 〈창부타령〉, 〈한강수
타령〉, 〈천안삼거리〉 등이 있다.

(나) 남도 민요: 전라도를 중심으로, 충청남도 일부 지역과 경상남도 일부
지역의 민요이다. 소리가 구성지고 극적이며 강렬한 표현력을 가지
고 있으며, 굵은 목을 쓰고 극적으로 표현하는 창법이 특징이다. 〈강
강술래〉, 〈자진강강술래〉, 〈새타령〉, 〈남원산성〉, 〈농부가〉, 〈육자배
기〉, 〈자진육자배기〉, 〈진도 아리랑〉, 〈흥타령〉 등이 있다.

(다) 서도 민요: 평안도와 황해도 지방의 민요로 콧소리로 얕게 탈탈거리
듯 떠는 소리와 큰 소리로 길게 뽑다가 갑자기 콧소리로 가만히 떠는
듯 부르는 것이 특징이다. 평안도의 〈수심가〉, 〈엮음수심가〉, 〈긴아
리〉, 〈자진아리〉, 〈배따라기〉, 〈자진배따라기〉 등과 황해도의 〈산염
불〉, 〈자진염불〉, 〈긴난봉가〉, 〈자진난봉가〉, 〈사리원난봉가〉, 〈숙
천난봉가〉, 〈몽금포타령〉 등이 있다.

(라) 동부 민요: 태백산맥 동쪽의 강원도, 함경도, 경상도 지방의 민요이
다. 가락의 굴곡이 심한 편이며, 창법도 씩씩한 느낌을 주는 등 동부
지역에서 사용하는 언어의 특색이 음악에도 반영되어 있다. 함경도의
〈신고산타령〉, 〈애원성〉, 〈궁초댕기〉, 강원도의 〈한오백년〉, 〈정선
아리랑〉, 〈강원도 아리랑〉, 경상도의 〈밀양 아리랑〉, 〈울산아가씨〉,
〈쾌지나칭칭나네〉, 〈옹헤야〉 등이 있다.

(마) 제주도 민요: 제주도 민요는 경기민요 또는 서도민요와 유사한 점을
가지고 있지만, 제주도의 특이한 방언으로 다른 맛을 낸다. 〈오돌또
기〉, 〈이야홍타령〉, 〈봉지가〉, 〈산천초목〉, 〈중타령〉, 〈서우제소리〉,
〈개구리타령〉, 〈계화타령〉 등이 있다.

2. 한국 민요

아리랑

경기도 민요

1절
아리랑 아리랑 아라리요
아리랑 고개로 넘어간다
나를 버리고 가시는 님은
십리도 못가서 발병난다(2, 3, 4절 생략)

우리 민족의 애창곡이 무엇이냐고 하면 누구나 주저하지 않고 〈아리랑〉을 꼽을 것이다. 〈아리랑〉은 모름지기 민족의 노래 1호이자, 가장 널리 애창되는 겨레의 노래이다. 그 기원이 언제인지는 아무도 모르지만, 우리 민족은 수천 년 동안 줄기차게 〈아리랑〉을 불러왔다. 부르기 쉽고 비애에 젖어 있어 일제강점기에는 겨레의 울분과 민족의 한을 표출하는 저항의 노래로 남녀노소를 막론하고 유행했다. 이 〈아리랑〉은 현재까지도 한국적 색채가 짙어 한국을 대표하는 노래로 전 세계에 알려져 있다. 2002년에 〈아리랑〉은 유네스코 세계 인류무형유산으로 지정되었다. 2002 월드컵 때 윤도현 밴드가 부른 〈아리랑〉은 현란한 반주와 빠른 템포를 바탕으로 현대적으로 변용·계승한 것이다.[3]

〈아리랑〉은 경기도 민요로 세계 여러 나라에 알려져 있는 한국의 대표적인 민요이다. 이 곡은 경기도 지방 민요의 음계와 가락으로 이루어진 것이다. 각 절의 처음에는 "아리랑 아리랑 아라리요/아리랑 고개로 넘어 간다"라는 가사가 반복되고, 그 뒤에 여러 가지 가사를 붙여서 부른다. 아리랑은 3박자의 리듬으로 된 애조 띤 가락의 노래로 지방에 따라 〈강원도 아리랑〉, 〈정선 아리랑〉, 〈밀양 아리랑〉, 〈진도 아리랑〉 등이 있다.

3 장유정,《오빠는 풍각쟁이야. 대중가요로 본 근대의 풍경》, 황금가지, 2006, p. 369.

아리랑

아리랑은 각 지방마다 조금씩 다른데, 경기 지방의 아리랑은 약간 서글픈 느낌을 주고, 강원도 아리랑은 애절하고, 전라도 아리랑은 경쾌한 리듬에 애조를 띤 가락을 갖고 있으며, 경상도의 아리랑은 경쾌하고 흥겹다.

진도 아리랑

전라도 민요

받는 부분: 아리 아리랑 쓰리 쓰리랑 아라리가 났네

　　　　　아리랑 응응 으응 아라리가 났네

메기는 부분:

1. 문경 새재는 웬 고갠가 구부야 구부구부 눈물이로구나

2. 왜 왔던고 왜 왔던고 울고 갈 길을 왜 왔던고

3. 청천 하늘에 잔별도 많고 요내 가슴 속엔 희망도 많다

4. 만경창파에 두둥둥 뜬 배 어기여차 어야디여라 노를 저어라

5. 노다 가세 노다나 가세 저 달이 떴다 지도록 노다나 가세

〈진도 아리랑〉은 메기고 받는 형식의 전라도 민요로 세마치장단의 노래이다. 〈진도 아리랑〉은 다른 민요와 달리 받는 부분이 먼저 나오고 메기는 부분이 이어지며, 떠는 음과 꺾는 음, 평으로 내는 음의 조화가 특징이다. 메기고 받는 가창방법의 일반적인 경우는 선소리꾼이 반복구를 먼저 소리 내주면, 나머지 사람들은 이를 따라 부른다. 이어서 선소리꾼이 매번 가사를 바꾸어 가며 메기면, 그때마다 다른 사람들은 반복구로 받는다.

이 〈진도 아리랑〉의 가사는 무려 750여 절이나 된다. 이 많은 노래 가사들 중 5절의 가사를 제안한다. 슬픔과 절망을 표출하는 정서로 제1절과 제2절이 한데 묶이고, 제3절은 전환점을 이루며, 제4절과 제5절이 한데 묶인다. 말하자면 이 노랫말은 3단계에 걸쳐 변화되는 삶의 정서와 태도를 보여준다.

먼저 제1절과 제2절의 눈물과 울음이 표현하고 있는 것은 바로 삶의 고통과 슬픔이다. 그러나 제3절에서는 제1, 2절에서 토로한 고통과 슬픔을 극복하고, "요내 가슴 속엔 희망도 많다"[4]고 하면서 희망적인 인생으로 방향전환을 한다. 그리고는 제4절과 제5절에서는 즐겁게 노니는 삶을 표출한다. 조용

---

4 이 대목을 "요내 가슴속엔 수심도 많다"고 하는 노랫말도 있다.

호는 그의 소설 《기타여 네가 말해다오》에서 이러한 〈진도 아리랑〉을 가리켜, "민요 중에서도 그 신명과 설움이 절묘하게 조화된 명곡 중의 명곡"[5]이라고 극찬한다.

우리가 〈진도 아리랑〉을 노래할 때는 이러한 3단계의 노래 가사에 맞춰 각 단계별로 적절한 빠르기와 음색으로 변화를 주면서, 삶의 정서와 태도가 변화하는 모습을 표출해야 할 것이다. 말하자면 제1, 2절은 고통과 슬픔을 나타내기 때문에 상당히 느린 속도와 애잔한 음색으로 슬픔을 표출하고, 제3절에서는 그 슬픔이 희망으로 전환되기 때문에 조금 빠른 속도와 밝은 음색으로 변화를 주어 노래한다. 그리고 마지막 4, 5절에서는 아주 빠른 속도와 흥겨운 음색으로 노래하면서 삶의 기쁨과 행복을 마음껏 표출한다.[6]

이 〈진도 아리랑〉을 여러 사람과 함께 메기는 부분의 가사를 각자 돌아가면서 즉흥적으로 만들어 부른다면 아주 창의적이고 흥겨운 노래마당이 펼쳐질 것이다.

〈진도 아리랑〉은 특이하게 여성이 부르는 노래로 전해져온다. 그 연유는 무엇일까? 진도는 우리나라에서 다섯 번째 큰 섬으로 동백꽃이 많으며 풍광이 아름답다. 진도 남자들은 역사상 두 번이나 외세에 의해 떼죽음을 당했는데, 한번은 반란군인 삼별초를 도왔다는 이유로 몽골군에 의해서, 또 한 번은 정유재란 때 이순신 장군에 협력하여 왜군들에게 보복을 당한 것이다. 오죽했으면 장례 치를 남자가 없어 여자들이 상여를 맸을까. 그러니 이 〈진도 아리랑〉은 사랑하는 아버지와 남편을 잃은 여자들이 부르는 슬프고도 처절한 노래가 아니었겠는가. 〈진도 다시래기〉, 〈진도 만가〉 등 진도 사람들의 소리에서 한이 묻어나는 것도 이 때문이다.

19세기 유럽에서는 의무 교육이 확산되면서 모국어와 함께 민요를 중요한 과목으로 가르쳤다.[7] 그러나 불행하게도 우리나라의 초창기 음악 교육 실무자들은 서양의 교과서만 받아 들이고, 그 교과서의 목적이 자국의 음악이자

---

5 조용호, 《기타여 네가 말해다오》, 문이당, 2010, p. 74.
6 이러한 관점의 〈진도 아리랑〉 노래 감상과 연주를 위해 지자는 영화 《서편제》 중에서 〈진도 아리랑〉을 부르는 대목을 감상해보길 추천한다.
7 국악교육협의회, 《민요 이렇게 가르치면 제맛이나요》, 국립국악원, 1997, p. 6.

진도 아리랑

모국어인 민요를 가르치는 데 있음을 알지 못했다. 특히 미국, 영국, 독일, 이탈리아 등 제2차 세계 대전의 주요 당사국들의 교과서만 받아 들였다. 때문에 우리의 음악 교육이 서양 민요 중심의 음악 교육이 되어버린 것이다.[8] 앞으로는 한국의 민요에 더 많은 비중을 두면서, 다양한 나라들의 민요를 다채롭게 감상하고 배울 수 있도록 민요 교육이 개선되기를 기대한다.

8 위의 책, pp. 6~7.

밀양 아리랑

경상도 민요

(메기는 소리)

1절

날 좀 보소 날 좀 보소 날 좀 보소

동지섣달 꽃 본 듯이 날 좀 보소

정든 님이 오시는데 인사를 못 해

행주치마 입에 물고 입만 방긋

2절

다 틀렸네 다 틀렸네 다 틀렸네

가마타고 시집가긴 다 틀렸네

다 틀렸네 다 틀렸네 다 틀렸네

당나귀타고 장가가긴 다 틀렸네

(받는 소리)

아리 아리랑 쓰리 쓰리랑 아라리가 났네

아리랑 고개로 날 넘겨주소

〈밀양 아리랑〉은 '메기는 소리'가 먼저 나오고 그 노래 소리를 '받는 소리'가 뒤를 잇는 전통적 형식의 민요이다. 이 〈밀양 아리랑〉은 경상도 민요이나, 지금은 전국적으로 불리는 대중 민요가 되었다. 흥겨운 가락과 리듬으로 되어 있어서, 노래를 부를 때면 저절로 어깨가 들썩거려지면서 어깨춤이 나오는 민요이다. 비록 2절 가사가 시집가기도 다 틀렸고 장가가기도 다 틀렸다고 하는 푸념의 내용으로 되어 있긴 하지만, 그 아쉬운 부정적 상황마저도 노래의 해학과 여유로 떨쳐내 버리는 듯한 기운을 느끼게 해준다. 노래가 주는

밀양 아리랑

<메기는 소리>

1. 날 좀 보 - - 소 날 좀 보 - - 소 날 좀 - - 보 - - 소 - - - -
   정든 님 - - 이 오시는 - - 데 인 사 - 를 못 - - 해 - - - -
2. 다 틀렸 - - 네 다 틀렸 - - 네 다 틀 - - 렸 - - 네 - - - -
   다 틀렸 - - 네 다 틀렸 - - 네 다 틀 - - 렸 - - 네 - - - -

동 - 지 섣 - 달 - 꽃 본 듯 - 이 날 좀 - - 보 소
행 - 주 치 - 마 - 입 에 물 - 고 입 만 - - 방 긋
가 - 마 타 - 고 - 시 집 가 - 긴 - 다 틀 - - 렸 네
당 나 귀 타 - 고 - 장 가 가 - 긴 - 다 틀 - - 렸 네

<받는 소리>

아 리 아 리 랑 쓰 리 쓰 리 랑 아 라 리 가 났 - -

네 - - - - 아 리 - 랑 - 고 개 - 로 -

날 넘 - 겨 주 소 D.C. al Coda

coda

날 넘 - 겨 주 소

신비스러운 위로와 치유의 힘이 이처럼 오래 된 우리 민요 속에도 스며 있다.
이 노래는 그 옛날 밀양 부사 이 아무개의 예쁜 딸 '아랑'에게 얽힌 사연이
유래[9]가 되어 나왔다고 한다.

3. 외국 민요

그린 슬리브스

영국 민요

1절

아 내 사랑 그대여 나에게 잘못하고 있어요
무정하게 나를 버리다니요,
그대와 함께 기쁨을 나누며
그토록 오래 당신을 사랑했잖아요.
그린 슬리브스는 내 모든 기쁨이었고,
그린 슬리브스는 내 즐거움이었어요.
그린 슬리브스는 부드러운 내 사랑이었죠,
내겐 그린 슬리브스 그녀밖에 없었어요.(2, 3절 가사 생략)

1절

Alas, my love you do me wrong

to cast me off discourteously,

and I have loved you so long

delighting in your company.

Green sleeves was all my joy,

---

9 이 노래의 자세한 유래에 대해서는 김점도 엮음, 《우리 민요 대백과》, 세광음악출판사, 2004, p. 303 참고.

그린 슬리브스
Green sleeves

Green sleeves was my delight.

Green sleeves was my heart of gold,

and who but the lady Green sleeves. (2, 3절 가사 생략)

〈그린 슬리브스〉는 16세기 엘리자베스 여왕 시대부터 애창되었다. 곡은 느린 8분의 6박자로 유려한 선율의 우아한 악상을 지녔으며, 가사만을 바꾸어 달리 부르는 노래도 많다. 셰익스피어도 희곡《윈저의 명랑한 아낙네들》속에서 이 노래를 인용하고 있으며, 영국의 작곡가 B. 윌리엄스(1872~1958)도 이 선율로 플루트와 하프를 수반한 현악 합주용 〈그린 슬리브스에 의한 환상 곡〉을 작곡했다.

이 노래의 제목을 '푸른 옷소매'라고 하는 경우가 종종 있는데, '그린 슬리 브스'는 사랑하는 여인의 이름 혹은 애칭이기 때문에 영어 발음 그대로 '그린 슬리브스'라고 번역하는 것이 바람직하다.

등대지기

영국 민요
고은 작시

1절
얼어붙은 달그림자 물결 위에 자고
한겨울에 거센 파도 모으는 작은 섬
생각하라 저 등대를 지키는 사람의
거룩하고 아름다운 사랑의 마음을.

2절
모질게도 비바람이 저 바다를 덮어
산을 이룬 거센 파도 천지를 흔든다
이 밤에도 저 등대를 지키는 사람의
거룩한 손 정성이어 바다를 비춘다.

〈등대지기〉는 고은 시인의 시를 영국 민요의 곡조에 붙여 만든 노래이다. 바다에서 배들이 어려움에 처하지 않고 순항할 수 있도록 도와주는 등대지기의 삶을 노래하면서, 우리로 하여금 등대지기의 직업적 숭고한 삶을 되새

등대지기

1. 얼 이 붙은 달 그 – 림 자 물 결 위 에 – 자 고 – 한
2. 모 질 게 도 비 바 – 람 이 저 바 다 를 – 덮 어 – 산

겨 울 에 거 센 – 파 도 모 으 는 작 – 은 섬 – 생
을 이룬 거 센 – 파 도 천 지 를 흔 – 든 다 – 이

각 하 라 저 등 대 를 지 키 는 사 – 람 의 – 거
밤 에 도 지 등 대 를 지 키 는 사 – 람 의 – 거

룩 하 고 아 름 – 다 운 사 랑 의 마 – 음 을 –
룩 한 손 정 성 – 이 어 바 다 를 비 – 춘 다 –

기게 해준다. 남녀노소를 막론하고 아마도 가장 즐겨 부르는 노래 중 하나일
것이다.

고은 (1933~) 전북 군산 출생으로, 군산중학교 재학 중에 한국전쟁을 맞아 휴학했다. 1958
년 시 〈폐결핵〉이 《현대시》에 추천을 받으며 문단에 등단하였다. 1970년대 이후 민주화운
동에 적극 참여하면서 자유실천문인협의회 회장, 민주회복국민회의 중앙위원, 민족문학작
가회의 회장, 민족예술인총연합회 의장 등을 역임했다. 그의 시 세계는 1970년대 중반에 발
간된 〈문의마을에 가서〉(1974), 〈입산〉(1977), 〈새벽길〉(1978) 등을 통해서 변모되었다가,
1980년대에 다시 한 번 변모되어 연작시 《만인보》와 장시 〈백두산〉이 창작되었다.

애니 로리

스콧 작시

맥스웰톤 언덕들은 아름다워,

일찍이 이슬 내리니,

거기서 바로 애니 로리는

나에게 진실한 약속 주었으니

나에게 진실한 약속 주었으니,

내 결코 잊지 못하리,

하여 아름다운 애니 로리를 위하여

나는 내 몸을 누이고 죽으리라.

Maxwellton braes are bonnie,

Where early fa's[10] the dew,

And it's there that Annie Laurie

Gie'd me her promise true

Gie'd me her promise true,

Which ne'er[11] forgot will be,

And for bonnie Annie Laurie

I'd lay me down and dee[12]

스코틀랜드의 대표적인 민요 〈애니 로리〉는 스코틀랜드뿐만 아니라, 전 세계적으로도 매우 유명한 노래이다. 이 노래의 가사는 스코틀랜드의 유명한 여성 시인 스콧의 시로 되어 있다.

이 노래와 관련된 인물은 아일랜드의 왕자 윌리엄 더글라스이다. 영국 왕

---

10 'falls'의 줄임말.
11 'never'의 줄임말.
12 'die'의 스코틀랜드 사투리.

애니 로리
Annie Laurie

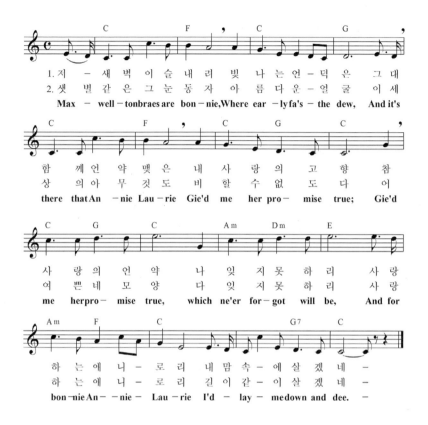

1. 지 – 새 벽 이 슬 내 려 빛 나 는 언 – 덕 은 그 대
2. 샛 별 같 은 그 눈 동 자 아 름 다 운 – 얼 굴 이 세
Max – well – tonbraes are bon – nie, Where ear – ly fa's – the dew, And it's

함 께 언 약 맺 은 내 사 랑 의 고 향 참
상 의 아 무 것 도 비 할 수 없 도 다 어
there that An – nie Lau – rie Gie'd me her pro – mise true; Gie'd

사 랑 의 언 약 나 잊 지 못 하 리 사 랑
여 쁜 네 모 양 다 잊 지 못 하 리 사 랑
me her pro – mise true, which ne'er for – got will be, And for

하 는 애 니 – 로 리 내 맘 속 – 에 살 겠 네 –
하 는 애 니 – 로 리 길 이 같 – 이 살 겠 네 –
bon – nie An – – nie – Lau – rie I'd – lay – me down and dee. –

실에서 왕자가 태어나면 온 국민은 마치 자신이 귀한 아들을 얻은 양 크게 기뻐한다. 뿐만 아니라 그 왕자를 향한 소녀들과 처녀들의 짝사랑과 기대는 열병과도 같았다. 때는 윌리엄 더글라스의 출중한 외모나 그의 언변 하나하나가 영국과 스코틀랜드 그리고 아일랜드에 걸쳐 온 국민의 마음을 설레게 하기에 충분했고, 그 역시 온통 자신감으로 넘쳐있던 청년이었다. 어느 날 버킹엄 궁전에서 왕자의 신부를 간택하고자 처녀들을 초청한 성대한 파티가 열

렸다. 그날 밤 파티에는 로버트 로리 경이 그의 외동딸 애니 로리와 함께 파티에 나타났고, 왕자는 눈부시게 아름다운 그녀에게 첫눈에 마음을 빼앗기고 말았다. 그러나 그녀는 왕자에게 단 한 번의 눈길도 주지 않고, 홀로 발코니로 나가 정원을 향하고 있었다. 뒤따라 나간 왕자는 그녀에게 다가가 자신의 마음을 전했지만, 애니 로리는 왕자의 프로포즈를 정중히 거절하였다. 애니 로리에게는 이미 사랑하는 남자가 있었던 것이다.

그날 밤 이후로 윌리엄 왕자는 수많은 밤을 그리움으로 지새웠고, 보다 못한 왕실 가족들은 그녀를 여러 차례 설득해봤지만 그녀의 마음을 돌이키지는 못했다. 그리고 애니 로리는 지체 없이 다른 남자에게 시집을 가고 자취를 감추었다고 전한다. 일설에 의하면 윌리엄 왕자는 그 뒤로 오랫동안 그녀를 잊지 못하여 40세가 다 되도록 결혼을 거부했다고 한다. 애니를 잊지 못하는 윌리엄 왕자를 위하여 애니를 찾는 노랫소리가 어디선가 퍼지고 있었으니, 그 노래가 바로 〈애니 로리〉였다.[13]

매기의 추억

조지 존슨 작사, 제임스 버터필드 작곡

저 아래 풍경을 보려고

난 오늘 언덕에 올라 거닐었어, 매기

시냇물과 삐걱거리는 옛 물방앗간은, 매기

그 먼 옛날 우리가 놀던 때처럼 그대로야.

처음 데이지 꽃들이 피어났던

그 푸른 숲은 언덕에서 사라졌어, 매기

삐걱거리는 옛 물방앗간은 지금까지 그대로야, 매기

그대와 내가 젊었던 시절 이후로.

---

13 이요섭, 《이요섭의 세계민요 기행》, 예영커뮤니케이션, 2007, pp. 161~162.

아 사람들은
내가 나이 들어 쇠약해졌다고 말해, 매기
내 걸음걸이는 그때보다 훨씬 더 느려졌지
내 얼굴은
내가 살아온 인생을 말해주고 있어, 매기
그 모든 세월이 써놓은 것이지.

사람들은 말하지, 매기
우리가 불렀던
노래들처럼 우리가
너무 오래 살았다고 말이야
그러나 나에게
그대는 옛날처럼 아름다워, 매기
그대와 내가 젊었을 때처럼.

I wandered today to the hill, Maggie
To watch the scene below
The creek and the creaking old mill, Maggie
As we used to long long ago.
The green grove is gone from the hill, Maggie
Where first daisies sprung
The creaking old mill is still, Maggie
Since you and I were young.

Oh they say that
I'm feeble with age, Maggie
My steps are much slower than then

My face is

A well written page, Maggie

And time all along war the pen.

They say

We have outlived our time, Maggie

As dated as songs

That we've sung

But to me

You're as fair

As you were, Maggie

When you and I were young.

   미국을 대표하는 민요 〈매기의 추억〉의 원제는 〈그대와 내가 젊었을 때, 매기〉이다. 가사는 캐나다 출신의 조지 존슨(1839~1917)이 썼으며, 그는 캐나다 토론토 대학을 졸업하고 미국의 존스 홉킨스 대학에서 철학박사 학위를 받은 후 토론토 대학 교수가 되었다. 이 가사는 그가 청년시절에 쓴 시다.

   이 시의 주인공인 매기 클락은 1841년 7월에 캐나다 온타리오에서 태어났다. 매기는 토론토 대학을 졸업하고 교편을 잡고 있던 조지 존슨의 제자였으며, 그와 서로 사랑하는 사이가 되어 약혼을 하게 된다. 그러나 매기는 폐결핵에 걸리게 되고 존슨이 이 시를 쓰게 된 시기가 바로 그녀가 병마에 시달리던 때이다.

   존슨과 매기는 1864년에 결혼해서 오하이오 주로 이사를 간다. 그러나 불행하게도 매기는 결혼한 지 1년도 채 못 되어 세상을 떠난다. 그 후 조지는 바이올리니스트이자 가수, 작곡가, 지휘자인 친구 버터필드(1837~1891)에게 이 아름답고도 슬픈 시에 멜로디를 붙여줄 것을 부탁한다. 버터필드는 매기가 죽은 다음 해인 1866년에 이 시를 노래로 작곡하여 발표하였고, 존슨은 사

매기의 추억
When you and I were young, Maggie

옛 날 에 금잔디 동산 에 매 기 같 이 앉 아 서 놀 던 곳 물 레

방 아 소 리 들 린 다 매 기 야 내 희미한 옛 생 각

동 산 수 풀 은 사 라 지 고 장 미 꽃 은 피 어 만 발 하 였 다 물 레
지 금 우 리 는 늙 어 지 고 매 기 머 린 백 발 이 다 되 었 다 옛 날

방 아 소 리 그 쳤 다 매 기 내 사 랑 하 는 매 기 야
의 노 래 를 부 르 자 매 기 내 사 랑 하 는 매 기 야

랑하는 매기에 대한 추억과 애상을 〈매기의 추억〉이라는 시에 담아 《단풍잎》
이라는 시집에 실었다.

이와 같은 애절한 사연을 담고 있는 존슨의 시 〈매기의 추억〉은 사랑하는
부부가 백년해로를 한 후 꿈처럼 행복했던 그 옛날을 회상하는 내용이다. 애
절한 사연 및 가사와 더불어 이 노래는 많은 사람들의 옛 추억을 애틋하게 되
살려 주면서 심금을 울리는 명곡이 되었다.

미국 선교사들을 통해 국내에 소개된 이 노래는 국내 최초의 소프라노와 테너였던 윤심덕과 안기영의 목소리로 1925년에 일본 축음기회사의 음반으로 만들어졌다.

들장미

괴테 작시, 베르너 작곡

1절
한 소년이 장미를 보았네,
들에 핀 장미,
너무도 싱싱하고 해맑아,
소년은 가까이 보려고 달려갔네.
기쁨에 겨워 바라보았네.
장미, 장미, 붉은 장미,
들에 핀 장미.

2절
소년이 말했네: "널 꺾을 테야,
들에 핀 장미!"
장미가 말했네: "널 찌를 테야,
나를 영원히 잊지 못하도록,
난 고통 당하지 않을 거야."
장미, 장미, 붉은 장미,
들에 핀 장미.

3절

난폭한 소년은 꺾고 말았네

들에 핀 장미를.

장미는 저항하며 찔렀네,

하지만 비명 소리도 헛되이,

그저 고통을 당해야만 했네.

장미, 장미, 붉은 장미,

들에 핀 장미.

1절

Sah ein Knab᾽ ein Röslein stehn,

Röslein auf der Heiden,

War so jung und morgenschön,

Lief er schnell es nah zu sehn,

Sah᾽s mit vielen Freuden,

Röslein, Röslein, Röslein rot,

Röslein auf der Heiden. (2, 3절 생략)

이 노래의 가사인 〈들장미〉는 괴테가 헤르더의 영향을 받아 시도한 독일 최초의 민요조 시로서, 민속담시에 힘입어 생성된 최초의 독일 예술담시이다. 이 시는 괴테가 젊은 시절 슈트라스부르크에서 대학을 다닐 때, 제젠하임 목사의 딸인 16살 프리데리케 브리온과의 사랑에서 나온 시이다. 괴테의 시 〈들장미〉는 독일의 여러 작곡가에 의해 약 300곡 정도 작곡이 되었는데, 하인리히 베르너와 프란츠 슈베르트의 노래가 우리에게 가장 널리 알려져 있다.

민요가 가장 많이 발전한 나라가 독일이라고 한다. 민요는 독일에서 중세기가 끝나갈 무렵 마르틴 루터 시대인 15세기와 16세기 초에 크게 번성했으며, 후에 질풍노도와 낭만주의 시기, 그리고 제1차 세계대전 발발 전의 청년운동

시기에 전성기를 이루었다. 이 시기에서 특히 괴테의 스승인 헤르더의 민요집《노래에 나타난 민중의 소리》(1778~1779)가 계기가 되어 독일 민요는 부흥기를 맞이하게 된다. 그리하여 질풍노도와 낭만주의 시기의 작가들은 민요로부터 아주 많은 자극을 받았다.

슈트라스부르크에서 헤르더를 만난 젊은 괴테는 헤르더의 민요 운동에 동조하여 엘사스 지방에서 직접 민요를 수집하였다. 이러한 노력은 괴테의 시 창작으로도 이어져 민요적 특성들이 그의 시에 반영되었다. 괴테뿐만 아니라 당시 많은 시인들이 민요 양식을 자신의 시에 접목시키려고 했다. 민속 문학을 대표하는 민요가 18세기와 19세기의 독일 시문학에 큰 영향을 끼쳤고, 많은 작가들의 작품창작에 크게 기여하였다.

독일 낭만주의에서 특히 민요 및 민요풍의 시가 번창할 수 있었던 이유는 무엇일까? 당시 독일 시인과 음악가들이 19세기 초 프랑스 나폴레옹의 지배에 항거하는 '독일 운동'의 일환으로서, 민요를 통하여 독일의 민족정신을 일깨우고 독일에 대한 애국심을 고취시키고자 하였기 때문이다. 이러한 취지에서 19세기 초에 그림 형제의 동화집《어린이와 가정 동화》(1812)와 아르님과 브렌타노의 민요집《소년의 마술피리》(1806~1808)가 나왔다. 《소년의 마술피리》에 담긴 민요풍의 시들은 독일의 고전주의, 낭만주의 시들뿐만 아니라 그 후 100여 년에 걸친 독일의 시문학 역사에 결정적인 영향을 끼친다.[14]

요한 볼프강 괴테 (1749~1832) 단테, 셰익스피어와 더불어 세계 3대 시성(詩聖) 중의 한 사람으로 시인, 소설가, 극작가로서 독일 근대시사에 큰 영향을 주었다. 정치, 경제적으로 낙후되었던 독일이 유럽에서 예술 선진국으로 부상할 수 있게 된 데에는 괴테의 문학적 업적이 커다란 기여를 하였다.

하인리히 베르너 (1800~1833) 독일의 작곡가로 음악교사로서 가곡도 작곡하고 합창도 지휘했다. 현재는 〈들장미〉 하나로 그의 이름이 알려져 있다.

---

14 Wolfgang Frühwald(Hrsg.), *Gedichte der Romantik*, Stuttgart, 1995, p. 17.

들장미

Heidenröslein

웬 아 이 - 가 보 았 네 들 에 핀 - 장 미 화
에 쁜 가 - 지 꺾 으 려 들 에 핀 - 장 미 화

Sah einKnab' - ein Rös-leinstehn, Rös-leinauf - der Hei-den,

갓 피 어 난 어 여 쁜 그 향 기 - 에
꺾 으 려 면 꺾 어 라 네 선 물 - 로

war so jung und mor -gen-schön, lief er schnell, - es

탐 나 서 정 신 없 - 이 보 - 네
꺾 어 라 나 는 너 - 를 찌 르 리

nah' zu sehn, sah's mit vie - len Freu - den.

장 미 화 야 장 - 미 화 들 에 핀 - 장 - 미 화

Rös -lein, Rös -lein, Rös - lein rot, Rös-leinaufder Hei - - den.

로렐라이

하이네 작시, 질허 작곡

1절

옛날부터 전해오는 쓸쓸한 이 말이
가슴속에 그립게도 끝없이 떠오른다
구름 걷힌 하늘 아래 고요한 라인강
저녁 빛이 찬란하다 로렐라이 언덕

2절

저편 언덕 바위 위에 어여쁜 그 색시
황금빛이 빛나는 옷 보기에도 황홀해
고운 머리 빗으면서 부르는 그 노래
마음 끄는 이상한 힘 노래에 흐른다

3절

오고 가는 뱃사공이 정신을 잃고서
그 색시만 바라보다 바위에 부딪쳐서
배와 함께 뱃사공이 설운 혼 되었네
아 이상타 마음 끄는 로렐라이 언덕

독일 민요 중에서 가장 널리 알려진 유명한 노래는 무엇일까? 아마도 이 〈로렐라이〉일 것이다. 이 노래는 라인 강변의 전설을 소재로 하여 하이네가 1823년에 쓴 시에, 질허가 1838년에 민요조의 곡을 붙인 것이다. 낭만주의적인 이 노래는 가사와 곡조가 한데 어우러져 어딘지 모르게 애잔한 분위기를 자아낸다.

하이네의 시 〈로렐라이〉 자체는 원래 민요가 아니고, 의식적으로 민요의 형

로렐라이

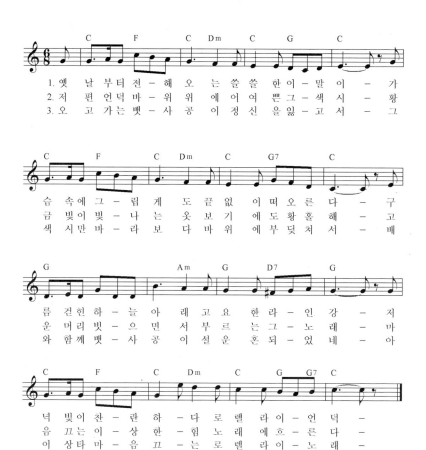

1. 옛 날 부터 전 - 해 오 는 쓸 쓸 한 이 - 말 이 - 가
2. 저 편 언덕 바 - 위 위 에 어 여 쁜 그 - 색 시 - 황
3. 오 고 가는 뱃 - 사 공 이 정 신 을 잃 - 고 서 - 그

습 속에 그 - 립 게 도 끝 없 이 떠 오 른 다 - 구
금 빛이 빛 - 나 는 옷 보 기 에 도 황 홀 해 - 고
색 시만 바 - 라 보 다 바 위 에 부 딪 쳐 서 - 배

름 건힌 하 - 늘 아 래 고 요 한 라 - 인 강 - 저
운 머리 빗 - 으 면 서 부 르 는 그 - 노 래 - 마
와 함께 뱃 - 사 공 이 설 운 혼 되 - 었 네 - 아

넉 빛이 찬 - 란 하 - 다 로 렐 라 이 - 언 틱 -
음 끄는 이 - 상 한 - 힘 노 래 에 흐 - 른 다 -
이 상타 마 - 음 끄 - 는 로 렐 라 이 - 노 래 -

식을 취한 시였는데, 그 후 작곡이 된 노래를 통하여 실제로 민요가 되어버렸
다. 하이네의 이 시에서 로렐라이는 도달하지 못하는 애인을 형상화한 요정
이다. 사촌 아말리에에 대한 하이네의 이루지 못한 사랑이 이 〈로렐라이〉의
자전적 배경이 되어 있다.

하인리히 하이네 (1797~1856) 청년독일파의 대표적 작가로서, 독일 뒤셀도르프에서 가난한 유태인 잡화상의 아들로 태어나 본, 괴팅엔, 베를린 대학 등에서 법학을 공부했다. 1831년 파리에 가서 아욱스부르크 신문사 특파원으로 일하면서, 프랑스와 독일 두 나라 사이의 이해 증진과 중개를 위해 노력했다. 그 후 파리에 망명하여 죽을 때까지 그 곳에서 지냈다.

프리드리히 질허 (1789~1860) 독일의 뷔르텐부르크에서 태어난 작곡가이자 지휘자이다. 1815년부터 슈트트가르트의 음악 교사로 재직하였고, 1817년에 튀빙엔 대학의 지휘자 겸 음악감독이 되었으며 합창단을 창단하였다. 페스탈로치의 영향을 많이 받은 그는 페스탈로치와 같은 취지에서 음악과 민요를 통한 국민 교육에 이바지하였다 19세기의 가장 중요한 민요 수집가이자 편곡자 그리고 민요 작곡가이다.

생각은 자유롭다

독일 민요

1절
생각은 자유롭다, 누가 그걸 알아맞힐 수 있겠는가?
생각은 밤의 그늘처럼 스쳐 달아난다.
아무도 그걸 알 수 없고, 어떤 사냥꾼도 쏴 맞출 수 없으니,
그러면 됐다: 생각은 자유롭다.

2절
나는 내가 원하는 것과 나를 행복하게 해 주는 것을 생각한다,
그래도 모든 것은 조용히 알맞게 되어 있다.
나의 소원, 나의 열망을 아무도 막을 수 없으니,
그러면 됐다: 생각은 자유롭다.

생각은 자유롭다
Die Gedanken sind frei

Die Ge — dan — ken sind frei, wer kann sie er — ra — ten?
Sie___ flie — hen vor — bei wie nächt — li — che Schat — ten;

Kein Mensch kann sie wis — sen, kein Jä — ger er — schieß en. Es

blei — bet da — bei: die Ge — dan — ken sind frei.

3절

그리고 사람들이 나를 어두운 감옥에 가둔다 해도;

그것은 모두 완전히 헛수고이다;

왜냐하면 내 생각은 울타리와 담을

둘로 깨부수어 버리니: 생각은 자유롭다.

4절

그러므로 나는 영원히 근심을 떨쳐 버리고

또 결코 시름으로 더 이상 괴로워하지 않으리라.

사람은 정말이지 마음속에서 언제나 웃고 장난할 수 있으며

또한 이때 '생각은 자유롭다'고 생각할 수 있으리라.

1절

Die Gedanken sind frei, wer kann sie erraten?

Sie fliehen vorbei wie nächtliche Schatten.

Kein Mensch kann sie wissen, kein Jäger erschießen,

Es bleibet dabei : die Gedanken sind frei. (2, 3, 4절 생략)

〈생각은 자유롭다〉는 1800년경 독일 남부 지역에 삐라로 나왔으며, 오늘날까지 독일뿐만 아니라 외국에서도 가장 널리 알려진 독일 민요 중 하나이다. 프랑스 대혁명 시기에 나온 이 노래의 가사는 새로운 이념으로서 자기 자신에 대한 주체적 자기 결정권을 요구한 계몽주의 사상에 해당되며, 내적 저항의 상징으로서 유대인 수용소에서도 불려졌다. 이 노래는 우리가 추구하는 행복이 외적인 삶의 여건과 별 상관없이 궁극적으로 우리 자신의 주체적, 주관적 결정에 의해 얻어진다는 소중한 인생관을 제시하고 있다.

돌아오라 소렌토로

D. 쿠르티스 작사, E. 쿠르티스 작곡

1절

아름다운 저 바다와 그리운 그 빛난 햇빛

내 맘 속에 잠시라도 떠날 때가 없도다

향기로운 꽃 만발한 아름다운 동산에서

내게 준 그 귀한 언약 어이하여 잊을까

멀리 떠나간 그대를 나는 홀로 사모하여

잊지 못할 이곳에서 기다리고 있노라

돌아오라 이곳을 잊지 말고

돌아오라 소렌토로 돌아오라 (2절 생략)

돌아오라 소렌토로
Torna a Surriento

Guar－dail ma－re co－m' è, bel－ lo! Spi－ra tan－to sen－ti－ men－ to,
1. 아 름 다 운 저 바 다 와 그 리 운 그 빛 난 햇 빛
2. 푸 르 른 저 높 은 산 과 맑 게 흐 르 는 저 강 물

co－ meil tuo so－ a－ve ac－ cen－ to che me, de－ sto, fa so－ gnar.－
내 맘 속 에 잠 시 라 도 떠 날 때 가 없 도 다 －
내 맘 속 에 잠 시 라 도 잊 을 수 가 없 구 나 －

Sen－ ti co－ me lie－ ve sa－ le dai giar－ di－ nio, dor d'a－ ran－ ci;
향 기 로 운 꽃 만 발 한 아 름 다 운 동 산 에 서
푸 른 물 결 파 도 치 는 바 닷 가 를 바 라 보 며

un pro－ fu－ mo nonv' hae－ gua－ le per chi pal－ pi－ ta d'a－ mor!
내 게 준 그 귀 한 언 약 어 이 하 여 잊 을 까 －
너 와 내 가 맺 은 언 약 어 이 하 여 잊 을 까 －

E tu di－ cia "Io par－ to, ad－ di－ o!" T'al－ lon ta－ ni dal mio co－ re
멀 리 떠 나 간 그 대 를 나 는 홀 로 사 모 하 여

ques－ ta ter－ ra del l'a－ mo－ re hai la for－ za di la－ sciar?
잊 지 못 할 이 곳 에 서 기 다 리 고 있 노 라

Ma non mi fug－ gir, non dar－ mi più tor－ men－ to
돌 － 아 오 라 이 곳 을 잊 지 말 고

Tor－ naa Sor－ ren－ to, － non far－ mi mo－ rir!
돌 아 오 라 소 렌 토 로 － 돌 아 오 라

〈돌아오라 소렌토로〉는 에르네스토 데 쿠르티스(1875~1937)가 작곡한 노래로서, 이탈리아의 나폴리 민요이다. '소렌토'의 원명은 '수리엔토'이며, '소렌토'의 나폴리식 방언이다. 이 노래는 1902년 나폴리 민요의 경연장인 피에디그로타 가요제에서 우승한 곡으로 작사·작곡자는 친형제다.

이 노래가 작곡된 데에는 다음과 같은 배경이 있다. 1900년대 초 바질리카타 지방은 오랜 가뭄으로 인해 큰 피해를 입었다. 1902년 9월 15일 당시 76세이던 이탈리아의 수상 자나르델리는 재해 현장을 순방하는 길에 소렌토의 임페리얼 호텔에 묵게 되었는데, 당시 소렌토 시장을 하고 있던 호텔 주인 트라몬타노는 수상에게 우체국을 하나 세워줄 것을 청원했고, 수상은 그의 청원을 받아들였다. 트라몬타노는 쿠르티스 형제를 불러 수상이 우체국을 세워주겠다는 약속을 잊지 못하도록 즉시 노래를 하나 만들도록 했고, 두 형제는 소렌토의 바다가 내려다보이는 호텔의 발코니에 앉아 불과 몇 시간 만에 노래를 만들어 수상이 소렌토를 떠날 때 부르게 했다. 그 후 이 노래가 나폴리의 가요제에 첫 선을 보였을 때는 그 아름다움에 모두 넋을 잃고 말았다. 그리하여 이 노래는 단순한 우체국 신축 청원가에서 세계적인 명곡으로 탈바꿈되었다.

나폴리는 이탈리아가 자랑하는 아름다운 항구 도시이다. 그러나 항구보다도 도시 앞에 지형을 타고 펼쳐진 바다의 아름다움이 너무도 아름답다. 이 나폴리 항구를 떠나 나폴리 만을 끼고 왼편에 베수비오 화산을 바라보면서 해안선을 따라 남쪽으로 내려가면, 바닷가에 수직의 높은 언덕으로 길게 펼쳐져 있는 아름다운 소렌토에 이르게 된다.

고별의 노래

스페인 민요

1절
서편의 달이 호숫가에 질 때에
저 건너 산에 동이 트누나
사랑 빛에 잠기는 빛난 눈동자에는
근심 띤 빛으로 편히 가시오
친구 내 친구 어이 이별할까나
친구 내 친구 잊지 마시오

2절
그대의 꿈에 비치던 그 달은
아침 비칠 때 어디로 갈까
검은 구름 위로 이리저리 퍼질까
장미 동산 안으로 숨어 있을까
친구 내 친구 어이 이별할까나
친구 내 친구 잊지 마시오

이 〈고별의 노래〉는 스페인 민요로서, 친구와의 안타까운 이별을 애절한 가락으로 노래하고 있다. 이 곡은 노랫말과 가락이 서정적으로 한데 어우러져 애틋한 심정을 불러일으키는 노래이다. 이 노래를 부르면 친구와의 소중한 우정이 더욱더 생각나고, 그러한 친구와의 이별을 안타까워하는 심정이 가슴 깊은 곳에서 우러나게 된다. 친구와의 우정과 이별의 마음을 이처럼 애절하게 그려낸 노래도 흔치 않을 듯하다.

인문학, 노래로 쓰다

고별의 노래

1. 서 편 의 달 이　 호 숫 가 에 질 때 에
2. 그 대 의 꿈 에　 비 치 - 던 그 달 은

저 긴 너 산 에　 동 이 트 누 나
아 침 비 칠 때　 어 디 로 갈 까

사 랑 빛 에 잠 기 는　 빛 난 눈 동 자 에 는
검 은 구 름 위 - 로　 이 리 저 리 퍼 질 까

근 심 띤 - 빛 으 로　 편 히 가 시 오
장 미 동 산 안 으 로　 숨 어 있 을 까

친 구 내 - - 친 구　 어 이 이 별 할 까 나

친 구 내 - - 친 구　 잊 지 마 시 오

연가

뉴질랜드 민요
이명원 작사

비바람이 치던 바다 잔잔해져 오면
오늘 그대 오시려나 저 바다 건너서
밤하늘에 반짝이는 별빛도 아름답지만
사랑스런 그대 눈은 더욱 아름다워라
그대만을 기다리리 내 사랑 영원히 기다리리
그대만을 기다리리 내 사랑 영원히 기다리리

1970~1980년대에 아주 많은 사랑을 받은 이 〈연가〉가 뉴질랜드의 민요라는 것을 아는 사람은 그리 많지 않을 것이다. 소박한 노랫말에 영원한 사랑의 마음을 담은 이 노래는 기타 반주와 함께 가장 즐겨 부르던 노래 중 하나일 것이다. 이 노래에는 다음과 같은 아름답고도 애틋한 사연이 담겨 있다.

아주 오랜 옛날, 뉴질랜드에 있는 로토루아 호수를 중심으로 마오리족이 여러 부족으로 나뉘어 살고 있었다. 바다처럼 드넓은 이 호수 안에 모리아 섬이 있었는데, 여기에 아레하 부족이 살고 있었다. 그곳의 추장에게는 매우 아름다운 딸 히네모네가 있었다. 한편 호숫가 건너편 육지에는 힌스터 부족이 살고 있었는데, 이곳의 추장은 두타니카라는 용감한 아들이 있었다. 두타니카는 할아버지가 만들어준 피리를 몸에 지니고 다니면서 언제나 외롭거나 해가 질 무렵이면 호숫가에 나와 앉자 피리를 불었다. 두타니카가 부는 피리 소리는 맑은 날이면 바람을 타고 멀리 호수 안에 있는 모리아 섬까지 퍼졌다.

저녁노을이 붉게 물들어가고 있던 어느 날, 두타니카는 역시 호숫가에서 피리를 불고 있었다. 그때 멀리에서 다가오는 히네모네의 카누를 발견했다. 두타니카는 추장의 딸을 보자마자 사랑에 빠지고 말았다. 히네모네 역시 두타니카를 마음에 두기 시작했다. 그리하여 그 두 사람은 서로 사랑하는 사이

연가

1. 비 바람 이 치 던 바 다 잔 잔해 - 저 - 오 면
2. 밤 하 늘 에 반 짝 이 는 별 빛도 아 름 답 지 만

오 늘 그 대 오 시 러 나 저 - 바 다 건 너 서
사 랑 스 런 그 대 눈 은 더 욱 아 름 다 워 라

그 대 만 을 기 다 리 리 내 사 랑

영 원 히 기 다 리 리 기 다 리 리

가 되었다.

　그러나 힌스터족과 아레아족은 앙숙 관계였던 터라, 그들이 서로 만나고 있다는 사실을 알게 된 히네모네의 아버지는 몹시 화가 나서, 그녀가 다시는 호수를 건너가지 못하도록 그 섬에 있는 모든 카누를 불태워버리고 말았다. 그런데 어느 날 히네모네는 두타니카가 너무도 보고 싶은 나머지 표주박 몇십 개를 허리에 동여매고 그를 향하여 호수를 헤엄쳐 건너갔다.

히네모네가 카누도 없이 혼자 목숨을 걸고 헤엄쳐 떠난 사실을 알게 된 추장의 분노와 고민은 점점 깊어만 갔다. 그러나 딸을 몹시도 사랑하는 아버지는 끝내 불행을 막기 위하여 히네모네의 사랑에 굴복하여 그들의 사랑이 맺어질 수 있도록 결혼을 허락하기에 이르렀다. 양대 추장의 딸과 아들의 결혼을 계기로 그날부터 두 부족은 오랜 앙숙 관계를 청산하고 마침내 화해를 하게 되었고, 두 부족은 정답게 평화를 유지하며 오랜 세월을 살아왔다고 한다. 뉴질랜드의 민요인 이 〈연가〉는 이들의 사랑이 이루어진 때부터 불리기 시작하였다.[15]

4. 요들송

요들송의 묘미와 발성법

요들송은 알프스 지방의 민요로서, 독일어로는 요델(Jodel), 영어로는 요들(yodel)이라고 한다. 이 요들송은 진성과 가성(Falsetto)을 교차시키는 발성기법의 노래이다. 그렇기 때문에 우리는 가성을 낼 수 있어야만 요들송을 제대로 부를 수가 있다. 요들송은 스위스를 비롯하여 오스트리아의 티롤 지방, 독일 남부 지방 그리고 미국의 애팔래치아 산맥 지방 등에 주로 퍼져 있다. 요들은 초반에 가사가 없는 무반주 남자독창으로 부르다가, 18세기 후반부터 가사가 붙은 요들을 작사, 작곡하여 남녀가 모두 부르기 시작하였다.

기원전부터 스위스에서 요들은 소나 양을 치는 목자들이 외치는 소리가 깊은 산악의 계곡으로 울려 퍼지면서 자연발생적으로 산악 지방의 목자들이 가축을 모는 소리로 자리 잡았고, 아울러 험준한 산악 지방의 마을과 마을을 잇는 통신과 신호의 수단으로 활용되었다. 과거 요들은 스위스 산간 지역의 농민들이 악령을 쫓기 위해 부르던 주문과 같은 것이었다. 기원후 요들은 유럽 지역에 기독교가 전파되면서 가톨릭의 삼위일체와 성인들의 축복을 비는

---

15 이요섭, 《이요섭의 세계민요 기행》, 예영커뮤니케이션, 2007, pp. 323~326 참고.

기도문과 접목되어 알프스 산맥을 중심으로 여러 지역으로 분산되었다.

오스트리아 티롤 지방의 요들은 요들의 세계화에 가장 큰 역할을 하였다. 오늘날 세계적으로 유명한 요들은 대부분 이 지방의 요들이다. 우리나라에서도 오스트리아 요들이 가장 많이 불리는데, 예를 들면 〈아름다운 스위스 아가씨〉, 〈숲의 요들〉 등이다.[16] 웨스턴 요들은 1970년대 미국의 애팔래치아 산맥을 중심으로 서부와 남동부 지역으로 이주한 유럽의 유목민들에 의해 만들어진 요들송이다.

한국에 요들송이 언제 들어왔는지 정확한 기록은 없지만, 해방 전후에 요들송 가수가 있었다고 한다. 그러다가 1960년대 말부터 급격히 늘어나는 등산 인구와 때를 같이한 요들송이 1969년부터 김홍철 씨가 요들송 강습을 시작하면서 요들송이 대중화되기 시작했다. 1969년 서울에는 에델바이스 클럽과 바젤 클럽, 알핀로제, 엔시안 등의 클럽이 생겨났고, 인천 엔시안, 대구 알핀, 부산 알핀, 광주 엔시안, 진주 알핀, 울산 알핀, 마산 알핀 등 전국에 10여 개의 요들 클럽이 활성화 되었다.

요들송을 부를 때 절대적으로 필요한 가성 발성은 어떻게 낼 수 있을까? 가성 발성 방법은 진성, 즉 정상적인 목소리로 소리를 내다가, 높은 음정으로 도약하는 가성 부분에서 소리를 머리 위로 가볍게 띄운다는 느낌으로 목소리를 낼 때 소리가 꺾어지면서 가성으로 전환이 된다. 가성은 두성처럼 목소리를 내는 하나의 방법으로 높은 성역을 무리 없이 자유롭게 노래할 수 있게 해준다. 하지만 두성과는 달리 흉성과 연결되지 못하므로 '연결되지 않는 소리'라 불리기도 한다.[17]

진성이란 발성의 과정에서 성대가 완전히 붙었다가 떨어지는 과정을 거치는 소리이다. 전형적인 이 진성의 소리는 소위 '까랑까랑하다'고 느끼는 소리이다. 이에 반해 가성은 소리가 나는 과정에서 성대의 떨림부가 완전히 붙지 않고 살짝 떨어져 있는 상태에서 나는 소리로 바람이 새는 듯한 느낌도 나며,

16 조두환·사순옥, 《알프스 지역 전설과 요들송》, 건국대학교출판부, 2004, pp. 107~108.
17 세스 릭스, 《스타처럼 노래하세요》, 오유석 옮김, 상지원, 2000, p. 88.

가성 발성 연습

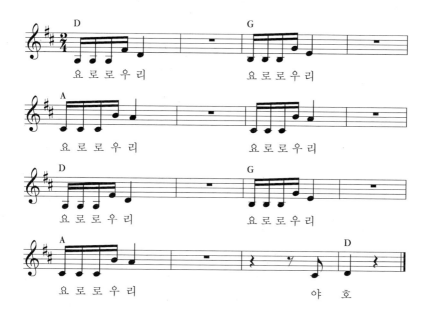

실제로 소리를 낼 때 진성보다 좀 더 많은 호흡이 사용된다.[18]

　가성이 잘 나오도록 하기 위해서는 두 가지 사항이 중요한데, 하나는 자기가 낼 수 있는 소리의 음역에서 가능한 한 높은 음역으로 노래를 하는 것이고, 또 하나는 작은 소리보다는 가능한 한 큰 목소리로 노래를 하는 것이다.

---

18 오한승, 《실용보컬 가이드북》, SRM, 2008, p. 65.

요들송 부르기

아름다운 베른의 산골

스위스 민요(요들송)
김홍철 작사, 정경량 개사

아름다운 베른에 맑은 시냇물이 넘쳐 흐르네
새빨간 알핀 로제스 이슬 먹고 피어 있는 곳
다스 오버란트 야 오버란트
베른의 산골 아름답구나
다스 오버란트 야 오버란트 나의 사랑 베른에
우디리이요 우디리리 우디리이요 우디리리
우디리이요 우디리리 우디리이요 우디리리

스위스 민요에 김홍철이 가사를 붙인 〈아름다운 베른의 산골〉 요들송은 그동안 〈아름다운 베르네 산골〉이라는 제목으로 알려져 왔다. 그러나 이 요들송은 독일어 제목이 〈다스 베르너 오버란트(Das Berner Oberland)〉이기 때문에 〈아름다운 베른의 산골〉이라고 번역해야 더 적합하다. 베른은 스위스의 수도로서, 〈다스 베르너 오버란트〉는 베른의 윗마을이라는 뜻으로 '오버란트'는 지대가 높은 마을을 가리킨다.

기존의 악보[19]에는 독일어를 우리말로 옮기는 부분에서 몇 군데 수정할 대목이 있다. 방금 지적했듯이 '베르네'라고 한 대목은 모두 '베른의' 혹은 '베른에'라고 옮겨야 하며, '다스 오브렌'이라고 한 대목도 독일어 발음 자체를 우리말로 옮기는 것이기 때문에 모두 '다스 오버란트'라고 옮기는 것이 옳다.

김홍철(1947~) 1947년 서울 출생으로, 1968년 스위스 타게스 안차이거(Tages Anzeiger)

---

19 장귀오 편, 《코드 붙인 음악교과서》, 현대음악출판사, 2004. p. 152.

아름다운 베른의 산골
Das Berner Oberland

민요

아 름 다 운 베 른 에 맑 은 시 냇 물 이 넘 처

흐 르 네 새 빨 간 알 펀 로 제스

이 슬 먹 고 피 어 있 는 곳 다스 오 버 란트 야

오 버 란트 베 른의산 골 아 름 답 구 나 다스

오 버 란트 야 오 버 란트 나 의사 랑 베 른 에

– 우 디 리 이요 – 우 디 리 리 – 우 디 리 이요

– 우 디 리 리 – 우 디 리 이요 – 우 디 리 리

– 우 디 리 이요 – 우 디 리 리 –

신문사의 초청으로 동양인 최초로 요들송을 수학하였다. 1969년에는 서울 에델바이스 요들 합창단을 시작으로 전국 10여 개의 요들클럽을 만들었고, 1983년에는 "김홍철과 친구들"이 라는 요들그룹 활동을 하였다.

아름다운 스위스 아가씨

오스트리아 민요(요들송)
김홍철 작사

1절
저어 알프스의 꽃과 같은 스위스 아가씨
귀여운 목소리로 요로레잇디
발걸음도 가볍게 산을 오르면
목소리 합쳐서 노래를 하네
그 아가씬 언제나 요로레잇디 에이에이
요로레이 요로레잇디
하니호 레이요

2절
귀여운 그 아가씨 손을 낮잡고
사랑을 고백했네 요로레잇디
메아리는 높이높이 울려 퍼지고
그 마을은 너도나도 흥겨웁다네
귀여운 목소리로 요로레잇디 에이에이
요로레이 요로레잇디
하니호 레이요

아름다운 스위스 아가씨

〈아름다운 스위스 아가씨〉는 흥겹고 즐거운 가사와 경쾌한 요들 후렴이 멋지게 어우러진 오스트리아 민요이다.

그대는 내 마음속에

독일 민요(요들송)

1절

그대, 그대는 내 마음 속에 있네,

그대, 그대는 내 생각 속에 있네!

그대, 그대는 나에게 많은 고통을 주고 있는데,

내가 그대를 얼마나 사랑하는지, 그대는 모른다네;

정말, 정말, 정말, 정말, 내가 그대를 얼마나 사랑하는지,

그대는 모른다네!(2, 3, 4절 생략)

1절

Du, du liegst mir im Herzen,

Du, du liegst mir im Sinn!

Du, du, machst mir viel Schmerzen,

Weißt nicht, wie gut ich dir bin;

Ja, ja, ja, ja, weißt nicht,

Wie gut ich dir bin!

〈그대는 내 마음 속에〉는 독일 전역에 알려져 있는 독일 민요로 약 1830년경 독일 북부에서 나온 것으로 추정된다. 이 노래에 서정적인 요들 후렴 부분이 첨가되어 아름다운 사랑의 요들송 노래가 되었다.

이 노래는 사랑하는 사람에 대한 깊은 사랑의 마음을 표현함과 동시에, 상

그대는 내 마음속에

Du, du liegst mir im Herzen

1. Du, du liegst mir im Her—zen, du du, liegst mir im Sinn; Du,
2. So, so, wie ich dich lie — be, so, so lie— be auch mich! Die
1. 님 은 내 마 음 속 - 에 님 은 내 - 사 랑 내
2. 봄 철 꽃 동 산 에 - 서 나 비 춤 - 출 때 님

du machst mir viel Schmer — zen, weisst nicht, wie gut ich dir
die zärt —lich sten Trie — be fühl' ich nur einzig für
맘 너 무 도 괴 로 워 그 리 운 님 생 각
과 나 - 도 함 - 께 노 래 를 불 러 보

bin; Ja, ja, ja, ja, weisst nicht, wie gut ich dir bin!
dich! Ja, ja, ja, ja, weisst nicht, wie gut ich dir bin!
에 야 야 야 야 그 대 만 사 랑 해 요
자 야 야 야 야 내 사 랑 스 러 운 님

ho la le ho la lo u di — ri ri ri ri u — di jo ho la

le ho la lo u di — ri ri ri ri jo u ri ho la ri jo u di ho la

le i di jo lo u di ri ri le i di jo ro u di ri ri ri u lu u o u ri u lu u o u

ri di ri ri ho la — hal jo u ri ri ri jo u di jo

대방에게 사랑을 호소하고 있다. 그러한 사랑의 심정을 표출하면서 부르면 아마도 사랑하는 사람의 심금을 울릴 것이다.

아름다운 산

요들송
방윤식 작사 · 작곡

이른 아침 찬란한 햇살 속에 작은 새들 지저귀고
푸른 숲속 맑은 향기 속에 내 마음 즐거워져
아름다운 산을 사랑하면 산들은 기쁨 주네
즐겁게 노래를 불러보면 메아리 되어 들려오네
홀라레이에이뒤리리 요우오우오우두리리
리울루우리두리리 리울디요
홀라레이디오로우두리리 요우리오로우두리리
리울루우오우리울루우오우리

방윤식 작사 · 작곡의 이 〈아름다운 산〉 요들송은 아름다운 산이 주는 정겨운 행복을 소박한 노랫말로 표출한 멋진 노래이다. 산을 사랑하는 마음을 노래한 이 곡은 곡조 또한 아름다워 누구에게라도 불러보기를 권하고 싶다. 자연을 사랑하고 노래 부르기를 좋아하면 행복하게 살게 된다는 소박한 지혜를 일깨워주는 노래이다.

방윤식 여러 악기를 다루는 연주가이며, 주로 김홍철과 함께 요들송을 부르며 활동하고 있는 전문적인 요들러이다.

아름다운 산

민요

이른 아 침 찬 란한 햇 살 속에 작은 새 들 지 저 귀 - 고 - 푸 른

숲 속 맑 - 은 향 기 속에 내 마 음 즐 거 워 저 - 아 름

다 운 산 - 을 사 랑 하 - 면 산 들 은 기 쁨 주 네 - 즐 -

겁 게 노 래 를 불 러 보 면 메 아 리 되어 들 려 오 네 - 홀 라

레 이 에 이 에 이 뒤 리 리 요 우 오 우 오 우 두 리 리 리 울 루 우 리 두 리 리 리 울 디 요 홀 라

레 이 디 오 로 우 두 리 리 요 우 리 오 로 우 두 리 리 리 울 루 우 오 우 리 울 루 우 오 우 리 -

제6장

대중가요

대중가요 대중이 즐기며 부르는 노래

1. 대중가요의 개념과 역사

대중가요는 대중의 노래, 즉 대중이 즐겨 부르는 노래이다. 오늘날과 같은 현대적 의미의 대중가요는 서양의 경우 19세기 산업사회와 함께 시작되었고, 우리나라의 경우는 서양보다 조금 늦은 1910년대부터 시작되었다.[1] 고려시대에 대중음악을 지칭한 '가사(歌詞)'라는 명칭은 조선 중엽으로 넘어 오면서 '가요(歌謠)'라는 말로 바뀐다. 1763년(영조 39년) 김수장은 대중의 노래 시조창을 모아 엮었는데, 그 책이 《해동가요(海東歌謠)》이며 이때 '가요'라는 명칭이 처음으로 사용되었다.[2]

그러면 민요와 대중가요의 차이는 무엇일까? 우선 대중이란 무엇인가? 대중이란 지위, 계급, 학력, 재산 등의 사회적 속성을 초월한 불특정 다수의 사람들로 이루어진 집합체를 의미한다. 우리나라에서 표면적으로 사람과 사람 사이의 계급적인 불평등이 사라지기 시작한 것은, 1894년 갑오개혁에서 공·사노비가 법제적으로 해방된 노비해방으로까지 거슬러 올라갈 수 있다. 조선 초기 서울의 인구는 대략 20만 명으로 추정되는데, 10%의 양반, 3.8%의

---

1 민경찬, 《청소년을 위한 한국음악사(양악편)》, 두리미디어, 2006, p. 323.
2 김지평, 《한국가요정신사》, 아름출판사, 2000, p. 25.

중인, 15%의 상민(평민), 50%의 노비로 구성되었다.[3] 그러나 1895년에 이르면 34.2%의 양반, 2.3%의 중인, 55.5%의 상민으로 재구성되었다. 이러한 역사적 민주화 과정을 거치면서 나온 대중이란 용어는 계급이나 신분 간의 불평등이 해소되기 시작하면서 출현한 용어라고 할 수 있다.[4] 결국 대중가요란 민주화 시대의 대중의 노래인 것이다.

이러한 대중의 존재 외에 대중가요에서 또 하나 중요한 요소는 무엇일까? 그것은 바로 대중매체이다. 오늘날의 대중음악은 대중매체(음반, 라디오, 텔레비전 등의 매스 미디어)를 필수적으로 전제한다.[5] 매체적 관점에서 볼 때 대중음악은 음악 산업에 의해 만들어지고 대중매체에 의해 대량 보급되는 음악[6], 즉 '대중이 대중매체를 통해 향유하는 음악'[7]이라고 할 수 있다.

한국 최초의 가요(유행가) 음반은 일본노래의 번안가요부터 대중과 만나게 되었다. 이런 경향은 1910년대 이후 신파극단에서 극단의 배우들이 일본노래 번안가요들을 음반화하면서 시작되었다.[8] 1920년대 말부터는 김영환, 손목인, 전수린 등 조선의 대중가요 작곡가들이 등장하여 창작 대중가요를 발표하기 시작하였고, 1930년대 들어서는 축음기와 음반산업의 직접적인 영향을 받으면서 크게 두 가지 흐름을 형성하게 된다. 하나는 우리나라의 민요를 대표하는 〈아리랑〉과 같은 신민요의 출현이고, 다른 하나는 일본 엔카를 닮은 트로트의 등장이다.

신민요는 민요에 트로트 색깔을 입힌 노래로 1960~1970년대 초까지 유행하였으며, 〈관서 천리〉, 〈꼴망태 목동〉, 〈노들 강변〉 같은 노래들이다. 신민요의 세계는 주로 자연, 향토, 과거의 세계이며, 1960년대 김세레나라는 가수를 마지막으로 사양길에 들어선다.[9] 그러나 이러한 한국 전통적 정서의 대중가요는 1970년대 후반부터 김영동, 김태곤, 정태춘, 김수철 같은 가수들에

3 정재정, 〈근대의 서울살이와 대중문화〉, 《근대기 대중예술》, 서울역사박물관, 2003, p. 144; 손민정, 《트로트의 정치학》, 음악세계, 2009, p. 40.
4 김지평, 앞의 책, pp. 19~20.
5 최유준, 《예술 음악과 대중 음악, 그 허구적 이분법을 넘어서》, 책세상, 2004, p. 169.
6 박애경, 《가요, 어떻게 읽을 것인가》, 책세상, 2002, p. 16.
7 위의 곳 참고.
8 최창익 편, 《한국대중가요사(I)》, 한국대중예술문화연구원, 2003, p. 82.
9 이영미, 《흥남부두의 금순이는 어디로 갔을까》, 황금가지, 2009, p. 55.

의하여 '국악 가요'로 이어지게 된다.

1930년대 속칭 '뽕짝'이라고 불리는 트로트의 대표곡으로는 〈애수의 소야곡〉, 〈눈물 젖은 두만강〉, 〈타향살이〉, 〈짝사랑〉 등이 있다. 1950년대 분단과 전쟁으로 대중가요들은 칙칙한 배경 안에서 눈물의 냄새와 춥고 배고픈 한숨의 소리를 안고 있다. 트로트는 이러한 눈물과 한숨을 표현하는 데에 가장 적절한 양식이었다. 〈단장의 미아리 고개〉, 〈굳세어라 금순아〉 등 전쟁의 체험을 노래한 작품은 일제시대 몇 작품과 더불어 트로트 양식 최고의 걸작으로 평가할 만하다.[10] 전쟁이 끝난 후부터 1950년대 말까지는 일종의 과도기로 일본 대중가요의 영향권에서 차츰 그 축이 미국 대중가요의 영향권으로 옮겨 가기 시작했다. 미국 대중가요의 영향은 이미 1940년대 말부터 시작되었지만, 전쟁이 끝난 후 더욱 본격화되었다.

1960년대에는 민간 방송의 연이은 개국과 함께 대중가요의 수요와 공급이 폭발적으로 확대되었으며, 상업적인 성격을 강하게 띤 상품으로서 대중가요가 대량으로 생산 및 유통되었다.[11] 1970년대에는 트로트 계열의 가요와 한국 팝음악이 주류를 이루었고, '청바지와 통기타'로 상징화된 통기타 대중가요와 록음악이 젊은이의 문화로 새롭게 대두되었다. 그리하여 1970년대는 통기타 대중가요가 전성기를 이루어, 기타를 배우고 통기타를 들고 노래를 부르는 것이 젊은이들의 모습이 되었다. 통기타 대중가요는 1970년대에 가장 중심을 이루었지만, 1980년대부터는 서서히 퇴락하여 전반적으로 노래운동과 연계된 민중가요나 비주류 음악문화 속에서 명맥을 유지했다.[12]

1970년대 청년 문화를 흔히 포크와 통기타로만 이야기하면서 그때 드셌던 고고 바람은 잊어버리고 지나가는 경향이 있다. 하지만 록과 전자 악기는 고고춤과 함께 시작됐음을 잊지 말아야 한다. 1980년대에 디스코와 브레이크 댄스가 들어오기 전까지 고고는 춤의 대명사였다.[13] 사실 노래에 춤이 따라다니는 것은 자연스러운 일이었지만, 1970년대의 대표적인 포크송은 춤이

10 위의 책, p. 65.
11 민경찬, 《청소년을 위한 한국음악사(양악편)》, 두리미디어, 2006, p. 344.
12 김창남 편, 《대중음악과 노래운동, 그리고 청년문화》, 한울, 2004, p. 152.
13 이영미, 앞의 책, p. 171.

결합될 수 없는 노래였다. 록에 비하면 정신적이고 절제된 예술인 셈이다. 절
규하지도 않고 항상 차분하여 흥분조차 별로 하지 않는 게 포크송이다.

한국의 록음악을 말할 때 한국 록의 신화인 신중현을 말하지 않을 수 없다.
신중현은 1960년대에 록 그룹을 조직하여 활동했는데, 당시로서는 놀랄 만
한 감각적 파격을 보여주면서도 1970년을 전후하여 최고의 대중적 인기를
구가하였다. 그러나 아쉽게도 그의 전성기는 1970년대 전기에 그쳤고, 본의
아니게 작품 활동을 중지할 수밖에 없었다. 그리고 한국 대중가요계는, 적어
도 겉으로는, 그를 잊은 것처럼 보였다. 그러나 1990년대 중반에 그는 한국
록의 아버지로, 한국 록의 살아 있는 신화로 추앙을 받았다. 이러한 신중현
신화가 1990년대 중반에 만들어진 것은 우연이 아니다. 록 음악을 저항 정신
의 구현으로, 사회적 의미가 있는 예술로 재평가하여 받아들이고자 한 1990
년대의 시대적 분위기 때문이었다.[14]

1990년대 이후 오늘날까지 한국의 대중음악계를 주도적으로 장악하고 있
는 것은 이른바 '댄스 가요'[15]이다. 댄스 음악은 1990년대 초반 랩이라는 형
식과 결합한 랩댄스 스타일이 나타나면서, 1990년대 대중음악문화에서 지배
적인 음악적 장르로 단번에 부상하였다. 현재 한국의 대중음악 문화는 이러
한 댄스음악이 독점하고 있다. 한편 1990년대 이후 매체의 다양화로 인하여
음악의 영상화 및 이미지화가 심화되고 있으며, 기존 장르간의 융합도 꾸준
히 진행되고 있는 중이다.

최근 대중가요의 특징적인 현상은 가사가 과거의 서정적인 가사와 달리 흡
사 산문이나 산문시와 같이 서술적인 가사가 많으며, 랩의 경우에는 반복적
인 어휘나 어구를 사용하는 운율이 강하게 나타나는 특징이 있다. 또한 최근
댄스음악의 경우에는 우리말과 영어 가사를 무분별하게 섞어서 혼용하는 경
우가 많다.

14 위의 책, p. 164.
15 위의 책, p. 89.

2. 한국의 대중가요

트로트

'트로트'란 용어는 원래 서양의 춤곡 혹은 '쿵짝쿵짝' 하는 리듬의 이름이다. 한국에서 가장 먼저 만들어진 대중가요 장르인 트로트는 흔히 '엔카'라고 부르는 연가(演歌) 양식으로서, 우리나라가 일본의 식민지 지배 아래 있을 때에 생겨난 대중가요이다. 흔히들 '성인 가요'라고 하는 트로트는 우리 국민들이 가장 좋아하는 장르의 가요이다.[16] 오랜 세월 동안 트로트는 한국 대중가요의 대표적인 자리를 차지하고 있다.[17] 트로트의 대표곡이라 할 수 있는 1930년대 중후반의 〈목포의 눈물〉과 〈애수의 소야곡〉은 말 그대로 전국민의 애창곡이었다.[18]

일제강점기는 기본적으로 감상적이고 우울한 시기였다. 박탈감과 상실감에 시달렸던 당대인에게는 웃을 곳보다 울 곳이 필요하였고, 연주회장은 공식적으로 우는 것이 허용된 공간이었다. 사람들은 노래를 듣고 눈물을 흘리고 슬픔을 공유하면서 일종의 감정적인 연대를 느낄 수 있었다. 혼자가 아니라는 것, 함께 울어 줄 누군가가 있다는 것은 그 자체만으로도 많은 위로와 위안이 될 수 있었던 것이다.

그러므로 애조의 트로트가 당대에 사랑을 받을 수 있었던 것은 그것이 이른바 '눈물의 공동체'를 이루는 데 주도적인 역할을 하였기 때문이라고 할 수 있다. 애조의 트로트는 당대 대중의 고달픈 삶을 눈물로 위로해 주었기 때문에 대중은 애조의 트로트를 선호했다. 따라서 국민들의 녹록치 않은 삶을 눈물로 위로해 주었다는 점에서 트로트가 지닌 가치를 인정할 수 있다.[19]

---

16 김수영, 《가수는 아무나 하나》, 아름출판사, 2006, p. 168.
17 아직도 여러 세대가 함께 노래를 부를 때 트로트가 가장 많이 불린다. 이영미, 앞의 책, p. 98.
18 최창호, 《민족수난기의 대중가요사》, 일월서각, 2000, p. 8.
19 장유정, 《오빠는 풍각쟁이야. 대중가요로 본 근대의 풍경》, 황금가지, 2006, pp. 169~170.

황성 옛터

왕평 작사, 전수린 작곡

1절

황성 옛터에 밤이 되니 월색만 고요해

폐허에 서린 회포를 말하여 주노라

아- 가엾다 이내 몸은 그 무엇 찾으려고

끝없는 꿈의 거리를 헤매여 있노라.

2절

성은 허물어져 빈터인데 방초만 푸르러

세상이 허무한 것을 말하여 주노라

아 외로운 저 나그네 홀로 잠 못 이루어

구슬픈 벌레 소리에 말없이 눈물져요

3절

나는 가리로다 끝이 없이 이 발길 닿는 곳

산을 넘고 물을 건너서 정처가 없이도

아 한없는 이 심사를 가슴 속 깊이 안고

이 몸은 흘러서 가노니 옛터야 잘있거라

최초의 트로트라고 불리는 이 노래의 원래 제목은 〈황성(荒城)의 적
(跡)〉(1928)이었는데 나중에 〈황성 옛터〉로 수정됐다. 1932년에 〈황성의 적〉
이 커다란 반향을 불러일으키면서 본격적인 대중가요의 시대가 열린다.[20] 이
노래는 발매되자마자 단숨에 5만 장이 판매되었던 당대의 히트작이었다. 당시
조선총독부는 발매 직후 이 노래가 민중에게 민족적 자각을 선동할 우려가 있

---

20 위의 책, p. 95.

다고 하여 이 노래를 금지시켰다고 한다.

왕평과 전수린의 공동작업은 고려의 옛 도읍지, 당시에는 송도라고 불렸던 개성에서 이루어졌다. 이들은 연극단 단원으로 순회공연을 위해 개성에 머무르게 되었고, 비로 인해 공연이 취소되어 여관에 머물러야 했던 울적한 감성을 옛 부귀영화를 잃어버린 개성의 만월대에 빗대어 곡을 만들었다.[21] 개성이 고향이기도 한 전수린은 이때의 상황을 "내 민족이 일제의 식민지 통치 하에서 괴로워하고 있을 때, 이곳에서 영화를 누렸던 옛날을 회상하며 말없이 여관으로 돌아왔습니다. 비가 추적추적 내려 공연은 할 수 없게 되고 우리는 며칠 동안 굶주린 나날을 보내야 했습니다. 이때 이 곡의 악상이 떠올랐던 것입니다."라고 술회했다.[22]

〈황성의 적〉에 등장하는 나그네인 화자는 당시 대중의 모습을 표상한다고 할 수 있다. 일제 식민지 시기에 나라와 고향을 잃은 채, 만주와 북간도로 이주해야 했던 사람들에게 〈황성의 적〉은 자신의 마음을 대변해 주는 노래로도 들렸을 것이다. 그 때문에 사람들은 〈황성의 적〉이 나오자 그토록 열광하였고, 〈황성의 적〉이 극장에서 울려 퍼지면 관객이 눈물을 흘리기까지 하였던 것이다. 〈황성의 적〉은 한국인이 한국어로 작사한 노래로, 당시의 시대적 상황과 조응하는 당대인의 정서를 반영하고 있다.[23]

'황성 옛터'로 알려진 개성의 만월대(고려 궁성)는 2013년 개성역사지구의 이름으로 유네스코 문화유산으로 등재된 북한의 국보(122호)이다.[24]

왕평 (1908?~1940) 연극 작가이자 연출가이며, 배우로서도 무대와 영화에서 활약하였다. 그는 1940년 평안북도 강계에서 신카나리아와 함께 《남매》에 출연하던 도중 갑자기 쓰러져 향년 33세에 짧은 생애를 마감하였다.[25]

21 손민정, 《트로트의 정치학》, 음악세계, 2009, pp. 66~67.
22 박찬호, 《한국가요사(1)》, 안동림 옮김, 미지북스, 2009, p. 211.
23 장유정, 앞의 책, pp. 127~128.
24 《경향신문》 2015. 6. 2.
25 박찬호, 앞의 책, pp. 230~231.

황성 옛터

1. 황 성 옛 터 에 밤 이 되 니
2. 성 은 허물 어 저 빈 터 인 데
3. 나 는 가 리 로 다 끝 이 없 이

월 색 만 고 - 요 해 - 폐 - 허 에
방 초 만 푸 - 르 러 - 세 - 상 이
이 발 길 닿 - 는 곳 - 산 을 넘 고

시 린 회 포 를 말 하 여 - 주 - 노 라 -
허 무 한 것 을 말 하 여 - 주 - 노 라 -
물 을 건 너 서 징 처 가 - 없 - 이 도 -

아 - 가 없 다 이 내 몸 은 그 무 엇 찾 - 으 - 려
아 - 외 로 운 저 나 그 네 홀 로 잠 못 - 이 루
아 - 한 없 는 이 심 사 를 가 슴 속 깊 - 이 안

고 - 끝 - 없 는 꿈 - 의 거 리 를
어 - 구 - 슬 픈 벌 - 레 소 리 에
고 - 이 - 몸 은 흘 러 서 가 노 니

헤 매 어 있 - 노 라 -
말 없 이 눈 물 저 요 -
옛 티 야 잘 있 거 라 -

전수린(1907~1984) 개성에서 태어났다. 바이올린을 통해 음악의 세계에 들어선 전수린은 동요를 작곡, 발표한 이후로 작곡에 뜻을 두게 되었다. 1932년에 빅타레코드에 전속 되어 작곡가가 되었고, 조선 대중음악 작곡가로서는 처음으로 일본에 진출했다.[26]

타향살이

김능인 작사, 손목인 작곡

1절
타향살이 몇 해런가 손꼽아 헤여 보니
고향 떠난 십 여 년에 청춘만 늙어

2절
부평 같은 내 신세가 혼자서 기막혀서
창문 열고 바라보니 하늘은 저쪽

3절
고향 앞에 버드나무 올 봄도 푸르런만
호둘기를 꺾어 불던 그때는 옛날

4절
타향이라 정이 들면 내 고향 되는 것을
가도 그만 와도 그만 언제나 타향

김능인 작사, 손목인 작곡의 이 〈타향살이〉는 1934년 12월에 고복수가 오케레코드사에 스카우트 되어 취입한 첫 번째 곡이다. 그 당시 레코드 취입을

---

26 위의 책, pp. 219~220.

타향살이

Dm		A7	B♭		A7

1. 타 향 살 이 몇 해 던 - 가
2. 부 평 같 은 내 신 세 - 가
3. 고 향 앞 에 버 드 나 - 무
4. 타 향 이 라 정 이 들 - 면

Dm		Gm	A7	

손 꼽 아 헤 어 보 니 -
혼 자 도 기 막 혀 서 -
올 봄 도 푸 르 련 만 -
내 고 향 되 는 것 을 -

B♭	Dm		A7		Dm

고 향 떠 난 십 여 년 에
창 문 열 고 바 라 보 니
호 들 기 를 꺾 어 불 던
가 도 그 만 와 도 그 만

A7		Dm

청 춘 만 늙 - - - 어 -
하 늘 은 저 - - - 쪽 -
그 때 는 옛 - - - 날 -
언 제 나 타 - - - 향 -

할 때에는 '타향'이라는 제목을 붙였으나, 훗날 '타향살이'로 바뀌었다.

　일제강점기에 이러저러한 이유로 고향을 떠나 타지로 떠돌았던 사람들. 그리고 농사지을 땅을 잃고 간도로 떠났거나, 일제의 횡포를 피하여 도망치듯 고향을 떠난 사람들. 얼마나 많은 사람이 그 시절 타향에서 떠돌았겠는가? 아직도 연변이나 사할린, 중앙아시아에서 그들과 그 자손들을 찾아볼 수 있지 않은가. 힘들고 어려웠던 일제 강점 시대의 타향살이를 생각하면서 이 가사와 곡조를 음미해보자. 이 노래는 "절절함과 절제감, 뛰어난 시상 전개 등에서 일제 시대 트로트 작품의 최고 명작으로 꼽을 만하다"고 이영미는 평가한다.[27]

이 노래에는 전체적으로 고향의 상실에서 비롯한 비애감이 나타나는데, 이는 당시의 시대상을 반영한 것이라 할 수 있다. 일본은 1910년에서 1918년까지 한국의 식민지적 토지 소유 관계를 확립하기 위해 대규모 국토 조사 사업에 해당하는 토지 조사 사업을 시행하였다. 토지 조사 사업으로 우리 농민들은 급격히 몰락하였다. 일제 강점기는 많은 사람이 조국을 상실하고 억지로 고향을 떠나야 했던 시기이다.[28]

조선의 가요 황금기는 이 〈타향살이〉에서 시작되었다고 해도 과언이 아니다. 그래서인지 이 노래에는 얽힌 에피소드도 많다. 만주 일대를 순회하고 있던 고복수 일행이 하얼빈 공연을 했을 때다. 그가 무대에서 〈타향살이〉를 노래하자 청중도 함께 흥얼거렸고, 노래가 끝나면 앙코르로 다시 불렀고, 이윽고 대합창이 되어버렸다. 동포가 가장 많이 흘러들어와 살며 밀집해 있던 용정 공연에서는 〈타향살이〉 노래에 청중이 흐느껴 울었고 고복수 또한 흐느껴, 극장이 순식간에 눈물바다가 되고 말았다.[29]

김능인 (1911~?) 본명은 승응순이고, 경상북도 김천에서 태어났다. 청년 시절에는 민족 고전음악을 연구하여 동인회 희망사에도 관계하면서 많은 동요를 창작하였다. 한때 신문기자 생활을 하다가 1920년대 후반 대중가요계에 등단했다. 대표 작사로는 〈타향살이〉를 비롯하여 〈휘파람〉(1934), 〈짝사랑〉(1936), 〈이원애곡〉(1940), 〈바다의 교향시〉(1940), 〈해조곡〉(1941), 〈아시나요〉(1941) 등이 있다.

손목인 (1913~1999) 〈타향살이〉, 〈목포의 눈물〉 등을 작곡하여 한국가요사에 불멸의 발자

27 이영미, 앞의 책, p. 36.
28 장유정, 앞의 책, p. 313.
29 박찬호, 《한국가요사(1)》, 안동림 옮김, 미지북스, 2009, pp. 362~363 참고.

취를 남겼다. 경상남도 진주에서 태어났으며 본명이 손득렬로 YMCA 회원이 되어 음악을 접한 뒤로 음악에 몰두하게 되어 피아노 연습에 열중했고, 1930년에 일본으로 유학을 떠났다. 1934년 여름방학에 귀국, 오케이레코드 회사에 입사하여 〈이원애곡〉과 〈타향살이〉를 작곡했고, 1935년 〈목포의 눈물〉을 작곡했다.[30]

목포의 눈물

문일석 작사, 손목인 작곡

1절
사공의 뱃노래 가물거리며
삼학도 파도깊이 숨어드는 때
부두의 새악씨 아롱져진 옷자락
이별의 눈물이냐 목포의 설움

2절
삼백 년 원한 품은 노적봉 밑에
님자취 완연하다 애달픈 정조(情調)
유달산 바람도 영산강을 안으니
님그려 우는 마음 목포의 노래(3절 생략)

1935년 8월 15일에 발매한 이난영의 노래 〈목포의 눈물〉은 당시 《조선일보》가 오케이레코드 회사와 함께 향토 신민요 가사를 공모하여 1등으로 당선된 문일석의 가사에 손목인이 곡을 만든 것[31]이다. 원래 노랫말의 제목은 〈목포의 사랑〉이었으나, 오케이레코드 사장 이철이 〈목포의 눈물〉로 바꾸었다. 이 〈목포의 눈물〉은 당시 음반 가사지에 곡종이 '지방 신민요'라고 표기되어

---

30 최창익 편, 앞의 책, p. 197.
31 최창익 편, 앞의 책, p. 93.

있으나, 실제로는 애조의 트로트에 가깝다. 이 노래는 발매하자마자 순식간에 5만 매의 판매고를 올릴 정도로 인기가 있었고,[32] 목포 유달산 중턱에 이노래를 기념하는 노래비[33]도 세워졌다. 1969년 6월 11일 제막된 노래비에는 작곡가 손목인의 이름이 빠져 있어, 1984년에 비문을 수정하였다.[34] 시와 노래로 전해오는 삼학도(三鶴島)는 마치 세 마리의 학이 바다에 앉은 모양과 흡사하다고 하여 삼학도란 이름이 붙은 곳이다.[35]

이 노래는 가사지에 적힌 가사와 가수가 부른 가사가 다르게 표기되어 있는 아주 특이한 경우를 보여준다. 제2절의 "삼백연 원안풍은"은 실제 노래에서는 "삼백 년 원한 품은"으로 부른다. 실제로도 "삼백 년 원한 품은"으로 바뀌어야 전후의 맥락이 통한다. 당시 '원한'이라는 말을 쓸 수가 없어 일부러 '원앙 품은'으로 표현했는데, 이 대목 때문에 작사가는 일본 관헌에 끌려가 취조를 받던 중, 원앙새를 비유하여 '원앙 품은'이라 했다는 재치를 발휘해 풀려날 수 있었다고 한다.[36]

〈목포의 눈물〉에는 1592년 임진왜란 때 왜구에 맞서 싸운 이순신 장군의 일화가 담겨 있다. 목포는 지역적 특수성으로 인해 멀리 바다에서 쳐들어오는 왜적을 경계할 수 있는 곳이었다. 노적봉이라는 별명을 가지고 있는 목포의 유달산은 임진왜란 때 이순신 장군이 군량미를 쌓아 둔 것처럼 위장 전술을 펴서, 왜적과 싸우지도 않고 이겼다는 전설이 전해지는 곳이다. 이 노래에서 "삼백연"은 '임진왜란으로부터 한일합병까지의 300년'을 의미한다. 그러므로 "삼백 년 원한 품은 노적봉 밑에/님자취 완연하다"라는 구절은 '비록 국권은 강탈당하였으나 여전히 노적봉 밑에는 이순신 장군의 정신과 민족정기가 완연히 서려 있다는 것'[37]을 의미한다. 이처럼 〈목포의 눈물〉은 삼백 년 전의 역사적 사실을 교묘하게 녹인 저항의 노래이기도 했다.[38]

---

32 장유정, 앞의 책, p. 288.
33 이 노래비는 국내의 노래비중 제1호다.(김지평,《한국가요정신사》, 아름출판사, 2000, p. 372)
34 박찬호·최동현·김만수,《유성기로 듣던(1925~1945) 불멸의 명가수》, 신나라레코드, 1996, p. 100.
35 최창호, 앞의 책, p. 79.
36 신성원,《우리가 정말 알아야 할 우리 대중가요》, 현암사, 2008, p. 44.
37 정영도,《철학교수와 대중가요의 만남》, 화산문화, 2008, p. 114.
38 박찬호, 앞의 책, p. 345.

목포의 눈물

1. 사 - - 공 의 - - 뱃 노 - - - 래 가 물 -
2. 삼 - - 백 년 - - 원 한 - - 품 은 노 적 -
3. 깊 - - 은 밤 - - 조 각 - - 달 은 흘 러 -

거 - 리 - - 며 - 삼 학 - 도 - - - -
봉 - 밑 - - 에 - 님 자 - 취 - - - -
가 - 는 - - 데 - 어 쩌 - 타 - - - -

파 도 - 깊 - - 이 - 숨 어 - - - 드 는 - - 때
완 연 - 하 - - 다 - 애 달 - - - 픈 정 - - 조
옛 상 - 처 - 가 - 새 로 - - - 워 진 - - 다

- 부 두 의 새 - 악 - - 씨 - - - - - - 아 롱
- 유 달 산 바 - 람 - - 도 - - - - - - 영 산
- 못 오 는 님 - 이 - - 면 - - - - - - 이 마

젖 은 옷 자 - - - 락 - 이
강 을 안 으 - - - 니 - 님
음 도 보 낼 - 것 - 을 - 항

별 의 눈 물 - - 이 나 목 포 - 의 - - 설 - - -
그 려 우 는 - - 마 음 목 포 - 의 - - 사 - - -
구 에 맺 은 - - 절 개 목 포 - 의 - - 사 - - -

움 -
랑 -

D.C.

랑 -

〈목포의 눈물〉은 전체적으로 한 여인이 임을 그리워하고 임에 대한 절개를 맹세하는 내용으로 이루어져 있다. 제1절에서는 임을 잃고 서러움에 눈물을 흘리는 여인의 모습을 그리고 있다. 임과 이별한 여인이 부두에 홀로 남아 서러움의 눈물을 흘리는 모습을 떠올려 볼 수 있다. 제2절에서는 임은 떠났으나 노적봉 밑에는 여전히 임의 자취가 완연하여 그에 따라 더해만 가는 여인의 애달픈 정조를 읊고 있다. 그런데 제1절에서 분리되어 있던 실제 화자와 시적 화자는 제3절에서 동일한 인물로 겹쳐진다. 마지막 제3절은 제1절과 달리 시적 화자가 자신의 심정을 토로하는 것으로 내용이 전개되고 있다. 시적 화자는 임에게 자신의 마음을 보내지 못한 것을 후회하면서 임에 대한 절개를 맹세하는 것으로 끝맺고 있다.[39]

그러나 이러한 가사의 이면에는 나라를 잃은 한국인의 서러움이 깔려있다고 볼 수 있다. 〈목포의 눈물〉에서의 임은 조국으로 읽힐 가능성이 더 크며, 〈목포의 눈물〉은 고도의 상징을 사용하여 조국애를 노래한 작품이라 할 수 있다.[40] 더욱이 목포는 일제 강압으로 동남아 전선으로 강제 동원되어 떠나가는 청년들을 보며 이별의 눈물을 흘려야 했던 항구가 아니던가. 이러한 역사적 사연을 바탕으로 한 〈목포의 눈물〉은 목포 출신 문학청년인 문일석이 가사를 짓고 목포 출신 가수 이난영이 노래를 부른 영원한 목포의 노래이다.[41]

이난영(1916~1965) 본명은 이옥례로 대중가요 가수이며, 49세 일기로 이 세상을 하직하였다. 이듬해인 1966년, 목포만(灣)을 한눈에 내려다볼 수 있는 언덕에 〈목포의 눈물〉 노래비가 세워지고 기념 연주회가 개최되었다.[42]

39 장유정, 앞의 책, pp. 288~289.
40 위의 책, pp. 290~291.
41 정영도, 앞의 책, p. 111.
42 박찬호·최동현·김만수, 앞의 책, p. 92.

애수의 소야곡

이노홍 작사, 박시춘 작곡

1절
운다고 옛사랑이 오리오마는
눈물로 달래보는 구슬픈 이 밤
고요히 창을 열고 별빛을 보면
그 누가 불어주나 휘파람 소리

2절
차라리 잊으리라 맹세하건만
못생긴 미련인가 생각하는 밤
가슴에 손을 얹고 눈을 감으면
애타는 숨결마저 싸늘하구나

3절
무엇이 사랑이고 청춘이던가
모두 다 흘러가면 덧없건마는
외로이 느끼면서 우는 이 밤은
바람도 문풍지에 애달프구나

이노홍 작사, 박시춘 작곡의 〈애수의 소야곡〉(1938)은 일제시대 이난영과 더불어 가장 인기 있었던 남인수의 출세곡이다. 조선의 고가 마사오라고 불렸던 박시춘의 기타 반주와 남인수의 맑고 유려한 가창이 돋보이는 작품으로 평가받고 있다.[43] 이 노래는 애절한 노랫말과 구슬픈 곡조가 한데 어우러져 트로트 중 명곡으로 평가받고 있다. 〈애수의 소야곡〉은 당시 홍난파의 〈울밑에 선

---

43 이영미,《한국대중가요사》, 민속원, 2006, p. 88.

봉선화〉[44]와 더불어 우리 민족의 한과 애수를 노래한 대표적인 가요이다.

남인수 추모사업을 하고 있는 〈예도회〉에서 1987년 4월 6일 경기도 양주군 장흥면 일명 밤나무골에 〈애수의 소야곡〉 노래비를 세웠다. 남인수의 장례식 때 참례인들이 〈애수의 소야곡〉을 불렀다고 한다.[45]

이노홍 (1914~1982) 작사가, 극작가, 시인, 소설가, 시나리오 작가, 영화제작자로 활동하였다. 1931년 동아일보 신춘문예 시조 부문에 〈봄빛〉이 당선된 것을 계기로 문단에 데뷔하였다. 〈애수의 소야곡〉은 당시로서는 파격적인 인기로 음반이 매진될 정도였으며, 전국에서 몰려든 지방의 음반업자들은 이 음반을 사기 위해 레코드 회사 앞 여관에 진을 치고 기다려야 했다.[46]

박시춘 (1913~1996) 아버지의 영향으로 어릴 때부터 풍류적인 분위기를 즐기면서 자랐으며, 특히 기타를 치는 솜씨가 뛰어났다. 가수 남인수가 부른 〈애수의 소야곡〉으로 명성을 얻기 시작했으며, 이후 1930년대 말부터 1960년대까지 40여 년 동안 무려 3,000여 곡이 넘는 대중가요를 작곡, 수많은 히트곡을 발표하여 가요사의 산증인으로 일컬어진다.

남인수 (1918~1962) 일제시대 최고의 남자가수라고 할 수 있는 남인수는 1936년 〈눈물의 해협〉으로 가요계에 데뷔하였다. 약 1천곡에 가까운 노래를 불렀고, '가요 황제'라는 별명으로 불릴 만큼 대중적인 인기를 얻었다.

---

44 1920년대에 썼다는 이 노래는 3·1운동 실패 후의 처절한 민족적 분위기를 반영하고 있다.
45 박찬호·최동현·김만수, 앞의 책, p. 62.
46 신성원, 앞의 책, p. 48.

애수의 소야곡

1. 운 다 고 옛사랑이 오리 --- 오만은 - 눈물 - 로 -달래보는 구슬 - 픈 --- 이 밤 - 고 - - 요이 - 창을열 -- 고 별빛 --- 을보 면 - 그 - - 누 가 - -불어주나 휘파 - 람 - 소 리 -
2. 차 라 리 잊으리라 맹세 --- 하건 만 - 못 생 긴 -미련인가 생각 - 하 --- 는 - 밤 - 가 - - 슴 에 - 손 을얹 -- 고 눈 을 --- 감 으 면 - 애 - - 타 는 - -숨결마 저 싸 늘 - 하 - 구 나 -
3. 무 엇 이 사랑이고 청춘 --- 이던 가 - 모 두 - 다 -흘러가면 덧 없 - 건 --- 마 - 는 - 외 - - 로 이 - 느 끼 면 -- 서 우 는 --- 이 밤 은 - 바 - - 람 도 - -문풍지에 애 달 - 프 - 구

Coda *D.C.*

눈물 젖은 두만강

김용호 작사, 이시우 작곡

1절
두만강 푸른 물에 노 젓는 뱃사공
흘러간 그 옛날에 내 님을 싣고
떠나던 그 배는 어데로 갔소
그리운 내 님이여 그리운 내 님이여
언제나 오려나

2절
강물도 달밤이면 목매여 우는데
님 잃은 이 사람도 한숨을 지니
추억에 목메인 애달픈 하소[47]
그리운 내 님이여 그리운 내 님이여
언제나 오려나

3절
님 가신 강 언덕에 단풍이 물들고
눈물진 두만강에 밤 배가 울면
떠나간 그 님이 보고 싶구나
그리운 내 님이여 그리운 내 님이여
언제나 오려나

　　김용호 작사, 이시우 작곡의 〈눈물 젖은 두만강〉(1935)은 우리나라 트로트 대중가요의 대표곡 중의 하나이다. 이 노래는 일제 강점기에 나라 잃은 설움

---

[47] '하소'는 '하소연'의 준말이다.

눈물 젖은 두만강

1. 두 만 - 강 - 푸 른 물 에
2. 강 물 - 도 - 달 밤 이 면
3. 님 가 신 강 - 언 덕 - 에

- 노 젓 는 뱃 - 사 공 -
- 목 메 어 우 - 는 데 -
- 단 풍 이 물 - 들 고 -

흘 러 간 그 옛 날 에 내 님 을 싣 - - - 고
님 잃 은 이 사 람 도 한 숨 을 지 - - - 니
눈 물 진 두 만 강 에 밤 배 가 울 - - - 면

떠 나 - 던 - 그 배 - 는 어 데 - 로 갔 소 -
추 억 - 에 - 목 메 - 인 에 달 - 픈 하 소 -
떠 나 - 간 - 그 님 - 이 보 고 - 싶 구 나 -

그 리 운 내 님 이 여 - 그 리 운 내 님 이 여 -
그 리 운 내 님 이 여 - 그 리 운 내 님 이 여 -
그 리 운 내 님 이 여 - 그 리 운 내 님 이 여 -

언 제 나 오 려 - - - - - 나 -
언 제 나 오 려 - - - - - 나 -
언 제 나 오 려 - - - - - 나 -

을 달래기 위해 만든 곡이다. 두만강은 압록강과 함께 한반도와 중국 대륙의 경계에 흐르는 강으로, 일제 강점에 희생되어 유랑길에 오른 조선인과 항일 독립운동을 하던 애국지사들이 만감을 품고 건너던 강이다. 또한 1930년대 두만강 나루는 살길을 찾아 중국으로 건너가는 실향민들로 붐비었다. 언제 돌아올지 기약할 수 없는 낯선 타국 땅으로 떠나는 겨레의 마음은 슬픔에 젖었고, 사랑하는 남편과 이별하는 여인들의 오열이 그칠 새가 없었다.

　1930년대에 이르러 가요에 대한 일제의 탄압이 날로 극심해져, 검열의 관문을 통과하기 위해서는 가사를 짓는 데 은유적 수법을 쓰지 않을 수 없었다. 그래서 흔히 조국을 '님'으로, 조국의 광복을 '님은 언제나 오려나' 하는 식으로 은유화하지 않으면 안 되었다. 〈눈물 젖은 두만강〉도 조국에 대한 그리움을 떠나간 '옛 님'에 비유한 노래이다.[48] 가슴 아픈 이별의 눈물을 두만강 물결 위에 뿌리며 정처 없이 떠나간 옛 님은 다름 아닌 우리 겨레요 조국이었으니, 이 노래는 바로 이러한 시대적 배경을 담고 있다.[49]

　이 노래는 일제 조선총독부로부터 조선인을 자극하는 민족성이 강하다는 이유로 발매 금지 처분을 받아 한동안 들을 수 없었고, 광복 후에는 작가가 월북했다는 이유로 금지곡(1987년 해금되기까지 월북 작가의 작품은 무조건 금지곡이었음)으로 묶여버렸다. 그러다가 1960년대부터 방송된 KBS의 반공 라디오 드라마 〈김삿갓 북한 방랑기〉의 테마곡으로 사용되면서 유명해졌다(당시에도 이 곡은 금지곡으로 묶여 있었다). 1981년 MBC가 개국 20주년을 맞아 조사한 '한국인이 뽑은 가요 100곡'에서 1위를 차지했다.[50]

이시우 (1914~1974)　본명은 이만두이고 경상남도 거제시 거제면에서 태어났다. 일본 유학 시절에 취미로 배운 기타 솜씨로 경음악 연주와 악단원 생활을 하였다. 오케레코드사 전속 악단원 생활을 하다가 만주의 창춘(長春)에 정착하여 상업에 종사하였다. 8·15 해방과 더불어 서울에 돌아와 다시 연예계에 참여하였다. 1948년 지리산 전투지구 공비소탕 작전에

48 최창호, 《민족 수난기의 대중가요사》, 일월서각, 2000, p. 129 참고.
49 위의 책, p. 130.
50 신성원, 《우리가 정말 알아야 할 우리 대중가요》, 현암사, 2008, pp. 289~290.

참여, 선무공작대원으로 활약하다가 경찰에 투신하여 오랫동안 경찰 공무원직에 머물렀으며, 1962년경 다시 가요계로 돌아왔다.

대전 브루스

최치수 작사, 김부해 작곡

1절
잘 있거라 나는 간다 이별의 말도 없이
떠나가는 새벽열차 대전발 영시 오십분
세상은 잠이 들어 고요한 이 밤
나만이 소리치며 울 줄이야
아~ 붙잡아도 뿌리치는 목포행 완행열차

2절
기적 소리 슬피 우는 눈물의 프랫트홈
무정하게 떠나가는 대전발 영시 오십분
영원히 변치 말자 맹세했건만
눈물로 헤어지는 쓰라린 심정
아~ 보슬비에 젖어가는 목포행 완행열차

최치수 작사, 김부해 작곡의 〈대전 브루스〉(1959)는 안정애가 발표한 트로트 곡이다. 대전역을 배경으로 이별의 아픔을 그리고 있으며, 브루스 리듬과 애절한 가락으로 사랑하는 사람과 헤어지는 비통한 심정을 절절한 노랫말과 시적인 표현으로 노래한 명곡이다. 이 노래에는 자정이 넘은 새벽에 대전에서 목포로 향하는 완행열차가 중심 소재로 등장하며, 가사 중 "떠나가는 새벽 열차 대전발 영시 오십분" 부분이 특히 유명하여 흔히 '대전발 영시 오십

인문학, 노래로 쓰다

대전 브루스

1. 잘 — 있거라 나 는 간 다 — 이별 의 말 — 도 — 없 이 떠 나 — 가 — 는 — 새벽 열차 대전 발영 시오 — 십 분 세상은 잠이 들 어 고 요 한 이 밤 나 만 이 소 리 치 며 울 — 줄 — 이 야 아 — — — 붙 잡 아 도 뿌 리 치 는 목 포 행 완 행 열 차

2. 기 — 적 소 리 슬 피 우 는 — 눈 물 의 프 — — 랫 — 트 홈 무 정 하 게 — — — — 떠 나 가 는 대전 발영 시오 — 십 분 영 원 히 변 치 말 자 맹 세 했 건 만 눈 물 로 헤 어 지 는 쓰 라 린 심 — 정 아 — — — 보 슬 비 에 젖 어 가 는 목 포 행 완 행 열

차

분'으로 지칭되기도 한다. 이 노래의 가사로 이야기를 엮어 1963년에 영화가 만들어졌을 때도 '대전발 영시 오십분'이라는 제목이 붙었다.

이 노래가 만들어진 1959년 당시 저녁 8시 45분에 서울역에서 출발한 목포행 완행열차는 0시 40분에 대전역에 정차하여 10분을 쉬었다가, 0시 50분에 다시 대전역에서 출발하여 새벽 6시가 되어서야 목포역에 도착했다. 당시 서울발 호남선은 대전역에 잠시 멈추어 기관차를 분리하고 반대편으로 돌려서 목포로 출발했다. 1959년부터 호남선이 대전역을 거치지 않고 서대전역으로 다니면서 대전발 0시 50분 열차도 없어졌다.

1999년 대전역 광장에 노래 가사를 적어 넣은 노래비가 건립되었다. 노래비에 작사가, 작곡가, 가수의 이름까지 새겨 넣으려 했으나, 이 노래를 원래 불렀던 가수 안정애가 조용필의 이름도 같이 들어가야 한다고 주장하여 가수 부분은 빠졌다는 일화가 있다. 이 노래는 안정애가 부를 당시에도 큰 호응을 얻었는데, 조용필이 1980년대에 취입해 새롭게 인기를 얻었다. 이후 장사익 등 여러 가수가 다시 부른 바 있다.

동백 아가씨

한산도 작사, 백영호 작곡

1절
헤일 수 없이 수많은 밤을
내 가슴 도려내는 아픔에 겨워
얼마나 울었던가 동백 아가씨
그리움에 지쳐서 울다 지쳐서
꽃잎은 빨갛게 멍이 들었소

2절

동백꽃잎에 새겨진 사연

말 못 할 그 사연을 가슴에 안고

오늘도 기다리는 동백 아가씨

가신 님은 그 언제 그 어느 날에

외로운 동백꽃 찾아오려나

　1960년대 미국 음악의 열풍에 밀려 있던 트로트를 되살린 것은 이미자가 부른 〈동백 아가씨〉(1964)의 성공이었다. '신성일, 엄앵란 주연의 영화《동백 아가씨》의 주제곡으로 사용된 이 노래는 대한민국 역사상 처음으로 100만 장을 넘기는 기록적인 인기와 상업적인 성공을 누렸다.[51] 1960년대는 이미자의 전성시대였다. 당시 〈동백 아가씨〉는 초등학교의 어린 학생들부터 할머니·할아버지에게까지 사랑받는, 이른바 국민가요가 될 정도로 대중에게 각광을 받고 애창되었다. 그러나 왜색이 짙다는 이유로 1965년 12월 15일 방송윤리위원회에 의하여 방송 금지 처분을 받았다.[52]

　그럼에도 불구하고 〈동백 아가씨〉는 대정부 시위라도 하듯 줄기차게, 집요하게 그리고 더욱 강렬하게 국민들 가슴에 자리를 차지하고 있었다. 어떤 점에서는 애국가 이상으로 수많은 사람에 의하여 어떤 자리, 어떤 시간이건 상관하지 않고 불려졌다.[53] 〈동백 아가씨〉가 몰고 온 가요계의 지각 변동은 이미자로 하여금 1960년대에서 1970년대와 1980년대를 관통하는 인기 절정의 엘레지의 여왕 자리를 굳히는 결정적인 요인이 되었다. 이 노래는 1987년 9월 18일 금지곡에서 해제되었다. 1965년 3월 1일 이후 제기되었던 왜색 가요 파동이 만 22년 6개월 만에 막을 내린 것이다.

백영호 1920년 부산 출생으로 〈동백아가씨〉로 대성했다. 작사가 한산도와 더불어 손인호

---

51 손민정,《트로트의 정치학》, 음악세계, 2009, p. 124.
52 정영도,《철학교수와 대중가요의 만남》, 화산문화, 2008, p. 167.
53 위의 책, p. 169 참고.

동백 아가씨

1. 헤 일 - 수 없 - 이 수 많 은 밤 을
2. 동 백 - 꽃 잎 - 에 새 겨 진 사 연

내 가 슴 도 려 내 는 아 픔 에 겨 워
말 못 할 그 사 연 을 가 슴 에 안 고

얼 마 - 나 울 있 던 - 가 동 백 -
오 늘 - 도 기 다 리 - 는 동 백 -

아 가 - - 씨 - 그 리 움 에 지 쳐 서
아 가 - - 씨 - 가 신 님 은 그 언 제

울 다 지 쳐 서 꽃 잎 - 은 빨 강 - 게
그 어 느 날 에 외 로 - 운 동 백 - 꽃

멍 이 들 - 었 - 소 -
찾 아 오 - 려 - 나 -

가 부른 〈해운대 엘레지〉 등 히트곡을 발표했다. 1960년대 들어 한산도·백영호 콤비는 일세를 풍미한 이미자의 〈동백 아가씨〉를 비롯해 문주란의 〈동숙의 노래〉 등 많은 히트곡을 연달아 냈고, 백영호는 박춘석과 함께 트로트계 작곡가로 쌍벽을 이루며 황금시대를 구가했다.[54]

돌아와요 부산항에

황선우 작사 · 작곡

1절

꽃피는 동백섬에 봄이 왔건만

형제 떠난 부산항에 갈매기만 슬피 우네

오륙도 돌아가는 연락선마다

목메어 불러 봐도 대답 없는 내 형제여

돌아와요 부산항에 그리운 내 형제여 (2절 생략)

〈돌아와요 부산항에〉는 조용필의 수많은 히트곡 중 가장 많이 애창되면서 대중의 사랑을 받은 노래이다. 1970년대 중반에 접어들면서 트로트의 인기가 급격히 떨어지고,[55] 1975년 대마초 사건으로 포크와 록이 초토화되었을 때, 그 틈새를 파고들어 인기를 끈 작품이 다름 아닌 조용필 최초의 인기곡 〈돌아와요 부산항에〉(1975)였다.[56] 이 작품만큼은 트로트의 가능성을 열어준 기념비적인 노래라 할 수 있다.[57]

그동안 익숙하게 듣고 불러온 노래지만 다시 한 번 이 노래의 가사를 음미해 보자. 오랫동안 헤어져 있는 형제를 애타게 그리는 마음이 이 가사에 얼마나 애절하게 잘 표현되어 있는가! "오륙도 돌아가는 연락선마다/목메어 불러 봐

54 박찬호, 《한국가요사(2)》, 안동림 옮김, 미지북스, 2009, p. 256.
55 손민정, 앞의 책, p. 129.
56 이영미, 앞의 책, p. 190.
57 위의 책, p. 130.

돌아와요 부산항에

꽃피 - 는 동백섬 - 에 봄 이
가 고 - 파 목 이 메 - 여 부르

왔 건 - 만 - 형제떠난
던 이 거리는 - 그리워서

부산 항 에 갈매기만 슬피우 - 네
헤 메 이 던 긴긴날의 꿈 이 었 - 지

- 오륙도 돌아가는 연락선마 - 다
- 언제나 말이없는 저물결들 - 도

목 메 어 불러봐도 대답없는내형제 여 돌 아 와
부 딪 혀 슬 퍼하며 가는길을막았었지 돌 아 왔

요 부산항에 그리운내형 - 제 -
다 부산항에 그리운내형 - 제 -

여 -

어 -

도 대답 없는 내 형제여"와, 언제나 말이 없는 저 물결들도/부딪혀 슬퍼하며 가는 길을 막았었지" 등의 대목은 그 절절한 시적 표현으로 우리의 심금을 울린다.

이 노래는 재일 동포의 모국 방문이라는 시대적인 상황과 맞아 떨어져 크게 빛을 본 작품으로 1970년대의 사회상을 알게 하는 노래다. 〈돌아와요 부산항에〉가 히트한 배경에 대하여 조용필은 "지난해 6월 황선우 씨가 모국을 찾아오는 조총련계 재일 동포들의 향수를 달래주기 위해 이 노래를 작곡한 것으로 뽕짝조이지만 고고리듬으로 현대 감각이 가미됐고 포크송에 싫증이 난 가요팬들이 뽕짝조에 향수 비슷한 것을 느꼈기 때문에 히트할 수 있었던 것 같다."[58]고 말했다. 부산 해운대 백사장에는 이 노래의 노래비가 조각되어 있다.[59]

조용필(1950~) 경기도 화성 출생으로 1968년부터 연주 활동을 시작하였다. 한국 대중가요 역사상 최고의 가왕이자 국민가수이다. 그는 음반 판매나 방송 출연 등 어느 분야에서든 최고의 인기를 누리면서 5년 이상 왕좌를 차지했다.[60]

통기타 대중가요

통기타 대중가요의 역사

통기타 대중가요는 포크송이라고도 부른다. 포크송이란 무슨 뜻인가? 포크송(folk song)을 우리말로 번역하면 '민요'라는 뜻이지만, 대중가요에서 말하는 포크송이란 1960년대 미국에서 만들어지고 유행하던 모던 포크송과 그 어법에 따라 만든 노래를 의미한다. 원래 미국에서는 대학생이 주도한 반(反)베트남전쟁 운동 등과 같은 반전(反戰) 운동과 정치를 비판하는 내용을 담은 저항의 노래로 만들어졌다.[61]

---

58 《한국일보》1977. 4. 17.
59 김지평, 앞의 책, p. 201.
60 이영미, 앞의 책, p. 214.
61 민경찬, 앞의 책, pp. 348~349.

미국에서 1930~1940년대 포크송을 대표하는 우디 거스리와 피트 시거에 이어, 1960년대 초반에는 밥 딜런과 조앤 바에즈가 등장했다. 특히 밥 딜런은 반전과 민권운동의 기수로서 세계적으로 유행한 통기타, 청바지, 생맥주의 청년 문화를 주도했다. 한국 가요에 포크의 흐름이 일어난 것도 밥 딜런에 의해 비롯되었다. 한대수, 김민기, 서유석, 양희은 등이 그의 영향 하에서 포크 음악을 꽃피운 면면들이었다.[62]

한국 통기타 대중가요의 역사는 1968년에 포크/록 자작곡 가수로 데뷔한 한대수로부터 시작한다. 본격적인 포크 붐이 일어나기에 앞서 한국 포크송 역사의 시발로 흔히 언급되고 있는 사건이 있었으니, 바로 1968년 11월 하순 미국에서 돌아온 한대수가 남산 드라마센터에서 가진 귀국 공연이었다. 1948년 부산에서 태어나 사춘기를 주로 미국에서 보낸 한대수는 미국에서 익힌 포크를 토대로 한 창작곡을 발표해서 이 땅의 젊은이들에게 충격을 주었다. 한대수는 〈고무신〉, 〈물 좀 주소〉 등 풍자와 해학이 담긴 노래를 자작해서 불렀는데, 김민기의 첫 독집음반에 수록된 〈바람과 나〉와 양희은의 음반에 수록된 〈행복의 나라로〉도 그의 작품이다. 한대수는 가장 중요하고 어려운 것으로 '자신이 할 말에 대한 확신'을 꼽는다. 작가 태도를 지닌 노래 창작자의 면모이다.[63]

초기의 포크송 창작자와 가수들이 미국의 사회비판적 포크송을 받아들였고, 그 중 〈바람만이 아는 대답〉이나 〈꽃들은 어디에〉, 〈소낙비〉 등은 번역된 가사로도 꽤 널리 알려졌음에도 그다지 심각한 정치적인 의미로 받아들이지는 않았다.

1970년을 전후로 포크 가요는 한대수·서유석·김민기의 트로이카 체제로 출발하여 그 후 몇 년은 포크의 황금기였다. 젊은 가수들은 한결같이 통기타를 다뤘다. 여가수는 양희은·박인희·이연실이 삼두마차를 이뤘다. 양병집과 이필원은 포크를 표방했고, 송창식·윤형주·라나에로스포·쉐그린·은희·김정호·어니언스·4월과5월이 인기를 얻었다. 또한 1970년대 가요계는 통

62 임진모, 《록, 그 폭발하는 젊음의 미학》, 창공사, 1996, pp. 56~57.
63 이영미, 앞의 책, pp. 154~155.

기타 음악의 유행과 함께 듀엣이 붐을 이루었다. 당시의 포크 음악이 대개 통기타 반주에만 의지했기 때문에, 단조로운 반주를 보충하기 위해 보컬에 화음을 넣어 변화를 주었고, 이에 따라 듀엣이 편성된 것이다.[64]

이러한 통기타 대중가요가 한창 붐을 이루던 시기에, 1972년 '10월 유신'으로 상징되는 암울한 정치상황은 포크의 자유로운 정신을 압박했고, 〈아침이슬〉이 금지곡으로 낙인찍힌 것은 서막에 불과했다. 한대수는 이 땅에서 더 이상 노래를 쓰고 부를 자유가 없다며 미국으로 다시 건너갔고, 김민기는 요주의 인물로 찍혀 자의반 타의반으로 활동을 접었다. 이처럼 1970년대 포크 음악은 기성세대와 독재에 대한 젊은 세대의 반항 정신을 통기타 반주에 실어 읊는 일종의 항변이기도 했다.

그 후 〈섬소년〉의 이정선, 〈고별〉의 홍민, 〈밤에 떠난 여인〉의 하남석, 〈애심〉의 전영록이 인기를 얻었다. 김태곤과 정태춘은 국악과 불교에 바탕을 둔 한국적 포크를 잉태했다. 1980년대엔 늦깎이 조동진이 독보적 영역을 구축했고, 1990년대엔 이주호가 주축이 된 해바라기를 비롯해 한돌, 신형원, 유지연, 강은철 같은 가수들이 포크를 표방한 음악으로 명맥을 유지했다.

그러다 2009년부터 최근 몇 년 사이에 다시금 통기타 열풍이 불기 시작했고, 2010년에 오디션 프로그램인 '슈퍼스타K'에서 장재인이 통기타를 연주하며 노래한 것과 MBC TV '놀러와'라는 예능 프로그램에 통기타 초창기 가수들인 송창식·윤형주·김세환·조영남 등이 '쎄시봉' 활동 시절의 통기타 노래들을 부른 것이 계기가 되었다. 이러한 통기타 대중가요의 붐으로 최근에는 통기타 구매량이 늘었다고 하며, 통기타를 배우는 사람들도 크게 늘었다. 이를 계기로 아름다운 통기타 대중가요가 더욱 활성화되기를 기대한다.

오늘날 한국의 대중가요는 지나친 상업주의로 인하여 그 보급과 향유 면에서 다양한 노래 장르의 균형을 잃어버렸다. 방송 매체에서 특히 10대의 젊은 층을 겨냥한 특정한 가요 장르(주로 댄스음악)만을 편향적으로 소개하고 있다. 그러나 노래와 관련된 방송 프로그램 편성은 가능한 한 남녀노소 모든 연령

---

64 신성원, 앞의 책, p. 186.

층의 사람들이 다양한 장르의 노래를 즐길 수 있도록 개선되어야 한다.

통기타 대중가요의 특징

한국의 통기타 음악이 방송매체를 통해 본격적으로 모습을 드러내기 시작한 것은 1969년 무렵이다. 1970년 9월 2일 최초의 통기타 음악 단독 공연인 'Y포크페스티벌'이 YMCA 대강당에서 열렸다. 그리하여 1971년 이후 통기타 음악이 주류 음악권으로 진입하였고,[65] 1968년에만 해도 서울에서 기타를 배울 수 있는 음악학원이 40여 개에 달할 정도였다.[66] 1970년부터 통기타 음악 가수들이 TV에 출연하여 젊음의 상징을 통기타로 각인시켜 너도나도 앞다투어 기타를 배우기 시작했다. 당시 1970년대 청년 문화는 1960년대 미국 문화처럼 청바지에 생맥주, 장발에 통기타가 특징이었다. 이 통기타와 청년 문화는 1974~1975년경에 이르러 명실공히 최고의 대중적 인기를 지닌 대중 문화로 자리잡게 된다.[67]

포크송 가수들은 직접 기타를 치고 노래를 불러 '통기타 가수' 혹은 '통기타 부대'라고 불렸다. 통기타, 즉 어쿠스틱 기타는 그들의 트레이드 마크였고, 가수가 되기 위해서 기타 연주는 반드시 거쳐야 할 관문 같은 것이었다.

이 시기의 포크 작품에서는 이전 가요들과는 달리 하나같이 하얗고 맑은 것, 작고 소박하며 가난한 것에 대한 긍정적 가치를 부여하고 있다.[68] 순수하고 약하며 소박하고 작은 것에 대한 포크의 긍정적 가치는, 뒤집어 보면 오염되고 강하고 화려하고 큰 것에 대한 부정적 가치 평가와 통한다. 순수함이란 때가 묻지 않았다는 것을 의미한다. 작고 어린 것, 아이, 소년·소녀, 덜 문명적인 것, 치장을 하지 않은 것 등에 대한 긍정적 가치 부여는 이런 때문지 않음과 관련 있다.[69] 아마 이런 특성이, 포크가 다른 대중가요에 비해 순수하다는 느낌을 주는 이유일 것이다.

65 김창남 편, 앞의 책, p. 178.
66 위의 책, p. 182.
67 이영미, 앞의 책, p. 151.
68 위의 책, p. 243.
69 위의 책, p. 245.

한국 대중음악의 기반을 이루고 있었던 트로트가 사회 기층민의 정서를 달래주는 문화였다면, 통기타 가요는 상대적으로 세련된 도시적 분위기를 대변하며 대학생과 지식인층의 낭만적이고 서구 지향적인 감성을 충족시켜주는 문화였다고 할 수 있다. 이들의 노래는 '시적'이라는 표현이 가능한데, 통기타 가요의 시어들을 보면 순수하고 소박한 세계에 대한 지향을 담고 있음을 잘 보여준다. 그들의 가사에는 분명 메시지를 숨기고 있는 노래였다. 일반적인 가사로는 어울릴 것 같지 않은 단어들이 들어 있었고, 다른 노래에서는 보기 어려운 의미심장한 내용이 숨어 있었다.[70]

기타 하나로 반주를 하는 연주 형태는 여러 내용적 함의를 지닌다. 우선 악기 소리가 작고 가창자의 노래가 크게 돋보이기 때문에 가사가 중요하게 부각된다. 또한 반주자와 가수가 동일인이기 때문에 가창과 반주가 완전히 하나가 되어, 반주는 철저하게 가창자의 의도에 따라 좌우된다.[71] 한편 통기타 대중가요는 함께 노래 부르는 공동체적 성격으로 '함께 노래 부르기'라는 문화를 형성하였다. 이와 같은 통기타 대중가요의 경향을 요약해 보면 다음과 같다.

    (가) 연주에 노래를 겸하거나 작사·작곡에 연주 노래를 겸하는 1인 다기
        능의 음악 표현 양식을 보여주었다.
    (나) 노래를 선율적인 요소와 문학적인 요소로 양분할 때, 사운드의 영역
        을 최소화하고 문학적인 내용 전달을 중요시하는 쪽으로 발달했다.
    (다) 기타를 치면서 앉거나 이동하면서도 노래를 부를 수 있기 때문에 안
        전한 음역 내에서 편안하고 포근한 노래를 보여주었다.

통기타 음악은 가사의 전달력이 가장 뛰어난 음악이다. 즉 가사의 중요성이 극대화된 음악이자 문학성이 가장 강조된 음악인 것이다. 그런 면에서 사운드를 생명으로 여기고 가사 전달에 취약한 그룹사운드와 대조된다.[72]

---

70 김창남 편, 앞의 책, pp. 24~25.
71 이영미, 앞의 책, p. 241.
72 김지평, 앞의 책, p. 185.

통기타 대중가요 부르기

풀꽃

나태주 작시, 김정식 작곡

자세히 보아야 예쁘다
오래 보아야 사랑스럽다
너도 그렇다.

Wild Flowers

김정식 번역

Everyone is beautiful, when you look close.
Everyone is lovely, when you look deep.
You are so lovely too. Wie gut ich dir bin!

시인은 산이나 들판에 호젓하게 피어 있는 소박한 풀꽃을 바라보다가, 문 득 자세히 들여다보니 정말 예쁘고, 오래 바라보니 참으로 사랑스럽다는 것 을 느꼈으리라. 풀꽃 한 송이를 경탄의 마음으로 관찰하고 음미하는 시인의 모습이 저절로 떠오른다. 무심코 지나치기 쉬운 풀꽃의 아름다움을 이처럼 인상적으로 노래한 시도 드물 것이다. 그런데 어찌 한 송이의 풀꽃뿐이겠는 가? 이 세상의 모든 생명체와 존재가 신비스럽고 아름다운 것이 아니겠는가!

만약 이 시가 예쁘고 사랑스러운 풀꽃만을 노래했다면 어떠했겠는가? 그렇 다면 이 시는 그저 풀꽃에 대한 사랑 노래에 그쳤을 것이다. 우리를 둘러싸고 또 우리와 함께하는 자연에 대한 사랑은 물론 소중하다. 그러나 그 사랑이 오 직 자연에만 머물면 어찌 되겠는가?

이 시는 풀꽃에 대한 사랑이 곧바로 사람에 대한 사랑으로 연결되었다는

풀꽃
Wild Flowers

자 - 세 히 보 아 야 에 쁘 - 다
Eve - ry one is beau - ti - ful, when you look close.

오 - 래 - 보 아 야 사 랑 스 럽 다
Eve - ry one is lo - ve - ly, when - you look deep.

니 도 - 그 렇 다
You are so lo - vely, too.

것이 결정적인 매력이다. 한 송이의 풀꽃에 대한 사랑이 그러할진대 하물며 함께 있는 사람에 대한 사랑은 어떠하겠는가? 나태주 시인은 단 세 줄의 짧은 시 〈풀꽃〉에 소박한 자연에 대한 사랑과 사람에 대한 사랑을 감동적으로 엮어놓았다. 명시가 아닐 수 없다.

나태주 (1945~) 충남 서천 출생으로, 공주사범학교를 졸업하였으며 오랫동안 초등학교 교사로 재직했다. 1971년 《서울신문》 신춘문예에 〈대숲 아래서〉 시가 당선되면서 본격적인 문단활동을 했다. 그동안 낸 시집으로 《대숲 아래서》, 《막동리 소묘》, 《신촌 엽서》, 《황홀극치》, 《이야기가 있는 시집》 등 여러 권이 있고, 시화집 《너도 그렇다》, 동화집 《외톨이》, 산문집 《시골사람 시골선생님》, 《공주, 멀리서도 보이는 풍경》, 《풀꽃과 놀다》, 《시를 찾아 떠나다》 등 여러 권이 있다. 현재 공주문화원장으로 재직 중이다.

김정식 (1956~) 전남 장성 출생으로 자작곡 가수이다. 1978년 제2회 MBC 대학가요제에서 자작곡 〈약속〉으로 은상을, 1982년 제6회 MBC 대학가요제에서는 자작곡 〈오! 나의 바람〉으로 동상을 수상하는 등 대학가요제와 가톨릭어린이창작성가제에서 여러 차례 입상을 하였다. 1989년에 가톨릭 생활성가악보집 《김정식·로제리오 생활성가》를 출간하였으며, 다양한 음반 출반과 더불어 공연 활동을 하고 있다.

아침이슬

김민기 작사·작곡의 〈아침이슬〉(1971)은 한국 통기타 음악의 대표곡이라고 할 수 있다. 한국 대중음악을 세계적 수준으로 끌어 올린 곡이라는 평가를 받는 〈아침이슬〉은 김민기가 19세에 만든 노래다. 1999년 MBC가 실시한 여론조사에서 김민기의 〈아침이슬〉이 '청취자들이 가장 좋아하는 노래' 1위에 뽑혔다.[73] 이 노래는 2008년에도 7080세대[74]가 뽑은 '불후의 명곡'이다.[75]

아침이슬

김민기 작사·작곡

긴 밤 지새우고 풀잎마다 맺힌
진주보다도 더 고운 아침이슬처럼
내 맘의 설움이 알알이 맺힐 때
아침 동산에 올라 작은 미소를 배운다
태양은 묘지 위에 붉게 타오르고
한낮에 찌는 더위는 나의 시련일 지라
나 이제 가노라 저 거친 광야에
서러움 모두 버리고 나 이제 가노라

73 신성원, 앞의 책, p. 290.
74 7080세대란 1970년대와 1980년대에 젊은 시절을 보낸 세대를 일컫는 말로 쓰인다.
75 《스타뉴스》, 2008. 11. 25.

김민기는 〈아침이슬〉이 사회적, 혹은 정치적 사실과는 무관하게 만들어진 곡이라고 밝히고 있다. 그러나 〈아침이슬〉은 그 가사의 상징성 때문에 원작자의 의도와는 달리, 부르는 이의 자의적 해석이 가능했다. 실연의 아픔에 고뇌하는 젊은이가 부르면 이별의 아픔과 그 극복을 토해내는 애가(哀歌)이지만, 현실의 벽 앞에서 좌절하는 활동가가 부르면 이 노래는 꺼지지 않는 저항의 의지를 담아낼 수 있는 결의가(決意歌)로 변모하는 것이다. 1972년 10월 유신이 선포되면서 정국은 바짝 긴장되었다. 대학가는 데모로 하루를 시작하여 데모로 하루가 저물었다. 운동권 학생들은 미래를 생각하며 〈아침이슬〉을 불렀고, 결단을 내려야할 시점에서도 〈아침이슬〉을 불렀다. 때문에 김민기는 저항권 학생으로 지목 당했고, 김민기의 음악은 이름 석자 만으로 금지가 되는 수모를 당해야 했다.

〈아침이슬〉은 트로트를 중심으로 하는 고답적 대중가요 풍토에 식상해 있던 당시의 대중들과 평론가들로부터 비상한 관심을 모았고, 이후 1970년대 초반을 휩쓴 소위 '통기타선풍'의 기폭제가 되었다. 음악평론가 이상만은 "1970년대는 김민기의 '아침이슬'로 시작되었다."[76]고 했다.[77] 조영남은 〈아침이슬〉을 가리켜 "단언하건대 한국가요 백년사를 통틀어 가장 우수한 노랫말 서넛 중의 하나"[78]라고 하면서, "두말할 것도 없이 〈아침이슬〉은 곡조 또한 최고의 찬사를 받아 마땅하다."[79]고 평가한다. 덧붙여 "어느 조사에선가 해방 후 가장 좋은 대중가요로 많은 대중들이 답한 곡이 〈아침이슬〉이었다."[80]고 한다.

평론가들은 김민기의 가장 큰 예술적 성과로 그가 우리나라 대중가요에서 새로운 가사쓰기의 한 전범을 보여주었다는 사실을 꼽는다. 김민기는 외래어나 한자어가 섞이지 않고 서정적인 모국어를 시인처럼 능수능란하게 부린다는 평가를 받는데, 시인 황지우는 김민기의 노랫말에서 언뜻언뜻 언어적

76 고대민족문화연구소,《한국현대문화사대계(대중음악편)》, 1980.
77 김창남 엮음,《김민기》, 도서출판 한울, 1990, p. 159.
78 조영남,〈김민기는 누구인가?〉, 위의 책, p. 8.
79 위의 곳.
80 이영미, 앞의 책, p. 162.

아침이슬

인 섬광을 발견했다고 한다.

　'우리말'에 대한 김민기의 관심과 애정은 유별나다. 김민기는 자신의 삶에
가장 많은 영향을 끼친 인물로 김지하를 꼽는데, 그는 김지하를 사상적인 면

보다 우리말의 생동감을 처음으로 각인시켜준 유일한 사람으로 기억한다. 김지하 초기 시편들의 절절한 서정에 대한 감탄은 시처럼 빛나는 김민기 노래의 명가사들로 이어진다.

　김민기의 노래는 당시 누구보다도 순수한 마음으로 세상을 진지하게 탐구하여 하고 싶은 말을 던지는 포크 정신을 시종 견지하고 있다는 점에서, 특히 '한국에 사는 젊은이'의 고민이 구체적으로 드러나 있다는 점에서, 그리고 가사와 음악이 어우러진 작품의 완성도 면에서 한국 통기타 대중가요의 최고봉이라 할 만하다.[81]

김민기(1951~)　전북 익산 출생으로 학전 블루 소극장 대표이다. 1994년 초연한 〈지하철 1호선〉이 15년에 걸쳐 4000회가 넘는 장기 공연을 진행하였고, 이 뮤지컬의 공로로 2007년 독일 괴테 메달을 받았다. 음악계의 브리태니커로 통하는 영국 《그로브 음악 대사전》의 편찬자들은 김민기를 한국을 대표하는 음악인 29명 중 한 명으로 선정해 그의 이름을 음악 대사전에 올렸다.

양희은(1952~)　서울 출생으로, 1971년 서강대 사학과 입학과 동시에 아르바이트로 노래를 부르기 시작하여 〈이루어질 수 없는 사랑〉으로 주목을 받았다. 1970년대 통기타 대중가요를 대표하는 양희은은 "여자가수로서는 드물게 진지한 깊이와 진취적인 힘을 겸비하여, 남성적 씩씩함과 맑고 처연한 소녀 이미지를 동시에 구사하였다."[82] 한국 통기타 대중가요의 여왕이라고 할 만큼 변함없는 사랑을 받고 있는 가수이다.

아름다운 사람

헤르만 헤세 작시, 서유석 작곡

장난감을 받고서 그것을 바라보고 얼싸안고

81 위의 곳 참고.
82 이영미, 앞의 책, p. 145.

기어이 부셔버리는, 내일이면 벌써 그를 준 사람조차
잊어버리는 아이처럼, 오~~~~ 오~~~~ 오~~~~
아름다운 나의 사람아

당신은 내가 드린 내 마음을 고운 장난감처럼,
조그만 손으로 장난하고서 내 마음이 고민에 잠겨있는,
돌보지 않는 나의 여인아 나의 사람아, 오~~~~
아름다운 나의 사람아

〈아름다운 사람〉은 헤르만 헤세가 1914년경 그의 나이 서른여덟 살 즈음에
쓴 시 〈아름다운 여인〉을 가지고 서유석이 그 원시의 내용을 약간 개사하여
만든 노래이다. 헤세의 원시 〈아름다운 여인〉을 감상해보자.

아름다운 여인

So wie ein Kind, dem man ein Spielzeug schenkt,
Das Ding beschaut und herzt und dann zerbricht,
Und morgen schon des Gebers nimmer denkt,
So hältst du spielend in der kleinen Hand
Mein Herz, das ich dir gab, als hübschen Tand,
Und wie es zuckt und leidet, siehst du nicht.

장난감을 받고서 그것을 바라보고 껴안고,
그리곤 부셔버리는, 내일이면 벌써 그걸 준 사람을
전혀 생각하지 않는 아이처럼,
그대는 내가 드린 내 마음을, 예쁜 장난감처럼,
조그만 손으로 장난하듯이 쥐고서,
그 마음이 쑤시고 고통당하는 걸, 알지 못하네.

이 시의 화자, 즉 시적 자아는 아름다운 여인에게 사랑의 마음을 주었지만, 그 여인은 흡사 장난감을 가지고 즐겁게 놀다가 부서버리고 선물한 사람마저 이내 잊어버리는 어린 아이에 빗대어 짝사랑의 고통을 토로하고 있다.

헤세는 자신의 사랑이 늘 수월하지 않았다고 고백한 적이 있다. 헤세가 이 시를 쓴 시기는 첫 번째 부인 마리아 베르누이과 결혼한 지 10년 정도 지난 시기이다. 헤세가 품었던 짝사랑의 마음이 이 시의 배경에 깔려 있는지 확인하기는 쉽지 않다. 그러나 짝사랑의 안타까운 상황과 심정을 모르는 여인을 어린 아이에 비유한 이 시는 독자들에게 짝사랑의 심정적 상황을 선명한 인상으로 보여준다.

헤세의 이 시를 노래로 작곡한 서유석은 두 가지의 동기로 작곡하게 되었다고 한다. 하나는 식구가 많은 대가족의 집안에 시집와 온갖 집안 살림을 힘들게 도맡아 하는 형수의 아름다움과, 열매가 무르익은 상태를 가리키는 '아름'이라는 말이 '사람'을 수식하여 "아름다운 사람"이라고 표현한 것이 아주 인상적이었다는 것이다.

서유석이 1972년에 이 곡을 작곡하여 1974년에 발표한 때는 한국에서 헤세 문학의 붐이 최고조에 달했던 시기이자, 동시에 통기타 노래가 한국에서 최고의 붐을 이루었던 시기이다. 〈아름다운 사람〉은 2005년에 《내 이름은 김삼순》이라는 드라마에 등장하면서 다시금 대중들의 관심을 끌었다.

서유석 (1945~) 1970년대에 우리나라 통기타 음악을 주도한 가수로서, 1970년대 후반과 1980년대에 최고의 인기를 누렸던 통기타 가수이다. 그는 오랫동안 교통방송과 푸른 신호등 프로그램을 진행하면서, 가수와 방송진행자의 활동을 병행하였다. 2002년에는 국민훈장 목련장을 받았다.

아름다운 사람

Die Schöne

장난감을 - 받고서 그것을바라보고 얼 싸안고기어이 부서버리는
당 - 신은 - - - - 내가드린 - - - 내마음을고 - - 운 장난감처럼

내일이면 - 빌써 그를준 사람조차 잇어버리는 -
조그만 - 손으로 장난 - 하고 - 서 내마음이 - 고민에

아이처럼 - 오 - - - - - 오 - - - - -
잠겨있는 -

오 - - - - - 아름다운나의 사람아

돌보지 - 않는 나의 여인아 나의 사람아 -

오 - - - - - 아름다운나의 사람아

아름다운나의 사람아

D.S. al Coda

우 - - 우 - - F.O.

흰 구름

헤세는 모든 자연물 중에서 구름에 대해 아름다운 시를 많이 썼다. 〈흰 구름〉은 김정식이 헤세의 시를 노랫말로 하여 만든 노래로 1902년경에 헤세가 쓴 초기 시이다. 헤세의 시 〈흰 구름〉을 감상해보자.

흰 구름

헤르만 헤세 작시, 김정식 작곡

오 보아라, 구름이 다시금 흘러간다
잊어버린 아름다운 노래의
조용한 멜로디처럼
파아란 하늘 저멀리!
그 누구도 구름을 알 수 없다,
오랜 여행길에서
모든 방랑의 고통과
기쁨을 알지 못한 사람은.

태양과 바다와 바람처럼,
나는 하얗고 정처 없는 것을 사랑한다,
그들은 고향을 잃어버린 사람들의
자매요 천사들이기 때문에.

O schau, sie schweben wieder
Wie leise Melodien
Vergessener schöner Lieder
Am blauen Himmel hin!
Kein Herz kann sie verstehen,

흰 구름
Weisse Wolken

우러러 보아요 하늘에 - 흰구름이 - 잃어버

린 - 노래의 음률처럼 - 끝없이 - 흘러가요 기나

긴 - 방랑끝에 여행의 - 기쁨과 슬픔까지 - 한결

같이 느껴보지 못한 사람은 저구름 을 알수없어요 - 내가

사랑하는 햇님과 바다와바람처럼 - 하 얗고정처없는 구름 - 그들

은 나그네의 벗이며 - 천사요 자매들이니 오 -

우러러 보아요 하늘에 - 흰구름이 - 잃어버린 - 노래의

음률처럼 - 끝없이 흘러가 요 이 흘러가 요

Dem nicht auf langer Fahrt

Ein Wissen von allen Wehen

Und Freuden des Wanderns ward.

Ich liebe die Weissen, Losen

Wie Sonne, Meer und Wind,

Weil sie der Heimatlosen

Schwestern und Engel sind.[83]

　이 시는 구름을 노래한 헤세의 많은 시들 중 가장 대표적인 시로 알려져 있다. 1연에서 헤세는 흘러가는 구름을 '잊어버린 노래의 멜로디'라고 비유함으로써 시각과 청각이 한데 어우러지는 공감각적 표현법을 사용하였다.

　2연에서 "모든 방랑의 고통과 기쁨"이라고 표현한 것은 화자가 오랜 여행길에서 방랑하며 고통과 기쁨을 함께 느꼈다는 것을 말해준다. 시적 화자의 이러한 양극의 정서 경험은 독자로 하여금 인생을 흡사 하나의 긴 여행에 비유하게 하여, 우리의 인생에도 고통과 기쁨이 한데 어우러져 있다는 것을 인식하도록 해준다.

　3연에서 시의 화자는 그가 사랑하는 자연물로서 태양과 바다와 바람을 제시하고 있다. 이 자연물들은 모두 공간적으로 먼 데 있거나 아니면 비교적 공간의 경계선을 넘어선다. 구름은 이러한 자연물들과 함께 무한함과 영원함을 상징한다. 결국 구름은 방랑을 상징하면서, 동시에 영원한 고향에 대한 향수를 상징하는 것이다.

　김정식은 열네 살 때 헤세의 〈흰 구름〉으로부터 커다란 감동을 받은 후 38년 동안 가슴에 간직하고 있다가, 2005년 노르웨이의 옛 수도 베르겐을 여행하던 중 그리그의 생가 앞에서 가을 하늘에 흰 구름이 떠가는 것을 보자 헤세의 시가 떠올라 노래로 만들었다고 한다.

---

83 Hermann Hesse, *Die Gedichte. Bd. 1.*, Frankfurt/M., 1977, p. 211.

김정식 (1956~) 앞의 〈풀꽃〉을 작곡한 김정식은 헤세의 시에 큰 감명을 받아 지금까지 400
여 곡을 써서 노래로 부르고 있다. 헤세의 시를 가지고 작곡한 노래로는 〈흰 구름〉 외에 〈들
판을 넘어〉, 〈신음하는 바람처럼〉, 〈방랑길에〉 등이 있다.

한계령

하덕규 작사·작곡의 〈한계령〉은 노랫말이기에 앞서 시적인 감흥으로도 손
색없는 작품이다.[84]

한계령

하덕규 작사 · 작곡

저 산은 내게 우지마라 우지마라하고
발 아래 젖은 계곡 첩첩산중
저 산은 내게 잊으라 잊어버리라하고
내 가슴을 쓸어내리네

아 그러나 한 줄기 바람처럼 살다 가고파
이 산 저 산 눈물 구름 몰고 다니는
떠도는 바람처럼

저 산은 내게 내려가라 내려가라하네
지친 내 어깨를 떠미네

하덕규가 한계령을 찾아온 것은 1983년 여름, '시인과 촌장'이란 이름으로
노래를 하던 20대 때였다고 한다. 그의 가슴엔 젊은 날의 고뇌와 삶에 대한

---

[84] 김현성, 《오선지 위를 걷는 시인들》, 샘터사, 2003, p. 77.

한계령

저 산은 내-게 - 우지마라 우지마라 하고 발아래 젖은 계곡 첩 첩 산 중 저

산은 내-게 - 잊-으라 잊어버리라 하고 - 내 가슴을 쓸어내리 네 아

그 러나 한 줄 기 바람처럼 살다가고 파 이

산 - 저산눈물 구름몰고 다니는 - 떠 도 는 바 - 람처 럼 저

산은 내-게 - 내려가라 내려가라 하네 지친내어깨를 떠미 네

회의로 하루하루를 절박한 심정으로 지내던 중 산봉우리들이 그에게 '내려
가라'고 하면서 등을 떠미는 것 같은 느낌을 받았다고 한다. 그 후 산에서 내
려와 귓가에 맴돌던 산의 목소리를 옮겨 적은 노래가 〈한계령〉이다.

그는 이렇게 회상했다. "이 곡을 작사한 건 1984년 즈음이다. 20대 중반, 갈
등하고 방황하며 한계령을 찾았을 때 가서 안기려고 했던 산이, 다시 치열하
게 너의 삶을 살아내라고 밀어내는 듯한 느낌을 받았다. 지금 와서 생각해보
면, 그 때의 느낌이 어떤 모티브를 주었던 것 같다. 그 모티브를 통해서 여러

곡들을 썼고, 그 곡들은 그때의 나처럼 지치고 피곤한 사람들에게 전달되어
서, 널리 여러 사람이 공유하는 노래로 태어나게 되었다고 생각한다."[85]

　　김선태는 하덕규의 〈한계령〉을 다음과 같이 평가한다. "한계령은 강원도
양양군과 인제군 사이에 있는 해발 950m의 제법 높은 재입니다. 그러나 '시
인과 촌장'의 하덕규가 작사·작곡하고 양희은이 부른 이 〈한계령〉은 인간 속
세의 초월할 수 없는 벽이며, 기어이 속세를 사랑할 수밖에 없음을 알려주는
가사와 곡 모두가 시를 능가하는 탁월한 노래입니다."[86] 하덕규는 〈한계령〉
등 발표했던 80여 곡의 가사를 묶어 《내 속에 내가 너무도 많아》(1989)라는
제목의 시집을 냈다.

하덕규(1958~)　강원도 홍천 출생으로 1981년 '시인과 촌장'으로 가수 활동을 시작했고, 현
재 백석대학교 기독교문화예술학부 교수이다. 고향이 강원도였던 그는 젊은 시절부터 도망
치듯 한계령을 찾곤 했다.[87]

하늘

　　〈하늘〉은 박두진 시인의 시를 가지고 서유석이 만든 노래이다. 먼저 박두
진의 원시를 감상해보자.

하늘

박두진 작시, 서유석 작곡

하늘이 내게로 온다
여릿여릿
머얼리서 온다.

---

85 홍경수, 《낭독의 발견》, 샘터사, 2004, p. 255.
86 유종화, 《시마을로 가는 징검다리》, 당그래, 2005, pp. 124~125.
87 홍경수, 앞의 책, p. 252.

인문학 · 노래로 쓰다

하늘

하늘은, 머얼리서 오는 하늘은
호수처럼 푸르다.

호수처럼 푸른 하늘에
내가 안긴다. 온 몸이 안긴다.

가슴으로, 가슴으로
스미어드는 하늘
향기로운 하늘의 호흡.
따가운 볕,
초가을 햇볕으로
목을 씻고,

나는 하늘을 마신다
자꾸 목말라 마신다.

마시는 하늘에
내가 익는다
능금처럼 마음이 익는다.

이 시는 소박한 표현의 해맑은 시로 따사로운 햇살이 비치는 청명한 초가
을에 호수처럼 푸른 하늘을 보자 몸과 마음이 빠져 들어가는 듯한 화자의 행
복한 심경이 잘 드러난 시이다. 서유석은 이러한 시의 분위기에 맞춰 훌륭한
곡을 만들어 주었다.

박두진 시인의 안성 집에서 아름다운 금광 호수가 펼쳐져 있는데, 이 시에
나타난 호수가 바로 금광 호수를 염두에 두었을 것이다.

푸르른 날

서정주 작시, 송창식 작곡

눈이 부시게 푸르른 날은
그리운 사람을 그리워하자

저기 저기 저, 가을 꽃 자리
초록이 지쳐 단풍드는데
눈이 내리면 어이하리야
봄이 또 오면 어이하리야

내가 죽고서 네가 산다면!
네가 죽고서 내가 산다면?

눈이 부시게 푸르른 날은
그리운 사람을 그리워하자

〈푸르른 날〉은 서정주의 시를 송창식이 가곡풍으로 작곡하여 1983년 제1회 KBS 가사대상에서 대상을 차지했던 노래이다. 이 시는 처음과 끝부분에서 "눈이 부시게 푸르른 날은/그리운 사람을 그리워하자"고 우리에게 거듭 권면하고 있다. 이 시의 화자는 아마도 아름답고 푸르른 가을 하늘을 보거나 떠올리면서 그리운 사람을 생각하고 있는 상황이리라. 시적 화자는 자연이 주는 행복감에 젖어 들자, 이내 그리운 사람에게로 그 마음을 향한다.

　아무리 아름다운 계절이 다시 돌아온들 그리운 사람, 사랑하는 사람이 이 땅에 없게 된다면, 그 모든 게 다 무슨 의미가 있겠느냐고 시인은 토로하고 있다. 결국 "눈이 부시게 푸르른 날"이라는 것은 우리가 아직 죽지 않고 건강하게 살아있는 날이라는 의미이다. 아름다운 자연이 주는 행복과 더불어 무

푸르른 날

눈 이 부 시 게   푸 르 - 른 날 은
저 기 저 - 기   저 가 을 꽃 자 리

그 리 운 사 람 을   그 리 워 하 자 -
초 록 이 지 -

처   단 풍 드 는 데   a tempo   눈 이 내 리 면

어 이 하 리 야   봄 이 또 오 - 면   어 이 하 리 야   내 가 죽 고 서

네 가 산 다 면 -   네 가 죽 - 고 서 내 가 산 다 - - - 면 -   눈 이 부 시

게   푸 르 른 날 은   그 리 운 사 람 을   그 리

위 하 자 -   D.C.   위 하 자 -

엇보다도 그리운 사람, 사랑해야 할 사람을 더욱 그리워하고 사랑하자는 시
인의 명시는 참으로 아름답다.

이 노래를 작곡하게 된 배경에 대해 송창식은 다음과 같이 말한다. "가수들

에게 자신의 시를 허락하지 않기로 유명한 미당 서정주 시인이 넌지시 〈푸르른 날〉은 노래 만들기가 쉬울 거라고 말씀하시는 거예요. 내게 자신의 시를 허락하셨구나 싶어 곡을 붙여 찾아 갔더니 아주 좋아하시더라고요. 서정주 시인에게 헌사한 곡이에요."

서정주 (1915~2000) 한국 최고 서정시인 중의 한 사람으로 전라북도 고창 출생이며 호는 미당(未堂)이다. 1936년 동아일보 신춘문예에 시 〈벽〉이 당선되어 문단에 등단하였다. 서정주는 "우리 시인부락의 명실상부한 족장이며 가장 큰 우리말 시인"[88]이고, "많은 모색과 다양한 변모를 보여주면서 그때마다 최고의 작품 수준을 유지한 시인이다."라고 하였다.[89]

송창식 (1947~) 1947년 인천 출생으로, 1968년에 윤형주와 함께 한국 통기타 음악의 계보를 연 〈트윈폴리오〉[90] 듀엣을 결성하였다가, 1970년에 〈창밖에는 비오고요〉를 발표하면서 솔로로 전향하였다. 이후 송창식은 가곡, 트로트, 포크, 록, 국악을 접목시킨 새로운 스타일을 창조하며 한국 가요계를 한 차원 성장시켰다는 평을 듣는다.

향수

정지용 작시, 김희갑 작곡

넓은 벌 동쪽 끝으로
옛이야기 지줄대는 실개천이 휘돌아나가고,
얼룩백이 황소가
해설피 게으른 울음을 우는 곳,

– 그곳이 차마 꿈엔들 잊힐 리야

88 유종호,《시란 무엇인가》, 민음사, 2003, p. 97.
89 유종호,《시 읽기의 방법》, 민음사, 2005, p. 73.
90 '트윈폴리오'는 1968년 2월에 결성되어 이듬해인 1969년 12월에 해체된 듀엣으로, 1년 10개월 동안 활동하였다.

질화로에 재가 식어지면

비인 밭에 밤바람 소리 말을 달리고,

엷은 졸음에 겨운 늙으신 아버지가

짚베개를 돋아 고이시는 곳,

- 그곳이 차마 꿈엔들 잊힐 리야.

흙에서 자란 내 마음

파아란 하늘빛이 그리워

함부로 쏜 화살을 찾으러

풀섶 이슬에 함추름 휘적시던 곳,

- 그곳이 차마 꿈엔들 잊힐 리야.

전설바다에 춤추는 밤물결 같은

검은 귀밑머리 날리는 어린 누이와

아무렇지도 않고 예쁠 것도 없는

사철 발 벗은 아내가

따가운 햇살을 등에 지고 이삭 줍던 곳,

- 그곳이 차마 꿈엔들 잊힐 리야.

하늘에는 성근 별

알 수도 없는 모래성으로 발을 옮기고,

서리 까마귀 우지짖고 지나가는 초라한 지붕,

흐릿한 불빛에 돌아앉아 도란도란 거리는 곳,

향수

- 그곳이 차마 꿈엔들 잊힐 리야.

김희갑 (1936~) 평양 출생으로, 기타 연주자, 작사가, 작곡가, 편곡가이다. 한국전쟁 때인 15세에 남하하여 서울 대성고등학교를 졸업하고, 고교 브라스밴드 악장, 김희갑악단 대표, 보컬그룹 '한울타리' 대표, 서울 재즈 아카데미 강사 등을 역임하였다. 대표곡으로는 〈눈동자〉, 〈바닷가의 추억〉, 〈진정 난 몰랐네〉, 〈사랑의 미로〉, 〈하얀 목련〉, 〈킬리만자로의 표범〉, 〈타타타〉, 〈상아의 노래〉 등이 있다.

1923년 3월을 창작 시기로 추정되는 〈향수〉는 당시 22세에 상경한 정지용의 객수와 일제시대에 민족의 '잃어버린 공간'의 회복 의지를 세련된 감각으로 처리한 모더니즘 계열의 초기 시에 해당한다. 고향에 대한 애틋한 그리움과 고향 옥천의 향토색 짙은 기억을 감각적 이미지를 사용해 입체화했다.

1990년 어느 날, 나는 우연히 어떤 젊은이가 추천하는 노래 한 곡을 듣게 되었다. 그 노래는 아주 서정적으로 아름다웠으며, 특히 가수 이동원과 테너 박인수가 듀엣으로 부른 노래여서 더욱 인상적이었다. 당시 그 노래의 제목은 잘 몰랐지만, 가사가 고향을 그리워하는 내용이라는 것이 선명하게 인식이 되었다.

그 후 몇 달이나 지났을까? 서점에서 이런 저런 책을 들춰보다가 어느 시인의 시집 속에서 바로 그 노래의 가사가 담겨 있는 시를 발견하였다. 이 노래의 가사가 바로 정지용 시인의 시였다는 것을 확인하게 된 것이다.

그 전까지 나는 정지용 시인을 잘 몰랐다. 그도 그럴 것이 정지용 시인은 납북한 시인으로 오랫동안 금지되었기 때문이다. 1988년에 납·월북 예술인 작품 전면 해금 조치 이후 비로소 우리에게 소개되었다. 지금은 정지용 시인이 널리 알려져 많은 사랑을 받고 있지만, 정지용의 시를 처음 접한 나에게는 아주 신선한 충격이었다. 곧바로 그 시집을 사들고 나왔고, 그날 저녁은 온통 정지용 시인의 시와 함께한 밤이었다. 〈향수〉에 공감을 하면서 감동을 받은 나는 그 날 저녁 수십 번에 걸쳐 〈향수〉를 낭송했던 기억이 있다. 그 후 정지용의 〈향수〉는 잊을 수 없는 시와 노래가 되었다.

정지용 (1902~1950) 충북 옥천에서 태어나 서울 휘문고등보통학교를 거쳐, 일본 도시샤대학 영문과를 졸업했다. 귀국 후에는 모교의 교사로, 8·15 광복 후에는 이화여자전문학교 교수와 경향신문사 편집국장을 지냈다. 그는 섬세하고 독특한 언어로 대상을 선명히 묘사하여 한국 현대시의 신경지를 열었다.

내가 만일

김범수 작사·작곡

1절
내가 만일 하늘이라면
그대 얼굴에 물들고 싶어
붉게 물든 저녁 저 노을처럼
나 그대 뺨에 물들고 싶어
내가 만일 시인이라면
그대 위해 노래하겠어
엄마 품에 안긴 어린아이처럼
나 행복하게 노래하고 싶어
세상에 그 무엇이라도
그대 위해 되고 싶어
오늘처럼 우리 함께 있음이
내겐 얼마나 큰 기쁨인지
사랑하는 나의 사람아 너는 아니
워워 이런 나의 마음을(2절 생략)

내가 만일

내가 만일 하늘이라 면　그 대 얼굴에 물들고 싶 어

붉게 물든 저녁 지 노을 처럼 - - 나 그 대 뺨에 물들고 싶 어

내가 만일 시인이라 면　그대 위해 노래하 겠 어　엄마품에 안긴어
내가 만일 구름이라 면　그대 위해 비가 되 겠 어　더운 여름날의 -

린 아이 - 처 럼 - - 나 - - 행복하게 노래하고 싶 어
소 나기 - 처 럼 - - 나 - - 시원하게 - 내리고 싶 어

세 상에 - 그 무엇이라도 - 그 대 위해 - 되고싶 - 어 - 오

늘 처럼 - 우리 함께있음이 - 내겐 얼마나 - 큰 기쁨인 지 사 랑

하 는 나의 사람아 - 너는아니 - 위 - - 위 이런 나의 마음을 -

지 - 위 - 세상에 - - 그

음을 - 위 - - - 이런나의마 음을 -

   김범수(1979~)가 작사·작곡하고 안치환(1965~)이 노래한 〈내가 만일〉은 자연현상을 비유적으로 제시하면서 사랑의 마음을 노래한 곡이다. 이 노래는 소박한 가사와 서정적인 곡조가 한데 어우러져 우리에게 행복한 사랑의 감동을 전해준다.

   특히 "오늘처럼 우리 함께 있음이 내겐 얼마나 큰 기쁨인지"의 대목을 부를 때 함께 살아가는 사람들에 대한 사랑을 표출하여 행복한 사랑과 삶의 감동을 나누게 된다.

안치환 (1966~)   경기도 화성에서 출생하였으며, 연세대학교 사회사업학과를 졸업했다. 1989년 1집 '안치환 첫 번째 노래모음'으로 데뷔하였고, 1999년 오늘의 젊은 예술가상 대중예술부문에서 수상하였다.

사랑했지만

한동준 작사·작곡

어제는 하루 종일 비가 내렸어
자욱하게 내려앉은 먼지 사이로
귓가에 은은하게 울려 퍼지는
그대 음성 빗속으로 사라져버려
때론 눈물도 흐르겠지 그리움으로
때론 가슴도 저리겠지 외로움으로
사랑했지만 그대를 사랑했지만
그저 이렇게 멀리서 바라볼 뿐 다가설 수 없어
지친 그대 곁에 머물고 싶지만 떠날 수밖에
그대를 사랑했지만
때론 눈물도 흐르겠지 그리움으로

사랑했지만

1. 어 제 는 하 루 종 일 – 비 가 내 렸 어 –
2. 귓 가 에 은 은 하 게 – 올 려 퍼 지 는 –

자 욱 하 게 내 려 앉 은 – 먼 지 사 이 로 – –
그 대 음 성 빗 속 으 로 –

사 라 저 버 려 – 때 론 눈 물 도 흐 – 르 겠 지 –

그 리 움 으 로 – 때 론 가 슴 도 저 – 리 겠 지 –

외 로 움 으 로 – – 사 랑 했 – 지 만 – – 그 대 를

사 랑 했 – 지 만 – – – 그 저 이 – 렇 게 – 멀 리 서 바 – 라 볼 – 뿐

다 – 가 설 – 수 없 어 – 지 친 그 대 곁 에 머 물 고 싶 – 지 만 –

떠 날 수 밖 에 – – 그 대 를 – 사 랑 했 – 지 만 –

D.S. al Coda

(Guitar Solo)

그 대 를 – 사

랑 했 – 지 만 –

때론 가슴도 저리겠지 외로움으로
사랑했지만 그대를 사랑했지만
그저 이렇게 멀리서 바라볼 뿐 다가설 수 없어
지친 그대 곁에 머물고 싶지만 떠날 수밖에
그대를 사랑했지만 그대를 사랑했지만

한동준(1967~)이 작사·작곡하고 김광석(1964~1996)이 부른 이 노래는 가슴 아프도록 슬픈 노랫말과 애절한 곡조가 한데 어우러져 우리의 심금을 울리는 곡이다. 이루어질 수 없는 사랑으로 인하여 아파하는 노래 가사처럼 가슴이 저려온다.

아리스토텔레스는 우리가 슬픈 비극을 감상하게 되면 그 비극의 주인공에게 연민의 감정을 갖게 되어 마음의 정화, 카타르시스를 얻는다고 한다. 우리가 슬픈 노래를 부르거나 들을 때에도 어쩌면 이 마음의 정화를 얻게 되는 것일지도 모른다. 아리스토텔레스의 이 이론에 한 가지를 더 첨가하자면 슬픈 노래는 슬프고 고통스러운 삶에 대한 이해와 공감 능력을 길러주며, 삶에 대한 연민의 정과 더불어 그 아픔과 고통을 함께 나눌 수 있는 마음을 키워준다.

한동준 (1967~) 1989년 '노래그림'이라는 그룹의 멤버로 데뷔한 후, 1991년 1집 〈그대가 이 세상에 있는 것만으로〉로 가요계에 데뷔하였다. 대표곡은 〈너를 사랑해〉, 〈사랑의 서약〉 등이 있다.

김광석 (1964~1996) 1984년에 김민기의 음반에 참여하면서 데뷔하였다. 대표곡으로는 〈사랑했지만〉, 〈서른 즈음에〉, 〈그날들〉, 〈이등병의 편지〉 등이 있다. 2007년, 그가 부른 노래 중 하나인 〈서른 즈음에〉가 음악 평론가들에게서 최고의 노랫말로 선정되었다.

마법의 성

마법의 성

김광진 작사 · 작곡

믿을 수 있나요 나의 꿈속에선 너는 마법에 빠진 공주란 걸

언제나 너를 향한 몸짓엔 수많은 어려움뿐이지만

그러나 언제나 굳은 다짐뿐이죠 다시 너를 구하고 말 거라고

두 손을 모아 기도했죠 끝없는 용기와 지혜 달라고

마법의 성을 지나 늪을 건너 어둠의 동굴 속 그대가 보여

이제 나의 두 손을 잡아보아요 우리의 몸이 떠오르는 것을 느끼죠

자유롭게 저 하늘을 날아가도 놀라지 말아요

우리 앞에 펼쳐질 세상이 너무나 소중해 함께라면/있다면

김광진(1964~) 작사 · 작곡의 〈마법의 성〉(1994)은 남성 그룹 '더 클래식'의 1집 타이틀곡으로, 노래 가사는《페르시아의 왕자》를 즐기던 중 얻은 아이디어라고 한다.

동화 속의 이야기처럼 아름다운 상상력을 통해 사랑에 대한 열망과 자유로운 행복을 노래한 이 곡은 아련한 동화 속의 사랑과 행복을 그리도록 해준다. 〈마법의 성〉은 노랫말과 곡조가 한데 어우러져 동화적인 세계로 안내해주는 인상적인 노래이다.

발라드와 랩 그리고 댄스음악

한국의 대학생들이 가장 좋아하는 대중가요 장르는 무엇일까? 대학생들에게 가장 좋아하는 대중가요 장르를 조사해 보니 발라드가 꼽혔다. 대학생들뿐만 아니라 한국인들은 대체로 발라드를 좋아하는데, 비교적 음정이 단순하면서도 깊은 애조를 담고 있기 때문이다.[91]

발라드는 중세 유럽의 이야기 형식 민요를 일컫는 말로 출발했다. 그러나

---

91 김수영,《가수는 아무나 하나》, 아름출판사, 2006, pp. 177~178.

요즘 대중음악에서는 낭만적이고 감상적인 사랑노래들을 통칭하는 말로 쓰인다.[92] 이처럼 "부드럽고 선율이 느린 템포의 사랑 노래"[93]를 가리키는 발라드는 1980년대 후반 한국 대중가요의 주도권을 잡았다.

발라드는 1986년에 이광조가 부른 〈가까이 하기엔 너무 먼 당신〉이 정상을 차지하면서 불이 붙기 시작했는데, 1987년 이문세가 〈사랑이 지나가면〉, 〈이별이야기〉를 발표하여 히트를 기록했고, 여기에 힘입어 이정석의 〈사랑하기에〉, 조덕배의 〈꿈에〉, 조용필의 〈그대 발길 머무는 곳에〉, 최성수의 〈애수〉, 임지훈의 〈사랑의 썰물〉, 김종찬의 〈사랑이 저만치 가네〉가 연이어 인기를 차지했다. 1990년대에 혜성과 같이 나타난 신승훈과 이승환은 발라드의 황제라는 칭호까지 받고 있다.

1990년대 한국 가요계의 가장 두드러진 현상은 '외침의 음악'인 랩의 광풍과 그 폭풍의 핵으로 나타났던 '서태지와 아이들'이다. 1992년에 발표된 그들의 데뷔곡 〈난 알아요〉의 성공은 랩이 가요의 한 장르로 정착하는 계기를 마련하였다.[94] 노래이기 보다 말에 가깝고 말보다는 외침에 가까웠던[95] 이들의 음악으로 랩이 등장하는 댄스음악이 유행하기 시작했다. 그 당시에 유행한 힙합은 1990년대 우리나라 가요계에서 댄스음악의 상징이었다.

1980년대 초에 생긴 랩은 뉴욕의 흑인과 스페인계 청년층 사이에서 1970년대 후반부터 퍼진 문화이자 힙합이라는 청소년 문화의 중요한 요소가 되었다. 일상생활의 이야기나 생각을 리듬에 맞춰 이야기하는 랩은 곡예적인 브레이크 댄스 등으로도 표현되었다.

'서태지와 아이들' 이후 댄스음악 그룹은 우후죽순으로 나타났고, 미디어에서도 대중음악산업의 새로운 주류로 떠오른 십대의 요구에 따라 주로 댄스음악을 방송하거나 소개했다. 그리하여 현재와 같은 현란한 춤동작과 요란한 랩이 들어 있는 댄스음악 시대가 도래하여, 듀스, H.O.T, G.O.D, 비,

---

92 위의 책, p. 176.
93 이영미, 앞의 책, p. 235.
94 신성원, 앞의 책, p. 396.
95 김지평, 앞의 책, p. 244.

보아, 핑클, 신화 같은 댄스가수들이 등장하여 댄스음악의 전성기를 구가하였다.[96]

오늘날 거의 압도적으로 청소년들을 위주로 하는 한국 대중가요의 현상에는 어떤 문제점들이 있을까? 가장 큰 문제는 댄스음악이 이 시대의 유일한 음악인 것처럼 천편일률적으로 제작하고 소개하여 음악을 위한 춤인지, 춤을 위한 음악인지 구별이 가지 않는 상황이 오늘날까지 계속되고 있는 것이다.[97]

노래와 춤이 통합예술적으로 접목되어 그 예술적 감동과 표출 가능성의 폭을 넓히고 심화시키는 것은 기본적으로 바람직한 방향이다. 그러나 춤의 비중이 상대적으로 너무 커져 버린 나머지 노래의 부분, 말하자면 아름다운 노랫말과 곡조의 시적이며 문학적인 감동이 너무 약해져 버렸다.

또한 오늘날 한국의 대중가요는 무분별한 영어 가사의 남용도 문제점으로 지적된다. 특별한 의미전달의 목적으로 영어 노랫말을 쓰는 것은 납득할 수 있지만, 우리말과 영어를 무분별하게 섞어 노래하는 경향은 바람직하지 않다. 이와 더불어 우리말 가사가 맞춤법이나 어법에 맞지 않게 파괴되는 한국어 파괴 현상도 개선되어야 할 것이다.

3. 외국의 대중가요

사랑에 빠지지 않을 수 없어요

G. Weiss, Hugo & Luigi 작사 · 작곡

현명한 사람들은 말하지요, 오직 바보들만 빠져든다고,
그러나 나는 당신과 사랑에 빠지지 않을 수 없어요.
내가 머물러야 할까요?
내가 당신과 사랑에 빠지지 않을 수 없다면,

---

96 김수영, 앞의 책, pp. 138~139.
97 황재연, 《뮤직 비즈니스》, 시유시, 2004, p. 318.

그건 죄가 될까요?

강물이 분명 바다로 흘러가듯이,

사랑하는 이여 어떤 일들은 그리될 수밖에 없는 일들이 있답니다.

내 손을 잡아줘요, 내 인생 전체도 잡아줘요,

왜냐하면 나는 당신과 사랑에 빠지지 않을 수 없으니까요.

Wise men say only fools rush in,

But I can't help falling in love with you.

Shall I stay? Would it be a sin

If I can't help falling in love with you.

Like a river flows surely to the sea,

Darling so it goes

Something are meant to be.

Take my hand, take my whole life too

For I can't help falling in love with you.

For I can't help falling in love with you.

〈사랑에 빠지지 않을 수 없어요〉는 미국의 유명한 가수 엘비스 프레슬리가 불러 유명하게 된 노래이자 그가 가장 아끼는 곡이라고 한다. 1961년 엘비스 프레슬리가 주연한 영화《블루 하와이(Blue Hawaii)》의 주제가이기도 한 이 노래는 소박한 가사로 되어 있지만, 강렬한 사랑의 마음을 진솔하게 잘 표현해 주고 있다. 노래 곡조 또한 애절한 사랑을 표현하기에 조금도 부족함이 없이 가사와 잘 어울리는 명곡이다.

엘비스 프레슬리 (1935~1977) 미국의 가수 겸 영화배우이다. 〈하트브레이크 호텔〉(1956)로 대히트한 이후 젊은 세대의 인기를 모았다. 로큰롤[98]의 대표적 스타로 첫 번째 영화《러

---

98 로큰롤은 1950년대 중반부터 미국에서 세계적으로 대중음악의 한 주류를 이룬 연주스타일과 리듬의 명칭이다.

사랑에 빠지지 않을 수 없어요
Can't help falling in love

Wise men say on—ly fools rush in, But
Shall I stay? Would it be a sin If

I can't help fall—ing in love with you

Like a riv—er flows sure—ly to the sea, Dar—ling so it goes

Some—things — are meant to be. Take my

hand, take my whole life too For I can't

help fall—ing in love with you

you For

I can't help fall—ing in love with you.

브 미 텐더》(1956)를 비롯하여 《블루 하와이》 등 여러 편의 영화에도 출연하였다. 대표곡

으로 〈러브 미 텐더〉, 〈버닝 러브〉 등이 있다.

애니의 노래

존 덴버 작사 · 작곡

그대는 숲속의 밤처럼 나의 감각을 채워줍니다,
봄철의 산처럼, 빗속을 걷는 것처럼
사막의 폭풍처럼, 잠든 푸른 바다처럼,
그대는 나의 감각을 채워줍니다, 나를 다시 채워주세요.

내가 그대를 사랑하게 해주세요, 나의 삶을 그대에게 주도록 해주세요,
그대의 웃음 속에 내가 빠지게 해주세요, 당신의 팔 안에서 죽게 해주세요.
당신 옆에 눕게 해주세요, 늘 당신과 함께 있게 해주세요,
내가 그대를 사랑하게 해주세요, 나를 다시 사랑해주세요.

그대는 숲속의 밤처럼 나의 감각을 채워줍니다,
봄철의 산처럼, 빗속을 걷는 것처럼
사막의 폭풍처럼, 잠든 푸른 바다처럼,
그대는 나의 감각을 채워줍니다, 나를 다시 채워주세요.

You fill up my senses like a night in a forest,
Like the mountains in springtime, like a walk in the rain,
Like a storm in the desert, like a sleepy blue ocean,
You fill up my senses, come fill me again.

Come let me love you, let me give my life to you,
Let me drown in your laughter, let me die in your arms.
Let me lay down beside you, let me always be with you,
Come let me love you, come love me again.

애니의 노래
Annie's song

You fill up my senses, like a night in a forest,

Like the mountains in springtime, like a walk in the rain,

Like a storm in the desert, like a sleepy blue ocean,

You fill up my senses, come fill me again.

〈애니의 노래〉는 널리 알려졌다시피 존 덴버가 캠퍼스 커플로 1967년 결혼한 아내 앤 마텔을 위해 쓴 곡이었다. 스키 리프트에서 10분 만에 썼다는 이 곡은 가사에 애니(앤의 애칭)라는 말을 집어넣지 않은 것이 오히려 이점이 되어 노래가 애송되었다. 이 곡은 《피플》지로부터 그가 쓴 가장 훌륭한 러브 발라드라는 평가를 얻었다.

존 덴버 (1943~1997) 미국의 가수로서, 1970년대에 고향을 그리는 〈Take Me Home, Country Roads〉와 아내에 대한 사랑을 노래한 〈애니의 노래〉로 인기를 얻었다. 1997년경 비행기를 조종하다 추락하여 사망하였다. '32세의 그는 미국의 가장 대중적인 가수'라고 《뉴스위크》지가 1976년 공언한 대로 존 덴버는 전성기 시절 내내 '미국의 목소리'로 통했다.[99]

렛잇비

존 레논 작사, 폴 메카트니 작곡

1절

내가 어려운 일을 당하게 될 때

어머니 마리아는 내게 와서

내버려 두라는 지혜의 말씀을 해주신다.

그리고 내가 어둠의 시간에 놓여 있을 때

어머니는 바로 내 앞에 서 계셔서

---

[99] 임진모, 《록, 그 폭발하는 젊음의 미학》, 창공사, 1996, p. 317.

대
중
가
요

렛잇비
Let it be

Speaking words of wis — dom, let it be — — And
There will be an an — swer let it be — — For
Shine untill to-mor — row let it be — — I

in my hour of dark — ness She is stand-ing right in front — of me
though they may be part — ed There is still a chance that they — will see
wake up to the sound of mu — sic Mother Ma-ry comes — to me

Speak — ing words of wis — dom, — let it be — — Let it be,
There will be an an — swer, — let it be — — Let it be,
Speak — ing words of wis — dom, — let it be — — Let it be,

— let it be — let it be — let it be — —
— let it be — let it be — let it be — —
— let it be — let it be — let it be — —

Whis — per words — of wis — dom, let it be. — — —
There will be — an ans — wer, let it be. — — —
There will be — an ans — wer, let it be. — — —

지혜의 말씀을 해 주신다,

내버려 두어라, 내버려 두어라, 내버려 두어라, 내버려 두어라, 내버려 두어라.

지혜의 말씀을 속삭이며, 내버려 두어라.(2, 3절 생략)

When I find myself in times of trouble

Mother Mary comes to me

Speaking words of wisdom, let it be.

And in my hour of darkness

She is standing right in front of me

Speaking words of wisdom, let it be.

Let it be, let it be, let it be, let it be,

Whisper words of wisdom, let it be.

'비틀즈'의 멤버인 존 레논이 작사하고 폴 메카트니가 작곡한 〈Let it be〉(1970)는 메카트니의 돌아가신 어머니 메리를 위해 만든 것인데, 성모 마리아로 해석되기도 한다. 이 곡은 비틀즈의 동양적 철학사상이 가미된 곡이기도 하다. 살면서 어렵고 힘든 일이 있더라도 너무 괴로워하지 말고 마음에 여유를 가지라고 권면하는 것은, 흡사 중국 도가사상에서 바람직한 삶의 원리로 제시하는 '무위자연(無爲自然)'의 지혜를 상기시킨다.

비틀즈 멤버 전원이 영국 리버풀 출신인 록 밴드이다. 발라드, 레게, 싸이키델릭 록, 블루스에서 헤비메탈까지 여러 장르를 아우르는 이들의 음악은 현대 음악의 장을 열어 놓았다. 이들 음반은 미국 내에서만 1억 6백여 장, 전세계적으로 10억장 이상이 판매되는 등 기록적인 상업적 성공을 거두었으며, 비평가들에게도 '대중음악 역사상 가장 성공적인 밴드'라고 인정받는다.

예스터데이

존 레논 작사, 폴 메카트니 작곡

Yesterday all my troubles seemed so far away.

Now it looks as though they're here to stay.

Oh, I believe in yesterday.

Suddenly I'm not half the man I used to be.

There's a shadow hanging over me.

Oh, yesterday came suddenly.

Why she had to go I don't know she wouldn't say.

I said something wrong now I long for yesterday.

Yesterday love was such an easy game to play.

Now I need a place to hide away.

Oh, I believe in yesterday.

Why she had to go I don't know she wouldn't say.

I said something wrong now I long for yesterday.

Yesterday love was such an easy game to play.

Now I need a place to hide away.

Oh, I believe in yesterday.

Mm mm mm mm mm mm mm.

어제 내 모든 어려움은 멀리 사라진 것 같았어.

그런데 그게 이젠 마치 여기 있는 것처럼 보여.

아, 난 어제를 믿어.

갑자기 나는 예전의 절반도 안 되는 남자야.

어두운 그림자가 날 덮고 있어.

아, 어제가 갑자기 왔어.

인문학, 노래로 쓰다

Yesterday
예스터데이

왜 그녀가 가야만 했는지 난 몰라 그녀는 말을 안 할 거야.

내가 뭔가를 잘못 말했어 이제 난 어제가 그리워.

어제 사랑은 아주 쉬운 게임 같았어.

이제 난 숨어버릴 곳이 필요해.

아, 난 어제를 믿어.

왜 그녀가 가야만 했는지 난 몰라 그녀는 말을 안 할 거야.

내가 뭔가를 잘못 말한 거야 이제 난 어제가 그리워.

어제 사랑은 아주 쉬운 게임 같았어.

이제 난 숨어버릴 곳이 필요해.

아, 난 어제를 믿어.

음 음 음 음 음 음 음.

　　존 레논이 작사하고 폴 매카트니가 작곡한 〈예스터데이〉는 비틀즈의 1965
년 앨범 《헬프(Help)》에 수록된 곡으로 비틀즈의 명곡 중 하나이다. 대중음악
사상 가장 많은 레코딩 기록을 가지고 있을 정도로 유명하며 사랑받는 곡이
다. 이 노래에서 '어제'는 지나간 시절의 사랑을 그리워하며 상징적으로 표
현한 것이다.

에델바이스

오스카 햄머스타인 2세 작사, 리차드 로저스 작곡

에델바이스 에델바이스 매일 아침 내게 인사하네.

작고 하이얀, 깨끗하고 밝은,

넌 나를 만나 행복한 것 같구나.

눈의 꽃, 피어나 만발하라,

피어나 만발하라 영원히,

에델바이스, 에델바이스,

내 조국 위에 영원한 축복을.

Edelweiss Edelweiss Every morning you greet me.

Small and white, clean and bright,

You look happy to meet me.

Blossom of snow, may you bloom and grow,

Bloom and grow forever.

Edelweiss, Edelweiss,

Bless my homeland forever.

오스카 햄머스타인 2세 작사, 리차드 로저스 작곡의 노래 〈에델바이스〉(1959)
는 오스트리아가 독일에 합병되기 직전, 미국에 망명한 트랩 가의 실화를 바
탕으로 한 영화《사운드 오브 뮤직》에 나오는 곡 중의 하나이다.

알프스에 피는 꽃으로 오스트리아의 국화이기도 한 에델바이스는 고산식
물로서 흰 양털 같이 부드러운 털이 많이 난 별 모양의 꽃으로 유럽에서는 흔
히 '알프스의 별(Stern der Alpen)'이라고도 부른다.

리차드 로저스와 오스카 햄머스타인 2세는 1943년 오클라호마에서의 첫
공연을 필두로, 1963년《사운드 오브 뮤직》이 막을 내릴 때까지 20년 동안 새
로운 뮤지컬 형태로 수백만의 미국인들을 감동시켰다.《사운드 오브 뮤직》은
그들의 마지막 협력 작품이 되었다. 1960년 8월 23일 햄머스타인 2세가 세상
을 떠났고, 〈오클라호마〉 2,248회, 〈남태평양〉 1,925회, 〈사운드 오브 뮤직〉
1,442회로 브로드웨이 뮤지컬 역사상 최장수 공연 기록을 세웠다.

에델바이스
Edelweiss

에 델 바이스 에 델 바이스 아 침 이 슬 에
E- del- weiss E- del- weiss Eve- ry morn-ing you

젖 어 귀 여 운 미 소 는
greet me. Small and white Clean and bright

나 를 반 기 어 주 네 눈 처 럼 빛 나 는
you look hap-py to meet me. Blos- som of snow,may you

순 결 은 우 리 들 의 자 랑
bloom and grow, Bloom and grow for- ev- er,

에 델 바이스 에 델 바이스 마 음 속 의 꽃 이 여
E- del- weiss E- del- weiss, Bless my home-landfor- ev- er.

메모리

T. S. 엘리엇 작시, A. L. 웨버 작곡

한 밤중. 도로에선 아무런 소리도 들리지 않네.

달은 추억을 잃어버렸나?

홀로 웃고 있구나.

가로등 아래 시든 나뭇잎만 내 발치에 쌓이고,

바람은 신음하기 시작하네.

추억. 달빛 아래 홀로 외로이,

나는 지나간 시절에 미소를 던질 수 있으니,

그 시절 인생은 아름다웠지.

행복이 무엇인지 알았던 때를 나는 기억해,

추억이여 되살아 나거라.

거리마다 가로등이 운명적 경고를 보내는 듯.

어떤 이는 중얼거리고 가로등은 흘러내리니

곧 아침이 오리라.

밝은 빛. 나는 태양이 떠오르는 것을 기다려야만 해,

나는 새로운 삶을 생각해야 해, 그리고 굴복해서는 안돼,

새벽이 오면 이 밤 역시 추억이 될 거야,

그리고는 새 날이 시작되겠지.

연기 칙칙한 날들의 끝은 다 불타버리고,

김빠진 냄새의 차가운 아침.

가로등은 죽고, 밤은 또 지나가니,

또 다른 날이 동이 트고 있다.

나를 만져라. 태양 아래 지냈던 날들의 추억으로

나를 홀로 외로이 남겨두고 가는 것은 아주 쉬운 일이니.

네가 나를 만지면, 행복이 무엇인지를 이해하게 되리라,

보라 새로운 날이 시작되었도다.

메모리
Memory

Mid — night. — Not a sound from the pave — ment. — Has the moon lost her
Me — mory. — All a — lone in the moon — light. — I can smile at the

me — mory? — She is smil — ing a — lone. — In the
old days, — Life was beau — ti — ful then. — I re

lamp — light the wi — thered leaves col — lect at my feet — And the
mem — ber the time I knew what hap — pi — ness was, — let the

wind — be — gins to moan. me — mory live a — gain.

Ev — ery street lamp seems to beat — a fa — tal — is — tic

war — ning Some — one mut — ters — and a street lamp gut — ters — and

soon it will be morn — ing. Day — light. — I must wait for the

sun — rise, — I must think of a new life — And I must — n't give

in. — When the dawn comes to — night will be a

me — mo — ry too — And a new day — will be — gin.

Midnight. Not a sound from the pavement.

Has the moon lost her memory?

She is smiling alone.

In the lamplight the withered leaves collect at my feet,

and the wind begins to moan.

Memory. All alone in the moonlight.

I can smile at the old days,

Life was beautiful then.

I remember the time I knew what happness was,

Let the memory live again.

Every street lamp seems to beat a fatalistic warning.

Someone mutters and a street lamp gutters

and soon it will be morning.

Daylight. I must wait for the sunrise,

I must think of a new life, and I mustn't give in.

When the dawn comes tonight will be a memory too,

and a new day will begin.

Burnt out ends of smoky days,

the stale cold smell of morning.

The street lamp dies, another night is over,

another day is dawning.

Touch me. It's so easy to leave me,

all alone with the memory of my days in the sun.

If you touch me, you'll understand what happiness is.

Look a new day has begun.

T. S. 엘리엇이 작사하고 A. L. 웨버가 작곡한 〈메모리〉는 뮤지컬 《캣츠》에
나오는 노래로 늙은 암컷 고양이 그리자벨라가 부르는 곡이다.

세월이 가면 누구나 죽음을 눈앞에 두는 상황이 오지만, 낙심하거나 절망하
지 않고 새로운 날을 희망과 기쁨으로 기대하자는 가사가 너무도 아름답다.

T. S. 엘리엇 (1888~1965) 미국계 영국 시인, 극작가 그리고 문학 비평가였다. 미국에서
태어났으나 후에 영국으로 귀화했다. 극작가로 활약하기 전에는 〈황무지〉라는 시로 영미시
계(英美詩界)에 큰 변혁을 가져오게 하였으며 또한 비평가로도 뛰어난 평가를 받는다.

A. L. 웨버 (1948~) 1948년 영국 켄싱턴에서 태어나, 옥스퍼드 대학에서 역사학을 전공하
였으나 곧 진로를 바꿔 로열 음악대학으로 편입하여 클래식 음악을 전공했다. 대표작으로
뮤지컬 〈오페라의 유령〉, 〈캣츠〉, 〈지저스 크라이스트〉 등이 있다.

케 사라

프랑코 밀리아치 작사, 지미 폰타나 작곡

언덕 위에 서 있는 나의 고향아
난 이젠 너를 떠나서 멀리 가련다
날마다 지루해져만 가는 병든 나의 고향아
난 이제 너를 떠나가련다
무엇이 올까나 무엇이
무엇이 길떠나는 내게로 올까나
기타만은 가지고 가야지 외로운 밤이 오면
내 고향 하늘 보면서 노래 부르리
먼저 떠나갔던 고향 친구들은
지금 어디에서 무엇을 하나

케 사라
Che sara

Pa— e— se mioche staisul— la col— li na Di— ste— soco— me un vecchio addormen—
mi— ci mieisonqua— si tut— ti vi—a, e glial—trìpar—ti—ran—no do— po
인 덕 위에서있는 나 — 의 고 향 아 난 이 제 너 를 떠 나 서 멀 리

ta — to; l'a no—ia, lab ban do— noil nien— te Son la tua ma— lat— ti— a,Pa—
me, pec— ca— to perc__ sta— vo be— ne in lo— rocom— pa— gni—a, ma
가 런 다 날 마 다 지루해 저만가는 병 든 나 의 고 향 아 난 이 제

e— se mio ti la— scio, io va— do via. Che sa— ra che sa— ra che sa— ra, Che sa—
tut— topas—satut— to se ne va. Che sa— ra che sa— ra che sa— ra, Che sa—
너 를 떠 나 —가 런 다 — 무 엇 이올 까 나 무 엇 이 무 엇

ra del— la mia vi— ta chi lo sa! So far tutto o for— se nien— te da do—
ra del— la mia vi— ta chi lo sa! Con me por— to la chi— tar— ra,e se la
이 길 떠 나 는 내게로 올 까 나 기 타 만 은 가 지 고 가 야 지

ma— ni si ve—dra' che sa— ra sa— ra quel che sa— ra. lia—
not— te pian— ge— ro u— na ne— nia di pa— e— se suo— ne—
외 로 운 밤 이 오 면 내 — 고 향 하 늘 보면서 노래 부르리

—ro A— mo— re mio ti be—ciosul— la boc— ca che fu lafon— te delmiqpri —ma a
면 지 떠나갔던고 향 친 구 들 은 — 지 금 어 디 에 서 무 엇 을

```
      Db            Gb                Ab7          Fm           Bbm

mo — re,    ti do'l'ap — pun — ta — men — to, co — me quan — don on lo so,  ma
하 나 —   나 만 은  이  제  부  터  라 도   편  지 를 전해야지 내

        Gb7            Ab7             Db  Ab7     Db

so sol — tan — to che ri — tor — ne — ro.   Che sa — ra che sa — ra che sa —
뒤에 떠  나  올고 향 친구를 위 해  무  엇  이 올 까 나 무 엇

        Fm                 Gb              Ab7          Db

ra.    Che sa — ra del — la mia vi — ta, chi lo sa!  — —   Con me
이     무  엇  이 길 떠 나 는 내 게 로  올 까 나    나 의

        Gb         Ab         Fm        Bbm        Gb6       Ab7

por — to la chi — ta — ra, e se la not — te pian — ge — rou — na ne — nia di pa — e —  se suo ne —
사   랑하 는  여 인아 나 를 기  다  리고 있 으  라 정 녕 코 고향으로돌아오리

        Db        A7              D             F#m

ro.    Che sa —      ra che sa — ra che sa ra,   Che sa
라

        G         A7              D          G          A7

ra del — la mia vi — ta, chi lo sa!   So far  tutto o for — se nien — te, da do —

        F#m         Bm          Em         A7           D          A7

ma — ni si ve — dra  e  sa ra,   sa ra quel che sa — ra!   che sa —
```

나만은 이제부터라도 편지를 전해야지
내 뒤에 떠나올 고향 친구를 위해
무엇이 올까나 무엇이
무엇이 길떠나는 내게로 올까나
나의 사랑하는 여인아
나를 기다리고 있어라
정녕코 고향으로 돌아오리라

이탈리아어로 '어떻게 될까?'라는 뜻의 〈케 사라〉는 프랑코 밀리아치가 작사하고 지미 폰타나가 작곡한 칸초네로 푸에르토리코 출신 가수 호세 펠리시아노가 불러서 유명하게 된 이탈리아 노래이다.

호세 펠리시아노(1945~) 푸에르토리코 빈농의 아들로 미국에 이민 와 뉴욕의 스페인 이민촌 빈민굴에서 성장했다. 시각장애인이지만 훌륭한 기타 연주 솜씨와 더불어 심금을 울리는 그의 노래는 큰 감동을 준다.

사랑의 기쁨

프랑스 샹송
마르티니 작곡, 지명길 번안

사랑의 기쁨은 어느덧 사라지고 사랑의 슬픔만 영원히 남았네
어느덧 해 지고 어둠이 쌓여오면 서글픈 눈물은 별빛에 씻기네
사라진 별이여 영원한 사랑이여 눈물의 은하수 건너서 만나리
그대여 내 사랑 어데서 나를 보나 잡힐 듯 멀어진 무지개 꿈인가
사라진 별이여 영원한 사랑이여 눈물의 은하수 건너서 만나리
사랑의 기쁨은 어느덧 사라지고 사랑의 슬픔만 영원히 남았네

사랑의 기쁨

Plaisir d'amour

〈사랑의 기쁨(Plaisir d'amour)〉은 프랑스 샹송으로 많이 알려졌지만 원래는 이탈리아어로 된 노래였다. 작곡자는 독일에서 태어나 프랑스에서 활약했던 마르티니(Jean Paul Egide Martini, 1741~1816)인데, 기악곡 등을 작곡하였으며 이탈리아어로 된 이 노래로 유명해졌다.

〈사랑의 기쁨〉의 원곡 가사 내용은 다음과 같다. "사랑의 기쁨은 한순간에 사라지고/사랑의 슬픔은 영원히 남았네/사랑의 기쁨은 한순간의 것/사랑의 아픔만이 영원한 것이라오." 이 가사 내용을 보면 '사랑의 기쁨'보다는 오히려 '사랑의 슬픔'을 노래한 듯하다.

이 노래는 우리나라에서 1970년대에 트윈폴리오(송창식, 윤형주 듀엣)가 불러 잘 알려졌고, 특히 나나 무스쿠리와 조앤 바에즈 등의 가수들이 이 곡으로 애절한 사랑의 슬픔을 감동적으로 노래하였다.

그대 있는 곳까지

〈그대 있는 곳까지〉는 스페인의 모세다데스 그룹이 부른 인상적인 노래이다. 원곡의 노래 가사는 다음과 같다.

1절
당신은 나의 소망
여름날의 아침과 같고
한 떨기의 미소와 같아요
당신은 그래요

후렴
당신은 샘솟는 분수의 물 같아요
보금자리의 온기와 같아요
타오르는 모닥불 같아요

그대 있는 곳까지
Eres tù

당신은 빵을 만드는 데 없어서는
안될 존재입니다.

2절
당신은 나의 모든 희망이에요
내 손에 느껴지는 신선한 빗방울처럼
산들바람과 같아요
당신은 그래요

3절
당신은 내가 만든 시와 같아요
밤에 울리는 기타소리와 같아요
당신은 세상의 전부예요
그런 사람이에요[100]

모세다데스 1969년에 1집 앨범을 낸 후 〈그대 있는 곳까지〉로 1970년대 초에 국제적인 명성을 얻은 후, 1980년대까지 그 명성을 이어간 그룹이다.

100 이강혁, 《노래로 배우는 스페인어》, 문예림, 2000, pp. 72~73.

제**7**장

사회참여 노래

제7장

사회참여 노래 사회현실 비판의 노래

1. 사회참여 노래란 무엇인가

　문학에서 우리는 종종 순수시와 사회참여시 혹은 순수문학과 사회참여문학으로 분류하는 경우가 있다. 사회참여시나 사회참여문학에 해당하는 노래는 대체로 '민중가요', '저항가요', '노동가요', '운동권 가요', '운동권 노래', '데모 노래' 등 다양한 이름으로 불려왔다. 그러면 사회참여 노래란 구체적으로 어떤 노래를 말하는가? 사회참여시나 사회참여문학처럼 주로 잘못된 정치상황이나 사회현실을 비판하면서 바람직한 사회의 발전을 지향하는 노래를 일컫는다.

　황지우는 "사회적이지 않은 문학이 어디 있는가?"[1]라고 말할 정도로 문학이란 원래 사회적 성격을 지니고 있다고 강조한다. 그런가 하면 다산 정약용은 아들에게 주는 편지에서 "나라를 걱정하지 않는 것이 어찌 시겠느냐."[2]라고 하면서 시문학의 정치적·사회적 책임을 강변한다. 김남주는 〈나는 이렇게 쓴다〉에서 "시인은 인류의 해방과 인간다운 삶을 위한 줄기찬 노력과 투쟁이라고 하는 사회적인 실천을 통해서 자기한계의 끊임없는 극복과 쇄신의

---

1 유종화 엮음, 《시 창작 강의 노트》, 당그래, 2004, p. 388.
2 신경림, 《신경림의 시인을 찾아서(2)》, 우리교육, 2005, p. 30.

계기를 마련해야 할 것이다."[3]라고 하면서 "위대한 작품을 창조해 내는 유일한 길은 위대한 삶인 것이다. 그 길이란 적어도 자본주의 사회에서는 자본의 비인간성, 부패와 타락에 대한 전면전에 시인 자신이 몸소 참가하는 길밖에는 없는 것이다."[4]라고 주장한다.

그런가 하면 아도르노는 "아우슈비츠[5]사태 이후 서정시를 쓴다는 것은 야만적인 일이다"라고 언명[6]했다. 아도르노는 히틀러 시대 때 유대인에 대한 엄청난 비인간적 폭력과 살인이 저질러진 이후에 한가롭게 시를 쓴다는 행위가 도덕적으로 용납될 수 없는 비윤리적 행위라고 말하는 것이다. 아도르노에게는 진실을 찾는 것만이 예술의 유일한 기능[7]이라는 것을 의미한다.

모든 시나 노래가 우리의 삶과 사회에 직간접적으로 연관이 되어 있지만, 특히 우리가 처한 잘못된 현실과 사회의 문제를 날카롭게 지적하고 비판하는 시와 노래가 있다. 우리의 삶이 정치·사회·현실에서 벗어날 수 없듯이, 공동체 의식으로 표출하는 사회참여 시와 노래는 중요한 비판적 관점을 제시해준다.

또한 오늘날에는 무분별한 개발논리와 의식 부족이 초래한 자연 훼손과 생태계 파괴 행태들을 비판하는 생태 시와 노래들도 많이 나타나고 있다. 지구 환경을 보존하고 개선시키는 일이 갈수록 중요해지기 때문에, 이러한 생태 환경보호 성격의 사회참여 노래의 비중도 갈수록 커질 것이다.

2. 한국 사회참여 노래의 역사

어느 시대이건 잘못된 정치나 사회현실을 비판하는 사회참여시나 노래가 있을 수 있지만, 대체로 한국에서는 조선시대 말에서 식민지시대로 넘어가

3 유종화 엮음, 앞의 책, p. 362.
4 위의 책, p. 363.
5 아우슈비츠는 유대인 집단수용소가 있었던 도시이다.
6 조두환, 《독일시의 이해》, 한국문화사, 2000, p. 28.
7 최유준, 《예술 음악과 대중 음악, 그 허구적 이분법을 넘어서》, 책세상, 2004, p. 150.

는 시기에 사회참여 노래가 본격적으로 대두되었다. 동학혁명 당시 전봉준과 관련하여 민중들에게 알려졌던 노래 〈새야 새야 파랑새야〉(이하 〈파랑새〉)가 최초의 사회참여 노래라고 할 수 있다. 그 후 식민지 시대의 노래에는 우리 민족의 한과 설움이 표출되었으니, 일본의 압제를 고발한 대중가요들도 넓은 의미에서 사회참여 노래라고 할 수 있을 것이다.

또한 사회참여 노래에는 원래의 가사를 사회·정치·현실비판을 목적으로 개사하여 부르는 노래도 포함된다. 이러한 개사는 가장 손쉽고 빠른 정치적 음악 활동이라 하겠다. 개사한 사회참여 노래들은 일찍이 개화기 애국창가에서 어렵지 않게 찾을 수 있다.[8]

한국의 사회참여 노래는 1960년대 이후에 본격적으로 대중화되었다고 할 수 있다. 1970년대 초에는 반전가요 번역을 비롯하여 서정적이고 애조를 띤 곡들이 주를 이루지만, 1980년 광주항쟁 이후 대학노래패가 무수히 만들어지고, 전문적인 노래운동 조직들이 등장하면서 사회참여 노래의 특성이 다양해졌다.

1980년대에 학생운동이 활발해지고 대중화되자 '노래를 찾는 사람들'의 〈솔아 솔아 푸르른 솔아〉처럼 비극적 정서를 극복한 노래도 나오게 되는데, 이는 운동이 대중화됨에 따라 많은 사람들과 함께 부를 수 있는 노래들이 요구되었기 때문이다. 단조행진곡의 대두와 비장미의 획득, 일상에서 의지를 다지는 느리고 유장한 서정가요의 확산 등, 1980년대 민중가요의 흐름은 바로 1970년대의 오랜 고뇌와 번민에서 벗어나 직접 민중들과 함께 투쟁하고 있는 지식인의 모습을 그리고 있다.

1980년대는 사회참여 노래가 대중적 기초를 확립한 시기로 기억된다. 1980년대 초·중반 사회참여 노래의 주류를 이룬 형식은 단조행진곡이다. 1970년대의 포크를 대신하여 1980년대에 단조행진곡이 사회참여 노래의 주류를 차지하게 된 것은 광주민중항쟁의 경험에서 비롯된다. 민주화를 외치던 광주의 수많은 시민들이 군인들에게 학살되었다는 사실은 국민들에게 엄청난 충

---

8 손민정, 《트로트의 정치학》, 음악세계, 2009, p. 105.

격을 가져다주었다.

'광주'의 경험을 통해 사회적 모순의 본질이 보다 뚜렷하게 드러났고 국민들의 자기결의는 한층 더 강해졌다. 이제 사색적인 분위기의 '포크'는 사람들의 굳은 결의를 담아내기에 역부족이었고, 보다 집단적이고 전투적인 노래가 필요했다. 그리하여 1980년대에는 장조풍이 주류였던 1970년대의 사회참여 노래와는 달리 단조풍의 비장한 사회참여 노래가 등장한 것이다. 〈임을 위한 행진곡〉, 〈타는 목마름으로〉 등이 단조풍의 사회참여 노래이다.

광주민주화운동 때 불린 〈임을 위한 행진곡〉은 본격적인 운동권 가요로, 1980년대 사회참여 노래의 대명사라고 할 수 있다. 이 노래는 1980년 12월 윤상원과 박기순의 영혼결혼식을 계기로 만들어졌다. 시민학생투쟁위원회의 대변인이었던 윤상원은 1980년 광주민주화운동 당시 계엄군의 총탄에 목숨을 잃었고, 노동운동가였던 박기순은 노동현장에서 사망하였다.[9] 〈타는 목마름으로〉도 광주민주화운동의 격랑 속에서 알려진 대표적 사회참여 노래로, 시위에 가담한 젊은이들이 최루탄과 총칼에 맞서 어깨동무를 하고 부른 노래이다.

단조행진곡과 더불어 느리고 비장한 단조 서정가요들도 나오게 되었다. 〈타는 목마름으로〉, 〈청산이 소리쳐 부르거든〉, 〈의연한 산하〉 등 약 30~40여 곡의 노래가 발표되었다.

한편 1987년 이전까지 사회참여 노래를 향유할 수 있었던 층은 대체로 학생과 진보 지식인으로 한정되어 있었지만, 1980년대 후반부터는 노동운동의 중요성이 인식됨에 따라 노동자들이 부를 수 있는 노래도 요구되었다. 그리하여 1980년대 후반에는 노동가요가 사회참여 노래의 주도적인 장르로 자리잡았다. 1990년대에는 다른 시대에 비해 '비교적' 다양하고 많은 사회참여 노래가 나왔으며, 경직되어 있던 대중가요계의 풍토에서는 획기적인 일이었다. 말하자면 양적으로는 적었지만 그 의의나 사회적 파장이 결코 적지 않았다는 것이다.

9 신성원, 《우리가 정말 알아야 할 우리 대중가요》, 현암사, 2008, p. 254.

1990년대에 나온 사회참여 노래들은 처음에는 비교적 '부드러웠다'. 사회 참여 노래는 그때까지 정부나 보수층이 가장 긴장한 내용인 정치 비판이나 계급 갈등, 반미나 통일과 같은 민감한 문제들을 노래하는 것은 아니었다. 공일오비의 〈4210301〉, 〈적 녹색 인생〉이나 조선일보사 주최의 콘서트《내일은 늦으리》에 나온 환경문제, 혹은 공일오비의 〈수필과 자동차〉, 〈현대 여성〉, 푸른 하늘의 〈자아도취〉, 넥스트의 〈도시인〉에 나타난 문명 비판이 주종이었다.[10]

1990년대의 가장 중요한 사회적 이슈는 여성문제, 환경문제 등이었다. 이른바 군부 독재가 사라진 1990년대에는 더 이상 1970~1980년대 질감의 정치비판이 대중적 호소력을 갖지 못했고, 사회적 이슈 역시 여성문제, 환경문제, 근대 문명에 대한 비판 등 세상을 다양한 측면으로 재점검하는 것으로 변화했기 때문이다.[11]

1990년대 사회비판적인 대중가요의 흐름에 기름을 부은 것은 다름 아닌 서태지였다. 서태지와 아이들 3집은, 1, 2집과 달리 사회 비판적인 작품 〈발해를 꿈꾸며〉와 〈교실 이데아〉 두 곡을 홍보의 초점으로 삼아 대중가요계 안팎에 큰 충격을 던져주었다.

최고의 스타, 주류 중의 주류가 이렇게 사회비판적인 작품을 부른 예는 일찍이 없었다. 말하자면 서태지와 아이들의 이 두 곡은 기존에 언더그라운드 가수들에 의해서만 채택되던 사회비판의 수위를 텔레비전 가요로까지 끌어올리는 계기가 되었다.[12] 이러한 상황이 나타난 데에는 1990년대의 대중들이 사회비판적인 노래에 대하여 강한 욕구를 가지고 있었다[13]는 것 또한 말해준다.

10 이영미, 《흥남부두의 금순이는 어디로 갔을까》, 황금가지, 2009, p. 307.
11 위의 책, p. 308.
12 위의 책, p. 312.
13 위의 책, p. 314.

3. 한국 사회참여 노래

새야 새야 파랑새야

새야 새야 파랑새야
새야 새야 파랑새야 녹두밭에 앉지 마라
녹두꽃이 떨어지면 청포장수 울고 간다
(하략)

그리스도교의 전파에 따라 양악이 들어온 후로 가장 먼저 한국에 나타난
민중의 노래는 어떤 것일까? 그것은 1894년 동학농민혁명 때의 〈새야 새야
파랑새야〉이다.[14] 조선 대중가요의 시조라고 할 수 있는 이 노래는 동학 농민
군의 진혼곡이라 할 만한 구전 민요이다. 최제우가 창시한 동학을 배경으로
1894년에 일어난 대규모 농민 봉기는 일본의 개입으로 실패하여 지도자 전
봉준이 처형되었고, 그의 죽음을 안타깝게 여긴 민중들은 이 노래를 불렀다
고 한다.

전봉준은 어렸을 때부터 키가 작아서 '녹두'라는 별명을 얻었는데, 동학 농
민군의 지도자가 되자 '녹두장군'이라는 애칭으로 불리게 되었다. 일반적으
로 노래에 나오는 녹두밭은 전봉준이 이끄는 농민군을 가리키며, 파랑새는
농민들을 끊임없이 탄압하는 외국군, 청포장수는 조선의 민중들을 가리킨다
고 한다. 〈새야 새야 파랑새야〉에서는 전봉준을 총대장으로 하는 농민군에
대한 민중의 뜨거운 열의가 담겨 있으며, 또한 패주한 농민군의 미망인들이
전사한 남편의 넋을 달래는 만가(輓歌)이기도 했다.[15]

한국의 대중가요가 공식적으로 심의의 대상이 되고 금지된 것은 일제합병
이후부터였다. 가장 먼저 금지된 노래가 이 〈파랑새〉이었다. 동학농민혁명
은 억눌린 신분으로부터 해방되고 부당한 착취자들로부터 벗어나고자 했다.

---

14 김지평,《한국가요정신사》, 아름출판사, 2000, p. 56.
15 박찬호,《한국가요사(1)》, 안동림 옮김, 미지북스, 2009, pp. 13~14.

자유롭고 평등하고자 했던 농민들의 염원은 성공하지 못하고 실패한 까닭에 가락과 가사가 처절하게 나타났다.[16] 1894년 전주에서부터 퍼진 이 노래는 짧은 기간 내에 전국적인 민요가 되었다. 동학농민혁명의 실패는 국민에게 그만큼 진한 한을 남겼던 것이다.[17]

이 노래에서 '새야 새야 파랑새야'는 원래 '쇠야 쇠야 팔한(八寒)쇠야'였다. '쇠'는 낮은 신분을 나타내는 남도 말로 '변강쇠', '개땅쇠', '마당쇠', '쇤네' 등으로 쓰이고, '팔한'(八寒)은 지옥명칭의 하나이니 '팔한쇠'는 '지옥쇠'가 된다. 즉 '새야 새야 파랑새야'는 '쇠야 쇠야 지옥쇠야'라고 놀리는 노래가 된다. 따라서 파랑새(팔한쇠-지옥쇠)는 물어볼 것도 없이 혁명군의 적이었던 일본군을 지칭하며, '녹두밭'은 전봉준의 아호 '녹두'를 끌어다 쓴 말이니 '혁명군 진영'을 말한다. 녹두밭에서 녹두꽃이 떨어지는 것을 염려하는 것은 혁명 농민군들의 죽음을 걱정한 것이다. 결국 이 노래의 속뜻은 대강 '천하고 천한 지옥쇠 같은 일본 놈들아 녹두장군 진영에 앉지마라. 혁명병사들이 죽어 가면 녹두장군이 울고 간다' 이런 뜻이 되는 것이다.

이 노래가 일제에 의해 금지되었다는 것은 1916년 창가독립운동사건 주모자로 2년 6개월의 옥고를 치른 바 있던 한영서원 교사 신영순의 증언으로 처음 밝혀졌다. "합병 얼마 후 한영서원 아이들이 〈새야 새야 파랑새야〉 노래를 변소 벽에 낙서했다가 주재소 순사들이 찾아와 학교가 발칵 뒤집힌 적이 있었다."고 증언하였다. 그때 〈파랑새〉 노래는 "일본 경찰들이 곡을 알고 있을 정도였다."고도 했다.

〈파랑새〉가 엄중하게 취급된 흔적은 레코드 가요의 진척 과정에서도 발견된다. 〈아리랑〉 등은 엄격한 심의를 거쳐 제한적이나마 몇장의 레코드로 출반된 것을 볼 수 있지만, 〈파랑새〉는 취입한 흔적을 전혀 찾아볼 수 없었다. 〈파랑새〉는 그 탄생 배경 자체가 외세 배척이었기 때문에 가사의 내용과 상관없이 철저하게 금지시켰던 것이다.[18]

16 김지평, 앞의 책, pp. 56~57.
17 위의 책, p. 253.
18 김지평, 앞의 책, pp. 253~255.

새야 새야 파랑새야

Em
새 야 새 야 파 랑 새 야

Am   Em
녹 두 밭 에 앉 지 마 라

녹 두 꽃 이 떨 어 지 면

Am   Em
청 포 장 수 울 고 간 다

상록수

김민기 작사 · 작곡

1절

저 들에 푸르른 솔잎을 보라

돌보는 사람도 하나 없는데

비바람 맞고 눈보라 쳐도

온 누리 끝까지 맘껏 푸르다(2, 3절 생략)

김민기가 작사·작곡한 〈상록수〉는 동료 공장 노동자들의 합동 결혼식의 축가로 만들어졌던 노래이며, 1978년 양희은의 7집 음반 〈거칠은 들판에 푸르른 솔잎처럼〉에 수록된 곡이다. 김민기는 이 노래를 발표할 당시 음반에 자신의 이름을 밝히지 못했다. 노래가 아니라 작곡자의 이름이 문제가 되어 심의를 통과할 수 없었기 때문이다.

그러다 1998년, 노래가 나온 지 21년 만에 골프선수 박세리의 영상과 양희은의 목소리로 IMF의 어려움을 극복하기 위한 홍보광고의 배경음악으로 사용되면서 급속히 알려졌다. 조국의 민주화를 성취한 故 김대중 대통령, 갖은 고초를 겪으면서 창작을 해 온 작곡가 김민기, 병마에 굴하지 않고 노래해 온 가수 양희은, 어려움을 이기고 세계 골프계의 여왕이 된 박세리, 이 네 사람의 이미지에 잘 어울리는 노래였던 셈이다. 〈상록수〉는 IMF의 고통으로부터 일어나고자 몸부림쳤던 모든 국민의 표상이 되었던 노래다.[19] 또한 이 노래는 2002년 대통령 선거에서 노무현 대통령이 선거 운동에 사용해 화제가 되기도 했다.

김민기는 서울대학교 미대에서 미술을 전공하였다. 그러나 1971년 폰트라[20] 모임에서 시인 김지하를 만난 후 역사와 현실의 인식을 새로이 하여 야학을 열고 문화운동의 길로 들어선다. 1973년, 문화운동을 하던 가톨릭 단체와 연이 닿으면서 〈금관의 예수〉를 작곡하였고, 이종구, 김영동 등과 친분을 쌓으면서 국악에 관심을 갖기도 한다.

김민기는 1996년 인터뷰에서 사회가 자신을 이상하게 키웠다고 탄식하며 다음과 같이 말했다. "언제부턴가 내 노래에 특별한 의식이 있다고 여겨지면서 나는 의식 있는 삶을 살아야할 것으로 강요받았다. 아무리 아니라고 해도 소용없었어요. 공장으로, 농촌으로, 탄광으로, 노가다판으로 옮겨 다닌 것도 당시 서울에선 도대체 생계가 막연했기 때문인데…… 많은 사람들이 내가 노동운동이나 농민운동을 하기 위해 일부러 공장에 나가고 농사를 지었

---

19 위의 책, p. 236.
20 'PONTRA(Poem On Trash)'. '쟷더미 위에 시를'이라는 뜻으로 1970년대 초 시인 김지하를 중심으로 한국문화에 대해 토론하던 모임.

상록수

1. 저 들에 푸르른 솔잎을 보라 돌보는 사 람도
2. 서럽고 쓰 리던 지난날 들도 다시는 다 시는
3. 우 리들 가 진것 비록적 어도 손에손 맞 잡고

하나 없 는 데 비바람 맞 고 눈 보라 쳐 도
오지말 라 고 땀흘리 리 라 깨우치 리 라
눈물흘 리 니 우리나 갈 길 멀고힘 해 도

온 누리 끝 까 지 맘 껏푸 - 르 다 끝 내이기 리 라
거 치른 들 판에 솔잎되 - 리 라
깨 치고 나 - 가

우 리가 진 것 비록적 어 도 손 에손 맞 잡고

눈 물흘 리 니 우리나 갈 길 멀고힘 해 도

깨 치고 나 가 - 끝 내이기 리 라 깨 치고

나 가 - 끝 내이기 리 라 -

던 것으로 생각한다. 나를 너무 굉장한 사람으로 생각하는 게 가장 괴로운 일이다."

그런가 하면 1998년에는 노래와 관련하여 다음과 같은 말을 했다. "운동을 염두에 두고 만든 노래는 하나도 없다. 나는 주변을 바라보며 내 마음의 슬픔 혹은 젊은이의 보편적 슬픔을 표현했다. 〈친구〉는 고 3때 같이 동해안에 갔다가 익사한 친구를 그리워하며 작곡했고, 〈늙은 군인의 노래〉는 군대시절 만들었다. 〈아침이슬〉도 아침동산의 풍경을 마음에 비춰 묘사했을 뿐이다. 그런데 그것들이 시대적 의미로 쓰이더라. 아마도 내 노래에 우리의 풍경을 담은 '스토리'가 있으니 수용자들이 시대상황에 따라 의미를 부여했을 것이다."[21]

이런 연유로 김민기는 자신에게 저항가수라는 이름을 붙이는 것은 잘못된 것이라고 말한다. "저항가수라는 표현은 맞지 않다. 사람들은 나를 미화한다. 과분하다. 내 노래는 보편적 정서, 슬픔으로 사람들과 공명하고픈 것이다. 그것은 나를 치유하는 방법이기도 했다. 그 때문인지 1980년대 학생 운동권으로부터 호된 비판을 받았다. '지식인적 나약함, 개인적 상념'이 가득하다는 것이다. 동의할 수 없었다. 내 노래에서 비장함을 느꼈다면 그건 1970년대식 정서와의 조응이었을 것 같다. 1980년대는 삭막했다."[22]

김민기는 1988년 5월 12일에 "1970~1980년대의 권위주의적 정치 세력 밑에서 살아온 사람들의 슬픔과 기쁨을 소재로 표현해 더불어 함께하는 삶의 문화를 개척하는 데 이바지했다."는 공로로 '88 가톨릭 언론상' 음악부문을 수상했다. 김민기의 노래는 억눌리고 소외된 이 땅의 대중에게 커다란 위안이 되었다.[23]

21 《중앙일보》 1998. 9. 28.
22 위의 곳.
23 신성원,《우리가 정말 알아야 할 우리 대중가요》, 현암사, 2008, p. 264.

솔아 솔아 푸르른 솔아

안치환 작사 · 작곡

거센 바람이 불어와서 어머님의 눈물이
가슴속에 사무쳐 우는 갈라진 이 세상에
민중의 넋이 주인 되는 참세상 자유 위하여
시퍼렇게 쑥물 들어도 강물 저어가리라
솔아 솔아 푸르른 솔아 샛바람에 떨지 마라
창살 아래 네가 묶인 곳 살아서 만나리라

〈솔아 솔아 푸르른 솔아〉는 가수 안치환이 작사 · 작곡한 노래로서, 민중이
주인이 되는 참된 민주주의를 염원하는 가운데 민주화의 의지를 강하게 표
출하는 사회참여 노래이다. 이 노래는 재야에서부터 일반인에 이르기까지,
입에서 입으로 폭넓게 알려져 있다. 나중에는 노래방에 들어간 민중가요 1호
가 되었다.[24]

암울했던 시절에 고통받는 사람들의 마음을 위로한 이 노래는, 당시 마치
〈애국가〉처럼 모였다 하면 불렀던 애창곡이다. 노래는 시대를 기록한다고 했
는데, 바로 이 노래가 한 시대의 상징적인 아픈 모습을 담고 있다. 이 노래는
본래 박영근의 〈전라도〉라는 연작시의 이미지를 노랫말로 인용한 것이다.[25]
이 노래를 랩 버전으로 변형시켜 부른 Mc스나이퍼의 〈솔아 솔아 푸르른 솔
아〉를 감상하면서 두 노래를 비교해보면 좋을 듯하다.

---

24 김현성,《오선지 위를 걷는 시인들》, 샘터사, 2003, p. 89.
25 위의 책, p. 90.

솔아 솔아 푸르른 솔아

홀로 아리랑

한돌 작사 · 작곡

1절

저 멀리 동해 바다 외로운 섬

오늘도 거센 바람 불어오겠지

조그만 얼굴로 바람 맞으니

독도야 간밤에 잘 잤느냐

아리랑 아리랑 홀로 아리랑

아리랑 고개를 넘어가보자

가다가 힘들면 쉬어가더라도

손잡고 가보자 같이 가보자(2, 3절 생략)

〈홀로 아리랑〉에 등장하는 자연물은 동해바다, 독도, 금강산, 설악산, 백두산, 두만강, 한라산, 제주 등이 나온다. 이는 우리 한반도 남북한을 둘러싸고 있는 대표적인 자연물들이다. 이 노래는 분단되어 있는 정치적 현실, 비극적인 정치적 역사적 상황을 묘사하고 있다. 또한 분단된 정치 현실을 지적하고 통일을 이루자는 강렬한 메시지가 들어 있는 사회참여 노래이다.

한돌 (1953~) 순수함을 간직하고 있는 한돌은 '잠 자는 하늘님이여 이제 그만 일어나요 / 그 옛날 하늘 빛처럼 조율 한 번 해주세요'라고 하늘님에게 말을 걸고, 지리산의 댐 건설로 수몰되는 나무와 들꽃, 그 때문에 서식처를 잃는 산새들에 가슴앓이 하고, 후손들을 위해서 전국 산을 돌아다니며 산삼을 심는다.[26]

이 밖에도 한국의 사회참여 노래에는 여러 노래들이 있다. 예를 들어 김지하 작사, 김민기 작곡의 〈금관의 예수〉와 〈사계〉가 있다. 〈금관의 예수〉는 김

26 이영미, 앞의 책, p. 331.

인문학, 노래로 쓰다

홀로 아리랑

1.지 - 멀 리 동 해 바 다 외 로 - 운 - - 섬 오 - 늘 도
2.금 - 강 산 맑 은 물 은 동 해 로 흐 - 르 고 설 - 악 산
3.백 - 두 산 두 만 강 에 서 배 타 고 떠 - 나 라 한 - 라 산

거 센 바 람 불 어 오 겠 - 지 조 그 만 얼 굴 로
맑 은 물 도 동 해 가 는 - 데 우 리 네 마 음 들 은
제 주 에 서 배 타 고 간 - 다 가 다 가 홀 로 섬 에

바 람 - 맞 - 으 니 독 도 야 간 밤 에 잘 - 잤 느 나
어 디 로 - 가 - 는 가 언 제 쯤 우 리 는 하 나 가 될 까
닻 을 - 내 - 리 고 떠 오 르 는 아 침 해 를 맞 이 해 보 자

아 - 리 랑 아 - 리 랑 홀 로 - 아 리 랑 아 리 랑

고 개 를 넘 어 가 보 - 자 가 다 가 힘 들 면

쉬 어 가 - 더 - 라 도 손 잡 고 가 보 자 같 이 가 보

자 D.S.

가 다 가 힘 들 면 쉬 어 가 - 더 - 라 도

손 잡 고 가 보 자 같 이 가 보 자 -

지하가 사회비판적 관점에서 쓴 희곡《금관의 예수》에 나오는 대목을 김민기가 노래로 만든 것이고, 〈사계〉는 1970년대 전후 비참했던 노동자들의 대한 연민과 사회경제적 구조의 문제점을 비판한 노래이다. 또한 정태춘 작사·작곡의 〈아, 대한민국〉과 서태지 작사·작곡의 〈교실 이데아〉 등이 있다.

4. 미국의 사회참여 노래들

꽃들은 어디에

피트 시거

1절

꽃들은 모두 어디로 갔나, 오랜 세월 지나,

꽃들은 모두 어디로 갔나, 오랜 세월 전에,

꽃들은 모두 어디로 갔나, 젊은 아가씨들이 모두 꺾어갔네,

그들은 언제 알게 될까, 그들은 언제 알게 될까?(2, 3, 4, 5, 6절 생략)

Where have all the flowers gone? Long time passing,

Where have all the flowers gone? Long time ago,

Where have all the flowers gone? Young girls picked them everyone,

When will they ever learn, when will they ever learn?

세계적으로 널리 알려져 있는 〈꽃들은 어디에〉는 피트 시거가 작사·작곡하였다. 1960년대 미국에서 젊은이들을 중심으로 베트남 전쟁에 반대하는 '반전(反戰)가요'로 유명한 노래이다.

악보에 제시된 한글 번역은 내가 이 노래를 접하던 시절에 나왔던 악보를 그대로 옮겨놓은 것이다. 이 악보의 한글 번역 가사에는 전쟁과 관련된 내용은 삭제하여 이 노래가 전쟁을 반대하는 사회참여 노래인지 전혀 짐작할 수 없게 되어 있다.

정치·사회적으로 여러 가지 문제들이 있지만, 그 중에서도 가장 심각한 상황이 있다면 무엇보다도 전쟁일 것이다. 그러므로 사회문제에 참여하는 시와 노래가 무엇보다도 전쟁의 문제점을 지적하고 전쟁에 반대하는 입장을 표출하는 것은 당연한 일이다.

꽃들은 어디에
Where have all the flowers gone

Where have all the flow—ers gone? — Long time pas — sing —
들 에 핀 — 꽃 들 은 — 어 디 로 가 나 —
씩 씩 한 — 청 년 은 — 어 디 로 가 나 —

Where have all the flow—ers gone? — — — Long time a— go
어 여 쁜 아 가 씨 품 — — 에 안 기 우 리
흐 르 는 세 월 따 라 — — 서 백 발 되 네

Where have all the flow—ers gone? — Young girls picked them ev — 'ry one —
곱 게 핀 — 꽃 들 도 — 시 — 들 — 어 가 네 —
즐 거 운 — 청 춘 도 — 다 — 지 — 나 가 네 —

When will they e— ver learn, — when will they e— ver — learn?
먼 — 옛 날 부 터 — 먼 — 훗 날 까 — 지 —
먼 — 옛 날 부 터 — 먼 — 훗 날 까 — 지 —

Where have all the young girls gone? — Long time pas — sing —
귀 여 운 — 소 녀 는 — 어 디 로 가 나 —
새 하 얀 — 백 발 은 — 어 디 로 가 나 —

Where have all the young girls gone? — — Long time a— go
씩 씩 한 사 나 이 품 — 에 안 기 우 리
외 로 운 무 덤 이 되 — 어 잠 이 들 고

Where have all the young girls gone? — Gone to young men ev — 'ry one —
어 여 쁜 — 소 녀 도 — 다 — 늙 어 가 네 — —
모 두 다 — 꽃 이 되 — 또 — 들 에 피 리 라 —

When will they e— ver learn, — when will they e— ver — learn?
먼 — 옛 날 부 터 — 먼 — 훗 날 까 — 지
먼 — 옛 날 부 터 — 먼 — 훗 날 까 — 지

반전가요는 특히 1960년대와 1970년대에 월남전으로 여러 나라의 젊은이들이 죽어갈 때 미국을 중심으로 크게 번졌다. 이때 불렀던 대표적인 반전가요는 〈꽃들은 어디에〉를 비롯하여 〈바람만이 아는 대답〉, 〈상상〉 등이다. 이 반전가요들은 전쟁의 참상을 일깨우고 평화를 호소함으로써 큰 반향을 불러일으키고, 결과적으로 미국이 전쟁에서 손을 떼게 만드는 반전분위기를 일구어냈다.

이 노래의 가사를 살펴보면 전체적으로 순환 형식을 띠고 있다. 말하자면 "꽃들은 모두 어디로 갔나"라는 물음으로 시작하여, 매절이 바뀔 때마다 "아가씨들", "사나이들", "군인들", 그리고 "무덤들은 모두 어디로 갔나"로 물으면서, 맨 마지막에는 제1절의 가사로 되돌아와 다시금 "꽃들은 모두 어디로 갔나"라고 묻는다. 이러한 노래의 가사를 언뜻 보면 전쟁을 반대하는 메시지가 그리 강하게 느껴지지 않는다. 그저 무심하게 돌고 돌아 흘러가는 세월 속에 젊은 사나이들이 전사하여 무덤으로 갔다는 내용만이 직접적으로 전쟁과 연관되어 있다고 할 수 있다. 그러나 이러한 순환형의 서정적 노랫말에 삽입되어 있는 한 구절, 즉 젊은 사나이들이 전쟁으로 인하여 허무하게 죽어 무덤에 묻혔다는 내용은 노래의 애틋한 곡조 분위기와 더불어 우리에게 강한 인상을 심어준다. 이 노래는 허무한 전쟁의 폐해를 서정적인 노랫말과 곡조로 보여주어 전쟁에 반대하는 반전 메시지를 인상적으로 전달해주고 있다.

나는 10대 후반부터 이 노래를 즐겨 불렀지만, 오랫동안 이 노래가 전쟁을 반대하는 반전가요라는 것은 전혀 알지 못했다. 영어나 독일어의 가사를 제대로 해석하지 못한 탓도 있지만, 당시 한국에 소개된 이 노래의 악보에는 전쟁터와 군인 대목의 가사는 빠져 있었기 때문이다. 이 노래가 반전가요라는 것을 제대로 인식하게 된 것은 독일어로 번역된 가사를 접할 때였다.

조앤 바에즈 (1941~) 뉴욕 출생으로 미국의 여성 포크송 가수이다. 보스턴 대학 재학 중 포크송에 끌려 노래하기 시작하였으며, 타고난 미성(美聲)과 용모로 포크송계의 여신적 존재로 군림하였다. 주요 발표곡으로 이 노래 〈꽃들은 어디에〉 외에 〈도나 도나〉, 〈은의 단검〉 등이 있다.

피트 시거 (1919~) 미국 뉴욕 출생 가수로 포크송을 이끌었다. 미국에서 1960년대에 포크 송이 되살아났을 때, 젊은 음악인들에게 중요한 영향을 미쳤다.

바람만이 아는 대답

밥 딜런

1절

얼마나 많은 길들을 사람은 걸어야만하나,

당신이 그를 사람이라고 부르기까지는?

얼마나 많은 바다를 하얀 비둘기는 날아야만하나,

모래에서 잠을 자기까지는?

얼마나 많은 대포알들이 날아야만하나,

영원히 금지되기까지는

그 대답은, 친구여, 바람 속에 불고 있다네,

그 대답은 바람 속에 불고 있다네. (2, 3절 생략)

How many roads must a man walk down

Before you call him a man?

How many seas must a white dove sail

Before she sleeps in the sand?

How many times must the cannon balls fly

Before they're forever banned?

The answer, my friend, is blowin' in the wind,

The answer is blowin' in the wind.

　〈바람만이 아는 대답〉은 밥 딜런이 작사·작곡한 노래로 〈꽃들은 어디에〉와 더불어 세계적으로 널리 알려진 반전가요이다. 가사는 〈꽃들은 어디에〉보다 더욱 구체적으로 전쟁의 폐해를 고발하면서, 반전 메시지를 강하게 나타내고 있다. 밥 딜런은 "그 대답은 바람 속에 불고 있다네"라고 표현하여 시적인 여운을 남겨 반전 메시지를 더욱 인상적으로 상기시킨다.

밥 딜런(1941~)　미국 미네소타에서 태어났으며, 엘비스 프레슬리와 제리 리 루이스의 영향을 받으며 음악적 소양을 키웠고, 리틀 리차드를 비롯해 많은 록스타의 음악을 들으며 자랐다. 1959년에 미네소타 대학에 입학하면서 보다 심층적으로 음악에 빠진 그는 행크 윌리엄스의 컨트리, 로버트 존슨, 우디 거스리 등의 음악에 심취하였다. 1997년에는 성악가 제시 노먼과 함께 미국의 정평 있는 예술 문화 훈장(Kennedy Center Honors Award)을 받았다.[27]

---

27 최경식, 《영혼을 어루만지는 음악 이야기. 바흐에서 김민기까지》, 한울, 2003, p. 73.

바람만이 아는 대답
Blowin' in the wind

제**8**장

가곡

가곡 시와 음악 통합예술의 꽃

가곡(歌曲)에는 두 가지 형태가 있다. 하나는 국악에 있는 국악 가곡이고, 또 하나는 '예술가곡'을 줄인 말로 시와 음악이 예술적으로 결합된 노래 장르이다. '국악 가곡'이란 소규모의 국악 관현악 반주에 시조를 가사로 하여 관현악 반주에 맞춰 노래하는 5장 형식의 곡[1]이다. 이 국악 가곡의 기원은 정확히 알 수 없으나, 가곡에 담긴 시조시의 대부분이 고려 말기부터 이조에 걸쳐 지어진 사실로 미루어 고려 말기로 추정된다.[2] 시조(時調)는 고대 시가(詩歌)로 본래 명칭은 문학 장르로서의 명칭이 아니라 음악 곡조의 명칭이었다. 시조라고 부르기 이전에는 가곡(歌曲), 영언(永言)이라 했다.

박효관은 고종 13년에 그의 제자 안민영과 함께 당시 불리던 시조창과 가사를 모아 엮었는데《가곡원류(歌曲源流)》라 하였다. 그때가 1876년이니 그전의 '가요'가 한 세기 뒤에 '가곡'으로 변한 것을 알 수 있다. 1930년대부터 대중음악이 '유행가(流行歌)', '유행소곡'이라는 이름으로 따로 분화하였고, 해방이 되면서 '유행'이라는 뜻이 적절치 않다 하여 고려《해동가요》의 '가요'로 회귀하였다. 그렇게 되자 창가에 머물며 가요와 대칭하게 된 순수음악은

---

1 김대호 · 김순옥 · 신현남 · 양재무 · 정진행, 《음악사》, 교학사, 2005, p. 78.
2 세광음악출판사 사전편찬위원회 엮음, 《표준 음악 사전》, 세광음악출판사, 1987, p. 7.

《가곡원류》의 '가곡'으로 회귀하였다.[3]

가곡은 이와 같은 역사와 전통이 있는 노래 장르이지만, 오늘날에는 '가곡'이라 하면 대체로 서양 음악의 어법에 의해 시와 음악이 결합된 '예술가곡'을 일컫는다. 따라서 여기에서는 이 예술가곡을 살펴보기로 한다.

1. 한국의 가곡

한국 가곡의 역사

1919년 3·1운동이 일어난 후 1920년대에 들어와 한국 음악사는 새로운 창작 단계를 맞이하게 되는데, 이때 창작 창가가 가곡, 유행가 그리고 동요로 분화된다.[4] 1920년대는 한국에서 시와 음악의 합일체인 가곡이 처음으로 등장했던 때이다.

1920년대는 한국 가곡의 초창기로 작곡가 홍난파(1897~1941), 박태준(1900~1986), 안기영(1900~1980), 현제명(1902~1960)의 작품들로 시작된다. 이때 작곡된 주요 작품들로는 홍난파의 〈봉선화〉, 박태준의 〈동무생각〉, 〈님과 함께〉, 〈미풍〉, 〈소낙비〉, 안기영의 〈그리운 강남〉, 〈마의태자〉, 현제명의 〈조선의 노래〉, 〈니나〉, 〈오라〉, 〈나물캐는 처녀〉 등을 들 수 있다. 이 중에서 한국 최초의 가곡은 홍난파의 〈봉선화〉로 알려져 있다. 이러한 초기의 가곡들은 대체로 작품의 구조가 서구식을 따르고 있으나, 작품의 내용은 민족주의적이며 계몽주의적인 것이 많으며, 우리 민족의 애환을 표출하는 노래 또한 많았다는 점이 특징이다.

그 후 1930년대는 한국 가곡의 정착기로서, 이때는 서정시의 활발한 창작과 이전에 비해 보다 활발해진 음악 활동이 중요한 몫을 담당했던 것으로 보인다.[5] 이 시기에 새롭게 등장한 작곡가로는 채동선(1900~1953), 이흥렬

---

3 김지평, 앞의 책, p. 25.
4 나진규, 《애창 한국 가곡 해설. 그 역사와 시적·음악적 분석을 중심으로》, 태성, 2003, p. 16.
5 위의 책, p. 25.

(1909~1980), 김세형(1904~1999), 김성태(1910~?), 조두남(1912~1984), 김동진(1913~?) 등을 꼽을 수 있다.

채동선은 1932년부터 작곡을 시작하여 〈고향〉, 〈내 마음은〉, 〈바다〉 등의 가곡을 작곡하였고, 1937년에 작품집을 발간한다. 이흥렬은 1932년부터 작곡을 시작하여 〈바위고개〉, 〈자장가〉, 〈코스모스를 노래함〉, 〈부끄러움〉, 〈봄이 오면〉, 〈고향 그리워〉 등을 작곡하였고, 1934년에 《이흥렬 작곡집》을 발간했다. 그의 가곡은 서양음악을 답습하는 수준이었던 초기의 가곡을 우리 정서에 바탕을 둔 명랑하고 아름다운 가곡으로 끌어올렸다는 평가를 받고 있다. 김세형은 1932년 길버트의 영어시를 가사로 한 연가곡집 《먼 길》을 작곡하였고, 1936년에 한글로 번역하여 작곡집을 발간했다. 이는 한국 최초의 연가곡인 셈이다. 이 외에도 〈뱃노래〉, 〈바다〉 등의 가곡을 작곡하였다.

김성태는 1937년에 〈바다〉, 〈말〉, 〈산 너머 저쪽〉 등을 발표했다. 그러나 이러한 초기의 가곡들은 월북시인인 정지용의 시로 만든 가곡들이라 연주가 금지되어 별로 알려지지 못했다. 김동진은 〈봄이 오면〉, 〈뱃노래〉, 〈가고파〉, 〈파초〉 등을 작곡하는 등 비교적 자유로운 악상이 전개되며 서정적인 분위기가 중심이 되는 작품을 발표하였다. 그는 채동선과 더불어 통절가곡의 장르를 개척하여, 1920년대에 발표된 가곡과 함께 1930년대의 가곡은 결과적으로 '한국 가곡'의 정형을 만들었다. 중·고등학교 음악 교과서에 수록된 곡들도 대부분 이 시기에 만들어진 곡들이며, 한국 가곡만을 연주하는 음악회의 중심 레퍼토리도 이 시기의 작품들이다.

한국 가곡은 1940년대에 들어 새로운 방향을 모색하게 된다. 이 시대의 가곡들은 크게 두 가지 특징으로 나타난다. 하나는 1930년대에 주류를 이루었던 서정적인 가곡의 맥을 잇는 형태이며, 또 하나는 진보적인 동시에 사실주의적 경향의 가곡이었다. 전자의 경우 지금까지 소개되었던 작곡가들을 중심으로 이루어졌고, 후자의 경우는 새로이 등장하는 작곡가들, 즉 윤이상, 김순남, 이건우, 나운영 등이 주도하였다.

윤이상은 〈추천(그네)〉, 〈고풍의상〉, 〈달무리〉, 〈편지〉, 〈나그네〉, 〈충무공〉

등 6편의 가곡을 작곡하여, 〈충무공〉을 제외한 5곡을 묶어 《윤이상 초기 가곡집》을 윤이상 음악연구소(평양)에서 출간하였다. 남한과 북한에서 공식적으로 연주되고 있는 가곡으로는 윤이상의 작품이 유일하다. 그의 가곡들은 한국의 민속적인 선율과 리듬을 바탕으로 하고 있으며, 장·단조의 체계를 벗어나서 자유로운 선법과 부가화음 등의 사용으로 이전시대의 가곡들과는 다른 실험적인 모습을 보이고 있다.

김순남은 1947년에 〈산유화〉, 〈바다〉, 〈그를 꿈꾼 밤〉, 〈잊었던 마음〉, 〈초혼〉의 다섯 곡을 작곡하였고, 1948년에 〈진달래꽃〉, 〈상열〉, 〈탱자〉, 〈양〉, 〈철공소〉, 〈자장가〉 등 13곡을 남기고 월북했다. 그의 가곡은 한국적인 선법의 선율과 화려하면서도 선율의 동반자로서의 역할을 강조하는 피아노와의 조화가 두드러진다. 그는 서양음악의 어법을 극복하여 독자적인 자기세계를 구축한 작곡가로서, 특히 전통적인 음악적 재료를 서양음악의 구조에 결부시키려고 노력한 점이 두드러진다.

이건우는 김순남과 마찬가지로 월북 작곡가로 1948년 5월에 〈금잔디〉, 〈붉은 호수〉, 〈가는 길〉, 〈엄마야 누나야〉, 〈산〉을 작곡하였고, 11월에 〈자장가〉, 〈꽃가루 속에〉, 〈소곡〉, 〈추풍령〉, 〈산길〉, 〈빈대〉 등 11곡을 작곡하여 발표했다. 그의 가곡 작품은 김순남의 가곡에서 보였던 특징들이 거의 그대로 나타나고 있다.

나운영은 가곡 〈가려나〉로 1939년에 동아일보 신춘문예 작곡 부문에 입상하면서 작곡가의 길로 들어섰다. 그 이후 〈박쥐〉, 〈달밤〉, 〈가는 길〉, 〈별과 새에게〉, 〈접동새〉 등의 가곡을 작곡했다. 그의 가곡은 처음에는 다소 낭만적인 분위기로 시작되나, 〈접동새〉(1950)에 이르면 한국적인 가곡의 표본이 될 만한 실험을 보이고 있다. 피아노는 거문고산조와 장구장단을 빌려왔고, 노래는 남도 판소리의 요소를 사용하고 있다.

한국 가곡의 대량 생산기에 해당하는 1950년대의 대표적인 작곡가로는 윤용하(1922~1965), 이호섭(1918~?), 정세문, 변훈(1926~), 김순애(1920~), 김달성(1921~), 이상근(1922~?), 김형주(1925~), 정윤주(1918~1997), 정회갑

(1923~) 등을 들 수 있다. 이 시기의 특징은 전쟁으로 혼란스러운 시기였지만, 가곡 작품 활동은 더욱 활발해졌다.

윤용하는 〈보리밭〉(1952), 〈달밤〉, 〈산골의 노래〉 등을 작곡했다. 이호섭은 〈국화 옆에서〉, 〈어머니의 얼굴〉 등을, 변훈은 〈낙동강〉, 〈자장가〉, 〈명태〉(1952) 등을 작곡했다. 여성으로서 첫 작곡가인 김순애는 1938년에 〈네 잎 클로버〉로 작곡계에 입문한다. 그 이후 작품활동이 다소 뜸하다가 〈모란이 피기까지는〉을 중심으로 1951년에만 16곡의 가곡을 작곡하였다.

김달성은 12곡으로 이루어진 연가곡 《사랑이 가기 전에》를 작곡했고, 김형주는 〈자장가〉와 〈고요한 밤〉을 시작으로 〈낙화암〉, 〈고향〉 등을 작곡하였다. 정회갑은 〈진달래꽃〉(1947)으로 작곡에 입문한 이후 〈음 3월〉, 〈먼 후일〉 등을 작곡했다.

1960년대에 들어서면서 한국 가곡은 일종의 전환기를 맞게 된다. 이 시기에는 작곡계에 세대교체의 바람이 일어 젊은 작곡가들이 등장하여, 세계적인 추세에 따른 현대적 기법의 작품들도 등장한다. 그리하여 1960년대의 가곡은 기법적인 면에서 점차 이원화된다.

이상근, 정회갑, 백병동(1936~) 등은 새로운 방향으로 가곡 작품들을 작곡했다. 이에 반해 장일남(1932~), 최영섭(1929~), 김규환(1925~), 이수인(1939~) 등은 대중도 비교적 쉽게 함께할 수 있는 가곡을 작곡하였다.

백병동은 한국의 현대가곡 분야에서 중심에 서있는 작곡가로 1957년 〈늪〉과 〈동백꽃〉을 시작으로 1960년대에만 17편의 가곡을 작곡하였다. 이론가 민경찬에 의하면, 그의 가곡은 시의 서정을 노래한 현대적 서정가곡과 시의 내용을 극적으로 표출한 표현주의 가곡 등 두 가지 유형으로 구분된다. 그의 구분에 따르면 〈늪〉, 〈동백꽃〉, 〈남으로 창을 내겠소〉 등은 전자에 속하고, 〈부다페스트에서의 소녀의 죽음〉, 〈어둠의 시간과〉, 〈화장장에서〉 등의 가곡은 후자에 속한다. 백병동은 1990년대에 이르러 관현악 반주의 가곡도 작곡함으로써 가곡의 영역을 한 단계 더 넓히고 있다.

장일남은 〈기다리는 마음〉(1951)을 시작으로 〈비목〉(1963), 〈달무리〉, 〈추억〉

등의 가곡을 작곡했다. 최영섭은 〈마을〉(1947)을 시작으로 많은 가곡을 작곡하고 있다. 특히 그의 가곡 중 〈그리운 금강산〉(1972)은 KBS FM의 위촉으로 작곡되었는데, 대중의 폭발적인 인기를 얻어, 장일남의 〈비목〉과 함께 일종의 국민가곡으로 인식되고 있다.

1970년대 이후부터 1990년대까지 한국의 가곡은 많은 작곡가들과 연주가들이 참여하게 되어 발전기를 맞이하게 된다. 이 시기는 그 양적인 면과 다양성에서 구체적으로 요점을 정리하기가 어려운 실정이다.

오늘날에는 한국 가곡의 계속적인 연주나 연구가 필요함을 깨닫고 지역마다 연주가와 작곡가들을 중심으로 한국가곡연구회가 결성되어 꾸준히 활동하고 있다. 예컨대 성악가들을 중심으로 연구하며 활동하는 〈우리가곡연구회〉, 〈한국가곡연구회〉, 〈현대가곡연구회〉 등을 들 수 있겠다.

KBS FM에서는 꾸준히 신작 가곡을 위촉하고 연주하여 정기적으로 방송하고 있으며, 그중에서 대중성이 있는 가곡을 음반으로 제작하고 가곡연주회를 개최하고 있다. MBC에서는 한때 콩쿨 등을 통하여 창작가곡을 활성화하는 운동이 있었으나 지금은 멈춘 상태이다.

새로운 운동으로 몇 년 전부터 시인과 작곡가 및 연주가들이 공동으로 신작가곡을 작곡하여 작곡집을 출간하고, 연주와 CD제작을 통하여 가곡을 보급하고 있다. '우리시 우리노래'와 현대시조시인들이 중심이 되는 '겨레의 노래 천년의 노래'들이 그 대표적인 예이다.

가장 주목할 만한 움직임으로는 (사)한국가곡문화예술협회의 활동을 들 수 있다. 2006년 2월 사단법인 인가를 전후하여 매년 '가곡 대축제'를 개최하면서, 이 음악제를 통해 매회 200곡의 가곡을 엄선하여 보급, 소개하고 있다. 특히 이 단체는 음악인들만의 모임이 아니라 가곡을 사랑하는 여러 분야의 전문인들이 공동으로 참여하여 노력하고 있다는 점에서 앞으로의 기대가 크다.[6]

가곡은 대체로 다른 노래들에 비해 노래를 감상하거나 부르기가 다소 어려운 경향이 있다. 그러나 아름다운 시와 곡조가 결합된 한국의 훌륭한 가곡들

---

6 '한국 가곡의 역사' 부분은 사단법인 한국가곡협회의 홈페이지에 게재한 영남대학교 진규영 교수의 〈한국가곡의 역사와 의의〉(2010. 8. 24.)를 참고하였다.

은 앞으로 더욱 많이 보급하고, 감상하고, 불려져야 한다. 이를 위해서는 무엇보다도 한국 가곡에 대한 방송 매체의 올바른 인식과 더불어, 한국 가곡 관련 전문가 및 애호가들의 꾸준한 노력이 필요할 것이다.

한국 가곡 부르기

바위고개

이흥렬 작사 · 작곡

1절
바위고개 언덕을 혼자 넘자니
옛 님이 그리워 눈물납니다
고개 위에 숨어서 기다리던 님
그리워 그리워 눈물납니다

2절
바위고개 피인 꽃 진달래 꽃은
우리 임이 즐겨 즐겨 꺾어주던 꽃
임은 가고 없어도 잘도 피었네
임은 가고 없어도 잘도 피었네

3절
바위고개 언덕을 혼자 넘자니
옛님이 그리워 하도 그리워
십여년간 머슴살이 하도 서러워
진달래꽃 안고서 눈물집니다

바위고개

1. 바위고개 언덕을 혼자넘자니 — 옛 - 님이
   그리워 눈 - 물납니다 — 고 - 개위에 숨 - 어서
   기다리던 님 — 그 - 리워 그 - 리워 눈물납니다 —

2. 바위고개 피 - 인꽃 진달래꽃은 — 우리임이
   즐거즐거 꺾 - 어주던 꽃 — 임 - 은가고 없 - 어도
   잘 도피었 네 — 임은가고 없 - 어도 잘 도피었 네 —

3. 바위고개 언 - 덕을 혼자넘자니 — 옛 - 님이
   그 - 리워 하 - 도그리워 — 십 - 여년간 머슴살이
   하 도서러워 — 진달래꽃 안 - 고서 눈물집니다 —

〈바위고개〉는 이흥렬이 1933년에 작곡하여 1934년 이흥렬의 첫 작품집인 《이흥렬작곡집》에 수록된 가곡이다. 이흥렬은 원산에 살던 무렵 송도원이나 명사십리를 매일 산책했다. 그 길을 다니면서 암송하던 〈바위고개〉 시에 문득 멜로디가 떠올라 작곡했다고 한다.

일반적으로 이 노래는 사랑 노래로 알려져 있고 또 그렇게 불리고 있다. 그러나 이흥렬은 작곡의 유래를 "그 무렵의 모든 젊은이들이 다 그러했듯이, 나도 조국을 빼앗은 일제에 대한 적개심으로 두 눈에 독기가 서려 있었다. 내 마음의 불길 같은 저항심이 우리의 삼천리 금수강산을 〈바위고개〉로 표현했던 것이다."라고 술회했다. 이처럼 그는 일본에 대한 적개심을 슬프고도 아름다운 멜로디로 승화시켰다.

〈바위고개〉에 피는 꽃은 진달래라고 표현되어 있으나 본래는 민족의 꽃인 무궁화를 암시한다. 당시 일제는 마당에 피는 무궁화조차 독립심의 표시라고 하여 탄압하고 심지도 못하게 했기 때문에 무궁화를 진달래로 바꿔 노래할 수밖에 없었다. 제2절에 "님은 가고 없어도 잘도 피었네……" 부분은 조국인 님은 없어도 내 민족은 꺾이지 않는다는 의지를 표현했다. 또 제3절에서의 "십여 년 간 머슴살이……"는 학대받는 동포의 슬픔을 노래한 것이었다.[7]

선구자

윤해영 작사, 조두남 작곡

1절
일송정 푸른 솔은 늙어 늙어 갔어도
한 줄기 해란강은 천 년 두고 흐른다
지난날 강가에서 말 달리던 선구자
지금은 어느 곳에 거친 꿈이 깊었나(2, 3절 생략)

1932년 10월 어느 저녁 무렵, 만주 목단강 서장안가에 있는 싸구려 여인숙에 묵고 있던 조두남에게 윤해영이라는 청년이 찾아왔다. 윤 청년은 평소 만주 평원을 무대로 일제와 싸우다가 쓰러져간 독립투사의 혼을 위로하고 아울러 만주 지역에 사는 동포가 선열을 추모하며 노래할 수 있는 장엄하고 위대한 노래가 있어야 한다고 생각해왔다. 그는 목단강에 젊은 작곡가 조두남이 살고 있다는 소문을 듣고 자작시 한 편을 들고 거리를 헤맨 끝에 조두남을 찾아냈다고 했다.

두 청년은 의기투합했다. 윤해영은 조두남에게 용정 동포들의 고생과 독

선구자

1. 일 - 송 정 푸 른 솔 은 늙 - 어 늙 어 갔 - 어 도
2. 용 - 두 레 우 물 가 에 밤 - 새 소 리 들 - 릴 때
3. 용 - 주 사 저 녁 종 이 비 - 암 산 에 울 - 릴 때

한 - 줄 기 해 란 강 은 천 - 년 두 고 흐 - 른 다
뜻 - 깊 은 용 문 교 에 달 - 빛 고 이 비 - 친 다
사 - 나 이 굳 은 마 음 길 - 이 세 겨 두 - 었 네

지 난 - 날 강 가 에 서 말 달 리 던 선 - 구 자
이 역 하 늘 바 라 보 며 활 을 쏘 던 선 - 구 자
조 국 - 을 찾 겠 노 라 맹 세 하 던 선 - 구 자

지 금 은 어 느 곳 에 - 거 - 친 꿈 이 깊 었 나

립운동 상황을 소상하게 들려주었다. 조두남은 윤해영의 시에 감격하여 "내 민족이 함께 조국의 광복을 기다리고 희망을 잃지 않으며 부를 수 있는 노래를 만들어 달라."는 그의 부탁에 응하기 위해서 정열을 기울여 작곡에 착수했다. 독립투사가 출입하던 일송정이 있는 용정의 어느 언덕과 한이 서린 해란강의 물결, 밤이 되면 울리던 용주사의 종소리……. 시에 이끌린 조두남은 백지에 오선을 한 줄 한 줄 긋고 음표를 채워나갔다. 이렇게 해서 만들어진 곡에 처음에는 '용정의 거리'라는 제목이 붙었다. 용정은 북간도 지방에서도 특히 조선 사람이 밀집되어 있던 곳이다.

해방 후 한국에 전해진 〈선구자〉는 1964년부터 7년간 기독교방송의 시그널 뮤직으로 사용되어 널리 알려지게 되었다. 특히 1970년대 들어와서는 윤용하가 작곡한 〈보리밭〉과 함께 만인이 애창하는 가곡이 되었다.[8]

봄이 오면

김동환 작사, 김동진 작곡

1절
봄이 오면 산에 들에 진달래 피네
진달래 피는 곳에 내 마음도 피어
건너 마을 젊은 처자 꽃 따러 오거든
꽃만 말고 이 마음도 함께 따가주

2절
봄이 오면 하늘 위에 종달새 우네
종달새 우는 곳에 내 마음도 울어
나물 캐는 아가씨야 저 소리 듣거든
새만 말고 이 소리도 함께 들어주

3절
나는야 봄이 되면 그대 그리워
종달새 되어서 말 붙인다오
나는야 봄이 되면 그대 그리워
진달래꽃 되어서 웃어본다오

---

8 박찬호, 《한국가요사(1)》, 안동림 옮김, 미지북스, 2009, pp. 127~128.

봄이 오면

김동환 작사, 김동진 작곡의 〈봄이 오면〉(1931)은 봄이 오는 시기에 사랑의 마음도 피어오르는 심정을 시적으로 멋지게 표현한 노래이다. 봄이 오면 설레는 마음을 이처럼 아름답게 표현한 노래도 드물 것이다. 너무도 정겨운 우리의 가곡이요, 특히 봄이 오면 언제나 제일 먼저 떠오르는 명곡이다. 한국 가곡의 개척기에 만들어진 이 노래는 한국 서정 가곡의 틀을 형성하는 데 많은 기여를 하였다. 한국 가곡 중에서 가장 많이 연주되는 곡 중의 하나이다.

작곡가 김동진의 말에 의하면, 학창 시절에 혼자 바이올린 연습을 끝내고 풍금을 치며 발성 연습을 하던 중 갑자기 평소에 좋아했던 시의 한 구절인 "건너 마을 젊은 처자"의 악상이 떠올라 즉시 오선지에 옮긴 것이라고 한다. 원래 바이올린 연주자였던 김동진은 이 곡을 작곡한 것을 계기로 본격적인 작곡가의 길을 걷게 되었다.

김동환 (1901~?) 1913년 경성보통학교와 1921년 중동중학교를 거쳐 일본 도요대학 영문학과에 진학하였다가, 관동대지진으로 중퇴하고 귀국하였다. 그 뒤 함경북도 나남에 있는 북선일일보사, 동아일보사, 조선일보사 기자를 지냈다. 그는 친일 행각으로 광복 후 반민특위에 의하여 공민권 제한을 받다가 6·25전쟁 때 납북되었다. 1925년에 ≪국경의 밤≫과 ≪승천하는 청춘≫ 두 권의 시집을 간행하였고, 1929년에 ≪삼인시가집≫과 1942년에 ≪해당화≫ 시집을 발간하였다.

김동진 (1913~2009) 평안남도 안주에서 태어나 숭실전문학교를 졸업한 뒤 일본으로 건너가 일본 고등음악학원에 입학했고, 1938년에 졸업했다. 당시 조선인 음악가가 많이 활약하고 있던 만주의 신경(지금의 창춘)으로 가서 신경교향악단 바이올린 주자가 되었다. 김동진은 〈가고파〉를 작곡하기에 앞서 숭실중학 3학년 때 〈봄이 오면〉을 작곡했다.[9]

비목

한명희 작사, 장일남 작곡

1절
초연이 쓸고 간 깊은 계곡 양지 녘에
비바람 긴 세월로 이름 모를 이름 모를 비목이여
먼 고향 초동 친구 두고 온 하늘가

---

9 위의 책, p. 118 참고.

비목

그리워 마디마디 이끼 되어 맺혔네

2절

궁노루 산울림 달빛 타고 달빛 타고 흐르는 밤

홀로 선 적막감에 울어 지친 울어 지친 비목이여

그 옛날 천진스런 추억은 애달파

서러움 알알이 돌이 되어 쌓였네

한국전쟁이 남긴 상처는 너무나도 크고 깊었기에, 전쟁이 끝나고 한참 뒤에도 분단과 상흔을 소재로 한 가곡이 여럿 창작되었다. 1960년대에 만들어진 〈비목〉과 〈그리운 금강산〉이 그 대표작이다.

〈비목〉(1967)은 작사자 한명희의 군복무 시절 체험에, 작곡자 장일남의 전쟁 체험이 더해져 1968년에 창작된 가곡이다. 당시 TBC 라디오 PD로 FM 클래식 음악 프로그램을 맡았던 한명희는 음악 편곡을 담당하여 친했던 작곡가 장일남과 의논하여 새 가곡을 만들자고 다짐했다. 그래서 그는 군복무 시절에 목격한 이래 앙금처럼 가슴속에 가라앉아 있던 광경을 소재로 노랫말을 썼다.

1965년 한명희는 ROTC 소위로 군에 입대하여 6·25 당시 격전지였던 강원도 화천군 비무장 지대에서 복무했다. 어느 봄밤 달빛이 교교하게 비치는 백암산 계곡 주변을 순찰하던 그는 발밑에 차이는 나무로 된 비(碑) 하나를 발견했다. 풍상에 썩어 병사의 이름도 지워진 나무 비를 보고 그는 전쟁의 상흔에 대한 고통을 뼈저리게 느꼈다. 한명희는 그 기억을 되살려 '비목'이라는 제목을 붙인 노랫말을 써서 장일남에게 넘겨주었다.

노랫말을 읽어 내린 장일남의 뇌리에는 밤 깊은 전장의 처연하고 차가운 달빛과 전쟁의 비애가 어제 일과도 같이 되살아났다. 장일남은 1951년 1·4 후퇴 때 혼자 월남한 후 곧 전투경찰에 지원하여 격전지 철원에서 근무하게 되었다. 〈비목〉의 노랫말을 읽으며 당시 장면을 생생하게 상기한 그는 그날 집에 돌아온 뒤 피아노를 치면서 단숨에 멜로디를 붙였다.

〈비목〉은 한명희가 맡았던 프로그램에서 방송되어 호평을 받았다. 이어 1970년에 TBC 텔레비전 드라마 《결혼 행진곡》의 배경 음악으로 삽입되어 알려지면서 폭발적인 인기를 얻었고, 폭넓은 층에서 애창되었다.[10] 이 노래는 한국전쟁으로 인한 가슴 아픈 비극적 사연을 안고 사는 우리들에게 전쟁의 비극으로 인한 슬픔을 상기시켜준다.

---

10 박찬호, 《한국가요사(2)》, 안동림 옮김, 미지북스, 2009, p. 195.

장일남(1932~2006) 황해도 해주 출생의 작곡가로서, 이화여전 음악과를 나온 큰누나와 평양음악학교를 나온 작은누나에게 음악을 익혔다. 중학교 2학년 때 해방을 맞은 그는 해주 음악학교에 진학했다가 그 무렵 월북해 온 작곡가 김순남에게 뽑혀서 평양음악학교로 옮겨 1950년에 졸업했다. 1954년부터 1962년까지 창덕여자고등학교, 서울사대부속고등학교, 숙명여자고등학교 등에서 음악교사로 재직하였으며, 1973년부터 1997년까지 한양대학교 음악대학 교수를 지냈다. 1982년에는 서울아카데미심포니오케스트라를 창단하여 상임지휘자 겸 음악감독으로 활동하였으며, 한국작곡가협회 부회장을 역임하였다.

떠나가는 배

양중해 작사, 변훈 작곡

1절
저 푸른 물결 외치는 거센 바다로 오! 떠나는 배
내 영원히 잊지 못할 임 실은 저 배는 야속하리
날 바닷가에 홀 남겨두고 기어이 가고야 마느냐(2, 3절 생략)

양중해 작사, 변훈 작곡의 〈떠나가는 배〉는 6·25 피난 시절에 창작된 가곡으로 바닷가에서 사랑하는 사람을 떠나보내는 이별의 상황을 애절하게 그렸다. 이별의 슬픔과 고통을 가슴 저리게 표출하여 이처럼 애끓는 슬픔을 표현한 노래도 드물다.

변훈(1926~2000) 함경남도 함흥 출생의 작곡가이자 외교관이다. 1954년 연희전문학교 정치외교학과를 졸업하였다. 1953년 외교관 공채시험에 합격한 후 미국 샌프란시스코 총영사관 부영사와 파키스탄 총영사를 지냈으며, 1981년 포르투갈 대리대사를 마지막으로 퇴임하였다. 대학 재학 중 6·25전쟁을 맞아 피난지인 대구에서 양명문의 시에 곡을 붙인 가곡 〈명태〉를 작곡하였다.

떠나가는 배

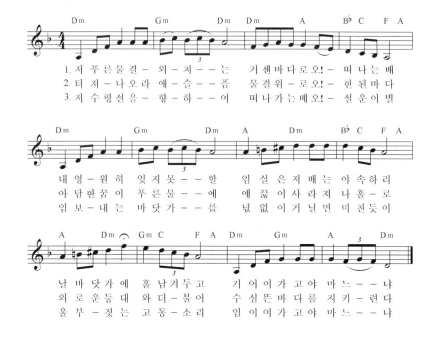

1. 저 푸른 물결 외 치는 거센 바다로 오! 떠나는 배
2. 터 저 나오라 에 슬 픔 물결 위로 오! 한 된 바다
3. 지 수평선을 향 하 여 떠나가는 배오! 설 운 이별

내 영 원히 잊지 못 할 임 실은 저 배는 야 속하리
아 담한 꿈이 푸른 물 에 에 끓 이 사 라 저 나 홀 로
임 보 내는 바 닷 가 를 넋 없 이 거 널면 미 친 듯이

날 바 닷 가 에 홀 남겨두고 기 어 이 가 고 야 마 느 냐
외 로 운 둥 대 와 더 불어 수 심 뜬 바 다 를 지 키 련 다
울 부 짖 는 고 동 소 리 임 이 여 가 고 야 마 느 냐

그리운 금강산

한상억 작사, 최영섭 작곡

1절

누구의 주재런가 맑고 고운 산

그리운 만이천봉 말은 없어도

이제야 자유만민 옷깃 여미며

그 이름 다시 부를 우리 금강산

수수만년 아름다운 산 못가본 지 몇 해

오늘에야 찾을 날 왔나 금강산은 부른다(2, 3절 생략)

〈그리운 금강산〉(1962)은 KBS의 청탁을 받아서 만들어진 칸타타《아름다운 내 강산》중 한 곡이다. 1961년 KBS는 6·25동란 12주년 기념 연주회를 위해 조국 강산을 주제로 한상억에게 시를, 최영섭에게 곡을 의뢰했다.

1972년 남북 적십자 회담으로 남북 화해 분위기 속에서 국민적인 가곡이 되었다. 이때 한상억은 북한의 감정을 자극하지 않도록 배려하여 지나치게 격한 표현 세 군데를 수정했다.[11] 이 노래는 1985년 남북이산가족 고향방문 예술단 교환공연에서도 불렸는데, 북한의 모든 관중이 일어나 박수를 보냈다.

〈그리운 금강산〉은 통일을 염원하는 노래로 널리 애창되며 한국을 대표하는 가곡으로도 전 세계에 소개되고 있다. 이 노래는 국내외의 유명한 성악가 50여 명의 음반에 담겨져 있다. 플라시도 도밍고, 루치아노 파바로티, 홍혜경이 함께 부른 음반에도 포함되어 있으며, 안젤라 게오르규의 〈My World〉와 미샤 마이스키의 첼로 독주곡에도 수록되어 있다. 2000년 8월 15일에는 노래를 만든 작자들의 출신지인 인천에서 〈그리운 금강산〉노래비 제막식이 거행되었다.[12]

한상억 (1915~1992) 인천 강화 출생으로 1946년 김차영 등과 함께 인천에서《시와 산문》동인으로 활동했으며, 1956년《자유문학》에 시 〈평행선〉, 〈네거리에서〉 등이 추천되어 문단에 데뷔했다. 전국문화단체총연합회 중앙위원, 한국문화예술인총연합회 경기도 지부장,《주간인천》주필,《경기매일신문》논설위원 등을 역임했다.

최영섭 (1929~) 작사자인 시인 한상억과 고향이 같은 강화도 출생으로 인천여고 음악교사였으며, 한국음악협회 인천지부장, 인천교향악단 지휘자, 인천시 합창단 지휘자 등을 역임했다.

---

11 '더럽힌 지'를 '못 가본 지'로, '짓밟힌 자리'를 '예대로인가'로, '맺힌 원한'을 '맺힌 슬픔'으로 수정했다.
12 박찬호,《한국가요사(2)》, 안동림 옮김, 미지북스, 2009, pp. 196~198.

인문학, 노래로 쓰다

그리운 금강산

1. 누구의 주제런 - - 가 맑고 고 운 - - 산
2. 비로봉 그봉우 - - 리 에대로 인 - - 가

그 리 - - - 운 만 이 - 천 - 봉 말 은 없 - - 어 - -
흰 구 - - - 름 솔 바 람 - 도 무 심 히 - - 가 - -

도 이 - 제 야 - 자 유 만 민 옷 - 깃 - 여 미 - 며 그 이
나 발 - 아 래 - 산 해 만 리 보 - 이 - 지 마 - 라 우 리

름 다 시 부 - 를 - 우 리 - 금 - 강 - 산
다 맺 힌 슬 - 픔 - 풀 릴 - 때 - 까 - 지

수 수 만 년 - - 아 름 다 운 산 - 못 가 본 지 몇 몇 -

해 오 늘 에 야 찾 을 날 왔 - 나 -

금 강 산 은 부 른 - 다 다 -

청산에 살리라

김연준 작사 · 작곡

나는 수풀 우거진 청산에 살으리라
나의 마음 푸르러 청산에 살으리라
이 봄도 산허리엔 초록빛 물들었네
세상 번뇌 시름 잊고 청산에서 살리라
길고 긴 세월 동안 온갖 세상 변하였어도
청산은 의구하니 청산에 살으리라

〈청산에 살리라〉는 김연준이 작사·작곡한 가곡이다. 이 노래는 푸르른 청산처럼 살겠다는 화자의 마음을 한 편의 그림처럼 보여주었다. 청산에 살고자 하는 화자는 무엇보다도 세상의 번뇌와 시름을 잊고 평온하게 살고자 하는 것이요, 또 의구한 청산처럼 언제나 변함없는 평상심으로 살고자 하는 것이다. 소박한 노랫말과 유려한 곡조로 아름다운 청산에 살고자 하는 마음을 훌륭하게 잘 표출해 낸 가곡이다.

김연준 (1914~2008) 함경북도 명천에서 태어났으며, 작곡가이자 교육자이다. 연희전문학교를 졸업하고, 1960년 연세대학교에서 명예법학박사 학위를 받았다. 한양대학교 총장, 《대한일보》 사장, 대한체육연맹 회장을 역임하는 등 여러 방면에서 활동하였다. 저서로는 《백남문집》, 《사랑의 실천》, 작곡집에 《김연준 가곡 1,500곡집》, 《성가곡집》 등이 있다.

청산에 살리라

나는 수-풀 우거진 청산에-살으-리라
나의 마-음 푸르러 청산에 -살으-리라
이 봄--도 -산-허리엔 초록 빛 물들었 네
세 상 번 뇌 시 름 잊 고 청-산 에 -서 살 리 라
길 고 긴-세월 동 안 온 갖 세 상 변-하 였 어 도
청 산은-의구하 니 청산에-살으-리-라

내 맘의 강물

이수인 작사 · 작곡

수많은 날은 떠나갔어도 내 맘의 강물 끝없이 흐르네
그날 그 땐 지금은 없어도 내 맘의 강물 끝없이 흐르네

새파란 하늘 저 멀리 구름은 두둥실 떠나고
비바람 모진 된서리 지나간 자욱마다 맘 아파도
알알이 맺힌 고운 진주알 아롱아롱 더욱 빛나네
그날 그 땐 지금 없어도 내 맘의 강물 끝없이 흐르네

〈내 맘의 강물〉은 이수인이 작사·작곡한 가곡으로 시적인 가사와 곡조가
한데 어우러진 아름다운 가곡이다. 오랜 세월이 흐른 후에도 내 맘의 강물은
끝없이 흐른다고 하는 이 가사는 무얼 뜻하는 것일까? 화자는 4행과 5행에
서 "비바람 모진 된서리 지나간 자욱마다 맘 아파도/알알이 맺힌 고운 진주
알 아롱아롱 더욱 빛나네"라고 말하고 있다. 이것은 무얼 의미하는가? 힘들
고 어려웠던 시절과 가슴 아픈 일들은 시간이 지나고 고운 진주알처럼 아롱
아롱 더욱 빛난다고 노래하는 것이다. 말하자면 화자는 고통스러웠던 과거
의 상황들을 부정적으로 평가하지 않고, 오히려 빛나는 진주처럼 아름다운
것으로 승화시켜 추억하고 있다. 이러한 노랫말의 의미가 서정적인 시적 표
현과 곡조가 한데 어우러져 아름다운 가곡으로 탄생한 것이다.

이수인(1939~) 경남 의령에서 태어났으나 6·25 전쟁 무렵 마산으로 왔다. 그는 〈고향의
노래〉를 비롯하여 〈석굴암〉, 〈별〉 등 주옥같은 서정가곡을 발표해 온 작곡가이자 동요 〈둥글
게 둥글게〉, 〈앞으로〉, 〈방울꽃〉 등을 발표하기도 했다.

님이 오시는지

박문호 작사, 김규환 작곡

1절
물망초 꿈꾸는 강가를 돌아
달빛 먼 길 님이 오시는가

내 맘의 강물

수많은 날은 떠 - 나 갔어도 내 맘의 강 물끝없이 흐르
네 - 그날 그 땐 지금은 없 어 도 내 맘의
강 물끝없이흐 르 네 새 파 란하 늘 - -
저 멀리 구 름 은 두 둥 - 실 떠 나 고 비
바 람모 진 - - 된 서리 지 나 간 자 - 욱마 다 맘아 파
도 알 알이 맺 힌 고 - 운 진 주 알 아 - 롱
아 롱더 - 욱 빛 나 네 - 그날 그 땐 지금은 없 어
도 내 맘의 강 물끝없이 흐 르 네

갈 숲에 이는 바람 그대 발자췰까
흐르는 물소리 님의 노래인가
내 맘은 외로워 한없이 떠돌고
새벽이 오려는지 바람만 차오네

2절
백합화 꿈꾸는 들녘을 지나
달빛 먼 길 내 님이 오시는가
풀물에 배인 치마 끌고 오는 소리
꽃향기 헤치고 님이 오시는가
내 맘은 떨리어 끝없이 헤매고
새벽이 오려는지 바람이 이네

　박문호 작사, 김규환 작곡의 〈님이 오시는지〉는 아름다운 자연현상을 서정적으로 그려내면서 사랑하는 사람을 기다리며 그리워하는 애잔한 심정을 담아낸 훌륭한 가곡이다. 한 편의 아름다운 서정시와 곡조가 어우러져 잊을 수 없는 명곡으로 탄생되었다.

김규환 (1925~2011)　평양에서 태어나 한국전쟁 중 월남하여 동덕여고와 동아대, 영남대, 동의대에서 학생들을 가르쳤다. 〈님이 오시는지〉를 비롯하여 〈남촌〉, 〈물새〉 등의 가곡을 작곡했고, 〈한오백년〉과 〈신고산타령〉 등 민요 30여 곡을 채보했다. KBS 합창단 지휘자와 단장을 역임했으며 한국작곡가협회 상임고문을 지냈다.

님이 오시는지

1. 물 망 초 꿈 꾸 는 강 가 를 돌 - 아 달
   함 화 꿈 꾸 는 들 녘 을 지 - 나 달

빛 먼 - 길 님 - 이 오 시 는 가
빛 먼 - 길 내 님 이 오 시 는 가

갈 숲 에 이 는 바 람 그
풀 물 에 배 인 치 마 끝

대 발 자 취 까 흐 르 는 물 소 리 님 - 의 노 래 인
고 오 는 소 리 꽃 향 기 헤 치 고 님 - 이 오 시 는

가 내 맘 은 외 로 워 한 없 이 떠 돌
가 내 맘 은 떨 리 어 끝 없 이 헤 매

고 - 새 - 벽 이 오 려 는 - 지 바 람 만 차 오
고 - 새 - 벽 이 오 려 는 - 지 바 람 이 이 -

네 2.백 네 바 람 이 이 네

2. 독일 가곡

독일 가곡의 역사

음악의 다양한 분야 중에서도 특히 '예술가곡'[13]을 세계적인 수준으로 꽃피운 나라가 바로 독일이다. 독일은 슈베르트의 나라이자 가곡의 나라로 '리트(Lied)'라는 독일어가 독일의 가곡을 지칭하는 말이 될 정도로 국제적으로 인정받았다.

독일 가곡의 역사에서 가곡이 가장 발달했던 때는 낭만주의 시기이다. 낭만주의 독일 가곡은 '가곡의 나라'라는 세계적인 명성을 가져다주었고, 어떤 이는 독일 가곡을 독일 낭만주의의 가장 아름다운 꽃이라고까지 표현하였다.[14] 그만큼 가곡은 낭만주의 음악에서 매우 중요한 위치를 차지하는 장르로, 특히 독일 낭만주의의 특징적인 음악으로 성장했다.

그러면 낭만주의 이전에 독일 가곡은 어떠한 역사를 거쳐 왔을까? 10세기경 중세 서양에서는 '종글뢰르' 혹은 '민스트렐'이라는 전문적인 직업 음악가들이 등장했다. 그들은 홀로 또는 작은 무리를 지어서 방랑하며 노래를 부르거나 연주하기도 하고 요술이나 곡예를 부려 불안정한 생활을 하던, 법적인 보호와 교회의 성사를 거부당해 사회적으로 매장당한 부류였다.

11세기부터 13세기에는 출정하였던 십자군들이 고향으로 돌아와 하프와 류트로 사랑의 즉흥시를 노래하면서부터 음유시인으로 불렸다. 프랑스의 남부 프로방스 지역에서 활동했던 이들을 가리켜 '트루바두르(Trubadour)'라 하고, 프랑스 북부 지역에서 활동한 이들은 '트루베르'라고 한다. 이들은 시를 쓰고, 작곡을 하고, 직접 연주를 하면서 노래를 하는 '싱어 송라이터(Singer-Songwriter)'이다.

트루바두르와 트루베르라는 용어는 '발견자' 또는 '발명가'라는 의미로, 남

13 '예술가곡'이라는 용어는 슈베르트 사후, 그의 리트를 해석하는 과정에서 독일의 음악학자 카를 코스말리(Karl Kossmaly)에 의해 1841년 처음 사용되었다. 그리고 이 시기부터 '예술가곡'과 '민요(Volkslied)'가 구분되기 시작하며, '리트'라 하면 곧 '예술가곡'을 지칭하는 것으로 통용된다.(김용환,《서양음악사 100장면(2)》, 가람기획, 2002, p. 127)
14 Linda Siegel, *Music in German Romantic Literature. A Collection of essays, reviews and stories*, Novato, 1983, p. 55.

프랑스어 동사 '트로바르(trobar: 발견하다, 찾아내다 또는 작시하다)'에서 유래된 명칭이다. 이 명칭은 이들 세속 음악가들이 과거로부터 내려온 선율에 기초하여 작품을 만들어내는 교회 음악가들과는 달리, 독창적인 선율을 새로이 만들어낸다는 의미에서 그렇게 붙여진 것으로 추정된다.[15]

프랑스 트루바두르의 시와 음악 예술은 독일에 영향을 주어 독일에서도 이와 유사한 운동이 12세기에 시작되었다. 이들 예술가들은 '민네쟁어(Minnesänger)', 중세 연애가인이라 불렸고 궁정의 사랑을 노래하였다. 트루바두르 및 트루베르와 마찬가지로 이들 민네쟁어도 시인이자 싱어 송라이터였다. 이들이 부른 노래를 '민네장(Minnesang)'이라고 하는데, 이 말은 '민네'와 '장'을 합친 말로 '사랑의 노래'라는 뜻이다.

민네쟁어의 민네장은 이미 가곡의 출현을 예고하는 전형적인 독일 음악으로 성장하기 시작하였다. 이들은 13세기 말에서 14세기와 15세기 그리고 16세기를 지나는 동안 독일 제국의 새로운 경제적 구조 및 도시 발전 등에 의하여 상승일로의 상공업계층 출신들로 이루어진 '마이스터징어(Meistersinger)'의 시대로 이어지게 되었다. 이리하여 민네쟁어의 전통은 이제 귀족 계급이 아닌 중산·시민 계급의 구성원들인 마이스터징어에 의해 15~16세기를 이어가면서 독일 가곡의 선구가 되었다.

이 마이스터의 노래는 기사 계급을 기반으로 한 민네장과는 달리, 독일 여러 도시의 발흥을 배경으로 제화공, 양복장이, 직공, 금세공사 등이 조합을 조직하여 작시(作詩), 작곡, 노래에 걸친 종합예술로 만들어 간 것이다. 이들 수공업자들이 조직한 조합을 '노래학교(Singschule)'라 하고, 이 노래학교의 정식 회원을 마이스터징어라고 불렀다. 이 세계는 엄격한 계층제로 피라미드형 사회이기 때문에 '제자', '문하생', '가수', 작시(作詩)도 할 수 있는 '시인' 등의 단계를 거쳐, 엄격한 시험에 합격한 사람만이 비로소 마이스터가 되었던 것이다.

바로크와 고전주의 시대의 독일 가곡은 어땠을까? 바흐와 헨델, 하이든과

15 박을미, 《서양음악사 100장면(1)》, 가람기획, 2001, p. 99.

모차르트, 베토벤 등은 가곡을 작곡하기는 했지만, 그들에게 가곡 작곡은 주요한 관심사가 아니었으며, 그들의 음악적 명성에도 영향을 주지 못했다. 그 이유는 그들이 음악적인 면에서 사람의 목소리가 들어가는 가곡을 과소평가했기 때문이다. 그들은 음악에서 주로 기악곡만을 높이 평가했던 것이다. 예를 들어 바흐는 '리트'를 2곡, 헨델은 겨우 1곡을 쓸 만큼 관심을 갖지 않았다.

낭만주의 독일 가곡

독일 가곡은 낭만주의 시대[16]로 들어와서 가장 크게 발달한다. 무엇보다도 슈베르트, 슈만, 브람스, 볼프 등의 등장을 들 수 있겠는데, 여기에는 여러 가지 시대적·사회적·문화예술적 요인이 그 배경에 깔려 있다.

가곡을 작곡하는 데 가장 필요한 것은 가사로 사용할 시이다. 독일 낭만주의 시대에는 훌륭한 시, 특히 서정시가 쏟아져 나왔고, 이러한 서정시의 급증 현상이 독일 가곡이 발달하게 된 첫 번째 요인이다. 19세기 독일 가곡의 부흥은 18세기에 시작된 문학의 발전에 힘입은 것이다.[17]

독일 문학에서 18~19세기 전환기와 19세기 초 30년 동안 서정시가 쏟아져 나왔다는 것 또한 아주 특이한 일이었다. 대략적인 통계에 의하면 약 1790년부터 1830년 사이에 낭만주의 시가 약 2만여 편이 나왔다고 한다.[18] 이 서정시들로부터 감동과 영감을 받은 낭만주의 가곡 작곡가들이 주옥같은 가곡들을 만들게 되었던 것이다.[19]

또한 독일 낭만주의 시대에는 민요도 발달하였다. 독일 낭만주의 정신을 형성한 가장 강한 힘 중 하나가 민족적 정체성을 탐구하는 것이었는데, 그 정체성이 민요에서 발견되었다. 이러한 연유로 독일 낭만주의 시에서는 내용과 형식 양면에서 민요 내지 민요조의 시가 매우 중요한 역할을 하였다.

시와 음악의 원천인 민요는 시와 음악 두 예술에서 모두 공통적으로 사용

---

16 독일 낭만주의 문학의 시기는 대략 1790년부터 1830년경까지의 기간을 가리킨다. 그런데 음악의 경우에는 대략 1820년부터 1900년경까지의 기간을 낭만주의 음악의 시기로 잡는다.
17 로레인 고렐,《19세기 독일가곡》, 심송학 옮김, 음악춘추사, 1998, p 10~11.
18 Wolfgang Frühwald(Hrsg.), *Gedichte der Romantik*, Stuttgart, 1995, p. 25.
19 H. M. Miller,《서양음악사》, 음악춘추사, p. 321.

되는 장르로 시와 음악의 원천적 통합이 가장 강하게 견지되어 있는 곳이다.[20] 이러한 민요의 특성이 자연스럽게 시와 음악 통합예술의 진수라고 할 수 있는 가곡의 발달로 이어진 것이다.[21]

낭만주의 시대에 독일 가곡이 발달할 수 있었던 또 다른 요인으로 피아노의 보급과 발달에 있다. 이전 시대에 많이 쓰였던 '하프시코드(harpsichord)' 또는 '쳄발로(cembalo)'[22]는 집게로 줄을 뜯어 소리를 내므로 건반을 아무리 세게 두드려도 힘찬 소리를 낼 수 없었다. 반면, 피아노의 전신인 '피아노 포르테'는 작은 망치로 줄을 두드려 소리를 내므로, 그 이름이 뜻하는 대로 약하게 (피아노) 혹은 강하게(포르테) 연주할 수 있었고, 따라서 훨씬 더 힘차고 낭랑한 소리를 낼 수 있었다. 그리고 제조 기술의 발달 결과, 피아노는 주철로 된 프레임과 굵은 현을 가지게 되어 더욱 깊고 화려한 음을 낸다. 또한 피아노의 구조적 발전과 더불어 '페달'의 개발로 음의 미묘한 분위기와 섬세한 색감을 표현할 수 있게 되었다.

이처럼 18세기 말부터 19세기 초 사이에 여러 가지 기술적 발명들이 이루어지면서 쳄발로는 차츰 사양길에 접어들고 피아노는 한층 더 발전하여 모든 악기의 왕으로 군림하게 되었다. 이러한 피아노의 발달로 가곡을 부를 때에도 오직 피아노 한 대의 반주만으로도 훌륭한 가곡을 발표할 수 있게 되었다.

피아노의 발달과 더불어 피아노가 대중에게 널리 보급되었던 것도 가곡의 발달에 중요한 역할을 하였다. 산업혁명 이후 공장생산이 가능해진 피아노는 빠른 생산과 보급으로 대중화되었다. 그리고 피아노의 대중화는 곧 가곡의 발달로 이어졌다.

피아노는 낭만주의 시대에 가장 대중적인 독주 악기이자 보편화된 가정악기가 되어 낭만주의의 상징이 되었으며,[23] 다른 어떤 악기보다 사랑을 받았다. 피아노를 연주하면서 노래하는 것은 18세기 중반부터 19세기를 거치는

---

20 Ursula Schmitz, *Dichtung und Musik in Herders theoretischen Schriften*, Diss. Köln, 1960, p. 178.
21 Bruno Nettl, 《서양의 민족음악》, 삼호출판사, 1989, p. 106.
22 19세기의 피아노가 그랬듯이, 쳄발로는 1500년경부터 1789년 프랑스 혁명 전야까지 거의 3세기 동안이나 귀족적인 사치와 여유를 나타내며 모든 악기 가운데 으뜸가는 역할을 했다.(베아트리스 퐁타넬, 《새롭게 이해하는 한 권의 음악사》, 최애리 옮김, 마티, 2005, p. 46)
23 김대호·김순옥·신현남·양재무·정진행, 앞의 책, p. 278.

동안 독일의 중류계층, 특히 소녀와 여성들의 사회생활에 중요한 부분이었다.[24] 당시 이런 가정에 사는 거의 모든 여성의 삶은 가정 중심적이었으며, 음악이 그들의 이상적 출구라고 생각했기 때문에 피아노 교습을 받았다.[25]

낭만주의 시대에 독일 가곡이 발달할 수 있었던 또 다른 원인은 무엇일까? 어떤 장르의 음악이나 노래가 발달하려면 좋은 작품이 있어야하며, 이와 더불어 작품을 연주하고 감상할 수 있는 음악회가 많이 열려야 한다.

낭만주의 시대에 독일 가곡이 크게 발달하게 된 것은 바로 '살롱'(Salon)' 문화를 통한 작은 음악회가 성행하였기 때문에 가능한 일이었다.[26] 살롱은 이탈리아의 '살로네(salone)'에서 나온 말로서 객실 또는 응접실을 가리킨다. 살롱은 친구들이나 동호인들이 자유롭게 모여 다채로운 문화예술 활동을 벌이는 공간으로 활용되었다. 그리하여 살롱은 대형 음악회장의 경우와 달리 큰 재정적·공간적 부담이 없이, 작곡가나 연주자들이 언제라도 쉽게 가곡을 발표하고 연주할 수 있는 작은 음악회 장소로 사용되었다.

예를 들어 슈베르트는 이러한 살롱의 작은 음악회를 아주 잘 활용하였다. 당시 슈베르트를 후원하는 '슈베르티아데'라는 모임이 있었는데, 슈베르트는 이 슈베르티아데 모임을 가졌던 살롱의 작은 음악회에서 자유롭게 자신이 작곡한 가곡들을 발표했다. 이처럼 살롱 문화는 가곡을 발표하고 감상하며 평가할 수 있는 유익한 기회를 풍성하게 제공하였다.

이 외에도 독일 낭만주의는 종교철학적인 차원에서 무한성을 강하게 추구하여 각기 다른 예술들 간의 경계를 뛰어 넘어 서로 결합되는 통합예술을 지향하였다.[27] 이에 본래 밀접한 관계에 있었던 시와 음악은 이러한 통합예술론으로 더욱 친밀하게 합쳐지게 되었다.

시와 음악, 시와 노래를 하나의 예술 형태로 결합시키려고 한 것은 독일 낭만주의가 추구했던 목표 중의 하나였다.[28] 작곡을 통해 예술적으로 고양시키

---

24 로레인 고렡, 《19세기 독일가곡》, 심송학 옮김, 음악춘추사, 1998, p. 70.
25 낸시 바커스, 《낭만주의 시대 정신》, 상지원, 2007, p. 51.
26 김미애, 《독일가곡의 이해》, 삼호출판사, 1998, p. 6.
27 Werner Oehlmann, *Reclams Liedführer*, 2. Aufl., Stuttgart, 1977, p. 159.
28 Linda Siegel, *Music in German Romantic Literature. A Collection of essays, reviews and stories*, Novato, 1983, p. 40.

는 것이 시문학의 매력을 높이는 새로운 수단이 되면서, 가곡에 대한 열정이 홍수처럼 음악계에 밀려들었다.[29] 이처럼 독일 낭만주의의 통합예술론은 가곡 발달의 기반을 만들어 주었던 것이다.

가곡에서 무엇보다도 중요한 것은 시와 음악의 밀접한 조화이다. 이는 가곡이 그 어떤 음악 장르보다 이 두 가지 요소를 구성의 핵심 요소로 사용하고 있기 때문이다. 시는 소설이나 수필과 같은 다른 문학 장르들에 비해 간결한 형식과 함축적인 내용을 주된 특징으로 하는데, 이는 가곡이 음악적으로 장황한 성격의 레치타티보나 아리아와는 달리 간결함과 통일성을 주된 특징으로 하는 것과도 일치한다.

또한 가곡에 사용되는 시는 은유적이며 비유적인 특성이 강한데, 이 역시 가곡이 서정적이며 낭만적인 성격을 띠는 것과 일치한다. 레치타티보나 아리아에 비해 가곡이 긴장감과 화려함에서는 뒤떨어질지 모르나 청중들에게 친근함을 주는 것도 바로 이러한 시와 음악의 구조적인 조화 때문으로 여겨진다.

산업혁명과 더불어 독일 가곡 발달에 기여한 또 다른 시대적 요인은 프랑스 혁명이었다. 프랑스 혁명으로 인한 정치사회적 변화도 가곡 발달에 중요한 역할을 하였다.

프랑스 혁명으로 서구 사회에는 자유와 평등의 기운이 자리를 잡아가기 시작했고, 때마침 일어난 산업혁명이라는 산업의 발달은 낭만주의 음악과 가곡이 대중적으로 발전할 수 있는 토양을 제공하였다.[30] 말하자면 정치·이념적 차원에서 민주주의의 기틀을 마련한 프랑스 혁명과 과학기술의 발달로 촉진된 산업혁명은 서구의 음악 생활에 민주화와 대중화를 가져다 주었다.

산업혁명의 결과 경제 및 사회적 생활에 큰 변화가 초래되었으며, 부유한 자본주의 중산층이 형성되었다. 산업혁명은 왕과 귀족의 힘을 약하게 만드는 대신 중산층 시민의 힘을 강화시켰다. 경제력을 갖게 된 시민들은 왕과 귀족에게 무조건 복종하던 과거의 사회제도를 비판하고 평등사상을 외치기 시

---

29 위의 책, pp. 129~130.
30 김경옥, 《낭만과 음악의 길라잡이》, 강남대학교 출판부, 1999, p. 165.

작했다.[31] 산업혁명으로 인하여 자유기업을 바탕으로 하게 된 새로운 사회는 전례 없이 개체를 강조하였다. 정치적·경제적·종교적·개인의 자유는 그 표어가 됐고, 예술에서는 이 개인주의가 낭만주의 운동으로 나타났다. 새로운 개인주의 정신은 낭만파 예술가들의 독자성의 의식, 즉 다른 어느 것과도 다른, 하나의 개체로서 강화된 자기의식으로 표현된다. "나는 내가 만난 어떤 사람과도 다르다. 만약 내가 그들보다 낫지 못 하더라도 적어도 나는 그들과는 다르다."라고 장 자크 루소는 말했다.[32]

프랑스 혁명의 결과로 군주제도가 사라지고 새로운 시민사회가 형성되었듯이 음악에서도 소수 지배 귀족에서 대중으로 전환되었다.[33] 말하자면 예전에는 소수의 귀족 계급 사람들만 음악을 향유하였지만, 이제는 모든 사람들이 신분의 차별 없이 음악을 공유하며 향유할 수 있게 된 것이다. 이러한 관점에서 낭만주의는 평범한 사람들, 소외된 사람들의 삶에 관심을 기울였다.[34] 억눌린 자에 대한 동정, 하찮은 사람들과 어린이를 향한 관심, 인간과 그 운명에 대한 믿음 등 시대와 밀접하게 관련된 모든 것들이 낭만주의의 민주적인 성격을 가리키고 있다.[35]

이러한 사회의 민주화, 음악 생활의 점진적인 민주화로 음악 교육의 기회 또한 넓어졌다. 그리하여 유럽의 주요 도시들에는 음악학교가 세워지고, 전보다 더 많은 음악가들을 훈련시켰다.[36] 아울러 이전에 손으로 했던 일들을 기계가 대신하면서 사람들은 보다 많은 여가 시간을 가질 수 있었으므로, 그 시간을 음악 공부나 새로 지은 극장과 연주회장 참관 등에 활용했다. 그리하여 음악을 듣는 청중의 범위는 실로 크게 확산되어 음악 역사상 유래 없는 대규모의 청중을 확보하게 되어 음악 생활의 대중화가 이루어지게 되었다.

이는 노래운동과 더불어 시작된다. 프랑스의 루소와 디드로 등에 의해 일어난 자연스러움과 단순성의 예찬, 그리고 글룩의 오페라 개혁은 독일에서

---

31 금난새, 《금난새와 떠나는 클래식 여행》, 생각의 나무, 2006, p. 71.
32 조셉 매클리스, 《음악의 즐거움(상)》, 신금선 옮김, 이화여자대학교출판부, 1982, p. 89.
33 위의 책, p. 31.
34 금난새, 앞의 책, p. 235; 낸시 바커스, 앞의 책, p. 56.
35 조셉 매클리스, 앞의 책, pp. 88~89.
36 위의 책, p. 93.

도 추종자를 만든다. 그렇게 해서 탄생한 베를린 노래악파는 자연스런 본성을 가진 인간에게 관심을 고조시킨다. 이들에게 중요한 것은 노래였다.[37] 이들의 노래운동은 거의 전 독일에 퍼지며, 1778년경에는 비엔나까지 확산되어 비엔나 노래운동이 시작된다. 이 비엔나 노래운동의 흐름을 이어간 사람들이 하이든, 모차르트, 베토벤이며, 종국에는 슈베르트에 의해 예술가곡으로 발전한다.[38]

낭만주의 독일 가곡 작곡가들

이러한 여러 가지 시대적 여건과 사회적 상황이 아무리 잘 마련되었을지라도 뛰어난 작곡가들이 없었다면 가곡의 발달은 불가능했다. 이 모든 여건이 무르익었을 때 바로 슈베르트를 비롯한 슈만, 브람스, 볼프 등의 위대한 작곡가들이 나타난 것이다.

슈베르트 Franz Schubert(1797~1828)

하이든, 모차르트, 베토벤 등의 고전주의 작곡가들에게 가곡은 높은 예술음악의 차원에 이르지 못했고, 그저 가정음악 영역에 속했다.[39] 말하자면 슈베르트의 가곡이 나타나기 전까지 독창가곡은 교향곡, 오페라, 실내악 등과 같은 연주용 작품의 위치에 서지 못하였다. 그러나 슈베르트는 가곡을 예술가곡으로 한 차원 높은 경지에 오르게 하여 다른 장르와 동등한 위치로 만들었다.

슈베르트 음악의 핵심 영역은 가곡으로, 가곡은 슈베르트를 통하여 예술음악의 중심이 된다. 슈베르트의 가곡에서 괴테의 시를 가사로 작곡한 곡이 66곡으로 가장 많으며, 그 외에 W. 뮐러, 쉴러, 하이네 등 독일 서정시인들의 시에 가락을 붙여 18년 동안 600곡이 넘는 예술가곡을 탄생시켰다. 그의 가곡은 오늘날까지도 즐겨 애창되고 있으므로 그를 가리켜 '가곡의 왕'이라고

---

37 홍정수·오희숙, 《음악미학》, 도서출판 음악세계, 2005, p. 216.
38 위의 책, p. 217.
39 Thrasybulos G. Georgiades, *Schubert. Musik und Lyrik*, Göttingen, 1967, p. 12.

일컫는다.

슈베르트는 그의 피난처인 다락방에서 독일 낭만주의 초기의 서정시에 깊이 몰두했다. 그의 친구가 말했듯이 "그가 만지는 모든 것이 노래로 변했다."[40] 슈베르트는 "매일 밤 괴테의 시를 읽고 그 감동을 음악으로 만들고 싶은 충동에 사로잡히면서 아침이면 학교에 나가 어린 아이들을 가르치기 위해 마음의 평온을 가져야 한다는 것은 참으로 힘든 일이었다."[41]고 하면서 자신의 심정을 토로했다.

독일어로 된 시의 아름다움을 음악적으로 살리기 위해 슈베르트는 표현 방법을 혁신하였다. 독일어의 특징인 액센트에 주의하여 시의 정취를 정밀하게 노래로 옮겨 놓은 것이다. 그는 조바꿈의 절묘한 사용과 이를 받쳐 주는 반주부를 중히 다루었다. 슈베르트 이전 대략 18세기 말까지 작곡가는 단순함, 가창성, 자연스러움을 기치로 하면서 시(텍스트)가 잘 전달되도록 반주를 붙이는 것에 만족했다면, 슈베르트는 시의 음악적 반주자가 아닌 시의 해석가로 등장한다.[42]

슈만 Robert Schumann(1810~1856)

슈베르트의 가곡에서 피아노와 성악성부의 동등성이 확실하게 정립되었다면, 슈만의 가곡에서는 이 두 성부의 결합이 더욱 긴밀해진다. 그리고 슈만의 가곡은 슈베르트의 것보다 한층 더 섬세하면서도 감성적이며 '음악의 시인'으로 불리울 만큼 상당히 시적이다. 문학적으로 높은 교양의 소유자였던 그는 시인의 사상까지 파고들어, 아름답고 세련된 선율을 표현했으며, 이는 반주(피아노)에 매우 큰 영향을 주었다.

슈만은 클라라와의 신혼생활 중 마치 '사랑의 일기'를 써내려가듯 가곡을 작곡했다. 슈만은 일기장에 "어제 일찍부터 나는 새로운 27장의 악보를 썼습니다. 나는 너무 기뻐서 울다가 웃으며 어쩔 줄 몰라 했습니다. 선율과 반주

40 조셉 매클리스, 앞의 책, p. 101.
41 금난새, 앞의 책, p. 135.
42 김용환, 앞의 책, p. 126.

는 나를 거의 미치게 합니다. 하지만 클라라! 노래를 쓴다는 것이 나로서는 얼마나 행복한 일인지 모릅니다."[43]라고 적고 있다.

슈만은 전 생애를 통해 250여 곡의 가곡을 작곡하였다. 그는 뤼케르트에서 하이네까지, 그리고 괴테에서 뫼리케에 이르는 독일 낭만주의의 보석같은 시들과 긴밀한 관계를 맺고 있다. 대략 서른 명의 시인들 가운데 뤼케르트, 아이헨도르프, 특히 하이네는 그가 가장 좋아했던 시인이다.

브람스 Johannes Brahms(1833~1897)

낭만주의 독일 가곡 분야의 주역은 슈베르트와 슈만으로부터 브람스에게 넘어간다. 브람스 가곡의 일반적인 특징은 선율로, 선율 대부분은 민요를 연상케 하는 소박함을 지닌다. 특히 브람스는 민속가곡 운동에 가장 많은 관심을 보였는데, 브람스의 가곡들 중 거의 반은 민속풍의 선율이나 민속시에 바탕을 둔 가곡들, 또는 민속풍으로 쓴 현대시와 어우러져 있다.

브람스는 평생을 민요와 밀접한 관련을 맺고 수집하고 편곡하였다. 생전에 자기 손으로 직접 편곡한 민요집을 세 권이나 출간하였고, 사후의 유고집까지 총 100편이 넘는 민요를 남겼다. 그는 음악의 차원에서 민요를 창조적으로 재수용하였던 것이다.[44]

브람스는 가곡이라는 짧은 형식을 더할 나위 없이 편하게 그리고 솜씨 있게 다루어, 내적인 느낌과 남자다우면서 절제된 열정을 노래에 담았다. 예민한 그의 성악 멜로디는 웅변적인 반주와 잘 어울렸다.[45] 그의 가곡은 자제와 고전파적인 장중함 같은 것, 내향적이며 비가적인 기분이 지배적이다.[46]

많은 위대한 시인들의 이름이 브람스의 200여 곡에 나타난다. 예를 들어 하이네, 티크, 괴테, 뤼케르트, 아이헨도르프, 뫼리케, 울란트와 같은 시인들이다. 브람스는 가곡을 작곡하기 전 시에 대해 명상을 하여 음악적 상상을 자극

---

43 위의 책, p. 178.
44 홍성균, 〈독일시와 가곡〉, 《서울대 독일학 연구》 제7호, 서울대 인문대 독일학 연구소, 1998, p. 145.
45 조셉 매클리스, 앞의 책, p. 137.
46 Donald Jay Grout, 《서양음악사(하)》, 세광음악출판사, 1984, p. 625.

하였다.[47]

볼프 Hugo Wolf(1860~1903)

브람스의 세대 이후 가곡에서 가장 뛰어난 인물은 후고 볼프이다. 볼프도 슈만처럼 문학에 열정적으로 심취해 있었다. 실제 볼프는 "시는 내 음악의 진정한 원천이다."[48]라고 말하기도 했다. 볼프는 시를 깊이 연구하여 음악으로 완벽하게 해석하고자 노력한 흔적이 역력했다.[49]

볼프는 15세 때인 1875년부터 가곡을 작곡하기 시작하여 232곡에 달하는 가곡을 썼다. 가사는 19세기 초의 시들을 중심으로 괴테, 뫼리케, 아이헨도르프, 하이네, 카미소 등의 작품을 즐겨 다루었다. 볼프는 1888년 이후 일정한 기간씩 특정 시인의 작품에 몰두하면서 연작 가곡집을 발표했으며, 표제를 〈뫼리케의 시(1889)〉와 같은 형식으로 붙였다. 이와 같은 방식으로 지어져 출판된 가곡집으로는 《뫼리케(53곡)》, 《아이헨도르프(20곡, 1889)》, 《괴테(51곡, 1890)》 등이 있다.[50]

또한 볼프는 자신의 첫 번째 작품집 앞쪽에 시의 제목을 배치할 정도로 시 문학을 중시했다.[51] 그의 모음집의 제목에는 언제나 자신의 이름보다 시인의 이름을 먼저 적어서 시의 중요성을 강조하였다.

---

47 로레인 고렐, 《19세기 독일가곡》, 심송학 옮김, 음악춘추사, 1998, p. 22.
48 이상규, 〈Hugo Wolf의 《Eichendorff 가곡집》에 대한 연구—시와 음악의 결합의 관점에서〉, 서울대학교 대학원 석사논문, 1991, p. 7.
49 김미애, 《독일가곡의 이해》, 삼호출판사, 1998, p. 179.
50 위의 책, p. 163.
51 "후고 볼프는 자신보다 2살 어렸던 당대의 프랑스 작곡가 클로드 드뷔시와 일치하는 점이 많았다. 둘 다 리하르트 바그너의 영향을 받았기 때문에 볼프와 드뷔시는 모두 시와 음악의 조화에 있어서 고도의 민감함을 바탕으로 작품을 써 나갔다. 그리하여 볼프의 가곡은 시의 뜻을 효과적으로 살리려는 데 초점을 맞춤으로써 선율적이지 않고 낭송조적인 경향을 띤다."(로레인 고렐, 앞의 책, p. 335)

독일 가곡 부르기

그대를 사랑해

고전주의 작곡가인 베토벤은 모두 79곡을 작곡했으며, 슈베르트 이전의 가장 중요한 가곡 작곡가이다.[52] 베토벤이 작곡한 〈그대를 사랑해〉는 한국 대학생들이 가장 좋아하는 독일 가곡이기도 하다.

그대를 사랑해

헤로세 작사, 베토벤 작곡

그대가 나를 사랑하듯,

저녁이나 아침이나, 나 그대를 사랑해요,

그대와 내가 우리의 근심을

함께 나누지 않은 날은 하루도 없었어요.

그 근심 또한 그대와 내가 나누어

쉽게 견디어 낼 수 있었지요;

내가 근심할 때 그대는 나를 위로해 주었고,

그대가 슬퍼할 때 나는 울었지요.

그대, 나의 삶의 기쁨이여,

그러므로 하느님의 축복이 그대에게 있기를.

하느님이 그대를 지켜주고, 내 곁에 보전해 주시기를,

우리 두 사람을 지켜주고 보호해 주시기를!

〈그대를 사랑해〉는 칼 프리드리히 헤로세의 시 〈부드러운 사랑〉에 1797년에 베토벤이 곡을 붙여 1803년에 출판하였다. 베토벤의 자필악보나 초판악보에는 〈부드러운 사랑〉의 2절부터 가사가 시작되어 2절 가사 첫 부분의 '그

---

52 Werner Oehlmann, *Reclams Liedführer*, 2. Aufl., Stuttgart, 1977, p. 134.

그대를 사랑해

Ich liebe dich

대를 사랑해'가 곡의 제목이 되었다.

〈그대를 사랑해〉는 베토벤이 작곡한 곡 중에서 가장 민요 같은 가곡 중 하나이다. 남녀 간의 진솔한 사랑을 주제로 하고 있는 이 시의 첫 부분은 아침이든 저녁이든 언제나 변함없이 서로 사랑한다는 내용을 보여주고 있다. 그리고 그 사랑은 다름 아닌 걱정과 근심을 함께 나누며, 고통 중에는 서로 울며 위로하는 지극한 사랑으로 이어진다. 우리가 평안할 때뿐만 아니라, 어렵고 힘들 때에도 서로를 위로하고 격려하는 그런 사랑이야말로 진정한 사랑이라 한다.

마지막 3연에서는 기원문의 형식으로 하느님의 축복과 도움을 구하는 간절한 기도로 바뀐다. 사랑하는 사람을 "나의 삶의 기쁨"이라고 표현한 시인은 하느님의 축복을 간구하는 애절한 기도로 시를 마무리하고 있다.

베토벤은 이 곡을 33세에 작곡하였는데, 이 시기는 그의 귓병이 악화되고 있었던 때이기도 하며, 그가 무척 사랑하던 율리에타와 헤어질 무렵이었다. 그러나 이 노래에는 서정적이고 아름다운 가락과 함께 평안함과 꿋꿋한 의지로 가득하다. 그는 고통 받고 좌절할수록 더 큰 희망과 환희로 향하는 모습을 보여주곤 한다.[53]

칼 프리드리히 헤로세 (1754~1821) 시인이자 개신교 목사였다는 것 외에는 특별히 알려진 것이 없다. 독일에서는 특히 개신교 목사 집안에서 많은 작가를 배출하였다. 그렇기 때문에 독일에는 기독교 신앙을 표출한 작가도 많았으며, 목사이면서도 시를 쓰거나 작품 활동을 한 경우도 드물지 않았다.

루트비히 판 베토벤 (1770~1827) 독일 본 출생의 고전주의 음악가이다. 귓병의 악화로 1802년 자살하고자 했던 마음을 극복한 후 다음과 같이 심경을 토로하였다. "자칫했더라면 나는 내 목숨을 끊을 뻔했다. 나는 오로지 예술 때문에 지탱한 것이다. 내가 작곡해야만 하는 곡들을 다 써 놓기까지는 이 세상을 떠날 수가 없을 것처럼 여겨졌으므로 나는 이 비

53 김미애, 앞의 책, p. 32.

참한 삶을 견뎌 온 것이다."[54] "오, 살아 있다는 것은 얼마나 아름다운 일인지. 인생을 수천
번이라도 살고 싶다!"[55] 베토벤은 자신의 삶과 작품으로 세상 사람들에게 용기와 희망을
주었으므로 그는 오늘날까지 악성(樂聖), 즉 '음악의 성인'으로 불리고 있는 것이다.[56]

보리수

뮐러 작시, 슈베르트 작곡

1절
성문 앞 우물가에,
보리수 한 그루 서 있네;
그 보리수 그늘 아래에서
나는 그리도 여러 번 단꿈을 꾸었지.

나는 그 보리수 가지에다
그토록 여러 번 사랑의 말을 새겼지;
기쁠 때나 슬플 때나
나는 언제나 그 보리수에게 갔었지.(2, 3절 생략)

Am Brunnen vor dem Tore,
Da steht ein Lindenbaum;
Ich träumt' in seinem Schatten
So manchen süßen Traum.

Ich schnitt in seine Rinde
So manches liebe Wort;

---

54 조셉 매클리스, 앞의 책, pp. 410~411.
55 위의 책, pp. 411~412.
56 금난새, 앞의 책, p. 90.

Es zog in Freud und Leide

Zu ihm mich immer fort.

뮐러의 시에 슈베르트가 곡을 붙인 〈보리수〉는 슈베르트가 작곡한 연가곡 《겨울 나그네》에 나오는 노래로 1827년에 작곡되었다. 세계적으로 가장 널리 알려져 있는 독일 노래 중 하나인 이 〈보리수〉는 민요풍의 소박한 선율을 보여주는 가곡이다. 《겨울 나그네》에서 줄곧 단조의 세계만 펼쳐지다 제5곡인 이 곡에 이르러 E장조로 바뀌며 밝아진다. 그러나 제2절에서는 다시 단조로 바뀌면서 고독하고 애절한 시적 자아의 심정을 나타내주고 있다.

피아노 전주는 보리수 나뭇잎들이 살랑살랑 바람에 흔들리는 듯 섬세한 소리를 들려준다. 보리수 곁에 와 서니 예전처럼 보리수 이파리들이 흔들리면서 "여기에서 휴식을 취하라."라고 속삭여 주는 듯한 환상에 사로잡힌다. 전주가 끝날 무렵, 피아노는 섬세한 움직임을 멈추고 목가풍의 화음을 들려준다. 이 리듬은 노래에서 단락감을 줄 때 자주 나타나면서 곡 전체에 통일감을 준다. 노래는 민요처럼 단순하고 자연스러우며 부드럽게 우리를 꿈속으로 안내한다.[57]

《겨울 나그네》는 뮐러의 시를 생략 없이 전부 작곡했다. 사랑에 실패한 청년이 살아갈 희망을 잃고 정처 없이 겨울 여행을 떠나, 그 사이에 체험하는 갖가지 일들을 노래한 것이다.[58] 작사자인 시인 뮐러는 《겨울 나그네》를 쓴 해에 33세의 나이로, 그리고 슈베르트는 그 이듬해에 31세의 나이로 요절하였다. 슈베르트는 죽기 4~5년 전부터 깊은 병에 시달려 왔고, 《겨울 나그네》를 작곡할 무렵에는 생활고 또한 극심한 상태였다고 한다. 슈베르트는 고통스러운 나머지 매일 밤 잠들 때, 그대로 눈을 뜨지 않으면 좋겠다고 말했다. 그만큼 《겨울 나그네》를 작곡할 당시 슈베르트는 극심한 가난과 병고에 시달렸던 것이다.

'성문 앞 우물'은 구약시대부터 자연스런 만남과 의사소통의 현장이었으

---

57 김미애, 앞의 책, p. 63.
58 조홍근 엮음, 《세계명곡해설대전집(3)》, 진현서관, 1980, p. 391.

보리수
Der Lindenbaum

1절 가사:
성문 앞 우물 곁에서 있는 보리수 나는 그 그늘 아래 단 꿈을 꾸었네 가지에 희망의 말 새기어 놓고서 기쁘나 슬플 때나 찾아온 나무밑 찾아온 나무밑

2절 가사:
오늘 밤도 지났네 보리수 곁으로 캄캄한 어둠 속에 눈 감아 보았네 가지는 흔들려서 말하는 것 같이 동무여 여기 와서 안식을 찾아라 안식을 찾아라

며, 심장 모양의 잎사귀 덕에 보리수는 독일에서 사랑을 상징하는 나무로 알려져 있다. 뮐러는 바트 조덴-알렌도르프의 성문 앞에 서 있는 한 보리수로부터 이 시의 영감을 받았다고 한다. 오늘날 그 성문은 사라지고 단지 도로명으로만 존재한다. 보리수 나무 역시 1912년에 벼락에 맞아 죽고, 다른 보리수 나무가 심어져 있다. 반면에 샘물은 뮐러의 시절과 변함없이 그 자리를 지키고 있다.

빌헬름 뮐러 (1794~1827) 독일 데사우 출생의 후기 낭만주의 시인이며, 베를린 대학에서 어문학과 역사학을 전공했다. 베를린 대학 시절에 소박한 민요조의 시 〈아름다운 물방앗간 아가씨〉와 〈겨울 나그네〉로 문단에 등장했으며, 이 시들은 슈베르트가 곡을 붙여 민중이 즐겨 부르는 노래가 되었다. 《독일인의 사랑》이라는 단 한 편의 소설을 남긴 막스 뮐러의 아버지이기도 하다.

음악에

쇼버 작사, 슈베르트 작곡

1절

그대 사랑스런 예술이여, 수없이 음울했던 시절,

내 거친 삶의 질곡에 얽매어 있었을 때,

그대 내 마음을 따뜻한 사랑으로 타오르게 하며,

나를 더 나은 세계로 이끌어 주었도다!(2절 생략)

〈음악에〉는 음악을 찬미하는 노래로 쇼버가 작사하고 슈베르트가 곡을 붙인 가곡이다.

음악에
An die Musik

아름다운 5월에

1절
참으로 아름다운 5월에,
모든 꽃봉오리가 피어났을 때,
그 때 내 마음 속에
사랑이 싹텄다네.

2절
참으로 아름다운 5월에,
모든 새들이 노래했을 때,
그 때 나는 그녀에게 고백했다네
나의 그리움과 열망을.

〈아름다운 5월에〉는 해마다 아름다운 봄 5월이 오면 언제나 다시금 떠오르는 하이네의 명시에 슈만이 곡을 붙인 가곡이다. 피아노의 전주 부분과 더불어 설레이는 사랑의 마음이 표출되는 듯한 아름다운 사랑의 노래이다.

아름다운 5월에
Im wunderschönen Monat Mai

1. Im wun－der schö－nen Mo－nat Mai, Als al－ le Knos－－pen
2. Im wun－der schö－nen Mo－nat Mai, Als al－ le Vö－－gel

1. 오 월 이 돌 － 아 오 면 초 목 도 싹 － 이 －
2. 오 월 이 돌 － 아 오 면 새 들 도 노 － 래 －

spran－ gen, Da ist in mei－nem Her－ zen Die Lie－ be auf－ ge－
san－ gen, Da hab'ich ihr ge－ stan－ den Mein Seh－ nen und Ver－

트 네 설 레 는 이 맘 에 도 사 랑 이 싹 트
하 네 노 래 하 는 새 같 이 사 랑 을 노 래

gan－ gen.
lan－ gen.

러 나
하 네

오 나의 태양

이탈리아 가곡
카푸아 작곡, 사자·번역자 미상

오 맑은 햇빛 너 참 아름답다

폭풍우 지난 후 너 더욱 찬란해

시원한 바람 솔솔 불어올 때

하늘의 밝은 해는 비치인다

나의 몸에는 사랑스런 나의 해님뿐 비치인다

오 나의 나의 해님

찬란하게 비치인다

〈오 나의 태양(O Sole Mio)〉은 카푸아가 작곡한 노래로, 〈돌아오라 소렌토로〉와 더불어 칸초네(canzone)로 널리 알려져 있다. 칸초네란 원래 이탈리아 노래를 총칭하는 말이었으며, 오늘날에는 이탈리아의 대중가요나 가곡 등을 일컫는 말로 쓰이고 있다.

사랑하는 사람을 태양에 비유하여 열정적인 사랑을 노래한 이 곡은 그 곡조 또한 아주 아름답다. 이탈리아어를 잘 모르는 내가 오래전부터 원어로 즐겨 부르는 몇 안 되는 이탈리아 가곡 중 하나다. 이 노래를 멋지게 부른 세계적인 테너 가수 루치아노 파바로티를 잊을 수 없다.

오 나의 태양
O Sole Mio

Che bel— la co— sa 'na iur— 'na tae so— le,
오 맑 은 햇 빛 너 참 아 름 답 다

—'na— ria se re— na dop — po na tem— pe — sta!
—폭 풍 우 지 난 후 — 너 디 욱 찬 란 해

— Pe' ll'a— ria fre— sca pa— re gia 'na fe— sta!
— 시 원 한 바 람 솔 솔 불 어 올 때

— Che bel— la co— sa 'na iur— ua tac so — — le.
— 하 늘 의 밝 은 해 는 비 치 언 — 다

— Ma 'na— tu so— le, — cchiu bel— loohi —ne,
— 나 의 몸 에 는 — 사 랑 스 런

— O so— le mi o — sta— nfron— tea te!
— 나 의 해__님 뿐 — 비 치 인 다

— O so — le,o so— le mi o
— 오 나 — 의 나 의 해 님

— sta— nfron— tea te! — sta— nfron— tea te! —
— 찬 란 하 게 — 비 치 인 다 —

기독교 노래

제9장

기독교 노래 하느님을 찬양하는 신앙의 노래

1. 기독교 노래의 역사와 종류

인류의 역사에서 시와 음악의 기원은 무엇일까? 여러 가지로 추측할 수 있
겠지만, 그 중에서도 시와 음악이 오래전부터 종교와 관련되어 있다는 것은
부인할 수 없을 것이다. 동·서양을 막론하고 시와 음악은 예부터 종교의식
과 떼어놓을 수 없다. 종교는 세계의 위대한 시와 음악에 상당한 영향을 주었
다.[1]

특히 기독교는 세계의 여러 종교 중에서 시와 음악을 크게 발전시켰다. 서
양 음악의 역사는 기독교의 교회음악과 함께 시작되었고, 기독교는 특히 음
악을 중히 여겼다.[2] 기독교는 세계에 분포된 여러 종교 중에서 뛰어난 음악
적 전통을 지니고 높은 예술적 수준의 음악문화를 형성하였다.

대표적인 시와 음악의 결합체로 시편(詩篇)을 꼽는다. 시편이라는 명칭의
히브리어 원어는 '테힐림', 즉 '찬미의 책'이라는 뜻으로 '찬미의 노래'라는
뜻의 복수형이다. 이 시편은 원래 성가의 가사로 일정한 선율에 의해 노래로

---

1 조셉 매클리스, 《음악의 즐거움(상)》, 신금선 옮김, 이화여자대학교출판부, 1982, p. 15.
2 김두완, 《기독교 음악》, 종로서적출판주식회사, 1985, p. 103.

불렸던 것이었다.[3] 시편은 '현악기에 맞춰 부르는 노래'라는 뜻으로 음악적인 요소와 문학적인 요소 모두를 가지고 있다.[4]

이처럼 기독교에서는 시를 노래로 부르는 성악이 발달하였다. 유명한 다윗 왕은 시인인 동시에 가수요 연주가였는데, 시편의 대부분을 다윗이 창작할 정도였다. 다윗은 기원전 11세기에서 10세기에 걸쳐 이스라엘 왕국 제2대 왕이 되었고, 예배 음악과 가창의 규정을 정하여 음악을 진흥시킨 최초의 인물이다.

초대 교회의 음악 역시 시편을 노래하는 것이 핵심이다. 그레고리오 성가의 대부분이나 르네상스 또는 바로크 시대의 모테트는 종교 음악 특히 구약 성서에서 볼 수 있는 시편 음악을 발전시킨 것이다. 시편은 기독교의 각 교단부터 유대교까지 어느 시대에나 되풀이된 것이고, 현재도 가장 중요한 종교 음악의 한 분야를 이루고 있다.[5]

시편은 고대 이스라엘 역사의 왕국기(B. C. 11세기 이전), 포로기, 포로 후(B.C. 6~B.C. 3세기)까지의 1000여 년에 걸친 각 시대 종교시의 집성이다. 현재의 《시편》은 본래 독립되어 있던 〈다윗의 노래〉(3~41편), 〈엘로힘의 노래〉(42~83편), 〈할렐루야 시편〉(104~134편 외) 등이 한데 모인 것으로 현재의 형태로 완성된 것은 B.C. 3세기의 일이다.

찬송가의 기원은 고대 교회에서 다윗의 《시편》 등을 노래로 부른 데서부터였다. 당초 유대교 찬송은 《시편》이었다. 사도시대에는 성시(聖詩)와 찬송가와 영가(靈歌)로 하느님을 찬양하였고, 음악적인 면에서 시편의 노래는 '그레고리오 성가(聖歌)'의 원형이라 해도 별 무리가 없을 것이다. 가톨릭교회의 전례음악 가사들 대부분은 예로부터 《불가타 성서》의 라틴어 역 《시편》에 따른 것이었다.

이 시편은 신약성경에서 가장 많이 인용되었으며, 세대에서 세대로 전해져 내려온 찬송가이다. 시편처럼 오랜 세월을 두고 많은 사람에 의하여 사용된

3 위의 책, p. 99.
4 70인역의 성경에서는 이 시편이 '시가(詩歌)의 책'이라고 기록되었다.(노주하, 《음악과 신학》, 요단출판사, 1997, p. 186)
5 김두완, 앞의 책, p. 97.

책은 유례가 없을 정도다. 여러 세기에 걸친 기도와 슬픔 및 소원이 담겨져 있는 시편에는 헤아릴 수 없는 신앙과 음악이 있다. 그 시들은 필요에 의해 창작된 것이지만, 시대를 초월하여 신앙적 감동을 주는 불변의 노래이다.[6]

한편 암브로시우스 성가는 밀라노의 주교 암브로시우스에서 유래한다고 일컬어지는 로마 가톨릭 교회의 전례성가로서 밀라노 성가라고도 한다. 암브로시우스(339?~397)는 '라틴찬송의 아버지'라고도 불린다. 암브로시우스는 서방교회에 처음으로 교송법을 도입하여 교회음악에 혁신을 일으키기도 하였다. 당시 다른 작곡가들은 암브로시우스 찬송을 모방하였다. 그러나 암브로시우스 찬송은 이렇게 모방된 찬송까지 통칭하며, 이후 독일 개신교의 회중찬송인 코랄의 모델이 되었다. 암브로시우스가 회중들로 하여금 신을 찬양하게 한 것과는 반대로 그레고리오는 회중들의 손에서 노래를 빼앗아 사제들에게 넘겨주었다.

그레고리오 성가는 교황 그레고리오 1세가 만들거나 편집하여 집대성한 로마 가톨릭의 전통적 단성(單聲) 전례성가이다. '단선율 성가'라는 뜻으로 '플레인송(plain song)'이라고도 한다. 그레고리오 성가는 약 1000년이 넘도록 중세 서양에서 지배적인 역할을 한 기독교 음악이다. 그레고리오 성가는 라틴어 가사가 달린 단선선율로 이루어지며, 반주가 없이 남자가 부르는 노래이다. 화음을 전혀 사용하지 않았지만 과도한 도약 없이 무한대로 자유롭게 진행되는 선율미는 아름다움과 경건함, 위대함을 가지고 있다. 그레고리오 성가의 특징을 다음과 같이 요약할 수 있다.

(가) 남성이 부르는 단선율 음악이다.

(나) 오늘날의 조성 체계에 의하지 않고 교회 선법에 바탕을 두고 있다.

(다) 연주 형태는 아카펠라(a cappella)로 반주 없이 성악만이 연주된다.

(라) 강약의 구별이 없고 선율선이 부드러우며 박자와 마디를 구별하지 않는다.

6 위의 책. p. 102.

(마) 음악은 가창이 가능한 범위로 제한되어 있다.

(바) 도약 진행은 거의 없고 순차 진행한다.

(사) 라틴어로 쓰여져 있다.

(아) 네우마 기보법으로 기록되어 있다.

(자) 성경에 관한 내용이기 때문에 사람의 감정을 움직이려는 의도가 없다.
즉, 객관적이고 비개성적이며 내세적이다.

(차) 순수하게 음악의 즐거움을 위한 작곡이 아니라 예배의 부속물로서
기능을 하는 음악이다.[7]

그레고리오 1세 (540~604) 제64대 로마의 교황으로, 전임 교황 중 누구보다도 많은 양의 글을 썼고, 서방 교회의 4대 교부 가운데 한 사람으로 공경을 받아 중세 교황직의 아버지로 추앙받고 있다. 교황 레오 1세와 더불어 '대교황'이라는 칭호를 받았다.

기독교 노래 중 '오라토리오(Oratorio)'는 '기도를 드리는 장소'라는 뜻의 이탈리아어로 기도의 내용이 담긴 작품을 뜻하며, 기독교적 제재에 따른 대규모의 극음악 혹은 음악극을 가리킨다. 오라토리오는 원래 가톨릭 교회의 음악이었지만, 《성서》 텍스트의 주석을 추구하던 개신교의 정신에 부합하는 음악양식이기도 했다.[8] 말하자면 오라토리오는 성서 속의 이야기에서 취재한, 민중에게 신앙을 교육하기 위한 음악극이라 할 수 있다.[9]

오라토리오는 아리아, 레치타티보, 성악 앙상블, 합창 그리고 오케스트라 곡들로 구성된 점에서는 오페라와 비슷하다. 그러나 오페라와는 달리 오라토리오의 가사는 주로 성서에 기초하고 있고, 무대장치와 의상, 연기행위 없이 연주된다. 또한 히스토리쿠스 또는 테스토라고 불리는 해설자가 등장하며, 합창의 역할이 오페라보다 훨씬 더 중요하다. 오라토리오는 본질적으로 칸타타와도 아주 흡사하지만, 칸타타보다는 대체로 길이가 길고 화려하며,

7 김대호·김순옥·신현남·양재무·정진행, 《음악사》, 교학사, 2005, p. 152.
8 박창호, 《클래식의 원시림 고음악》, 현암사, 2005, p. 171.
9 김두완, 앞의 책, p. 54.

통상적으로 칸타타에는 없는 줄거리 구성을 가지고 있다.[10]

그러면 오라토리오의 대표작은 어느 작품일까? 바로 헨델이 1741년에 작곡한 《메시아》[11]이다. 이 작품은 구약과 신약성서의 내용을 발췌하여 줄거리를 구성했고, 예수 그리스도의 탄생과 전도와 부활 및 승천을 그 내용으로 하고 있다. 한편 예수 그리스도의 고난을 시와 음악으로 표출한 바흐의 《마태 수난곡》과 《요한 수난곡》은 성서적 성격이 강하면서 서정적이고 극적인 요소가 가득한 수난 오라토리오이다. 《마태수난곡》의 가사는 성경 마태복음서의 제26장과 제27장에서 취하고 있다.

한편 '칸타타(Cantata)'는 레치타티보, 아리아, 중창, 합창 등으로 이루어진 대규모 성악곡의 일종이다. 칸타타는 세속적인 가사와 내용으로 구성된 세속 칸타타와 성서를 기초로 한 교회 칸타타로 나뉠 수 있다. 소나타가 '소리내거나 악기로 연주하는 작품'이란 뜻인 반면, 칸타타의 어원은 이탈리아 어의 '칸타레(cantare)'로 '노래로 부를 수 있는 작품'이란 뜻이다.

교회 칸타타는 독일에서 프로테스탄트 교회 음악으로서 발전했다. 바흐는 그 내용과 형식면에서 모두 훌륭한 200곡의 교회 칸타타를 작곡하였다.[12]

요한 세바스티안 바흐 (1685~1750) 바흐는 프로테스탄트의 독실한 신자였다. 그는 음악으로 신에게 봉사하는 데에 생애를 바쳤으며,[13] 마르틴 루터의 모든 글들을 가지고 있었을 정도로 개혁정신에 투철하였다. 또한 신앙심이 아주 깊어 그의 칸타타와 수난곡들의 악보 초두에는 항시 'Jesu Juva(예수여, 도움을 주소서)'를 나타내는 문자 J.J.를 적어놓고, 곡의 끝머리에는 'Soli Deo Gloria(오직 하나님께 영광 있으라)'를 의미하는 S.D.G.를 적어 놓

---

10 박을미, 《서양음악사 100장면(1)》, 가람기획, 2001. p. 232.
11 헨델은 디서 공의 의뢰에 따라 1741년 8월 22일부터 《메시야》의 작곡에 착수하여 9월 14일에 탈고했고, 1742년 4월 13일 더블린에서 자신의 지휘 밑에 초연하였다. 그는 이 오라토리오를 작곡하는 동안 여러 차례 깊은 감동에 빠져, 어떤 때는 넋을 잃은 상태로 있기도 했다. 더욱이 '할렐루야 코러스'를 작곡했을 때는 감격한 나머지 "하늘이 열리고, 위대하신 하나님의 모습을 보았다"고 외쳤다는 이야기가 전해지고 있다.
12 조홍근 엮음, 《세계명곡해설대전집(7)》, 진현서관, 1980, p. 29.
13 바흐는 인생의 시간과 관련하여 다음과 같은 말을 자주 하였다고 한다. "시간이라는 것은 하느님이 내려주신 가장 고귀한 선물이오. 그렇기 때문에 우리들은 언젠가는 반드시 하느님 앞에서 자신이 쓴 시간에 대해 정확하게 해명할 수 있어야만 한다오." 또한 그가 언제나 하던 말은 악기 연주기법의 완벽함이란 자신의 부지런하고 성실한 노력의 결과에 지나지 않으며, 어떤 사람이라도 오로지 진지하고 성실한 자세로 노력한다면 해낼 수 있다고 했다.(안나 막달레나 바흐, 《내 남편 바흐》, 김미옥 옮김, 우물이 있는 집, 2002, pp. 61~67)

았다.[14] 베토벤은 바흐를 가리켜 "그는 작은 시냇물[15]이 아니라, 크고 광활한 바다라고 해야 마땅하다(Nicht Bach, Meer sollte er heiß en)."라고 하면서, 바흐를 찬미하였다.

한편 기독교 노래 중 '흑인영가(negro spirituals)'는 19세기 초엽 노예 신분이었던 미국의 흑인들이 만들어 부른 민요 스타일의 기독교 노래이다. 가사 내용은《구약성경》중의 이야기에서 취한 것이 많으며, 고통스러운 현실로부터의 도피, 기독교 신앙에 의한 내세에서의 자유와 행복을 향한 희망을 노래한 것이 많다.

흑인영가 중 〈깊은 강(Deep River)〉, 〈제리코의 전투(Joshua fit the Battle of Jerico)〉, 〈스윙 로우, 스위트 채리어트(Swing Low, Sweet Chariot)〉 등은 세계 모든 사람들이 노래하는 명곡들이다.

한국의 교회에서 오늘날 가장 많이 부르는 기독교 노래는 찬송가를 비롯하여 복음성가와 CCM(Contemporary Christian Music)일 것이다. 복음성가는 기독교 현대음악인 CCM보다 조금 더 앞선 시기에 사용된 용어로 대체로 CCM과 비슷한 현대적 감각의 기독교 노래를 지칭한다. 가톨릭교회에서는 이 복음성가를 생활성가라고 부르고 있다.

CCM이라는 말은 1970년대 말 미국에서 사용되기 시작하여, 우리나라에서는 1980년대 말부터 쓰이기 시작한 용어로 '현대 기독교 대중음악'이라는 뜻이다. CCM은 '복음성가'와 같은 부류의 음악이라고 할 수 있으며 현대적인 감각의 기독교 노래이다. 즉 현대적인 대중음악의 형식을 취하면서도 내용 면에서는 기독교의 정신을 표출하는 현대 기독교 음악이다.

성경에서는 노래하고 연주하는 것을 다음과 같이 말하고 있다.

나팔 소리로 찬양하며 비파와 수금으로 찬양할 지어다. 소고 치며 춤추어 찬양하며 현악과 통소로 찬양할 지어다. 큰 소리 나는 제금으로 찬양하며

14 박을미, 앞의 책, p. 268. 알베르트 슈바이처는 바흐의 종교성에 대해 다음과 같이 말하였다. "그(바흐)의 진짜 종교는 신비주의입니다. 바흐의 가장 깊숙한 본질에 따르면 그는 독일 신비주의 역사 속의 한 현상인 것입니다."(최경식,《영혼을 어루만지는 음악 이야기. 바흐에서 김민기까지》, 한울, 2003, p. 18)
15 '바흐 Bach'라는 이름은 독일어로 '작은 시냇물'을 뜻한다.

높은 소리 나는 제금으로 찬양할 지어다. 호흡이 있는 자마다 여호와를 찬양할 지어다. 할렐루야.(시편 150:3~6)

이 시편 구절은 우리가 시를 읊고 노래를 하며, 악기를 연주하고 춤을 추어야 하는 신앙적 차원의 의미를 이처럼 간명하게 보여주고 있다. 어째서 시편은 찬양과 관련하여 이러한 시와 음악과 춤의 통합적인 예술 활동을 권하고 있는 것일까? 그것은 바로 예술 활동이 우리를 가장 행복하게 해주기 때문이다. 우리의 삶이 아름다운 시와 음악, 노래와 연주 그리고 춤으로 기독교의 신앙과 접목 되어 숭고한 기쁨과 행복으로 승화되기를 기대한다.

2. 루터의 찬송가와 종교개혁

오늘날 기독교 노래의 대표적 장르는 무엇보다도 찬송가일 것이다. 그러면 찬송가의 역사에서 찬송가 발전에 결정적으로 중요한 역할을 한 인물은 누구이며 또 그가 주도했던 기독교의 역사적 사건은 무엇일까? 바로 마르틴 루터와 종교개혁이다.

루터의 저작은 전무후무하게 방대하여 600쪽 이상의 큰 책이 100권이 넘는다. 종교개혁가 루터는 당시 그리스어와 히브리어로 된 성경을 독일어로 번역한 것이 가장 커다란 문학적·종교적 업적이다. 이는 오늘날에 이르기까지 독일어와 독일 문학의 발전으로 이어졌으며 나아가 성경의 민주화와 대중화의 길을 열었다.

루터가 성경 번역 이외에 종교개혁운동을 통해 이룩한 또 다른 중요한 업적은 모든 교인이 함께 부를 수 있는 회중찬송을 창작·보급시킨 것이다. 루터는 독일의 신학교수로 대표적인 종교개혁가이자 개신교 합창음악의 시조이며 '회중찬송가의 아버지'로 불려지고 있다. 루터는 신학자이기도 하지만 음악이론에 뛰어난 음악학자이자 성악과 작곡에 능통한 음악가였다. 루터는 당시 마이스터징어[16]라고 불릴 만큼 시와 음악에 조예가 깊었고,[17] 훌륭한 류트 연주가이기도 했다.

초기 기독교 음악은 중세로 전승되었고, 그레고리오 성가는 상당히 긴 세월동안 서양의 중세 교회음악을 지배하였다. 이 당시 유럽에는 음악은 찬송가만을 떠올리던 시대여서 그레고리오 성가로 대표되는 교회음악만이 존재하였고, 세속음악이라는 개념은 거의 없었다. 또한 아무나 찬송을 부를 수도 없었다. 이때의 찬송은 오직 소수의 성직자와 훈련된 성가대의 독점물이었다. 중세의 성가대도 구약시대와 마찬가지로 특별한 신분을 가진 자들에게만 입단이 허락되었던 것이다.

성직자들만 불렀던 중세 찬송가는 아주 높은 수준을 자랑했지만, 종교개혁자 루터는 그들의 노래를 당나귀의 울음소리에 비유하여 평가절하 하였다. 루터는 성직계급이 특권계층에게 집중되는 것 이상으로 특정집단에 의한 찬송가의 독점 또한 못마땅히 여겨 찬송가 회복이라는 기치를 내걸었고, 회중 찬송가인 코랄을 만들었다. 이처럼 루터의 종교개혁은 교리와 교회제도에만 미친 것이 아니라 찬송가에도 미친 것이다.

루터는 성직자들로만 구성된 성가대가 독점하던 교회음악을 모든 회중을 위한 음악으로 만들었다. 이를 위해 독일어로 찬송시를 짓고 곡을 만들어 대중에게 보급했다. 또한 회중 전체가 노래 부를 수 있는 단순한 멜로디의 음악을 작곡하는 전통도 세웠다.

루터의 회중찬송은 당시 종교개혁의 메시지가 일반 회중 교인들에게도 전달될 수 있었던 중요한 영적 통로역할을 하였다. 종교개혁 시대의 교회음악은 회중들이 개혁주의 교회에서 '만인 제사장직'으로 모든 예배에 참여하여 대중적인 교회음악이 도입되었으며, 자기나라 말과 언어로 직접 찬양할 수 있는 회중찬양의 시대가 되었다는 점이다. 결국 찬송가는 루터와 종교개혁에서 찬송의 자유화·민주화·대중화가 비롯된 것이다.

루터는 가톨릭교회의 전통적인 찬송가를 사용하여 37개의 찬송가를 만들

16 14~16세기 독일의 시인 및 가수들이 만든 조합의 구성원.
17 신동헌,《재미있는 음악사 이야기》, 서울미디어, 1997, p. 93.

었다. 대부분 중세의 독일 찬송가를 변형시켰고, 성경의 시편으로 만들었으며, 라틴어 찬가와 속송(續誦),[18] 민요 등을 개작한 것이다. 또한 그는 독일의 민요를 활용하여 찬송가를 만들었다.

19세기 말 한국에서는 기독교 선교사들에 의해 기독교가 전파되면서 찬송가를 부르기 시작했다. 찬송가는 기독교의 전파라는 목적 아래 그 수단으로 행해진 것이지만, 지난 100여 년간 우리나라에서 가장 오랫동안, 가장 많은 사람들에 의해 가장 널리, 그리고 가장 많이 불린 노래이다.

3. 기독교 노래 부르기

내 주는 강한 성이요

마르틴 루터 작사 · 작곡

1절

내 주는 강한 성이요 방패와 병기 되시니

큰 환난에서 우리를 구하여 내시리로다

옛 원수 마귀는 이때도 힘을 써

모략과 권세로 무기를 삼으니 천하에 누가 당하랴(제2, 3절 생략)

〈내 주는 강한 성이요〉[19]는 루터가 1529년에 작시, 작곡한 찬송가이다. 1529년은 루터와 종교개혁운동에 있어서 커다란 좌절과 침체의 해였다. 그는 깊은 고뇌 속에서 십자가상의 예수의 말씀을 기억하였다. "나의 하나님, 나의 하나님, 어찌하여 나를 버리셨나이까." 그는 시편 46편을 폈고, 첫 구절을 되풀이하여 읽었다. "하나님은 우리의 피난처시오, 힘이시니 환난 중에 만날 큰 도움

---

18 반복 진행의 종교가.

19 멘델스존은 그의 유명한 교향곡 제5번 〈종교개혁〉의 마지막 악장에서 프로테스탄트의 유명한 코랄 〈내 주는 강한 성이요〉가 드높이 울리도록 작곡하였다.(김두완, 앞의 책, p. 152)

내 주는 강한 성이요

Ein feste Burg ist unser Gott

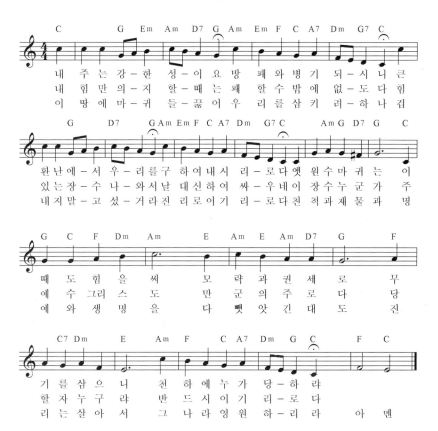

내 주는 강-한 성-이요 방 패와 병기 되-시니 큰
내 힘만의-지 할-때는 패 할수밖에 없-도다 힘
이 땅에마-귀 들-끓어우 리를삼키 려-하나 집

환난에-서 우-리를구 하여내시 리-로다옛 원수마귀 는 이
있는장-수 나-와서날 대신하여 싸-우네이 장수누군 가 주
내지말-고 섰-거라진 리로이기 리-로다천 척과재물 과 명

때 도 힘 을 써 모 략 과 권 세 로 무
에 수 그 리 스 도 만 군 의 주 로 다 당
에 와 생 명 을 다 뺏 앗 긴 대 도 진

기 를삼으 니 천 하에누가 당-하 랴
할 자누구 랴 반 드시이기 리-로 다
리 는살아 서 그 나라영원 하-리 라 아 멘

이시라." 그는 이 말씀에 큰 위로와 확신을 얻고 이 시를 짓게 되었다.

　루터의 찬송가[20]는 설교이자, 투쟁을 향한 외침이자, 신앙고백이다. 이러한 연유로 종교개혁 시대의 찬송가에는 대체로 씩씩한 기상이 담겨 있다. 루터의 〈내 주는 강한 성이요〉는 시적으로도 훌륭한 작품일 뿐만 아니라, 모든 교회 찬송가 중에서 가장 인상적인 영향을 준 찬송가이다.

20 찬송가(Hymn), 라틴어의 'hymnus(신에 대한 찬가)'에서 유래.

루터는 음악을 말씀 다음으로 하느님이 주신 최고의 선물이라고 말하였다.

> "나 마르틴 루터는 자유로운 음악예술의 애호가들에게 하나님 아버지와 우리 주 예수 그리스도의 은혜와 평강이 있기를 원하노라. 나는 모든 그리스도인들이 아름다운 음악의 재능을 사랑하고 귀하게 여기기를 진정으로 바라는 바이다. 이 음악의 재능은 어찌나 탁월하고 고귀한지 말로 표현할 수 없다. 고상한 음악예술은 세상에서 하나님의 말씀 다음 가는 가장 위대한 보배이다."21

> "음악은 신학 다음으로 하나님이 주신 아름답고도 영광스런 선물이다. 음악은 마귀를 쫓아내며 인간을 행복하게 만든다. 젊은이들로 하여금 음악에 친숙하게 하면 그들은 멋진 사람이 된다."22

만약 신학자가 되지 않았다면 반드시 음악가가 되었을 것이라 했던 루터는 소년 합창단원 출신의 테너이면서 플루트와 류트 연주자였고, 작곡에 필요한 기본 기술도 습득했던 음악인이었다. 루터는 음악의 효용성으로 윤리적인 힘과 교육적인 효과를 인정했다.23 또한 그는 1562년에 출판한 《독일 미사》의 서문에서 "언제고 도움이 된다고 생각될 때는 모든 종과 오르간을 울릴 것이며, 무엇이든지 소리나는 것은 사용할 것이다"라고 함으로써, 오르간 이외의 악기를 금했던 카톨릭과는 다른 자신의 기악음악에 대한 입장을 보여주었다.24

마르틴 루터(1483~1546) 독일 종교개혁의 대표적인 신학자이다. 1517년 10월 31일, 비텐베르크 성당 문에 로마 가톨릭의 잘못된 전통과 가르침을 비판하는 95개 조항의 성명서를 부착함으로써 종교개혁에 불을 붙였다.

---

21 Paul Nettl, 《음악과 신학(*Luther and Music*)》, 노주하 옮김, 요단출판사, 1997, p. 91.
22 노주하, 앞의 책, pp. 13~14.
23 박을미, 앞의 책, pp. 174~175.
24 위의 책, p. 175.

참 아름다워라

바브콕 작사, 셰파드 작곡

1절

참 아름다워라 주님의 세계는

저 솔로몬의 옷보다 더 고운 백합화[25]

주 찬송하는 듯 저 맑은 새소리

내 아버지의 지으신 그 솜씨 깊도다

2절

참 아름다워라 주님의 세계는

저 아침 해와 저녁놀 밤하늘 빛난 별

망망한 바다와 늘 푸른 봉우리

다 주 하나님 영광을 잘 드러내도다

3절

참 아름다워라 주님의 세계는

저 산에 부는 바람과 잔잔한 시냇물

그 소리 가운데 주 음성 들리니

주 하나님의 큰 뜻을 내 알 듯하도다 아멘

〈참 아름다워라〉는 바브콕 목사가 1901년에 쓴 시 〈이것은 내 아버지의 세
계(This is my Father's world)〉에 셰파드가 1915년에 곡을 붙여 만든 찬송가이다.
작사자 바브콕 목사는 하나님께서 지으신 자연을 무척 사랑하는 사람이었
다. 그는 새벽마다 온타리오 호수가 내려다보이는 산을 산책하는 습관이 있
었다. 그는 항상 "나는 내 아버지께서 지으신 세계를 보기 위해 산책을 나선

---

25 이 변안 가사의 구절은 《신약성경》〈누가복음〉 제12장 27절과 연관되어 있다.

다."라고 말하였다. 그는 하나님과의 깊은 교제 가운데 자연을 바라보았으며 그 속에서 영감을 받아 이 시를 쓰게 되었다. 이 시에는 단순히 자연에 대한 찬미뿐 아니라, 하나님의 임재와 속성과 능력 그리고 목적에 대한 메시지가 담겨 있다.[26]

영어 가사도 훌륭하지만, 원시와 조금 다르게 번안된 우리말 가사에는 백합화, 새소리, 아침 해와 저녁놀, 빛난 별, 망망한 바다, 푸른 봉우리, 바람, 잔잔한 시냇물 등의 자연이 더욱 시적으로 묘사되어 있다. 노랫말과 곡조가 한데 어우러진 참으로 아름다운 찬송가이다.

M. 데이븐포트 바브콕 (1858~1901) 미국 뉴욕 주 시러큐스에서 출생, 시러큐스 대학과 오번 신학교에서 공부한 후 목사가 되었다. 그는 운동선수로 활동했고 뛰어난 음악적 재능을 발휘하기도 했다. 헌신적이고 열성적인 목회 활동을 하다가 휴식을 위해 성지 순례 중 나폴리에서 43세로 사망하였다.

F. 로렌스 세파드 (1852~1930) 미국 필라델피아 출생으로 펜실베이니아 대학 수석 졸업 후, 부친이 경영하는 난로회사의 공장장이 되었다. 주일학교 음악 지도교사로 열심히 봉사하였고, 1911년에 장로교 찬송가 편찬위원으로 활동하였다.

---

26 오픈해설찬송가 편찬위원회,《오픈 해설 찬송가》, 아가페 출판사, 1991.

참 아름다워라
This is my Father's world

Eb	Bb7	Eb		Ab	Eb	Bb

1. 참 - 아 름 다 워 라　주 - 님 의 세 계 는　저
2. 참 - 아 름 다 워 라　주 - 님 의 세 계 는　저
3. 참 - 아 름 다 워 라　주 - 님 의 세 계 는　저

This is my Fa—ther's world, And to my lis—t'ning ears, All

솔 로 몬 의 - 옷 보 다 더 고 - 운 백 합 - 화　주
아 침 해 와 - 지 녁 놀 밤 하 - 늘 빛 난 - 별　망
산 에 부 는 - 바 람 과 잔 잔 - 한 시 냇 - 물 그

na—ture sings, and round me rings The mu — sic of the spheres, This

찬 송 하 는 듯 저 - 맑 은 새 소 리　내
망 한 바 다 와 늘 - 푸 른 봉 우 리　다
소 리 가 운 데 주 - 음 성 들 리 니　주

is my Fa— ther's world: I rest me in the thought Of

아 버 지 의 - 지 으 신 그
주 하 나 님 - 영 광 을 잘
하 나 님 의 - 큰 뜻 을 내

rocks and trees, of skies and seas; His

솜 - 씨 깊 도 - 다
드 - 러 내 도 - 다
알 - 듯 하 도 - 다　아 멘

hand the won— ders wrought. A — men.

나 같은 죄인 살리신

존 뉴튼 작사, 미국 민요

1절

나 같은 죄인 살리신

주 은혜 놀라워

잃었던 생명 찾았고

광명을 얻었네 (2, 3절 생략)

Amazing grace, how sweet the sounds,

that saved a wretch like me.

I once was lost, but now am found,

was blind, but now I see.

〈직역〉

놀라운 은총, 나처럼 불쌍한 자를

구원해 주신 그 음성, 얼마나 감미로운가.

한때 나는 길을 잃었으나, 이제는 발견했으며,

장님이었으나, 이제 나는 보는 도다.

미국 민요의 곡조에 가사를 붙인 〈나 같은 죄인 살리신〉은 세계에 가장 널리 알려진 찬송가일 것이다. 이 찬송가의 노랫말은 존 뉴튼의 자전적 찬송시이다. 존 뉴튼은 11살에 아버지가 소유한 노예선에서 선원 생활을 시작하였다. 그 배는 당시 아프리카에서 흑인들을 잡아다가 미국 노예 상인들에게 팔아넘기는 노예선이었다. 뉴튼은 후에 노예선의 선장이 되기도 하였고, 문제를 일으켜 아프리카에 노예로 팔리기도 하였다.

뉴튼이 아프리카에서 영국으로 건너가던 1748년 3월 10일, 성난 폭풍우가 배를 강타하였다. 심각한 위험에 처한 뉴튼은 이때의 자신을 요나와 같다고

나 같은 죄인 살리신

Amazing Grace

A-	maz-	ing -	grace,	how	sweet	the	sounds,	that
1. 나	같	은 -	죄	인	살	리	신	주
2. 큰	죄	악 -	에	서	건	지	신	주
3. 이	제	껏 -	내	가	산	것	도	주
4. 거	기	서 -	우	리	영	원	히	주

saved	a -	wretch	like	me.		I
은	혜 -	놀	라	워	-	잃
은	혜 -	고	마	워	-	나
님	의 -	은	혜	라	-	또
님	의 -	은	혜	로	-	해

once	- was -	lost,	but	now	- am -	found,	was
있	- 던 -	생	명	찾	- 았 -	고	광
처	- 음 -	믿	은	그	- 시 -	간	귀
나	- 를 -	장	차	본	- 향 -	에	인
처	- 럼 -	밝	게	살	- 면 -	서	주

blind,	but -	now	I	see	-
명	을 -	얻	었	네	-
하	고 -	귀	하	다	-
도	해 -	주	시	리	-
찬	양 -	하	리	라	- 아 멘

생각하였고, 그때 깊은 영적 자각을 느꼈다. 그는 훗날 이 날을 '영적 출생의 날'이라 불렀으며, 1754년에 자신을 거듭난 그리스도인으로 고백하며 노예

제도를 강력하게 반대하기에 이르렀다.

그는 자신의 모든 삶을 그리스도께 헌신하였고, 1758년에 영국 성공회 사제로 안수받기에 이르렀다. 그는 말년에 이렇게 말했다. "나의 기억력은 이제 거의 다 쇠퇴하였다. 그러나 두 가지 사실만은 잊을 수 없다. 그것은 나는 크나큰 죄인이며, 그리스도는 크신 구세주라는 사실이다."[27]

내 주님은 살아계셔

찰스 웨슬리 작사, 헨델 작곡

1절
내 주님은 살아계셔 날 지켜주시니
그 큰 사랑 인하여서 나 자유 얻었네.(2, 3, 4절 생략)

〈내 주님은 살아계셔〉는 헨델의 오라토리오《메시야》중 제45번 소프라노 영창의 일부를 조지 킹슬리가 편곡한 것이다. 노랫말과 곡조가 한데 어우러져 은혜와 감동이 넘치는 아름다운 찬송이다.

1741년, 곤경에 빠진 헨델에게 더블린으로부터 자선음악회 제안이 들어왔다. 그 제안은 헨델의 운명을 바꾸었을 뿐 아니라 음악 역사상 위대한 작품을 탄생시킨 계기를 마련했다. 헨델은 그 음악회를 위해《메시야》를 작곡해 경제적 실패를 만회할 수 있었으며, 다시금 오라토리오 작곡가로 우뚝 설 수 있었다. '오라토리오'는 주인공들이 무대 의상을 입고 연기를 하지 않기에 제작비 부담이 적었다. 오페라 공연으로 파산을 겪은 헨델로서는 오라토리오야말로 그의 장점을 보여주면서도 경제적 부담을 줄일 수 있는 가장 좋은 음악이었다.

헨델은 1741년 8월 22일에 런던의 자택에서 오라토리오《메시아》의 작곡에

---

27 위의 책, 405장.

내 주님은 살아계셔

1. 내 주님은 살아계셔 날
2. 나의 구원 되신 주님 내
3. 나를 거룩하게 하려 주
4. 굳센 믿음 나가지고 주

지 - 켜 - 주 - 시니 그 큰 사 - 랑 인
소 - 망 - 되 - 신 주 항 상 나 - 와 함
나 - 를 - 부 - 르니 주 의 은 - 혜 내
말 - 씀 - 따 - 르면 주 님 다 - 시 강

하 여 서 나 자 유 얻 - 었 네
께 하 서 곧 다 시 오 - 시 리
게 넘 처 주 뜻 을 이 - 루 리
림 할 때 날 영 접 하 - 시 리 아 멘

착수했다. 그의 작곡 속도는 놀라웠다. 헨델은《메시아》의 제1부를 6일 만에, 제2부는 9일, 제3부는 3일 만에 완성했고, 관현악 편곡 작업은 2일 만에 끝냈다. 결국 9월 14일에 오라토리오《메시아》는 완벽한 악보로 탄생했고, 연주 시간이 거의 2시간에 달하는 이 대작을 겨우 24일 만에 완성했다는 것은 믿어지지 않는 일이다. 헨델 스스로도《메시아》를 완성한 후 "신께서 나를 찾아 오셨던 것만 같다."고 말했다.

헨델은 특히 합창에 있어 타의 추종을 불허한다.《메시아》중에도 매우 뛰어난 합창곡들이 많은데 그 중에서도 제2부의 마지막을 장식하는 합창 〈할

렐루야〉가 가장 유명하다. 《메시아》의 영국 초연 당시 국왕 조지 2세가 〈할렐루야〉의 장엄한 합창을 듣고 너무 놀라 벌떡 일어났으며, 이에 따라 청중들도 기립했다. 그래서 오늘날에도 《메시아》 중 〈할렐루야〉 합창이 연주될 때는 청중 모두 기립하는 것이 관례로 되어 있다.

찰스 웨슬리 (1707~1778) 영국 링컨셔 에프워드 출생으로, 감리교의 창시자인 존 웨슬리의 동생이다. 그는 형과 함께 영국 전역 순회 전도여행을 하였고, 6,500편 이상의 찬송시를 썼다.

프리드리히 헨델 (1685~1759) 바흐와 같은 해에 독일에서 태어났으며, 바흐와 더불어 독일의 유명한 바로크 시대 작곡가이다. 헨델은 1732년경부터 오라토리오를 작곡하기 시작하여 오늘날까지 예찬되고 있는 《메시아》를 완성하기에 이른다. 그는 오페라 46개와 오라토리오 23개, 다수의 교회 음악과 기악곡을 남겼다.

주님께 영광

버드리 작사, 헨델 작곡

1절
주님께 영광 다시 사신 주
사망 권세 모두 이기시었네
흰옷 입은 천사 돌을 옮겼고
누우셨던 곳은 비어 있었네
주님께 영광 다시 사신 주
사망 권세 모두 이기시었네 (2, 3절 생략)

〈주님께 영광〉은 원래 헨델이 1746년에 작곡한 오라토리오 《유다스 마카베

주님께 영광

1. 주 님 께 영 광 다 - 시 - 사 신 주
2. 부 활 의 주 님 나 - 타 - 나 시 사
3. 생 명 의 임 금 영 - 광 - 의 주 님

사 - 망 - 권 세 모 두 이 기 시 었 네
두 - 려 - 움 과 의 심 물 리 치 셨 네
주 - 님 - 없 는 삶 은 헛 될 뿐 이 라

흰 - 옷 - 입 은 천 사 돌 을 옮 겼 고
주 - 의 - 교 회 기 뻐 찬 송 하 여 라
주 - 의 - 사 랑 으 로 세 상 이 기 고

누 - 우 - 셨 던 곳 은 비 어 - 있 었 네
다 - 시 - 사 신 주 님 죽 음 - 이 겼 네
요 - 단 - 건 너 본 향 가 게 - 하 소 서

주 님 께 영 광 다 - 시 - 사 신 주

사 - 망 - 권 세 모 두 이 기 시 었 네

우스》의 제3부 합창 행진곡 중 〈보라, 정복의 영웅이 온다〉이다. 《유다스 마카베우스》는 영국 컴버랜드의 공작인 윌리엄 공이 자기의 형인 조지 2세의 왕위를 노리는 찰스 에드워드를 컬로든에서 물리친 일을 기념하기 위해 왕에게서 청탁을 받아, 토마스 모렐의 대본에 헨델이 곡을 붙인 것으로서 윌리엄 공에게 헌정된 후 초연에 대성공을 거두었다.

유다스 마카베우스는 기원전 167년경 안티오코스 4세에 대항하는 유대인들의 반란을 주도한 사람으로서, 몇 년 동안 예루살렘을 다시 유대인들의 손에 되찾도록 하고 성전을 다시 개축한 유대인의 영웅이었다. 이 오라토리오는《메시아》에 다음가는 헨델의 걸작이다.

에드먼드 루이스 버드리 (1854~1932) 〈로마서〉 4장 25절과 〈고린도전서〉 15장 54절에서 58절을 배경으로 이 찬송시를 작시했다. 스위스 출생의 자유교회 목사인 그는 60여 편의 찬송시를 작시했으며, 많은 라틴 시를 번역했다.

고요한 밤, 거룩한 밤

요셉 모르 작사, 프란츠 그루버 작곡

1절

고요한 밤 거룩한 밤 어둠에 묻힌 밤
주의 부모 앉아서 감사기도드릴 때
아기 잘도 잔다 아기 잘도 잔다

2절

고요한 밤 거룩한 밤 영광이 둘린 밤
주의 천사 나타나 기뻐 노래 부르네
왕이 나셨도다 왕이 나셨도다

고요한 밤, 거룩한 밤

1. 고 요 한 밤 거 룩 한 밤 어 둠 에 묻 힌 밤
2. 고 요 한 밤 거 룩 한 밤 영 광 이 둘 린 밤
Stil — le Nacht, hei— li— ge Nacht! Al— les schläft, ein— sam wacht
Si — lent night, ho — ly night. All is calm, all is bright.

주 의 부 — 모 앉 —아 서 감 사 기 — 도
주 의 천 — 사 나 —타 나 기 뻐 노 — 래
nur das trau— te hoch— hei— li—ge Paar, hol— derKna— be im
Round you Vir — gin Moth— erandChild. Ho— ly In— fant so

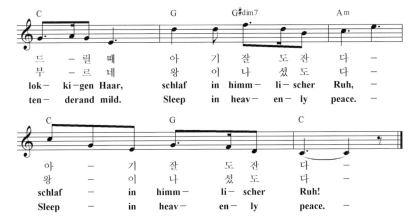

드 — 릴 때 아 기 잘 도 잔 다 —
부 — 르 네 왕 이 나 셨 도 다 —
lok— ki—gen Haar, schlaf in himm— li— scher Ruh, —
ten— derand mild. Sleep in heav— en— ly peace. —

아 — 기 잘 도 잔 다 —
왕 — 이 나 셨 도 다 —
schlaf — in himm— li— scher Ruh! —
Sleep — in heav— en— ly peace. —

이 노래는 독일의 성탄절 노래 중 가장 유명한 곡이다. 세계적으로도 유명
한 이 성탄절 노래는 다음과 같은 사연으로 만들어졌다.

오스트리아의 잘츠부르크 근교 오버른도르프에 살고 있었던 보좌 신부 요

셉 모르는 1818년 12월 24일 오전 (성탄의) '고요한 밤'에 대해 지은 시를 친구인 교사 프란츠 그루버에게 가서 보여주고, 그루버가 이 시에 즉시 곡을 붙여 작곡하였다.

만약 오스트리아에 있는 성 니콜라스 성당의 파이프 오르간이 고장 나지 않았더라면 이 유명한 성탄절 노래가 생겨나지 않았을지도 모른다. 알프스 기슭에 있는 작은 마을 오버른도르프의 성 니콜라스 성당에는 27세의 요셉 모르 보좌 신부가 재직하고 있었다. 그가 부임한 지 3년째 되는 어느 겨울 저녁, 성당의 오르간이 고장 났다는 전갈을 받았다. 이제 며칠 남지 않은 크리스마스 미사에 오르간을 사용하지 못하게 된 것이다. 안타까운 마음을 안고, 모르 신부는 교인들을 심방하러 나섰다. 잠시 후 그는 가난한 출산모의 집에 도착했다. 그는 갓 태어난 아이와 산모에게 복을 빌어주고 돌아오면서 가난한 집 아기의 출생과 예수님의 성탄을 비교해보았다. 그는 집에 와서 초라했지만 장엄했던 첫 번째 크리스마스를 생각하며 펜을 들었다. 뒷날 전 세계적으로 유명해진 이 찬송시가 이때 지어졌던 것이다.

모르 신부는 친구이자 그 성당 오르간 반주자인 그루버에게 오르간 대신 기타로 연주할 수 있는 곡을 붙여달라고 부탁하여 이 유명한 곡이 완성되었다. 그날 밤 성탄절 자정 미사 때 두 명의 솔로(작사자인 모르 신부가 테너, 작곡자인 그루버가 베이스를 맡음)와 몇몇 성가대원들이 기타 반주에 맞추어 이 노래를 불렀다. 모르 신부는 좋은 기타를 가지고 있었고, 또 기타를 아주 잘 연주할 수 있었다고 한다.

이 노래를 널리 보급시킨 인물은 1825년 오버른도르프의 오르간을 고치러 왔던 오르간 제작자 칼 마우라허였다. 마우라허는 이때 이 곡을 알게 되어, 악보를 베껴서 자기 고향과 이웃 마을에 보급시켰다. 이런 사연으로 이 유명한 성탄절 노래는 탄생하게 된 것이다.

요셉 모르 (1792~1848)   오스트리아 잘츠부르크 출생으로, 1815년 로마 가톨릭의 사제로 안수 받았으며, 오버른도르프의 성 니콜라스 성당 신부로 재직했다.

프란츠 그루버 (1787~1863) 오스트리아 오버른도르프 학교의 음악 교사이자, 작사자 모르
신부가 재직하던 니콜라스 성당의 오르간 반주자였다.

소나무

독일 민요

1절
소나무야 소나무야 언제나 푸르구나
여름철이나 겨울도 한결같은 네 푸른빛
소나무야 소나무야 언제나 푸르구나(2절 생략)

O Tannenbaum, o Tannenbaum!

Wie treu sind deine Blätter!

Du grünst nicht nur zur Sommerszeit,

Nein auch im Winter, wenn es schneit.

O Tannenbaum, o Tannenbaum,

Wie treu sind deine Blätter!

〈직역〉

오, 소나무, 오, 소나무야,

너의 잎들은 참으로 신실(信實)하구나!

너는 여름철만이 아니라,

눈이 내리는 겨울에도 푸르구나.

오, 소나무, 오, 소나무야,

너의 잎들은 참으로 신실하구나!(2, 3절 생략)

우리나라에서 동요로 부르고 있는 〈소나무〉는 독일 민요로 본래 성탄절 노

래이다. 이 노래는 독일 민요에 차르나크가 1820년에 총 4절로 된 가사를 붙여 만든 곡으로 그 후 에른스트 안쉬츠가 1절 가사만 그대로 남겨둔 채, 나머지 3절은 없애고 그 대신 새롭게 2, 3절 가사를 붙여 작곡한 성탄절 노래이다. 그리하여 '전나무'[28]는 독일 성탄절 노래 속에서 크리스마스를 상징하는 상징물이 되었다.

그렇다면 〈소나무〉는 어떤 연유로 성탄절 노래가 된 것일까? 아기 예수의 탄생을 기리는 성탄절 때 크리스마스 트리를 장식하는 나무가 바로 전나무이기에 이 노래가 성탄절 노래가 된 것이다.

이 노래는 늘 푸른 '전나무'의 변함없는 '신실성'을 노래한 것이다. 또한 '녹색'은 독일에서 '희망'을 상징하며, 제3절 가사에도 전나무의 녹색이 변함없는 '희망'을 가르쳐준다고 노래한다.

전나무가 크리스마스를 상징하는 나무가 된 데에는 북유럽의 설화에서 찾을 수 있다. 옛날 숲속에 나무꾼과 딸이 살았는데, 소녀는 마음씨가 착하고 숲을 몹시 사랑하여 언제나 숲의 요정들과 함께 어울렸다. 소녀는 숲에 나갈 수 없는 추운 겨울이 되면 요정들을 위해 문 앞에 있는 전나무에 작은 촛불을 켜두곤 했다. 어느 크리스마스 이브, 나무꾼은 숲에서 길을 잃게 되었고, 날마저 어두워져 위험에 처하게 되었다. 그때 어떤 불빛이 보였고, 나무꾼은 그 불빛을 따라갔다. 이렇게 몇 번인가 불빛을 따라 가다 보니 어느새 집 앞에 딸이 밝혀 둔 촛불 앞까지 무사히 다다르게 되었다. 이 숲속의 불빛은 숲의 요정들이 나무꾼을 인도해 주기 위해 만든 것이었고, 그때부터 크리스마스 이브에는 전나무에 반짝이는 불빛을 비롯하여 여러 장식을 하게 되었다. 귀한 손님을 맞이할 때 집 앞 침엽수 양쪽에 촛불을 켜 두는 풍속이 생겼고, 성탄에도 새로 태어난 아기 예수를 영접하는 뜻으로 전나무에 촛불을 밝혔다고 한다.[29]

---

28 '탄넨바움(Tannenbaum)'은 '소나무'일까, '전나무'일까? 'Tannenbaum'은 사실상 소나무가 아니라 전나무이다. 이 노래에서 'Tannenbaum'은 늘 푸른 상록수를 상징하고 있고, 우리나라에 예전부터 전해져 온 상록수의 상징성으로는 전나무보다 소나무가 더 일반적으로 알려져 있기에, 'Tannenbaum'을 '소나무'라고 번역했다.
29 이유미, 《우리가 정말 알아야 할 우리 나무 백가지》, 현암사, 2003, p. 391.

소나무
O Tannenbaum

1. 소 나 무 야 소 나 무 야 언 제 나 푸 르
2. 소 나 무 야 소 나 무 야 기 쁨 을 주 는

O Tan‑ nen‑baum, O Tan‑nen‑baum, wie treu sind deine

구 나 여 름 철 이 나 겨 울 도 한
구 나 성 탄 절 엔 너 의 생 각 기

Blät ‑ter! Du grünst nicht nur zur Som‑mers‑ zeit, nein

결 같 은 네 푸 른 빛 소 나 무 야 소
쁜 추 억 떠 오 르 네 소 나 무 야 소

auch im Win‑ ter, wenn es schneit, O Tan‑ nen‑baum, O

나 무 야 언 제 나 푸 르 구 나
나 무 야 기 쁨 을 주 는 구 나

Tan‑ nen‑baum, wie treu sind dei‑ ne Blät ‑ter.

실버 벨

미국 캐롤

거리마다 오고 가는 모든 사람들이
웃으면서 기다리던 크리스마스
아이들도 노인들도 은종을 만들어
거리마다 크게 울리리
실버 벨 실버 벨 아름다운 종소리를
실버 벨 실버 벨 곧 크리스마스 다가오네

City side walks busy side walks dressed in holiday style,
In the air there's a feeling of Christmas
Children laughing people passing meeting smile after smile,
And on every street corner you hear
Silver bells, Silver bells,
White Christmas time in the city
Ring a ring hear them ring
Soon it will be Christmas day.

〈직역〉

분주한 도시 거리마다 나들이옷을 입고 걷는 사람들,
크리스마스 기분이 가득 차있네
아이들은 웃으며 사람들은 반가운 미소를 주고 받으며 지나가네,
그리고 모든 거리 모퉁이마다
은종이, 은종이 울리네,
도시에 하얀 크리스마스 계절이 왔으니
종소리 울려라 울리는 종소리 들어라
곧 크리스마스 날이 되리라.

실버 벨
Silver bells

거 리 마 다 오 고 가 는 모 든 사 람 들 이 웃 으
Cit- y side walks bus- y side walks dressed in holi - day style, In the

면 서 기 다 리 던 크 리 스 마 스 — 아 이
air there's a feel- ing of Christ- mas — Child- ren

들 도 노 인 들 도 은 종 을 만 들 어 거 리
laugh- ing peo- ple pass- ing meet- ing smile aft- er smile, And on

마 다 크 게 울 리 리 —
eve- ry street cor- ner you hear —

실 버 벨 (실 버 벨) 실 버 벨 (실 버 벨)
Sil- ver bells, — Sil- ver bells, —

종 소 리 들 리 어 오 네 —
White Christ- mas time in the cit- y —

실 버 벨 (실 버 벨) 실 버 벨 (실 버 벨)
Ring a ring — hear them ring —

곧 크 리 스 마 스 다 가 오 네 —
Soon it will be Christ- mas day. —

1970~1980년대에는 성탄절 시즌에 이 〈실버 벨〉을 자주 들을 수 있었다. 그러나 어찌된 일인지 요즘에는 이 캐롤송을 듣기가 쉽지 않다. 아마도 조용한 성탄절을 유도하는 과정에서 캐롤송이 거리에 울려 퍼지는 경향도 사라지게 된 것이다. 성탄절의 숭고한 의미를 함께 나누는 종교적 자세는 당연히 좋지만, 성탄절을 맞이하는 성탄절 노래나 캐롤송이 사라져 버린다면 아쉬운 일이다.

전하세

쿠르트 카이저 작사 · 작곡

1절

작은 불꽃 하나가 큰 불을 일으키어

곧 주위 사람들 그 불에 몸 녹이듯이

주님의 사랑 이같이 한번 경험하면

그의 사랑 모두에게 전하고 싶으리 (2,3절 생략)

〈독일어 가사〉

Ins Wasser fällt ein Stein

Ins Wasser fällt ein Stein

Ganz heimlich still und leise,

Und ist er noch so klein,

Er zieht doch weite Kreise.

Wo Gottes große Liebe

In einen Menschen fällt,

Da wirkt sie fort in Tat und Wort

Hinaus in unsre Welt.

전하세
Pass it on

작은 돌 하나 물에 떨어지면

아주 은밀히 조용하고도 나직이
돌 하나 물에 떨어지면
그 돌 비록 작지만
커다란 원을 그리네.
하느님의 크신 사랑
한 사람 안에 떨어지면
우리들 세상으로 그 사랑 퍼져나가네
말과 행동으로.(2, 3절 생략)

〈영어 가사〉

Pass it on

It only takes a spark to get a fire going.
And soon all those around
Can warm up in its glowing.
That's how it is with God's love.
Once you've experienced it :
You spread His love to every one :
You want to pass it on.
I'll shout it from the mountaintop.
I want my world to know,
The Lord of love has come to me.
I want to pass it on.

전하세

불을 피우는 데는 그저 불꽃 하나면 돼요.

그러면 이내 그 모든 주위가

그 불길로 따뜻해지지요.

하느님의 사랑도 마찬가지랍니다.

당신이 그 사랑을 한번 경험하면;

그의 사랑을 모두에게 펼칩니다;

당신은 그걸 전하기 원해요.

나는 산꼭대기에서 그걸 외칠 거예요.

나는 세상이 알게 되기를 원해요,

사랑의 주님이 나에게 왔다는 것을.

나는 그걸 전하기 원해요. (2, 3절 생략)

〈전하세〉의 독일어 가사는 정확한 약강격의 율격과 각운이 갖춰진 음악성이 뛰어난 시이다. 또한 적절한 상징과 비유로 신앙적인 주제를 잘 살려낸 작품으로 하느님의 사랑을 체험한 사람은 말과 행동으로 그 사랑을 널리 펼친다는 비유와 서술이 아주 인상적이다.

평화의 기도

성 프란치스코 기도문, 김 안드레아 작곡

주여 나를 평화의 도구로 써 주소서

미움이 있는 곳에 사랑을

상처가 있는 곳에 용서를

분열이 있는 곳에 일치를

의혹이 있는 곳에 믿음을 심게 하소서

오류가 있는 곳에 진리를

절망이 있는 곳에 희망을

어둠이 있는 곳에 광명을

슬픔이 있는 곳에 기쁨을 심게 하소서

위로 받기보다는 위로하며

이해 받기보다는 이해하며

사랑 받기 보다는 사랑하며

자기를 온전히 줌으로써

영생을 얻기 때문이니

주여 나를 평화의 도구로 써 주소서

성 프란치스코의 기도문은 우리에게 늘 기독교 신앙과 삶의 본질을 상기시켜 준다.

성 프란치스코 (1182~1226) 가톨릭 성인으로 프란치스코회의 창립자이다. 중부 이탈리아 아시시의 유복한 상인의 아들로 태어나 젊어서는 향락을 추구하였으나, 20세 때에 회심하여 세속적인 재산을 깨끗이 버리고 완전히 청빈한 생활을 하기로 서약한 후, 청빈, 겸손, 이웃사랑에 헌신하였다. 자애로운 인품과 그가 행한 기적은 모든 시대의 사람들로부터 많은 존경을 받았는데, 시에나의 성녀 카타리나와 함께 이탈리아의 수호성인이 되어 있다.

평화의 기도

주여 나를 평화 의도구로 써 주소서

1. 미 움이 있는곳 에사랑을 상처가 있는 곳에 용서를
분 열이 있는곳 에 일 치를 의혹이있는곳에믿음을 심 게 하소서
2. 오 류가 있는곳 에 진 리를 절망이 있는 곳에 희 망을
어 둠이 있는곳 에 광 명을 슬픔이있는곳에기쁨을 심 게 하 소 서

위로 받 기 보 다 는 위 로 하

고 이해받 기 보 다 는 이 해 하

며 사 랑받 기 보 다 는 사 랑 하

며, 자 기 를 온 전 히 줌 으로써 영

생 을 얻 ― 기 때 문 이 니 주 여 나

를 평화 의도구로 써 주소서

시편 23편

다윗 작시, 최덕신 작곡

여호와는 나의 목자시니 내가 부족함이 없으리로다

그가 나를 푸른 초장에 누이시며 쉴만한 물가으로 인도하시는 도다

내 영혼 소생시키시고 자기 이름 위하여 의의 길로 인도하시는 도다

내가 사망의 음침한 골짜기 다닐 지라도 해를 두려워않음은

주께서 나와 함께 하심이라

나의 평생에 선하심과 인자하심이 나를 따르리니

내가 여호와집에 영원토록 거하리로다

할렐루 할레루야 아멘 아멘 아멘 아멘 아멘 아멘

이 노래는 구약성경의 〈시편〉 중 다윗이 쓴 유명한 23편에 최덕신이 곡을 붙인 복음성가이다. 다윗의 신앙이 표출된 이 시편은 언제라도 하느님 앞에서 삶과 신앙을 고백하고 감사를 표출하는 대표적인 찬송시이다. 최덕신 작곡의 이 노래는 그 신앙의 마음을 아름답게 곡조로 만들어 큰 은혜와 감동을 주는 복음성가이다. 이 노래 가사에는 원래 〈시편〉 23편에 있는 구절 중 "주의 지팡이와 막대기가 나를 안위하시나이다 / 주께서 내 원수의 목전에서 내게 상을 차려주시고 기름을 내 머리에 부으셨으니 내 잔이 넘치나이다" 부분이 생략되어 있다.

다윗(?~B.C. 961) 기원전 11세기에서 10세기에 걸친 고대 이스라엘의 제2대 왕이다. 시인인 동시에 가수이자 연주가이기도 했던 그는 특히 예배에 사용하는 음악과 가창의 규정을 정하는 것에 의하여 음악을 진흥시켰다.[30] 하프의 명수였고, 시인으로서도 명성을 떨쳤으며, 《구약성경》〈시편〉의 대부분은 다윗이 지은 것으로 알려져 있다.

---

30 김두완, 앞의 책, p. 100.

시편 23편

나 의 평 생 - 에 선 하 심 과 인 자 하 심 - 이

나 를 따 르 리 니 내 가 여 호 와 집 에 영 원 토

록 거 하 리 로 - 다 할 렐 루 할 렐 루 - 야 - -

- 아 - - 멘 -

아 - - 멘 - 아

- - 멘 아 - - 멘 아 - 멘

- 아 - 멘 - -

날 일으켜 세우시네

스코틀랜드 민요

내가 쓰러져 오 내 영혼 너무도 지쳐있을 때,

근심 걱정 몰려와 내 마음 무거울 때,

그 때 난 조용히 이곳에서 침묵하며 기다립니다,

당신이 와서 잠시 나와 함께 앉을 때까지.

당신이 날 일으켜주기에 난 산 위에 설 수 있어요,

당신이 날 일으켜주어 폭풍 이는 바다 위를 걷게 해줘요.

내가 당신 어깨 위에 있을 때 난 강합니다,

당신이 날 일으켜 내 가능성 보다 더 많은 것이 되게 해줘요.

When I am down and oh my soul so weary,

When troubles come and my heart burdened be,

Then I am still and wait here in the silence,

Until you come and sit awhile with me.

You raise me up so I can stand on mountains,

You raise me up to walk on stormy seas.

I am strong when I am on your shoulders,

You raise me up to more than I can be.

스코틀랜드 민요인 〈날 일으켜 세우시네〉는 시크릿가든의 롤프 뢰블란이 편곡을 하고, 브렌던 그레이엄이 가사를 쓴 노래이다. 한국어로 번역된 노래 악보는 몇 가지가 있는데, 노래마다 번역가사의 내용이 조금씩 다르지만 대체로 기독교적인 특성을 나타낸다.

이 노래의 가사에는 성경에 나오는 예수님 관련 이야기와 기독교 관련 전설이 한데 얽혀 있다. 우선 제1연에서의 화자, 즉 시적 자아의 몸과 마음이 무겁고 힘들어 영혼마저 지쳐 있을 때, 조용히 침묵 속에 기도하고 명상하며 자신을 도와줄 분이 오기를 기다린다는 심경과 상황을 제시하고 있다.

제2연에서는 더욱 구체적으로 성경의 사건 및 기독교 전설과 연계된 노랫말로 신앙을 강하게 표출한다. 우선 제2연 첫 행의 "지친 나를 일으켜 세워 산 위에 설 수 있게 해준다"는 구절은 예수님을 통한 기독교 신앙으로 어려운 삶을 극복할 수 있다는 메시지와 연결되어 있다. 두 번째 행의 "폭풍이 이는 바다 위를 걷게 해준다"는 구절은 성경에서 예수님이 폭풍이 이는 호수 위를 걷는 기적을 연상시킨다. 세 번째 행의 "내가 당신 어깨 위에 있을 때 난 강합니다"라는 구절은 기독교의 전설적 성자인 '크리스트오포루스(Christophorus)[31]'와 연관되어 있다.

---

[31] 전설에 따르면 3세기경 가나안 출신의 오펠로라고 하는 힘센 사람이 있었다. 그는 이 세상의 강한 자를 동경하여 왕자나 악마를 섬기며 방황하다가 마지막에 그리스도를 섬기는 고행자(苦行者)에게 강을 건널 수 있게 도와주었다. 어느 날 밤 꿈에 어린 그리스도를 업고 강을 건넌 후로 "그리스도를 업은 자(크리스트오포루스)"라고 불리게 되었고, 그 후 선교에 힘쓰다가 사모스에서 순교했다. 죽기 직전 "나를 응시하는 자, 하느님을 신뢰하는 자에게서 모든 재앙과 두려움을 배제하리라"고 맹세했다. 유럽에서는 불안과 고뇌를 막는 구난(救難) 성자로 숭앙되고, 여행, 순례, 교통과 관련된 수호성자이기도 하며 교회와 다리 등의 조각과 회화에 많이 조형되어 있다. 로맹 롤랑의《장 크리스토프》의 원형 중 하나이기도 하다.

날 일으켜 세우시네

You raise me up

When I 'm down and oh my soul so — weary   When troubles

come   and my   heart —burdened—   — be   Then I   am

still and wait — here   — in the sil — ence   Un — til — you come and sit — awhile — with

me   You raise me   up   so I — can stand on moun — tains —   You raise — me

up   to walk — on stormy   seas   I am strong   when I — am on — your

shoul — ders   You raise — me up   to more than I — can   be

You raise me   up   so I — can stand on

맺음말

　아름다운 시와 노래, 문학과 음악이 있다는 것은 얼마나 행복한 일인가! 그러한 시와 노래로 우리에게 커다란 감동과 행복을 준 시인과 작곡가들에게 감사를 드린다.

　이제 우리는 아름다운 시와 노래를 생활 속에서 더욱 깊이 음미하고 연주하여 그 소중한 문화예술의 의미와 가치를 함께 나누고 대중화시켜야 한다. 그리하면 삶은 풍성해지며, 함께하는 모든 이와 더불어 그 풍요로운 예술적 삶의 행복을 나눌 것이다.

　인류의 역사 이래 수많은 시인과 작곡가들이 시를 쓰고 노래를 만들었다. 이 책을 읽은 독자들은 이 세상의 아름다운 시와 노래들을 찾아나서는 행복한 여행을 떠나길 바란다. 우리의 삶이 다하는 그 순간까지 아름다운 시와 음악, 노래와 연주가 함께한다면, 더 바랄 나위 없이 건강하고 행복하게 살게 되리라.

　자, 이제 시와 노래의 산책을 떠날 시간이다. 그 행복한 길에 이 책이 안내자가 되어 여러분과 같이하기를 기대한다.

　끝으로 내 인생에 영향을 준 단 한 편의 시를 말하라면, 그것은 열네 살 때 만난 헤르만 헤세의 시 〈방랑길에〉이다. 공교롭게도 그해에 나는 또한 클래식 기타를 만났다. 그 후 헤세와 기타는 내 삶의 두 바퀴가 되었고, 평생 친구가 되었다. 헤세의 시를 만난 지 47년 만에 나는 이 시에 곡을 붙여 처음으로 작곡을 해보았다. 사랑하는 아내에게 헌정한 이 곡의 악보를 첨부한다.

방랑길에

헤르만 헤세 작시
정경량 작곡

인문학, 노래로 쓰다

초 판 1쇄 발행 | 2012년 2월 29일
초 판 2쇄 발행 | 2013년 10월 25일
개정판 1쇄 발행 | 2015년 7월 10일

지은이 | 정경량
펴낸이 | 지현구
펴낸곳 | 태학사
등 록 | 제406-2006-00008호
주 소 | 경기도 파주시 광인사길 223
전 화 | (031)955-7580~2(마케팅부) · 955-7585~90(편집부)
전 송 | (031)955-0910

전자우편 | thaehak4@chol.com
홈페이지 | www.thaehaksa.com

값은 뒤표지에 있습니다.

ISBN 978-89-5966-703-1 03810